글누림비서구문학전집

오키나와 현대소설선
신의 섬

08

글누림비서구문학전집

오키나와 현대소설선

신의 섬

•

오시로 다쓰히로 / 마타요시 에이키 / 사키야마 다미 / 메도루마 슌 지음

손지연 / 조정민 / 곽형덕 옮김

김재용 편

근대를 상대화시키는 오키나와 문학의 세계성

오키나와는 한국 사람들이 가장 많이 찾는 해외 여행지로 꼽힐 정도로 한국인의 마음속에 이미 깊이 들어와 있다. 그렇게 멀지 않은 곳에 펼쳐지는 아열대의 이국적인 정취가 한국인들의 마음을 사로잡기 때문이다. 과거 서양인들이 이국적인 한국을 방문하고 자신들의 취향으로 해석하고 넘긴 것처럼, 오늘날 한국인들은 오키나와를 관광 소비하고 있다. 하지만 나날의 바쁜 삶에 지친 영혼을 달래기 위해 남쪽으로 달려가 제주도에서조차 느낄 수 없는 풍정에만 마음을 빼앗기기에는 우리에게 오키나와는 더 큰 역사적 의미를 갖고 있다.

근대 일본의 최초 '식민지'인 오키나와는 우리보다 먼저 일본제국의 땅이 되었지만 일부의 각성된 지식인들을 빼고는 자신의 정체성에 눈을 뜨지 못하고 살았다. 어떤 이들은 가장 먼저 일본 제국에 편입된 자신이 맏형이고, 대만과 조선이 동생이라고 믿으면서 먼저 일본의 땅이 된 것을 다행으로 생각하고 우쭐대기도 했다. 하지만 이러한 자부심에 들뜬 오키나와인들에게조차 큰 충격을 준 일이 벌어졌다. 1945년 3월 미군이 오키나와에 진주하면서 일본과의 전쟁이 벌어지자 갑자기 자신이 일본인이 아니라 단지 피식민지인에 지나지 않는다는 현실을 똑똑히 깨닫기 시작하였다. 미군들에게 정보를 넘겨준다는 이유로 스파이로 몰려 처형당하고, 일본군의 양식 확보 등의 이유로 강제로 집단사 당하는 일을 겪으면서 많은 오키나와인들은 자신이 일본인이 아니라는 점을 처절하게 깨닫게 되었다. 비로소 일반인들도 자신들의 정체성에 눈을 뜨게 된 것이다. 이 사건으로 받은 충격이 전쟁이 끝난 후에 지속적으로 오키나와인들을 괴롭히게 되자, 작가들은 입 밖으로 말하지 못하고 지냈던 일을 언어로 드러내기 시작하였다. 미군 관할 하의 오키나와의 작가들은 이 문제를 거론하기 시작하면서 자신의 정체성에 대한 질문을 던지기 시작했고 오키나와가 미국에서 일본으로 관할권이 넘어간 1972년 이후에 더욱 확대되었다. 일본의 안전 보장을 위해 오키나와가 희생되고 있다는 사실을 점차 깨닫게 되면서 자신들에게 일상적으로 폭력을 행사하는 미군을 넘어 일본 국가 자체에 대해서 의문을 가졌다. 이런 생각을 하기 시작한 작가들이 직접 다룬 것은 오키나와 전쟁과 강제 집단사였다.

　전후 오키나와 문학을 열었다고 평가받고 있는 오시로 다쓰히로는 1960년대부터 지금까지 지속적으로 이 문제를 다루고 있다. 이 책에 실린 『신의 섬』은 오키나와 전쟁 때에 벌어진 강제 집단사를 다룬 것으로 매우 문제적인 작품이다. 작가들의 노력은 마타요시 에

이키를 거쳐 1980년대에 등단한 메도루마 슌에서 그 정점에 달하였다. 메도루마는 집단사를 당한 후 말하지 못하고 살아왔던 오키나와인들을 통하여 이 문제를 집중적으로 취급하고 있는데 이 일을 자신의 작가적 사명인 양 생각할 정도다. 이 작품집에 실린 『나비떼 나무』역시 이 문제를 다루고 있다. 여성적 문제의식으로 오키나와 문학에서 이채를 발하는 사키야마 다미조차도 이 문제를 지나치지 않을 정도로 오키나와 작가들에게 이 문제는 절실한 것이었다. 오키나와 전쟁 특히 강제 집단사는 오키나와인들에게 자신이 누군가를 질문하는 결정적 계기가 되었다. 오키나와를 여행하고 돌아온 한국인들 중에 오키나와 전쟁 때 오키나와인들이 겪었던 강제 집단사에 대해서 아는 이들이 얼마나 있을까? 조선인 군위안부 할머니들의 고통을 공감하는 이들조차도 오키나와에서 벌어진 이 사건에 대해 아는 이들은 그렇게 많지 않은 것이 오늘날 한국의 현실이다. 조선인 출신의 일본군 위안부 존재를 처음으로 세상에 알렸던 배봉기 할머니가 위안부 일을 강요당하였던 곳이 바로 이 오키나와인데도 말이다. 우리나라에 국한하여 동아시아를 바라보는 일에 너무나 익숙한 데서 벌어진 일이다. 이 책에 수록된 작품들을 통하여 이제 우리는 오키나와에서 벌어진 비극적인 사건과 그것을 헤쳐 나가는 사람들의 모습을 통하여 스쳐 지나가는 여행자로서는 도저히 다가갈 수 없는 오키나와의 내면을 읽을 수 있다.

오키나와의 정체성을 묻는 이들 작가들은 정도의 차이는 있지만 모두 일본 야마토와 다른 오키나와의 독자성을 작품 속에 재현하는 것을 자신의 작가적 의무라고 생각하고 있다. 일본과 다른 오키나와의 독자성을 말한다는 것은 한편으로는 비로소 오키나와인들이 자신의 정체성을 찾고 이를 지키는 긍정적인 측면을 갖고 있지만 다른 한편에서는 오키나와 내셔널리즘의 함정에 빠지는 것이기도 하다. 일본 제국주의가 내셔널리즘의 이름으로 오키나와를 비롯한 주변 동아시아 국가를 지배하고 배타시하였던 것을 되풀이할 수 있는 위험성을 내장하고 있는 것이기도 하다. 오키나와 작가들이 오키나와에 온 조선인 군위안부와 조선인 군속을 주목하는 것은 그런 점에서 매우 의미심장하다. 정체성을 지키면서도 조선인이라는 타자를 통하여 자신을 성찰할 수 있다는 것은 결코 쉬운 일이 아니기 때문이다. 이 소설선에 수록된 네 편의 작품은, 비중의 차이에도 불구하고, 모두 '타자로서의 조선인'을 다룬다. 오키나와 전쟁을 앞두고 일본군의 강제 동원에 끌려온 조선인 위안부와 군속들의 삶을 통하여 오키나와를 스스로 성찰하는 이들 작품들은 근대를 상대화시키는 오키나와 문학의 저력을 실감나게 하는 것들이다. 근대 국민국가의 폭력성을 넘어설 수 있는 가능성을 예비하는 오키나와 문학의 세계성이기도 하다.

　타자로서의 조선인을 그려냄으로써 동아시아 지역의 근대 이후를 꿈꾸는 이 오키나와 작가들의 작품에서 그동안 몰랐던 오키나와와 오키나와의 조선인을 아는 것도 중요하지만 여기에 머물러서는 안 된다. 동아시아 지역의 변방이라 할 수 있는 작은 섬 오키나와 문학에서 우리가 배워야 하는 것은 바로 근대의 역사를 올바르게 성찰함으로써 근대 이후를 꿈꾸는 오키나와 작가의 문학적 상상력이다.

이 선집을 내면서 내 머리를 맴도는 이들이 있다. 오래 전 오키나와 문학의 중요성을 알려준 임성모 교수, 마냥 낯설기만 하던 오키나와 작가들과의 만남을 주선하고 함께했던 와세다대학의 다카하시 토시오 교수, 류큐대학의 오세종 교수 그리고 이 책에 수록된 오키나와 네 작가의 작품을 번역하고 또 대담의 통역까지 맡아주었던 오키나와문학연구회의 동료인 손지연, 조정민, 곽형덕 교수가 없었더라면 여전히 오키나와 주변에서 서성거리고 말았을 것이다.

편자 김재용

구미중심적 세계문학에서 지구적 세계문학으로

괴테가 옛 이란인 페르시아에서 아주 유명하였던 시인 하피스의 시를 독일어 번역을 통해 읽고 영감을 받아서 그 유명한『서동시집』을 창작한 것은 아주 널리 알려진 일이다. 괴테는 비단 하피스 뿐만 아니라 페르시아의 역사 속에 등장하였던 숱한 시인들에 대해서도 공부하고 일일이 설명하는 노고를 그 책에서 아끼지 않을 정도로 동방의 페르시아 문학에 심취하였다. 세계문학이란 어휘를 처음 사용한 괴테는 히브리 문학, 아랍 문학, 페르시아 문학, 인도 문학을 섭렵한 후 마지막으로 중국 문학을 읽고 난 후 비로소 세계문학이란 말을 언급했을 정도로 아시아 문학에 깊이 심취하였다. 괴테는 '동양 르네상스'의 전통 위에 서 있었다. 16세기에 이르러 유럽인들이 고대 그리스 로마의 정신적 유산을 비잔틴과 아랍을 통하여 새로 발견하면서 르네상스라고 불렀던 것을 염두에 두고 동방에서 지적 영감을 얻은 것을 '동양 르네상스'라고 명명했던 것이다. 동방의 오랜 역사 속에 축적된 문학의 가치를 알게 되면서 유럽인들이 좁은 우물에서 벗어나 비로소 인류의 지적 저수지에 합류한 것이다.

그러나 중국에서 생산된 도자기와 비단 등을 수입하던 영국이 정작 수출할 경쟁력 있는 상품이 없다는 것을 깨닫고 인도와 버마 지역에서 재배하던 아편을 수출하며 이를 받아들이라고 중국에 강압적으로 요구하면서 아편전쟁을 벌이던 1840년대에 이르면 사태는 근본적으로 달라졌다. 영국이 산업화에 어느 정도 성공하면서 런던에서 만국 박람회를 열었던 무렵인 1850년대에 이르러서 비로소 유럽이 전 세계를 지배하게 되는 움직임이 시작되었다. 13세기 베네치아 출신의 상인 마르코 폴로와 14세기 모로코 출신의 아랍 학자 이븐 바투타가 각각 자신의 여행기에서 가난한 유럽과 대비하여 지상의 천국이라고 지칭하기도 했던 중국이 유럽 앞에서 무너지는 것을 보면서 예전의 방식은 더 이상 통하지 않게 되었고 새로운 세계상이 만들어져 가기 시작하였다. 유럽인들은 유럽인들이 만들고 싶은 대로 이 세상을 만들려고 하였고, 비유럽인들은 이러한 흐름에 저항한다는 것이 거의 불가능하다는 것을 알아차린 이후에는 유럽의 잣대로 세상을 보는 방식을 배우기 위해 유럽추종에 혼신의 힘을 쏟았다. '동양 르네상스'의 기억은 완전히 사라지고 그 자리에 들어선 것은 '문명의 유럽과 야만의 비유럽'이란 도식이었다. 유럽의 가치와 문학이 표준이 되면서 유럽과의 만남 이전의 풍부한 문학적 유산은 시급히 버려야할 방해물이 되기도 하였다. 처음에는 유럽인들이 이러한 문학적 유산을 경멸하고 무시하였지만 나중에서 비유럽인 스스로 앞을 다투어 자기를 부정하고 유럽을 닮아가려고 하였다.

의식과 무의식 전반에 걸쳐 침전되기 시작한 이 지독한 유럽중심주의는 한 세기 반을 지배하였다. 타고르처럼 유럽의 문학을 전유하면서도 여기에 함몰되지 않고 자신의 전통과의 독특한 종합을 성취했던 이들이 없었던 것은 아니지만 주된 흐름을 바꾸기에는 역부족이었다.

유럽이 고안한 근대세계가 내부적으로 많은 문제점들을 드러내자 유럽 안팎에서 이에 대한 비판이 이루어졌고 근대를 넘어서려고 하는 노력들이 다방면에 걸쳐 행해졌다. 특히 그동안 유럽의 중압 속에서 허우적거렸던 비유럽의 지식인들이 유럽 근대의 모순을 목격하면서 자신의 과거를 돌아보는 성찰의 시간을 가지면서 사태는 달라지기 시작하였다. 유럽중심주의를 넘어서려는 이러한 노력은 많은 비유럽의 나라들이 유럽의 제국에서 벗어나는 2차 대전 이후에 이르러 본격화되었다. 정치적 독립에 그치지 않고 정신적 독립을 이루려는 노력이 문학을 중심으로 광범위하게 이루어졌던 것이다. 구미중심주의에 입각하여 구성된 세계문학의 틀을 해체하고 진정한 의미의 지구적 세계문학으로 나아가기 위해서는 두 가지의 인식전환이 필요하였다. 하나는 기존의 세계문학의 정전이 갖는 구미중심주의를 분석하고 비판하는 것이다. 현재 다양한 세계문학의 선집이나 전집 그리고 문학사들은 19세기 후반 이후 정착된 유럽중심주의의 산물로서 지독한 편견에 젖어 있다. 특히 이 정전들이 구축될 무렵은 유럽이 제국주의 침략을 할 시절이기 때문에 이것은 더욱 심하였다. 아무리 뛰어난 재능을 가진 유럽의 작가라 하더라도 제국주의에서 자유로운 작가는 거의 없기에 그동안 별다른 의심 없이 받아들여졌던 유럽의 세계문학의 정전들을 가차 없이 비판하고 해체하는 작업은 유럽중심주의를 넘어서기 위해서 반드시 거쳐야 할 과정이었다. 하지만 이는 필요조건이지 충분조건은 아니었다. 서구문학의 정전에 대한 비판에 머무르지 않고 비서구 문학의 상호 이해와 소통이 절실하다. 비서구 문학의 상호 소통을 위해서는 비서구 작가들이 서로의 작품을 읽어주고 이 속에서 새로운 담론들을 만들어 내는 것이 필요하다. 기존 정전의 틀을 확대하는 것은 임시방편일 뿐이고 근본적인 전환일 수 없기에 이러한 작업은 지구적 세계문학의 구축을 위해서는 반드시 거쳐야한다. 비서구문학전집은 이러한 인식의 전환을 위한 새로운 출발이다.

글누림비서구문학전집 간행위원회

琉球國圖 在東南海
中王居無
歸蠔蝦炊
爨不知醫
葯

九米島

有是島

栗島

通見島

花島

王居
大臣所居

門 門

寶庫
商船所泊

國庫九百里

島子獅

王都居
中山所居國

世九島

島泳

國都城

要津

山郡伊是

島郡

與論島

山也子惠

島九慶

恩花朱島

大島

島鳥

차례

머리말 / 05

신의 섬 - 오시로 다쓰히로 / 19
대담 / 163

긴네무 집 - 마타요시 에이키 / 179
대담 / 259

달은, 아니다 - 사키야마 다미 / 269
대담 / 367

나비떼 나무 - 메도루마 슌 / 377
대담 / 441

신의 섬
神島

오시로 다쓰히로

* 원문의 강조는 굵은 글씨로 표기함.
* 옮긴이 주는 각주로 처리함.
* 출전/大城立裕全集編集委員會, 『大城立裕全集』 9, 勉誠出版, 2002.

1

섬에 나 있는 유일한 포장도로가 마을에서 산을 둘러싸고 3킬로 전방 나이키ナイキ기지까지 이어져 있다. 그 도로 입구에 서서는 기지시설이 산에 가려져 보이지 않는데, 그것이 후텐마普天間 댁 거실에 앉아 있으니 잘 보였다. 산골짜기 능선이 교차하는 아래로 기지基地시설이 단독으로 소유한 넓은 잔디가 저 멀리로 아름답게 내다보였다.

"구태여 여봐란 듯 말이오, 여기서 보이지 않아도 좋으련만."

후텐마 젠슈普天間全秀는 말로만 웃었다. 5부로 자른 머리는 완전한 백발로 눈썹도 반쯤 희었고, 볼도 다미나토 신코田港眞行가 기억하는 것보다 여위었다. 전체적으로는 아직 건강해 보이긴 하지만 역시 고생한 모습이었다. 다미나토는 살피는 기색으로,

"기지가 생길 때, 반대운동은 있었습니까?"

"아니, 없었소. 일사천리로 건설됐어요."

"선생님께선 그때……."

누군가 한 사람쯤은 반대까지는 아니더라도 섬을 앞세워 풍조를 따라가선 안 된다고 말하는 이가 한 명쯤은 있어도 좋겠다고 생각한다. 그리고 그 한 사람은, 그 전쟁 당시 섬 국민학교 교장으로 철저한 국민교육의 실천자였던 후텐마여도 좋겠다고 생각한다⋯⋯.

"23년 만인가?" 젠슈는 다른 말을 꺼냈다. "어때요? 다미나토 군. 23년만의 오키나와는."

거꾸로 질문을 해왔다. 그렇게 말하며 따라주는 맥주를 컵에 받으며 다미나토는,

"놀라울 따름입니다. 동생한테 계속 놀림 받는 중입니다."

그야말로 나하那覇항에 도착해서 일주일 동안은 놀라기만 하고 놀림 받는 일의 연속이었다는 생각을 했다.

집을 떠난 것은 쇼와 19(1944)년 9월의 일이었다. 가미시마神島 국민학교 소개疎開 학생들을 인솔해 규슈九州로 건너갔다. 그 무렵 거뭇거뭇하게 솟아 있던 무성한 후쿠기福木[01]에 둘러싸여 있던 유서 깊은 생가는 이제 없다. 3백 평이나 되던 집터는 도시계획으로 줄었고, 지붕 기와에 이끼까지 덮인 오래된 집 대신 화려한 페인트칠을 한 벽돌집이 세워져 있었다. 우리 집 같지 않다고 말하자 동생은 당연하지 내가 세운 집인걸, 23년이나 방치했던 장남에게는 그리워할 권리도 없다고 말하며 웃었다. 듣고 보니 그런 것도 같다. 일부러 고향을 버리려고 한 건 아니었지만 소개지에서 그곳 여자를 만나 결혼한

---

01 나하 시를 상징하는 나무로, 잎이 넓은 타원형으로 생긴 고추나물과 상록고목.

후 그대로 눌러앉아 버렸다. 재산을 처분하는 것도 동생에게 맡겼다. 하루 빨리 가미시마로 돌아오고 싶다고 말하자 동생은 가미시마도 나이키 기지인가 뭔가가 생겨 버려 더 이상 형이 있었을 때의 가미시마가 아니라며 다시 웃었다.

"형태도 확실히 변해 버렸지……."

젠슈는 먼 산을 응시하던 시선을 고정한 채, "그런데 사람 쪽이 더 변했어."

어떻게 변했는지 묻고 싶었지만 참았다.

섬에 오면 섬 집단자결集團自決에 대한 이야기를 들어보고 싶다고 동생에게 말하자, 글쎄 섬사람들이 전쟁 때 일을 과연 기억하고 있으려나, 그보다는 말하고 싶어 하지 않을지 몰라, 이 말은 별로 웃지 않고 말했다. 식료품, 잡화 수입을 하고 있는 동생은 장사에 바빠 전쟁 따위는 잊어버렸다며 별로 말하지 않는다. 정말 잊어버린 걸까, 잊고 싶다고 생각하는 것뿐일까, 다미나토로서는 잘 알지 못했다. 가미시마 사람들은 어떨까, 그때부터 조금씩 신경이 쓰이기 시작했다. 그러자 가미시마에서는 자신을 어떻게 생각하고 있을지도 새삼 신경 쓰였다.

소개하기 전 4년 동안, 이 가미시마 국민학교에 근무했었다. 소개지로 인솔해 간 아이들은 열 명이다. 섬을 출발하던 날, 소학교 직원과 학생 총 2백 명을 교장이 데리고 와서 배웅했다. 상급생은 죽창 훈련 도중 빠져나온 듯 죽창을 지닌 채였다. 섬은 훌륭하게 지켜낼 테니 이 열 명을 잘 부탁한다며 후텐마 교장은 갑판에 올라 다미나토에게 말했다. 열 명 모두 결원 없이 무사히 돌려보낸 것까진 좋았지만 자신은 그곳에 남아 다른 학교 교원이 된 것이 새삼 마음에 걸렸다.

"무슨 그런 말씀을, 다 잊어버렸어요. 선생님도 건강하시죠?"

라고 말한 것은 교장의 아들 젠이치全一였다. 오늘 아침, 섬으로 출발하는 배 안에서 우연히 만났다. 전쟁 전에는 냄새나는 작은 목조선이 었는데 훌륭한 철선으로 바뀌어 있었다. 한 시간 내내 작은 흔들림도 없던 것에 놀랐는데, 후텐마 젠이치의 변한 모습에 또 한 번 놀랐다. 분명히 중학교 2학년쯤 늑막염으로 학교를 그만둔 후, 하는 일 없이 빈둥대다 군대에도 징집되지 못하고 죽창 훈련도 받지 않았다. 늘 창백한 얼굴을 하고 있었다. 아버지 젠슈가 보내 온 편지에서 건강하다는 소식은 들었지만 직접 본인을 마주하고 보니 살아남았구나 하는 새삼스러운 생각이 들었다. 마을에서 부촌장을 맡고 있다며 스스로 자랑스러운 듯 말했다. 시대를 잘못 타고 태어났어요, 상급학교에도 가지 못하고 말이에요,라는 등의 말을 했지만 그것은 그냥 하는 말이고 기지 수입 덕에 철선을 마을에서 경영할 수 있게 되었다는 따위의 말들이 본심 같았다.

"전쟁 때 그야말로 고생은 했지만 말이에요. 언제까지 그것에만 매달려 있을 순 없지 않겠어요?"

라는 젠이치의 말에, 다미나토는 다소 안도감을 느끼며 섬에서 집단 자결에 관한 이야기를 듣기란 의외로 어려울 것 같다는 생각을 했다.

가미시마의 집단자결은 오키나와 전기戰記로 유명하다.

1945년 3월, 오키나와 근해로 들어온 미군은 우선 가미시마에 상륙했다. 섬에는 수비대로 일개 중대 삼백여 명과 비전투원으로 조직된 방위대 칠십 명, 조선인 군부 약 이천 명이 있었다. 그 중대장인 구로키黑木 대위로부터 미군 상륙 하루 전에 촌장 앞으로 명령이 내려졌다. 비전투원은 아카도바루赤堂原에 집결하라는 것이었다. 아카도바루는 마을 남쪽 산에 가려져 보이지 않는 움푹 패인 곳이다. 그때는 얼마 되진 않지만 고구마와 토란이 심어져 있었는데 식량이 턱없이 부족한 요즘 같은 시대에 대부분이 오수유吳茱萸[02]로 덮여 있었다. 삼면은 잡목림으로 둘러싸여 있고, 다른 한쪽은 구릉을 등지고 묘지가 조성되어 있었다. 낮에도 혼자 오기는 적막한 곳인데 수많은 도민들이 그곳에 목숨을 구하려 집결했다. 그곳은 군이 있는 호壕와 가까웠다. 아카도바루 한 켠에 작은 하천이 흐르고 있었고, 호 안에 있는 병사들이 매일처럼 그곳에 물을 길러 나왔다. 그곳을 종결지로 정한 것은 군이 도민의 생명을 안전하게 보호해주기 위함일 것이라고 그들은 굳게 믿었다. 다른 곳에서 호를 파고 피난해 있던 사람들도 상당히 많은 수가 모여들었다. 오후 4시, 움푹 들어간 곳이라 해가 머무는 시간은 짧다. 집결은 했지만 머무를 곳은 마련하지 못했다. 까마귀가 가끔씩 커다란 날개짓 소리를 내며 날아드는 것을 올려다보며 사람들은 불안감과 기대감이 교차하는 표정을 하고 있었다. 그곳으로 군에서 미야구치宮口 군조軍曹[03]라는 이가 와서는 촌장

---

02 쥐손이풀목 운향과에 속한 낙엽 활엽 교목.

을 데리고 나갔다. 촌장은 잠시 뒤 돌아와서 명령을 전달했다. "군은 최후의 병사 한 사람까지 섬을 사수할 각오를 하고 있다. 그 식량을 확보하기 위해 도민은 자결하라"라는. 그리고 한 세대에 한 개의 수류탄이 배급되었다. 사람들 사이에 동요는 있었지만, 얼마 뒤 누군가가 수류탄의 신관을 빼고 그것을 가슴에 안고 냇가에 있던 여러 명의 사람들과 함께 산화하자, 그것이 연쇄반응을 일으켜 여기저기서 폭발을 일으켰다. 불발로 성공하지 못한 사람은 면도칼로 자신의 목을 긁거나, 혹은 괭이로 아이 머리를 내리치는 이도 있었다. 그리고 날이 저물 무렵까지 329명이 자결을 하고, 자결을 피해 마을로 돌아간 몇 안 되는 이들 가운데는 다음 날 자결해 하천 하류에서 피가 발견되기도 했다. 호에 숨어 있던 우군 부대는 오키나와 전투沖繩戰 종결 후 한 달 동안이나 저항을 계속해 7월 중순에 이르러 구로키 대위 이하 살아남은 장병 전원이 투항했다.

가미시마의 전투는 오키나와 전투 전체에서 보면 일부에 지나지 않으나 비참했던 오키나와 전투를 예고하는 서막으로 유명하다. 그러나 기록으로 남아 있는 것은 많지 않다. 한 권의 전기본戰記本 서장에 간략하게 기록되어 있을 뿐이다. 섬사람들의 섬세한 심리 같은 건 읽을 수 없다. 그것을 알고 싶다고 다미나토는 생각했다. 아직 전기본이 얼마 간행되지 않던 십수 년 전, 구로키 대위가 홀로 탈출했다는 이야기가 전해지면서 다미나토는 충격을 받았다. 그 후 두세

---

03 구舊 일본 육군의 하사관 계급의 하나.

권의 기록을 보고 그렇지 않았다는 것을 알았다. 이것 말고도 촌장과 국민학교 교장이 군의 수족이 되어 도민들에게 자결을 권하고 자신들은 살아남았다는 이야기도 전해졌다. 이 이야기는 십 년쯤 전 본토 몇몇 신문사 주최로 단체로 오키나와 현지를 시찰했던 한 기자에게서 직접 들은 것이다. 그때 다미나토는 후텐마 교장과 아는 사이라는 것을 그 기자에게는 말하지 않았다. 왠지 이야기가 확장되고 깊어질 것 같아 무서웠던 것이다. 다만 그때부터 언젠가 한번은 진상을 살펴보고 싶다는 생각을 하게 되었다. 진상이라고 해도 역사를 뒤집는다거나 하는 대단한 것이 아니라 단편적인 기록으로 끝나지 않는, 도민들의 심리 상태를 알고 싶었던 것이다. 그것을 파악하지 못한 채 틀에 박힌 기록을 납득해 버리는 것은 무섭다는 생각이 들었다.

그런 마음에서 다시금 후텐마 젠슈에게 편지를 보내 보았지만, 그에게서 온 답장에는 가족 중에 나이 든 아내가 죽었다는 것, 아들 젠이치가 결혼해서 손자를 낳았다는 것, 그리고 소개에서 돌아온 다미나토의 제자들 대부분이 본섬 고등학교로 진학해 가미시마로 돌아오지 않았다는 따위의 일들이 간략하게 적혀져 있을 뿐이었다. 속마음을 알 길이 없었다.

"당시의 촌장은 전쟁 이후 사망했어요. 현 촌장은 알고 계실지 모르겠네요. 지나 도쿠에知名德永라고 저보다 다섯 살쯤 선배입니다만."

젠이치는 배 안에서 그런 이야기를 했다. 그 말 속에 전쟁의 상처 따윈 전혀 없었다. 그런 후텐마 젠이치에게서 그의 아버지 젠슈의 심리 상태를 살펴볼 리 만무했다.

"이번 위령제에 다미나토 선생님이 참석하신다는 소식에 모두들 기뻐하고 있어요. 환영회가 있을 거예요. 우리 아버지도 흔쾌히 나오실 겁니다."

젠이치는 이런 말들도 했다.

가미시마 소·중학교와 다미나토가 근무하는 소학교가 자매교를 맺은 것은 4년 전 일이지만 섬 전몰자 위령제에 초대 받은 것은 처음이다. 모두 소개의 인연으로 이루어진 것으로 아직까지 다미나토가 그 연결 끈이 되고 있다는 사실이 다소 낯간지러웠다. 오키나와가 전쟁 이후 섬들 가운데 가장 힘들게 생활하고 있는 것을 생각하면 그 연결 끈이 되고 있는 것만으로 조금은 속죄하는 기분이 들기도 하고 그것에 자족하고 있는 자신이 부끄럽기도 했다. 거기다 후텐마 젠이치의 명쾌하고 밝은 기운이 더해지니 왠지 짐을 덜어 놓은 것 같은 기분이 되기도 했다.

"아버님은 전쟁 이후 계속 은거 중이신가요?"라고 물어보니, 젠이치는,

"살아남은 것만으로도 덤이니,라는 말씀을 하세요. 그 당시 교장의 나이로는 젊은 편이어서 전쟁 후에도 일을 하려면 할 수 있었지만, 우선은 저도 일을 갖게 되었고, 소시민으로 먹고 사는 데는 걱정 없었으니까요."

라고 말했다.

이렇게 그들이 완전히 새로 태어난 기분으로 전후의 생활을 시작한다면, 기지가 생긴다고 해도 정신적으로 이렇다 저렇다 할 만한

일이 없을지 모른다. 다만 다미나토가 기억하는 후텐마 젠슈와 그 미국군 기지와의 공존생활이라는 것이 연결이 되지 않을 뿐이었다.

"본섬에는 가끔 나가시나요?"

다미타토는 후텐마 젠슈에게 물어 보았다.

멀리 나이키 기지의 흰색 건물이 석양에 비춰 보였다.

"겨우 근래 들어서, 일 년에 한 번 정도."

"그렇군요. ……나이 들고나니, 오히려 이곳저곳 다니게 되셨나 봅니다."

다미나토는 흔한 인사말을 건넸다. 그러나 전쟁 이후 십수 년이나 섬을 나가지 않았다는 것은 생각해 보면 범상한 일은 아니다. 다른 사람들처럼 관광을 해보고 싶은 기분도 들지 않았단 말인가?—

다미타토는 성급하게 후텐마 젠슈의 심경을 분석하는 일을 멈추 었다. 나이 든 옛 교장의 표정은 온화했고, 오히려 20년 전에 비하면 사람을 품을 수 있는 표정처럼 보였지만 분명하게 거절하지 않았을 뿐, 한번에 깊이 들어가려고 하면 슬며시 뒤로 돌아 도망가려는 모 습이었다.

젠이치는 다미나토를 배에서 숙소로 안내하고, 서둘러 발길을 자 택으로 돌려 아버지에게 소개하고는 그대로 나갔다. 오늘 밤 바로 다미나토 선생의 환영회를 합시다,라고 했으니, 아마도 연락하러 간 것이 틀림없다. 다미나토에게 시간의 여유가 생겼다. 젠슈는 애써 잡 지 않고 나중에 자신도 합류하겠다는 말을 하며 현관까지 배웅했다.

그때 다미나토는 미야구치 도모코宮口朋子라는 여자를 처음 봤다.

다미나토가 유리문을 열자 거기에 도모코가 서 있었다. 다미나토의 모습에 조금 놀란 듯했지만, 무표정하게 눈인사만 건네고 바로 젠슈에게,

"이분이 선생님을 뵙고 싶다고 해요."

라며, 조금 하이톤의 맑은 목소리로 말했다. 그 뒤로 젊은 남자가 서 있었다.

"요나시로与那城라고 합니다."

라며, 젊은 남자가 가볍게 목례했다.

다미나토는 그 청년도 이 집에 볼 일이 있었구나 하며 조금 의외의 기분이 들었다. 젊은 카메라맨 느낌으로 맵시 좋은 폴로셔츠에 감싸인 육체는 탄력이 있었다. 그 청년을 다미나토는 배 위에서 봤다. 갑판에서 그 요나시로라는 청년이 주홍색 가로줄무늬 블라우스에 흰색 바지 차림을 한 여자와 밝게 웃고 있는 모습을 봤다. 지금 그 청년이 몇 시간 지나지 않아 다른 여자와 함께 눈앞에 서 있다. 두 명의 여자 모두 야마토ヤマト04 사람이라는 것은 누가 보더라도 알 수 있는데 아마도 저 주홍색 가로줄무늬의 여자와는 성격이 상당히 달라 보인다. 가슴 부근의 프릴장식이 잘 어울리는 눈앞의 여자에게 다미나토는 괜스레 얼굴이 붉어졌다.

"돌아오는 길에 문 밖에서 만났어요."

도모코는 거듭 확인하듯 말했다. 그 말에는 대답하지 않고 젠슈는,

---

04 일본 본토를 일컬음. 이에 대응하는 오키나와는 '우치나ウチナ−'라 칭함.

"다미나토 군. 미야구치 도모코 씨라고 나가사키長崎 현에서 처음 왔어요. 좋은 처자요. 우리 집에 머물고 있다오."

라고 소개하자, 도모코는 어딘지 신비롭고 묘한 성숙한 느낌으로, 다미나토에게 인사를 했다.

"역시 위령제로?" 다미나토는 인사 대신 물었다.

"예, 뭐……."

미야구치 도모코는 수줍어했다.

"저는……." 요나시로 청년이 부끄러운 듯 우물거렸다.

"부촌장님께 늘 신세 지고 있습니다. 가이난海南 영화사에 근무하고 있습니다."

후텐마 젠슈는 그의 얼굴을 2, 3초 간 응시하더니 표정을 바꾸지 않고,

"잘 오셨소."

라고 말했다.

요나시로보다 오히려 미야구치 도모코 쪽이 안도한 듯 젠슈의 등 뒤에 서 있던 젠이치의 아내에게,

"사모님, 목욕이 늦어졌어요. 지금 바로 할게요."

라고 말하고는 안쪽으로 급히 들어갔다.

다미나토는 현관을 나섰지만 생각난 듯 뒤돌아 후텐마 젠슈에게 말했다.

"하마가와浜川 아주머니께서도 건강하시다고."

"아아……."

젠슈의 얼굴이 한층 밝아지며,

"들러 가겠소? 틀림없이 기뻐할 텐데."

"어떻게 지내시는지."라는 말과 함께 다미나토는 덧붙였다. "배 위에서 젠이치 군에게 들었어요."

"그랬군……."이라고 말하고 젠슈의 표정이, 다시 닫혔다.

다미나토의 눈앞에 돌연 그 주홍색의 가로줄무늬 여자의 단단하게 긴장된 두 팔이 어른거렸다. 선실에서 다미나토가 후텐마 젠이치와 이야기를 나누고 있을 때, 옆에 있던 노파가 자리에 누우려고 하자 거기에 놓여 있던 가방이 방해가 되었던 모양이다. 곤란한 듯, "선생님" 하고 노파는 다미나토에게 말을 걸어왔다. 그 도회풍 가방을 어떻게 좀 해달라는 부탁이었다. 주위를 돌아보았지만 주인인 듯한 사람은 없었다. 다미나토도 어떻게 해야 좋을지 몰라 우물쭈물하고 있으려니,

"그거 제 거예요. 이리 주세요."

갑자기 젊은 여자 목소리가 들려 왔다. 살집이 좋은 몸을 주홍색 가로줄무의 블라우스로 감싼 여자가 흰색 팔을 쭉 뻗어 다미나토가 반사적으로 집어 건네준 가방을 재빨리 가져갔다. 그녀가 선실을 빠져 나가자 후텐마 젠이치가 "하마가와 댁 며느님이에요."라고 일러주었다. 그 후 다미나토는 갑판으로 나가 그 여자가 요나시로 청년과 웃고 있는 것을 본 것이다.

"어쨌든 들러봐 주시오."

젠슈의 말은 거기까지였다. 젠슈가 하고 싶지만 못 다한 말이 있음

을 다미나토는 어렴풋이 느꼈다.

한 면이 석양으로 물든 하늘에 산 능선과 기지시설이 또렷한 실루엣이 되어 비춰 보였다. ──다미나토가 갑판에서 처음 본 두 사람은 난간에 기대어 함께 사과를 먹고 있었는데 다 먹고 난 다음 그 심을 한낮의 반짝이는 바다 저 멀리로 던져 버렸다. 그 사과 심이 포물선을 그리며 날아간 하늘 저편으로 섬 기지시설이 아주 작고 단단한 점이 되어 보였던 일을, 다미나토는 지금 새삼스럽게 떠올렸다.

2

다미나토가 하마가와 댁을 방문하기 전, 미망인 하마가와 야에浜川ヤエ는 며느리 요시에와 입씨름을 하고 있었다. 며느리라고는 하지만 외동아들은 그녀를 호적에 올리기도 전에 죽어 버렸다. 기무라 요시에木村芳枝라는 이름을 바꾸지 않은 채였다.

대략 한 달 전의 일이었다. 도쿄에서 돌연히 섬을 찾아 온 것은 야에에게 두 번째 놀라움이었다.

처음은 2년 전, 아들이 대학을 졸업하고 고향에 돌아오는 대신 도쿄에서 직업을 구한 것까지는 좋았지만 그곳 여자와 결혼했다는 소식에 야에는 하루 종일 식음을 전폐할 정도로 놀랐다. 오빠인 후텐마 젠슈와 상담을 해보기도 했지만 달라진 건 없었다. 반년쯤 지나, 후텐마 젠슈 앞으로 온 편지에 사상적으로 의기투합했기 때문에 결혼한 것이라고 말했지만 구체적으로 어떤 경위인지는 아무도 짐작하지 못했다. 다만 어슴푸레하게 도쿄라든가 야마토라는 **마력**을 느낄 뿐이었다. 오키나와에서도 대학은 다닐 수 있지만 굳이 도쿄 대학에 가라고 꼬드긴 것은 젠이치였다. 군용지 값으로 '10년 치 선불 10年分前払い'05이라는 제도가 생기면서 받은 돈은 절약해서 남겨두었고, 논밭도 얼마간 처분했다. 섬 노로돈치祝女殿內06라는 유서 깊은 가문이었기에 재산은 있었다. 외동아들을 멀리 떠나보내는 것은 참기 어려운 심정이었겠지만, 그래도 마음먹고 아들의 원을 따라주었던 것은 역시 남편이 사망한 탓도 있었다. 남편이 사망하고 아들까지 보내고 나면 적적하긴 하겠지만 그보다는 아들이 대학을 나와 훌륭한 노로돈치 가문을 지켜주었으면 하고 바랐다. 대학에 보낸 아들이 그것 때문에 집을 떠나게 되리라는 생각은 미처 하지 못했다. 거기다 노로돈치 며느리는 노로 직을 맡아 섬의 신사神事를 섬기지 않으면 안 되는데 야마토 며느리가 그것이 가능할 리 없다고 생각하니, 그녀는 정신이 아득해졌다. 조카인 젠이치에게 그 책임을 추궁하자 젠이치는 시치미 뚝 떼며 말했다.

"도쿄에 가지 않아도 그렇게 될 운명이었어요, 고모."

"운명이란 게 뭐니, 운명이라고 하면서 책임을 회피하려나 본데.

---

05 1954년 3월, 미 민정부에 의한 군용지료 '일괄지불—括払い, Lump-Sum Payment' 정책을 일컬음. 한 번에 토지임대료를 지불함으로써 군용지를 확보한다는 정책이었지만, 사실상 헐값에 군용지를 매수하려는 토지매수정책의 일환으로 오키나와 주민들의 거센 반발을 불러일으킴.

06 영내 번영과 평화를 기원하는 등의 공적인 제식을 담당하는 여사제 노로祝女가 머무는 공간.

오키나와에 있었으면 적어도 야마토 며느리는 보지 않아도 됐을 거야."

"이런 말까지 하고 싶진 않지만요, 고모. 지금 대학 나온 며느리라면 야마토 사람이 아니더라도 노로의 대를 이어갈 사람은 아무도 없어요."

"그런 일까지 네가 걱정하지 않아도 된다. 노로돈치가 당주堂主를 잃고, 재산도 갉아 먹고, 그것만으로도 조상을 뵐 낯이 없는데 아들까지 대학에 보내 놓으니 배신을 하고 말이야."

"그러니까 좀 더 분명히 해 둘 필요가 있어요. 이제야 말하지만 말이에요. 세상은 더 이상 노로를 필요로 하지 않는다니까요. 나라에서 돈도 나오지 않게 된 것이 그 증거지 않겠습니까?"

"그건 나라가 없어졌으니까 어쩔 수 없는 일이야. 그렇더라도 마을의 신은 지켜야 하지 않겠니?"

"마을의 신이라고 하지만, 마을 사람들은 축제에 참가하는 사람이 해마다 줄고 있지 않습니까?"

"줄긴 했지만 대가 끊기거나 하진 않을 거야. 나 혼자라도. ……거기다 오가키大垣 선생님이 일본 정부에 신청해서 뿌리가 끊어지지 않게 해주신다고 했고."

"오가키 선생님은 학자에요. 축제를 없애고 싶지 않은 마음에서 일거에요. 그리고 정부라는 데는 그렇게 간단하게 돌아가는 곳이 아니에요."

오가키 기요히코大垣淸彦 — 대학교수, 민속학자로 오키나와 고대

신사와 생활을 연결시킨 연구를 위해 5년 동안 연간 한 번씩 여름방학 무렵 이곳을 찾았다. 학문을 위한 것만이 아니라 오키나와가 좋아서 매년 온다고 한다. 역시 하마가와 야에와의 교제가 가장 많았다. 야에는 비밀은 어디까지나 비밀로 절대 발설하지 않는 타입이다. 그럼에도 오가키는 노여워하지도 포기하지도 않고 인내심 강하게 교제한다. 그러나 그러면 그렇지,라고 젠이치는 생각한다. ──결국은 야마토인 학자의 도락道樂이다.

"고모도 오가키 선생님을 전적으로 신용하는 건 아닐 텐데요."

"니들보다는 나아. 세상이 변했다고 신을 소홀히 하고 말이야."

"제 힘으로도 어쩔 수 없는 일이에요. 신은 더 이상 예전의 신이 아니에요. 시대의 흐름에 뒤떨어져서는 안 되죠. 가미시마 노로돈치의 장남이라 하더라도 학문을 할 권리는 있는 것이고, 섬에 묶이지 않고 성장할 권리는 있을 테니까요."

그렇지 않아,라고 야에는 마음속으로 고개를 저었다. 말로는 젊은이를 이길 수 없지만 자신의 신념은 확고하다. 야마토인 며느리든 아니든 해야 할 일은 해야 할 일이다, 어떻게든 노로의 대를 잇게 해야 한다. 며느리는 아들의 아내다. 남편을 전쟁으로 잃고 홀로 키워온 아들인 것이다. 게다가 우리 집 내력은 어렸을 때부터 들었을 테고, 싫다고 할 리 없다 ──고 생각하며 아들의 귀향을 기다렸다.

그리고 두 번째 놀라운 일이 찾아 왔다. 기무라 요시에가 하마가와 겐신浜川賢信의 유골을 들고 야에 앞에 나타난 것이다. 아무런 예고도 없었다. 야에는 마침 오전 밭일을 마치고 점심을 먹으러 집에 돌아온 참이었는데 처마 밑에서 갑자기 한눈에 보기에도 도회풍 여자가 나타났다. 그 얼굴은 아들이 보내준 사진에서 본 적이 있어 바로 알아보았지만, 같이 와야 할 아들은 작고 흰 상자가 되어 가슴에 안겨 있었다. 그것을 보고 잠시 말을 잃었고 결국 식사를 하지 못했다. 아들은 교통사고로 죽었다고 **며느리**가 전했다.

장례식을 마친 다음 날, 야에는 요시에에게 다시금 호적에 들어올 건지 어떤지를 물었다. 요시에는 분명하게 들어갈 의사가 없다고 대답했다. 야마토인이라고 반대했으면서 겐신이 죽은 지금에 와서야 새삼스럽게 호적에 올리는 것은 이상하지 않느냐고 말했다. 야에는 수긍이 안 가는 것은 아니지만, 그렇지만 외롭다고 말했다. 앞으로 혼자서 나이를 들어간다고 생각하니 외로워서 안 되겠다고 말했다. 한 달만 있겠다고 요시에는 대답했다.

"모순이라는 생각에 화도 났지만 정에 마음이 약해졌어."
라고 요시에는, 배에서 알게 된 요나시로 아키오与那城昭男에게 경위를 말했다.

"과연 앞으로 벗어날 수 있을까? 섬의 신에게 붙잡힌 게 아닐까?"

"시험하는 거야?"

"내 운명을 말이야. 그래서 엊그제 몰래 탈출해서 나하에서 놀다 왔어."

그것 때문에 입씨름을 한 것이었다.

"나하에 가서 또 어디에 남자라도 만들고 온 게지?"
라고, 야에는 말했다.

"남자를 만들거나 말거나 어차피 이 집에 있을 날도 얼마 남지 않았으니 상관할 필요 없지 않아요?"
라고, 요시에는 지지 않고 대꾸했다.

그러자 야에는 얼굴이 일그러지며 눈물을 흘렸다. 요시에는 그대로 참고 있었다. 그리고 다음 말을 기다렸다. 예상과 달리 야에는 소곤소곤 잘 들리지 않는 목소리로 중얼거렸다.

"위령제까지 유골을 어떻게든 찾아야 해."

아버지의 유골이었다. 요시에는 겐신에게서 그의 아버지의 죽음에 대해 단순히 섬 전쟁으로 죽은 것이라고만 들었는데, 그 **비밀**에 대해 섬에 도착하고 얼마 안 되어 알게 되었다.

하마가와 겐료浜川賢良는 마을 면사무소 산업과에 근무하고 있었다. 수비대가 들어오면서 마을 산업과는 거의 군의 식량 공출에 매달렸다. 본섬에 있는 사단 병점에서 보급하는 것으로는 턱없이 모자랐다. 특히 적이 상륙하기 직전에는 섬은 군민과 함께 자급자족을 하도록 강제했는데, 섬에서 생산하는 것만으로는 도저히 그만큼의 인구를 먹여 살릴 수 없다는 것을 알게 된 구로키 대장은 도민에게 자결을 명했다. 섬사람들이 대거 아카도바루 혹은 여기저기 흩어져 있는 호 안에서 수류탄이나 칼, 면도칼로 자신의 목숨을 끊거나 서로를 죽이고 있을 때, 하마가와 겐료는 처자식을 데리고 도망갔다. 하마가와 야에만 알고 있는 비밀의 호—산 깊은 곳에 있는 노로가 기도하는 곳으로 산호초 자연암으로 만들어진 깊고 음습한 동굴에 숨어들었다. 본래 노로만 들어 갈 수 있는 장소였기 때문에 야에는 주저했지만, 이때만큼은 남편의 뜻에 따라 아들과 함께 세 명이 몸을 숨겼다. 세 가족만의 호라는 것을 알게 된 것은 이틀이 지나고서였다. 이틀째 되던 날 죽지 못한 사람과 죽음에 이르지 못하고 피범벅이 된 사람들이 밀려들었다. 그리고 다시 일주일 정도 흘렀다. 식량 궁핍이 극에 달했다. 호에 있던 사람들은 교대로 밤이 되면 밖으로 나가 손에 잡히는 대로 고구마를 주워왔다. 어느 날, 대수롭지 않은 잡담을 하던 중 하마가와 겐료가 산업과 직원이라는 것을 군인이 알게 되었다. 하사관 하나가 겐료에게 면사무소에 비상식량을 비축해 놓았을 테니 그것을 가져 오라고 했다. 그런 건 없다고 겐료는 말했다. 하사관은 분명히 그런 게 있다고 들었다고 장담하며 당신은 그걸 알았기 때문에 집단자결을 피해서 온 거라고 추궁했다. 그리고는 마침내 겐료를 무리하게 끌고 찾으러 나섰다. 둘은 그대로 돌아오지 못했다. 섬에 전투가 완전히 종료되어 살아남은 사람들이 포로가 되어 모여들었을 때, 야에는 남편의 소식을 들었다. 소식이라고는 하지만 마지막 모습을 봤다는 이가 있었던 건 아니다. 언제 어디서 소철蘇鐵[07] 뿌리를 캐는 모습을 보았다는 사람이 있었고, 병사에게 끌려가는 뒷모습을 목격했다는 이도 있었다. 때와 장소를 맞춰보고 막연하게나마 지역을 한정해 보니 그 부근을 배회하다 사망한 것으

---

07 1920년대 세계적 불황과 함께 설탕가격 폭락으로 일본이 주도하던 오키나와 제당업에 커다란 타격을 입었고, 이로 인해 오키나와 사회는 극심한 식량부족 상태에 빠짐. 이른바 '소테쓰 지옥蘇鐵地獄'이라 하여 소철의 독소를 빼지 않고 식용하여 많은 사람들이 죽음에 이르기도 함. '소테쓰'는 오키나와의 기근과 빈곤을 상징함.

로 보인다. 폭사인지 아사인지 아니면 살해된 건지——.

전쟁 이후 몇 년이 지나 섬에서 겨우 생활다운 생활을 할 수 있는 기반이 마련되자 유골 수습이 시작되었다. 격감한 인구와 세대에 해외에서 이주해 온 사람들 몇몇이 가세했다. 그들이 유연, 무연의 유골들을 주워 모았다. 형식적으로 숫자만 맞춘 유골을 거두어갈 사람이 있으면 전달하고 나머지는 무연불無緣佛로 모셨다. 전쟁의 기억은 그것으로 일단락되었다. 섬사람들은 풀만 무성한 밭을 다시 경작해 비옥하게 만드는데 주력하기 시작했고, 바다에 나가는 사람들은 면사무소와 함께 정부에 요청하여 어선을 늘려갔다. 하마가와 야에 혼자만의 전후가 이 무렵부터 시작되었다. 일하는 짬짬이 산에 올라 곡괭이질을 하고 있는 그녀의 모습을 사람들은 목격하게 되었다. 가끔 그녀의 곡괭이에 인골이 발견되기도 했지만 그녀는 그것을 무연불로 모실 뿐이었다. 그것이 15년이나 계속되고 있다.

"서글픈 얘기군……." 요나시로 아키오는 말했다. "유골이라고 해도 아버지 것인지 아닌지 증거가 없을 텐데."

"그게 있다는 거야."

"있어? 유골에?"

"유골이 아니라 마가타마勾玉[08]와 함께 묻혀 있을 거라고."

"마가타마? 그게 뭔데?"

"노로의 신의 도구라고 하던데. 염주 같은 거라고."

---

08 곡옥. 노로가 제식에서 사용하는 도구.

"신의 것이라는 말이군. 그러고 보니 들어본 것도 같아. 일본 신화인가 어딘가에서. 흠, 여기에도 그런 것이 있나보군."

"집을 나설 때, 그것 하나만 신의 증표로 가지고 나갔다고. 그것을 아버지가 군인에게 끌려 갈 때 쥐어 보냈다는 거야."

"무슨 이유로?"

"부적 대신인 거지."

"그렇군."

"수정으로 만들어져 있어 썩지 않는대. 그래서 그것이 발견되면 그 주변에 있는 유골이 아버님 것이 틀림없다는 거야."

"그렇게 아름다운 것이라면 누군가 주워 갔을지도 모르지 않나?"

"그런 말도 소용없어. 어쨌든 그런 사연이 있어. 오로지 그걸 목표로 열심히 살아오신 거니까."

"아들도 그 작업을 함께 했나?"

"어머님 말씀은 했다고 해. 단지 그는 아버지 이야기를 하고 싶어 하지 않았어."

"집념이 강하네. 그런데 그 마음을 이해할 것 같기도 해. ─그 어머님 말이야."

"난 정말 모르겠어. 이제 와서 죽은 사람이 살아 돌아오는 것도 아니고."

"그런데 오키나와에서는 과거는 아직 계속해서 살아 있으니까."

"과거가 살아 있기는 어떤 사람에게나 마찬가지 아냐? 나한테도 있으니까. 그래도 나는 그것을 끊어버리지 않으면 살아갈 수 없다고 생각해."

"그래서 하마가와 겐신의 고향을 버리고, 도쿄로 돌아가 다시 분발하려는 거군."

기무라 요시에는 그 말에는 대답하지 않았다. 그 다음 일에 대해선 할 말이 없었기 때문이다. 도쿄로 돌아가서 앞으로 어떻게 할지 아직 계획한 것은 없었다. 그러나 할 말이 없었던 건 그런 이유만이 아니었다. 자신의 삶 내부의 것까지 말하는 것은 어차피 불가능한 일이라는 생각이 있었다. 하마가와 겐신과 의기투합하여 함께 살았던 일 년간도, 예컨대 겐신은 아버지와 어머니에 대해 말할 때 깊이 있는 이야기는 일부러 피했다. 그녀 또한 자신의 가족에 대해 겐신에게 숨긴 것이 있었다. 그렇다면 무엇으로 기가 통했느냐면 그와 같은 비밀을 가졌던 것이 서로 통한 거라고 그녀는 대답할 수밖에 없다.

하마가와 야에의 삶에 대해서도 요시에는 그렇게 대응했다. 겐신은 몇 번인가 "우리 엄마는 신이야."라고 말했다. 어떻게 신일 수 있냐고 되물으려 하면 "그런데 변변치 않은 신이야." 신이라고 하니 조금은 신비한 분위기이겠거니 하고 왔지만 의외로 평범한 보통 여자에 지나지 않는 것을 보고 처음은 실망했다. 그것도 아주 초짜라는 것을 알게 된 건, 15년이나 유골 찾기를 계속하고 있는 것을 알게 된 이후였다. 이렇게는 더 이상 따를 수 없다는 생각이 들자 하마가와 가문과 자신을 분명히 구분 지었다. 하마가와 야에의 삶에 개입하는 것도 그만두었고 야에가 시어머니 노릇하려는 것도 거부했다.

그것이 야에는 참을 수 없었다. 야마토 며느리 따위는 애초부터 이 집과 어울릴 수 없다는 생각이 마음 한 켠에 있었다. 그런데 눈앞에 있는 여자가 외아들의 아내였던 여자라는 생각이 들자 아들이 이만큼이나 성장해 죽었으니 이 여자를 잃으면 그와 동시에 가장 사랑하는 아들마저 자신을 완전히 떠나버릴 것 같은 기분이 들어 두려웠던 것이다.

"남편이 죽었다고 해서 멋대로 바람을 핀다거나 하면 벌 받는다."는 따위의 며느리가 싫어할 만한 말을 내뱉는 것도 정들지 않은 며느리지만 무리하게 자신이 겪어온 금욕적 생활에 들어오게 함으로써, 자신을 고독으로부터 보호하는 방패막이로 삼고자 하는 마음의 표출이었다.

다미나토 신코가 방문했을 때 입씨름은 일단 끝난 듯 보였지만, 아직 서로에게 노여움이 남았던지 얼마 동안 말도 하지 않고 야에는 저녁 식사 준비를 위해 부엌에, 요시에는 여행가방을 열어 나하에서 사온 물건들을 다시 정리하고 있던 참이었다. 그 어색한 분위기를 다미나토는 느꼈다. 그가 처음 인사를 했을 때 하마가와 야에는 깜짝 놀라며 눈에 희미한 눈물이 맺혔지만 기무라 요시에는 물 위의 기름처럼 어색하게 형식적인 눈인사만 나누고는 여행가방에서 손을 떼지 않았다. 방은 다타미 8조 가량의 거실 안쪽에 위치한 3조 크기다. 아들 방이었던 듯 입구 쪽에 눈에 띄는 요즘 유행하는 화려한 커튼이 쳐져 있었다. 며느리가 한 걸까, 이 집과는 너무나 안 어울린다는 인상을 다미나토는 받았다. 8조 방 중앙에는 이 집의 불단과 노로 신을 모시는 곳인 듯, 3개의 양석陽石을 세운 작은 봉당이 있었다.

커튼은 그 바로 옆에 늘어져 있었다.

다미나토는 섬에서 교사 생활을 하던 3년 동안 이 집에 하숙을 했다. 그 무렵은 별실을 갖춘 큰 집이었다. 다섯 평 정도의 별실에 다미나토는 혼자 머물렀다. 그 별실도 이제 없고 본채도 원래 집보다 훨씬 작아져 있었다. 집의 기초석이 그대로 남겨져 있는 것을 다미나토는 새삼스러운 기분으로 둘러보았다. 3년간의 생활은 여유로웠다. 전쟁도 막바지로 접어들었다고는 하나 학생들을 데리고 해변에서 낚시를 드리우거나, 산으로 구아바를 따러 가기도 한 것을 생각하면 역시 '섬의 평화'라는 것이 있었다. 식량이나 의복도 통제되고, 옛 풍속인 정월대보름날 밤을 기해 '정월 돼지正月豚'[09]를 삶는 목가적인 풍경은 더 이상 찾아볼 수 없게 되었다. 산을 걷다 보면 스테이플 화이바 옷은 땀으로 범벅이 되어 찝찝했는데 지금은 덴마크산 소시지 통조림통이 나뒹굴고 산 위에 희고 빛나는 나이키 기지가 자리하고 있는 것을 보니 그때가 진정한 **섬**이었다는 생각을 한다. 그 무렵 하마가와 겐신은 아직 학교를 다니지 않았는데 맨발로 다미나토를 따라 용수지에 낚시를 가기도 했다. 그 아이가 대학을 졸업했다는 것만으로도 감개가 무량한데 그 며느리가 이 도회풍 여자라니 다미나토는 현기증이 날 것 같았다. 화려한 꽃무늬 커튼의 하늘거림과 그 옆에 조용히 놓여 있는 신의 양석을 다미나토는 가만히 번갈아 보았다.

---

09 정월대보름에 먹는 음식으로, 집에서 사육하던 돼지를 삶아 만든 요리.

"선생님, 사모님은?"

하마가와 야에가 묻는 말에 다미나토는 조금 찔렸다. 소개지에서 그곳 여자를 아내로 맞았다는 것이 야에 앞에선 너무 경박해 보일 것 같았다. 그러나 조심스럽게 사정을 말하니 하마가와 야에는 의외로 아무렇지도 않게 덧붙여 아이 이야기를 묻고는,

"그거 잘됐네요."

라고 말했다. **잘됐다**는 것은, "전쟁의 화를 입지 않아 잘됐다"는 뜻으로, 다미나토는 받아들였다. 그리고 멋쩍음을 감추려는 마음 반으로,

"아주머니는 그런데, 홀로 되셔서 힘드시겠어요."

라고 말했다. 하마가와 부자의 죽음은 화제에서 건너뛰려 했다. 일부러 그걸 말하는 건 너무 가혹한 것 같아 배려하는 마음에서였다.

"모처럼 며느리도 먼 곳에서 왔지만 이대로 잘 지낼 것 같지 않아요."

그 의미를 다미나토는 잘 알 것 같았다. 생활 감각이 너무도 **다른** 야마토 사람과 같이 살아갈 일을 겁내고 있음을 다미나토는 바로 알아차렸다. 다미나토는 문득 시선을 요시에 쪽으로 돌렸다. 완전히 방언으로 이야기를 나누었기 때문에 요시에에게는 통할 리 없었다. 그러나 요시에는 재빨리 야에를 훔쳐보았다. 그 시선의 예리함에 다미나토는 잠시 흠칫했다. 야에는 요시에에게 통할 리 없다고 방심하는 걸까, 아니면 통해도 별로 상관없다는 뻔뻔함으로 일관하는 걸까, 요시에를 신경 쓰지 않는 듯 얼굴은 다미나토 쪽으로 향해 있었다. 그런 시의와 무시가 이렇게 간단히 일어날 수 있다는 것도, 다미나토는

간파했다. 하마가와 야에와 기무라 요시에 사이의 일들을 자세히 들은 바 없고, 두 사람과 만난 시간도 얼마 되지 않았지만 다미나토에게는 당연한 것처럼 생각되기도 했고 이상하게도 생각되었다. 그는 문득 자신이 야마토 여자를 아내로 삼은 것에 대해 지금이라도 야에가 다시 따져 물을 것 같은 불안을 느꼈다. 자신들 부부 사이에 그런 위화감이 있었다고 생각되지 않는다. 그러나 추궁해 오면 "아무렇지 않습니다"라고 대답하면, 하마가와 야에의 고민을 너무 이해하지 못하는 듯해서 꺼림칙했다. 그러나 야에는 다른 화제로 돌려서 다미나토를 또 한 번 놀라게 했다.

"우리 집 양반도 야마토 군인에게 살해된 것 같아요. 그렇기 때문에 그 유골 찾는 일을 며느리가 돕는 건 의무라고 생각해요."

그리고 유골 수습이 아직 끝나지 않았다고 말했다. 다미나토의 생각이 갑자기 복잡하게 회전하기 시작했다. 앞으로 돌고, 뒤로 돌고, 좌우로 흔들리는 것처럼 혼란했다.

"야마토 군인에게 살해되었다."라는 것은, 있을 수 있는 일이라 생각한다. 그러나 야에가 그렇게 확신하는 모습은 무슨 증거라도 있어서일까. 그렇다면 그 유골 수습을 며느리가 돕는 것은 의무라는 건 또 무슨 뜻일까. 야마토 사람이기 때문에 하마가와 아버지를 죽인 자의 책임을 연대로 짊어져야 한다는 것일까. 이런 식으로 연대책임을 진다는 것이 어느 정도까지 타당한 것일까. 야마토 사람들이, 아니 며느리가 이해할 수 있을까. 자신은 조금은 이해할 수도 있을 것 같긴 한데, 하마가와 야에는 어떻게 저렇게 아무런 저항감 없이 생

각할 수 있는 걸까. ――여기까지 지벅거리며 생각을 계속해 가던 중,
다미나토에게 지금 이야기와 관계없는 일화가 떠올랐다.

그의 모친 쪽 숙부는 의사였다. 다미나토가 어렸을 때, 그때까지
다른 현에 있는 병원에서 근무하던 숙부는 고향으로 돌아왔다. 어머
니의 고향은 농촌이다. 외조부모는 하나뿐인 아들 숙부에게 논밭을
팔아 의사 공부를 시켰다. 아들이 출세해 귀향할 날만을 고대했다.
그러나 숙부가 데리고 온 며느리는 야마토 사람이었다. 소시민인 조
부모는 일단은 소박하게 환영했지만 점점 말이 없어졌다. 아들 내외
와는 따로 살았고 며느리 쪽도 조부모에게 말을 거는 일은 거의 없
었다. 그녀가 의식적으로 피한 것은 조부모만이 아니라 마을 사람들
모두였다. 그녀와 그들과의 **차이**는 예를 들면 조상을 섬기는 행사가
많은 오키나와의 생활에 있었다. 행사를 위해 지출되는 경비의 낭비
가 너무 많으니 절약을 하자는 며느리와 이를 받아들이지 않겠다는
조부모의 입장 차이다. 이것이 또 마을 사람들에게 전해져 "저 야마
토 며느리는 조상을 소홀히 한다"며 마을에서 수군거리는 목소리가
들리게 되었다. 뒤에서 험담을 하면서도 야마토 사람에게 뭔지 모를
소외감을 느끼던 마을 주민들은, 병원에 진찰이라도 받으러 가면 간
호사를 돕고 있는 사모님에게 머리만 연신 조아릴 뿐 이야기가 잘
통하지 않아 그녀를 초조하게 했다. 그녀는 남편을 따라 오키나와로
건너왔는데 3, 4년이 지나자 남편에게 심한 질투를 느끼게 되었다.
의사협회 모임으로 마을에 외박이라도 할라치면 반드시 부부싸움
이 되었다. 마을 사람들로부터 고립되어 남편만 의지했기 때문이라

고들 했다. 오키나와에도 전쟁의 그림자가 가깝게 다가오자 현 밖으로 소개해 가는 사람들이 늘었지만 숙모는 소개하려고 하지 않았다. 숙부는 군의요원이었기 때문에 소개가 허락되지 않았지만 숙모와 그의 대를 이을 어린 아들은 소개했어야 했다. 조부모는 핏줄이 끊어지면 안 된다고 생각해서 그러기를 바랐고 그녀도 아들을 데리고 친정에 가면 오키나와에서 느꼈던 거북함과 고독감으로부터 벗어나 해방될 수 있었을 것이다. 그런데 왜 소개하지 않았던 걸까. 그 이유를 다미나토로서는 그 당시 도무지 알 수 없었다. 그가 소개할 것으로 생각하고 인사차 들렀을 때, 숙모는 입으로는 "나도 소개하고 싶어."라고 말했지만 본심은 그렇지 않다는 것을 다미나토는 간파했다. 그 진의를 다미나토가 계시처럼 깨닫게 된 것은, 어머니의 친정 사람들——조부모와 숙모와 아들, 거기다 군의로 현지 소집에 응했던 숙부가 모조리 남부 전선에서 전사하고, 일가의 핏줄이 한때 끊겼다는 이야기를 들었을 때였다.

'숙모님은 이러한 운명을 예감한 것은 아닐까. 그녀가 운명으로 주어진 가정에서 고독을 피할 수 없게 되자 남편에게 기대려는 마음이 너무 강하여 질투가 심해졌고, 소개해 간다고 해도 안심하고 남편을 두고 떠날 수 없었기 때문이었을지 모른다. 그렇다고 하더라도 목숨을 걸고 섬에 남아 있겠다는 심정은 아마도 마을 사람들로서는 이해하기 어려웠을 것이다. 설령 섬에서 그대로 전쟁에 목숨을 잃는다 해도 그때는 아마도 남편도 그럴 것이며, 자신 또한 고독으로부터 자유로워질 것이다, 가능한 그러고 싶다는 염원이 의식 밑바닥에

숨어 있지 않았을까⋯⋯.'

다미나토의 어머니도 돌아가셨다. 다미나토는 이러한 상상을 동생과 재회했을 때 말했다. 동생은 잠시 생각에 잠긴 후 말했다.

"나는 숙모님이나 할아버지, 할머니가 피난 다니면서 서로 잘 도왔을까 하는 쪽이 더 궁금해."

그도 그렇군, 이라고 다미나토는 생각했다. 평화로운 일상에서 따로 살았던 조부모와 숙모 가족이 죽기 직전까지 동거하며 운명을 같이한 것 역시 뭔가를 암시하고 있는 것처럼 생각되었다.

——다미나토는 하마가와 야에와 그녀의 남편 겐료가 섬에 전쟁이 한창일 때 야마토 군인들과 어떻게 지냈을지 그것이 알고 싶었다. 그러나 야마토 며느리 앞에서 그런 질문을 하기가 꺼려졌다.

3

여름의 늦은 석양이 온통 마을을 감싸 안을 무렵, 다미나토는 하마가와 댁을 나왔다. 공민관公民館에서 환영회를 한다며 마중을 나와 있었다. 마중 나온 젊은 남자는 다미나토 앞에 서서는 굵은 목소리로,

"도카시키 야스오渡嘉敷泰男입니다."

라고 말했다. 그 젊은 남자가 눈앞에 선 순간, 다미나토는 그가 소개한 제자 가운데 하나라는 것을 어렴풋이 기억해 냈다. 그 기억이 틀리지 않았음을 알게 되자 섬에 도착한 후 숨 막힐 것 같았던 몇 시간이 비로소 사라진 것처럼 느껴졌다. 섬이 그를 환영해 주고 있음을 처음

으로 실감했다.

"이곳 학교에 근무하고 있습니다."

라는 말을 들으니, 그런 기분이 더 강해졌다. 제자들을 다른 사람의 손에 맡겨 섬으로 돌려보냈다는 꺼림칙한 기분이 20년 동안 그를 엄습했다. 이번 섬에 건너올 때에도 20년간의 공백과 부끄러웠던 기억을 떠오르지 않을까 마음이 쓰였다. 그런 걱정이 한번에 사라지는 듯한 느낌이었다. 도카시키 야스오가 섬 학교 교사라는 것이 왠지 다미나토의 공백을 메워주는 것 같은 기분마저 들었던 것이다. 다미나토는 도카시키와 나란히 걷는 밤길이 20년 전 그때처럼 느껴졌다. 낮에 봤다면 분명히 다른 풍경이었을 것이다. 초가지붕이나 기와지붕 대신 블록이나 함석지붕이 늘어난 것도 그러했다. 그러나 밤은 그것들을 감추어 다미나토를 20년 전으로 쉽게 불러들였다. 공민관까지는 조금만 더 걸으면 되었다.

"아이들 울음소리는 역시 들리지 않는군."

다미나토는 느닷없이 말했다.

"네? 무슨 말씀이세요?"

도카시키는 무심히 회중전등 빛으로 주위를 비춰 보았다. 다미나토는 웃으며,

"얼마 전 어딘가에서 읽었는데, 전쟁 전에는 시골 마을에서 저녁 길을 걸으면, 여기저기서 아이들 울음소리가 들렸다는군. 주부들이 바빠서 아이를 돌봐줄 수 없었기 때문이지. 그러던 것이 전쟁 후에는 들리지 않게 되었어. 라디오나 텔레비전 소리로 가득 채워졌지.

그만큼 세상이 안정되고 사람들의 삶도 좋아진 거겠지."

"거기까진 몰랐습니다. 그렇게 말씀하시니 그 아이 울음소리는 제 기억에도 조금 남아 있습니다."

"역시 전쟁 이후 변한 것 같나?"

"글쎄요……." 도카시키는 처음 그런 화제와 마주한 것처럼, "변화라고 한다면, 지금 선생님께서 말씀하신 것처럼 변한 것도 같습니다. 그런데 이상하게도 일상생활에서는 그런 느낌은 전혀 없습니다."

"자네, 대학은 어딜 나왔나?"

"류큐琉球대학입니다."

"섬 밖을 나간 적이 없으니, 변화를 모르는 건지도."

"선생님의 눈에는 상당히 변한 것처럼 보이십니까? 풍경이 아니라, 사람들의 정신 말입니다. 마을 사람들 인상이라든가."

"나는 지금 하마가와 아주머니를 만나고 오는 길이네."

"아아, 그분은 특별해요……." 도카시키의 말투는 다미나토가 놀랄 정도로 분명했다. "그분은 우연한 사고를 너무 많이 겪으셔서요."

"우연한 사고? 아들이 교통사고로 사망한 것은 그렇다 치더라도, 아저씨가 전쟁에서 사망한 것도? 섬사람들은 그렇게 말하나?"

다미나토의 어조가 조금 조급해졌다.

"아닙니다. 전쟁에서 돌아가신 걸 말하는 게 아니라, ……그러니까 하마가와 아주머니는 자신의 남편이 야마토 군인에게 살해당했다고 확신하고 계세요……."

"그렇지 않단 말인가?"

"그건 모르겠습니다. 그러나 그렇든 그렇지 않든 그렇게 확신하는 것이 이미 그 아주머니의 불행의 징조이죠. 그런데다 아들마저 죽은 거예요. 그 며느리가 야마토 사람이라는 것이 하나의 불행한 우연인 겁니다. 아주머니의 머릿속에 남편이 야마토 군인에게 살해당했다는 이미지가 강하게 각인된 건, 바로 그 무렵이었어요."

"아주머니는 남편의 유골을 찾아 15년 동안이나 산을 헤집고 다니신다는군. 그건 우연이라기보다 뿌리 깊은 불행의 징조라는 건가?"

"밖에서 보면 그렇게 보일 겁니다. 그런데 그 생활을 계속해 오신 아주머니는 어느 정도 즐기고 계신 듯해요."

"즐긴다고?"

"그런 것을 시작한 동기는 슬픈 마음에서였을지 모르지만, 그런데 예컨대 산 지형을 잘 외워 두었다가 불발탄 줍기를 할 때 모두에게 여러 가지 참고가 될 만한 것들을 알려주기도 하거든요. 뭔가 전문적인 일을 즐기고 있는 듯한 분위기도 있어요."

"그러나 위령제에는 전혀 참석하려 하지 않는다고 하지 않은가?"

"그것도 처음에는 약간 위화감이 들었던 모양입니다만, 요즘은 익숙해졌어요. 마을에서는 그렇다고 해서 이렇다 저렇다 말하는 사람은 이제 없어요."

그것은 **익숙해지는 것**이지 정신적 평화를 얻은 것과는 다르지 않은가, 라고 다미나토는 생각했다. 이 도카시키 야스오라는 청년은 후텐마 젠이치와 상당히 비슷한 생각을 하고 있는 듯했다. 후텐마 젠이치가 배 안에서 하마가와 야에에 대한 이야기를 굳이 꺼낸 것 역시,

전쟁을 겪은 이 섬에 예전과 같은 평화는 더 이상 없다, 있다고 해도 자칫하면 붕괴될 요소가 여기저기 산재해 있음을 대변해 주는 것이라는 생각을 했다.

다미나토는 도카시키의 얼굴을 훔쳐보았다. 궁핍한 소개지 생활로 모든 것이 부족하겠거니 하고 찾아온 고향의 섬이었다. 그런데 막상 와보니 도카시키 야스오의 성장 과정에 대체 어떤 체험이 쌓였기에 이렇듯 **평화롭기 그지없다**는 식으로 말할 수 있는 건지 알고 싶어졌다. 어두워서 그 얼굴은 보이지 않았다. 다미나토 안에 도카시키의 성장한 현재의 얼굴은 아직 익숙하지 않았고 어둠 속에서 그의 어렸을 때 얼굴이 떠올랐다. 다미나토에게 기억 하나가 떠올랐다. 규슈의 소개지에 도착했을 때, 무엇보다 그들을 감동시켰던 것은 당시 '긴메시銀メシ'라 불리던 흰쌀밥이었다. 면사무소 앞에서 커다란 주먹밥을 받아든 아이들은 말없이 그러나 눈을 반짝거리며 그것을 먹었다. 그 아이들 가운데 도카시키 야스오도 있었는데, 뭔가를 발견하고 놀란 듯 작은 탄성을 지르며 일어서는 바람에 손에 쥐었던 주먹밥이 떨어졌다. 마을 사람들이 다른 것으로 바꿔 주겠다는 말을 뿌리치고 주먹밥에 묻은 흙을 정성스레 털어내고 다시 먹기 시작했다. 나중에 무엇 때문에 놀랐냐고 물으니, 수줍은 듯 건너편에서 걸어오는 여자가 자신의 어머니와 너무 닮아 자기도 모르게 말을 걸려다 그랬노라고 대답했다. 그 가난함이 나이 든 하마가와 야에의 생활 속엔 아직 남아있는데, 젊은 도카시키 야스오에게는 더 이상 없는 걸까,라고 생각하니 다미나토는 이상한 기분이 들었다.

"도카시키 군, 부모님은 건강하신가?"

다미나토는 물어 보았다.

"예? 아 네, 건강하세요." 도카시키 야스오는 아무렇지 않은 듯 대답했다. "어머니는 목에 면도칼 상처가 희미하게 남아 있어요. 아버지는 상처가 없는데 말이죠."

"……."

다미나토는 꿀꺽하고 말을 삼켰다. 양친이 건강하다는 것은 질문할 때부터 예상한 일이었다. 오히려 그 예상을 확인하기 위한 질문이었다. 그리고 그것이 성공했다고 생각한 순간 생각지 못한 방향의 대답이 돌아왔다. 다미나토가 놀란 것은 그러나 그 의외의 대답 때문만은 아니었다. 도카시키가 아무렇지도 않다는 듯 말을 마무리했기 때문이었다. 다미나토는 뭔가를 말하려고 말을 찾았다. 그러나 이러한 상황에 맞는 말을 준비하지 못했다. 다른 화제를 만들어 보려고 그는 다시 한 번 도카시키에게로 시선을 향했다.

"여기입니다."

도카시키가 불쑥 말했다. 그 순간 도카시키의 얼굴이 빛 속에 비쳐 보였다. 그러나 두 사람은 이미 마을 사람 열 명이 모인 공민관의 잡음 속으로 흘러 들어가고 있었다. 도카시키의 표정에는 아무런 그늘도 없었고, 조금 전 말한 것을 잊은 듯,

"모두의 얼굴을, 선생님 기억하고 계신가요?"

라고 웃으며 말했다.

그리고 얼마 되지 않아 다미나토는 도카시키에게서 그늘을 찾아

낼 기회를 완전히 잃어 버렸다. 다미나토는 모여든 사람들과 재회의 인사를 하거나 처음 만난 사람과 인사를 나누는 사이 이른바 **고통의 생활**을 겪어 온 그늘진 표정을 발견하기는 어려웠다. 도카시키는 그들의 이야기 속에 때론 끼어들기도 하고 때론 온화한 표정으로 듣고 있었다.

학교장 다마키 젠코玉城善光만 현 밖에서 왔다. 다마키는 사범학교에서 다미나토보다 3기 선배였다. 전쟁 때는 고향인 중부의 초등학교에서 남부 끝까지 도망쳐 목숨은 건졌다는 말을 꺼낸 후 전쟁에서 선배들 대부분이 죽는 통에 자기 같은 이가 교장이 되었다고 했다. 그리고 다미나토에게도 이곳에 있었다면 벌써 교장이 되었을지 모른다고, 어쩌면 이 학교는 지금쯤 다미나토의 것이 되었을지 모른다는 등의 말을 했다.

촌장 지나 도쿠에知名德永는 후텐마 젠이치와 배 안에서 이야기를 나눌 때는 생각이 나지 않았는데 그도 그럴 것이 다미나토가 이 섬에 왔을 땐 만주에 파병되어 없었기 때문이다. 다미나토가 지금 살고 있는 곳에 그와 같은 군 출신자가 있는데, 그 사람 이름을 대며 아느냐고 물어 보았다.

섬에 있는 두 개의 마을 가운데 한 곳의 구장이 출석했다. 사람 좋아 보이는 그 구장은 자신의 딸도 다미나토의 인솔로 소개했었다고 말했다. 고향으로 돌아와 류큐대학을 졸업하고 교사가 되었으며 본섬 사람과 결혼해 벌써 두 아이의 엄마가 되어 지금은 나하에 살고 있다고 했다.

농협장은 이 섬에서는 본섬처럼 기지 덕분에 농경지를 갈아엎는 일 없이 오히려 기지 부대에 적은 양이긴 하지만 채소를 파는 이른바 '기지수입'을 올리고 있다..그런 의미에서는 오히려 전쟁 전보다 농가경제가 좋아졌다고 할 수 있는데, 다만 사탕수수를 심어도 이것을 분밀당 공장으로 반입하려면 본섬으로 가져갈 수밖에 없다. 섬에 작은 분밀당 공장이 있지만 규모가 작아 생산성이 떨어지므로 본섬만큼 돈을 벌 수 없어 그것이 분할 따름이다. 부디 선생님이 본섬에서 섬 사정을 소개할 기회가 있다면 편향된 보고가 아닌, 이 실정을 있는 그대로 전해 달라는 당부를 다분히 연설조로 말했다. 그 연설조 말투에서 다미나토는 소개지로 출발하던 날 장행식壯行式에서 당시 촌장이 소개 아동을 격려했던 어조를 떠올렸다. 그것을 떠올리는 한편, 그 당시 '사타야砂糖室'라 불리던 흑설탕집이 지금은 '함밀당 공장'이라는 다소 격식을 차린 이름으로 불리게 된 연유가 궁금하여 "사타야가 있던 자리는 옛날 그대로인가요?"라고 물었다. 이 질문은 20여 년이라는 간격을 조금이라도 메워 볼 요량에서 한 말이었다. 그런데 그 마음은 쉽게 거절당했다. "사타야 말씀인가요? 선생님. 그런 것은 더 이상 없어요. 기계공장이에요. 섬도 문화화되었으니까요. 공장장이 제 부하랍니다." 그렇게 말하고 농협장은 웃었다. 얼마간 허풍 끼도 있는 성격이라는 것이 느껴졌다. 다미나토는 말도 없이 갑자기 시험당하는 듯해서 조금 머쓱해졌다.

농협장은 "가쓰오부시 공장만큼은 아직 전쟁 전에 비해 조금도 발전하지 않았어요, 농협장은 제당공장이 돈벌이가 안 된다고 하는데 어협보다는 아직 나아요."라고 말하며 처음으로 모두를 웃게 했다. "그래도 근대적인 가다랑어 배를 샀으니 훌륭한 자본가가 아닌가요?"라고 말한 것은 부촌장 후텐마 젠이치였다. "부촌장은 늘 그렇게 말하죠. 개발금융공사와 절충을 이뤄낸 수완은 인정해 줄 테니이젠 그만 좀 하시죠."라며, 농협장이 과장되게 양손을 내저었다. 다시 한바탕 웃음이 일었다. 이 분위기가 사그라지기 전에 청년단장이일어나서 자기소개를 했다. "선생님께서 이 학교에 계셨을 때는 아직 입학 전이었습니다만, 하마가와 겐신 군이 다니고 있어 놀러 가곤 했습니다. 지금은 기지부대에 근무하면서 청년단장을 맡고 있습니다."라고 말하고 자리에 앉았다.

"청년단원은 몇 명입니까?"
라고, 다미나토가 질문했다.

"15명입니다. 남자 8명에 여자 7명입니다."
라고 단장이 대답하자 부촌장이,

"단장과 여자 5명이 부대에 근무하고 나머지는 면사무소에 다니거나 교사예요."
라고 주석을 달았다. 거기에 농협장이,

"섬에 남아 있는 남자는 모두 장남들뿐이라는 말도 해야지."라고 냉소 띤 말을 하고는 다미나토를 향해 "정말 큰일입니다, 선생님. 젊은 남자나 여자나 농업을 할 만한 자가 없으니 오키나와는 어떻게 되겠습니까?"

"야마토도 마찬가지에요."

"그래도 오키나와만큼은 아니겠죠. 제가 재작년에 농협시찰로 본토에 갔습니다만 거기에는 농촌 청년이 아직 연구그룹 같은 것도 꽤나 많던걸요."

"여기도 있지 않습니까?"

청년단장이 다소 정색을 하며 말했다.

"있긴 하지만 자네도 알다시피 모두 부업이지 않나."

"부업이라도 상관없지 않나요? 농업을 본업으로 하는 사람은 연세 드신 분들뿐이니 하는 수 없죠."

"그렇지." 어협장이 말을 거들었다. "부업이라도 그룹 활동을 하니 훌륭한 거야. 가다랑어 배는 부업으로라도 타는 이가 없네."

"어협장은 늘 자기 쪽으로 이야기를 끌고 간다니까."

라는 후텐마 젠이치의 말에 웃음을 되찾았다.

다음은 학교 PTA 회장을 겸하고 있는 면사무소 총무과장, 나하시 출신이지만 섬 측후소장으로 부임해 오면서 섬 유지모임에 늘 함께하고 있는 남자다. 수 년간 생활개선 보급에 힘쓰고 있으며 요 근래 신문을 떠들썩하게 장식하고 있는 프로판가스 가격 문제로 본섬에 드나드는 날이 많아졌다는 초로의 만년 부인회장, 생활개선보급원으로 정부 농림국에서 파견되었지만 일을 부인회장에게 빼앗겨 버려 활동 전략을 다시금 짜야 한다며 젊은 나이임에도 주눅 들지 않고 말하는 여자, 그런 자기소개들이 이어지는 가운데 다미나토는 20여 년 전 섬의 평화를 되돌아보는 듯했다. 이 외에 3명, 다미나토의 인솔로 소개한 학생들 부모가 말은 별로 없었지만 그래도 조용히 웃는 얼굴로 감사와 환영의 마음을 표했다. 그 표정을 보니 이 섬에 부임해 왔을 때의 환영회 분위기가 떠올랐다.

소개한 학생은 모두 10명이었는데, 그중 한 명이 도카시키, 그리고 오늘 3명의 부모와 만났으니 다미나토는 그렇게 계산하고 나머지 6명에 대해 물었다.

"그 학생들은 더 이상 섬에 없어요. 부모가 모두 사망해 버린 탓도 있을 거고."

나이든 총무과장이 이렇게 대답했다. 마을 호적계에서 40년 근무하며 섬 개개인의 일이라면 전쟁 전 일부터 가장 잘 알고 있다는 사실을, 다미나토는 떠올렸다.

"사망했다면, ……전쟁으로?"

"모두 전쟁에서 그랬죠."

"자결했나요?"

다미나토는 자신도 모르게 조급해졌다.

"게 중에는 폭격에 당한 사람도 있겠죠?"

총무과장은, 확인하는 듯한 얼굴로 주위를 둘러보았다.

"어느 쪽이든, 거의 마찬가지에요……." 어협장이 허리를 굽히며, "일본군에게 살해당한 사람도 있고."

"정말, 있었어요?"

"있어요, 그런 경우……." 어협장은 다미나토의 즉각적인 반응에 쑥스러운 듯, "하마가와 어저씨도 그랬을걸, 요."

어협장은 마지막 부분에서 역시 누군가의 동의를 얻으려는 듯한 얼굴을 했다.

"정말로, 본 사람은 없지……." 농협장이었다.

"그렇지, 부촌장?"

후텐마 젠이치는 고개를 끄덕였다.

"정말 아무도 본 사람이 없을까요……." 다미나토는 천천히 둘러보며, "본 사람이 없는데, 어떻게 그런 이야기가 나왔을까요……."

순간 조용해졌다. 그 조용한 분위기 속에 조심스럽게 부인회장이 천천히 말을 꺼냈다.

"종전 직후에 바로 퍼진 이야기에요. 처음 누가 말을 꺼냈는지 모르지만, 그런데 필시 무책임한 근거 없는 말이 아니라 누군가가 정말은 알고 있지만 단지 그것을 분명하게 말하지 않는 거라고 생각해요, 네."

모두를 이해시키려는 듯한 말투였지만 그걸로 납득할 사람은 없을 거라고, 다미나토는 생각했다.

"나로서는 상상도 할 수 없는 심경이 있었을 테지만……." 다미나토는 거의 자문자답처럼, "혹시라도 동포끼리 서로 죽이는 형국이 될 수 있으니까요. 분명하지 않은 이야기는……."

"분명하지 않은 편이 좋을 거요……." 소개한 학생의 부모이며 태생부터 소시민인 노인이었다.

"예컨대 우리 아이가 소개지에서 오키나와의 전쟁은 오키나와 현민이 스파이 짓을 해서 진 거라며 괴롭혔다고 해요. 선생님도 기억하고 계시지 않습니까? 그런데 그걸 누가 어떻게 말한 거냐고 분명하게 말하라는 건 무리지 않습니까? 전후 20년이나 지났으니 새삼 스러운 기분도 들고요.”

“…….”

“하마가와 야에 씨가 말이에요…….” 부인회장이 말했다. “전쟁 후 얼마 안 되어 남편 유골 찾기를 시작해서 고집스럽게 계속해 오고 있어요. 언젠가는 비가 쏟아 붓는데도 하고 있더군요. 그걸 보면 진실을 알고 있어도 말하지 못하는 게 아닐까요?”

“그 말씀은…….” 다미나토는 **집단자결**이라는 말을 꺼내려던 걸 겨우 삼키고, “**전쟁** 당시 상황을 조사한다고 해도 진실은 조사하지 못할 거란 말입니까?”

“그 부분은 미묘한 문제여서 말이죠…….” 촌장이 고심 끝에 말하기를,

“면사무소에서 2, 3년 전에 전쟁기록을 모았어요. 주민들 편에서 본 자료로 말이죠. 그런데 뭔가 어딘가 부족한 거예요. 예컨대 집단자결이라 해도 자신이 도끼를 휘둘러 가족을 죽이고 자기만 가까스로 살아남았다는 것을 솔직하게 말할 사람은 없을 거고 목격자라고 해도 지금 살아 있는 사람의 일을 적나라하게 말할 사람도 없고 말이죠.”

“결국 추상적인 기록만 만들어지게 되는 건가요?”

촌장은 말없이 끄덕였다.

추상적인 것이라도 좋으니 우선 한번 그 기록을 보여준다면 다시 조사할 것이 나올 거라고 다미나토는 생각했다. 분명한 것을 듣지

못한다는 것은 그만큼 과거의 진실이 잔혹하기 이를 데 없었다는 의미가 아닐까? 아니면 현재 연대의식이 약해진 것이 아닐까? 그렇지 않다면 어떤 의미에서 연대의식이 강해진 걸까? 다미나토는 점점 판단이 흐려지고 있었다.

"선생님……." 청년단장이 말을 걸어왔다. "너무 파고들지 않는 편이 좋을 듯합니다. 본토에서 오신 분들은 처음부터 자극이 너무 강해서 열심히 여러 일에 깊이 관여하려 하지만 결국은 아무런 도움이 안 되니까요."

"아무런 도움이 안 된다, 무슨 뜻이죠?"

"솔직하게 말씀드리면, 본토에서 오신 분들은 오키나와 사람의 마음을 아무리 조사해도 진실을 알아내기 어렵다는 거죠."

"나 스스로는 오키나와 사람이라고 생각하는데요."

다미나토는 웃었다.

"아, 그건 알지만."

청년단장은 순진하게 얼굴을 붉혔다.

"말하자면 반半 오키나와 사람이겠죠……." 도카시키가 마침내 입을 열었다. "어긋난 부분이 있는 건 틀림없지만 말이에요."

젊음에서 오는 솔직함 때문인지 그들의 자극적인 말들이 다미나토에게 결코 불쾌하지 않았다. 그렇다고 그대로 받아들일 수 있는 것도 아니었다. 감정적이 아닌 이성적으로 받아들이기에는 아직 시기상조라는 생각이 들었다. 자신이 어긋난 걸까, 그들이 어긋난 걸까, ─하마가와 야에와 그 며느리와의 대립을 떠올리고, 후텐마 젠슈의 침묵을 생각했다.

다미나토는 후텐마 젠슈 쪽을 보았다. 젠슈는 처음부터 자리에 있었지만 아직 한 번도 발언하지 않았다는 것에 문득 생각이 미쳤다.

"반갑습니다……." 다미나토는 조금 과장된 미소를 지으며 젠슈에게 말을 건넸다. "귀향한지 얼마 안 되는 신입이어서 아무런 자격이 없네요. 선생님."

"조금 자나면 익숙해질 거요."

후텐마 젠슈는 그렇게 말할 뿐이었다.

"그러고 보니……." 다미나토는 다시 젠슈의 말을 끌어내려는 듯, "선생님 댁에 미야구치라는 아가씨 말인데요, 아버님이 이 섬에서 전사했다는 건가요?"

"예, 그렇소."

"그래서 이 섬에 친밀감을 갖고 있는 건가요?"

"글쎄 친밀감을 갖고 있는지 어떤지는 모르겠소만, 아버지가 전사한 것에 대해 조사하고 싶다고 해서 잠시 우리 집에 머물게 한 거라오."

"그래서 어느 정도 조사가 되었답니까?"

"어려울 거요……."

후텐마 젠슈는 거기서 급하게 입을 다물었다.

"처음은 마을 사무소로 편지를 보내 왔어요……." 촌장이 말을 이어 받았다. "일이 어렵게 된 것이, 미야구치 군조라 불리던 사람이 두 명이 있어서요. 둘 다 성 이외의 이름을 기억하는 사람이 없어서 누가 도모코 씨 아버지인지 알 수 없어요."

"둘 다 전사했나요?"

"한 명은 전사한 것이 분명합니다. 그걸 본 사람이 있으니까. 다른 한 사람은 행방불명인거죠."

"이렇게 작은 섬에서?"

"복원復員해서 집으로 돌아오지 않았다면 전사를 확인한 사람이 없는 이상, 그렇게 생각할 수밖에 없지요. 이렇게 작은 섬이지만 아무도 안쪽까지 들어가 본 적 없는 동굴도 있고, 바다에서 나룻배로 탈출하는 것도 가능하고 그만큼 혹독한 전쟁 속에서 인간이 시도하지 않았던 건 아마 없었을 거예요."

"사진은 있지 않나요? 따님이 가져온 것이……"

다미나토는 후텐마 젠슈와 촌장을 나란히 보았다. 후텐마 젠슈는 변함없이 아무런 반응을 보이지 않았다. 촌장은 미안한 듯,

"봤습니만. 나는 전쟁 때 여기에 있지 않아서……"

"다 같이 보면 필시 알 수 있을 텐데요……" 다미나토는 자신도 모르게 정색을 하면서, "설마 얼굴도 같진 않을 테니까요."

"그게……" 촌장은 곤란한 듯 주위를 둘러보았다. "전쟁 무렵은 다들 마르거나 수염이 덥수룩해서……"

말끝을 왠지 흐렸다.

"그래도……"

다미나토는 말하기를 멈추었다. 이 이상 아무리 추궁해도 소용없는 일이라는 것을 겨우 알아챘다. 섬사람들이 뭔가를 숨기고 있는

모습이 보였다. 그것은 어쩌면 어느 한쪽 미야구치 군조가 불명예스러운 일을 했다는 의미일까? 그것이 미야구치 도모코의 아버지라는 걸까? 숨겨할 정도의 행위라면 이를테면 어떤 걸까? 그것은 또 후텐마 젠슈의 침묵과도 관련이 있는 걸까?

　—다미나토 신코의 눈앞에, 지금까지 예상하지 못했던 그림자가 어느새 검게 드리우고 있었다. 그것은 섬의 유명한 집단자결이라는 역사적 사건과 관련이 있는 건지 없는 건지 알 수 없지만 작은 충격만으로도 섬사람들 마음 한구석에서 삐져나와 어느새 거대한 괴수로 변하여 다미나토를 습격하려 한다.

　다미나토는 불과 얼마 전까지의 마음의 짐—섬에 전쟁의 그림자 같은 건 남아있지 않은 것 같다며 불만을 가졌던 것이 자기 혼자만의 결론이었음을 조용히 반성했다.

　"파파 씨!"

　갑자기 문 쪽에서 어색한 일본어가 들려 왔다. 기지에 있는 군인인 듯했다. 누구를 가리켜 '파파 씨'라고 부른 건지, 아마도 누가 되든 상관없었을 테지만 어둠 속에서 불쑥 튀어 나온 젊고 하얀 얼굴은 완전히 무방비로, 거기에는 꽃봉오리에서 막 피어난 꽃과 같은 싱그러움만 있었다.

　"저기, 반장!"

　농협장이 청년단장을 부르자, 기지부대에서 노무반장을 맡고 있는 청년단장이 알아들었다는 듯 벌떡 일어나 군인 앞으로 나갔다. 그리고 두세 마디의 말을 주고받았다. 군인의 말 속에 "스몰 피쉬"라는 단어가 들어 있는 것만 다미나토는 알아들었다. 청년단장이 대충 대응한 다음 뒤를 돌아보았다. 그가 말을 꺼내기 전에,

"피래미 먹이가 필요하단 거지?"

농협장이 잽싸게 말했다.

"네."

"조금 있으면 달이 뜨니 낚시는 무리라고 일러주게."

"알려 줬어요."

"그랬군. 거기까진 못 알아들었네."

모두가 웃음을 터뜨렸다. 어협장이,

"통역 없이 혼자 하시지."

라고 놀렸다.

"나 혼자 있을 때는 한다니까."

"대신 한 시간은 걸릴걸."

군인은 제쳐두고 만담이 오가자, 청년 단장이,

"어떻게 할까요?"

"사부로三郎의 집을 알려주게. 사부로는 얼마간 보관하고 있을게 야."

청년 단장이 그대로 일러주자 군인은 "땡큐"라고 말하고 돌아갔다.

"미군 병사가 종종 저렇게 마을에도 나옵니까?"

다미나토는 작은 이물질을 삼킨 것 같은 기분이 되어 물었다.

"네, 사이가 좋아요……." 농협장이 대답했다. "한번은 가다랑어 배 에 올라타서는 말이에요. 꼭 데려가 달라고 해서 태워 갔더니, 해가

지자 몇 시에 섬에 도착하느냐고 묻는 거예요. 3일 동안 돌아가지 않을 거라고 했더니 방금이라도 울 것처럼 해서는."

"그래서 되돌려 보냈나요?"

"돌려보내지는 못하죠. 나는 일하러 간 거니까요. 그대로 3일 동안 끌고 다녔어요."

"군에서 소동은 없었나요?"

다미나토는 청년 단장에게 물었다.

"출항한 날이 마침 일요일이어서 소동이 있었는지 어땠는지 잘 모르고. 다음 날 일찍 구장區長이 부대에 보고해서 부대에서도 확실히 파악했을 겁니다."

"난 배가 나가는 걸 봤어요……." 사람 좋아 보이는 구장이 말했다. "이건 분명하게 부대에 말해 놓지 않으면 우리가 오해를 살 수 있으니까요."

"오해를 사다니요, 무슨?"

"아니……." 구장은 조금 당황한 듯, "뭐 특별히 어떻게 된다는 건 아니고요. 혹시 있을지 모를 만일에 대비한다고 할까."

"분명하게 말하면 군인이 마을에서 살해된다든가, 유괴된다든가……."

"큰일 나죠. 그런 일이 생기면……." 후텐마 젠이치가 옆에서 버럭 화를 내며 부정했다.

"그런데……." 다미나토는 시험하듯 웃으며, "가끔은 그렇게 해보고 싶은 기분이 들지 않나요?"

"전혀요. 평화로워요. 바Bar도 있고, 폭력은 일어나지 않아요."

후텐마 젠이치는 아주 진지한 얼굴로 말했다. 조금 화가 난 듯했으나, 표현하지 못한 기분까지 다미나토는 읽어 내었다.

"아무래도 말이에요, 다미나토 선생님……." 농협장이 또 불쑥, "선생님은 굳이 어려운 말들을 꺼내시는데, 그런 말은 일주일 정도 계시다 보면 곧 알게 될 거예요. 그보다 오늘 밤 옛날 이야기나 하시죠. 이렇게 학부모님도 오셨고 걸어 다니는 사전인 총무과장도 있고, 안성맞춤 아닙니까? 아주 많이 변했지요?"

다미나토는 쓴웃음을 지을 수밖에 없었다. 너무 성급했나 하는 생각을 했다. 그러고 보니 표면적으로는 위령제에 참석하려는 목적으로 왔지만 자신의 옛 지인이나 제자와의 추억을 떠올리는 일을 먼저 했어야 했을지 모른다. 이 두터운 의리를 소유한 이 섬사람들에게는 자신이 보인 지금과 같은 성급한 태도는 **물정을 모르는** 여행자가 하는 행동으로 비춰졌을지 모른다 ─다미나토는 조금 어깨의 힘을 빼는 듯한 기분으로 후텐마 젠슈를 돌아보았다. 다미나토로 하여금 뭔가 비밀을 갖고 있을지 모른다는 생각을 불러 일으켰던, 후텐마 젠슈가 처음으로 여유 있는 미소를 다미나토에게 보냈다.

"실례합니다!"

둔중한 목소리가 들려오더니, 갑자기 문 앞에 나타난 얼굴이 있었다. 다미나토는 그 얼굴을 본 기억은 있지만 이름은 떠오르지 않았다.

"무슨 일이죠? 도바루桃原 씨?

총무과장의 말에, 아아, 도바루 히로시桃原弘라는 이 사람도 소개한 학생의 아버지라는 사실을 떠올렸다. 그는 인사를 하려고 옷매무새를 가다듬고 있었다. 그런데 도바루 노인은 누군가를 찾으려는 듯 시선을 두세 번 빙 둘러보더니 실망한 어조로 말했다.

"무라이村井 씨가 오신다고 들었습니다만……."

"뭘 그리 머뭇거리나, 자네."

농협장이 갑자기 굵고 탁한 소리를 내자,

"도바루 씨에요……."

총무과장이 멋쩍은 미소를 띤 얼굴로, "무라이 고쵸伍長[10]는, 가고시마를 막 출발했다고 해요. 내일모레 도착할 예정이에요. 위령제는 그 다음 날이니까요."

"아, 그런가. 뭔가 잘못 들었나보오"

"도바루 아저씨……."

도카시키 야스오가 아주 진지한 표정으로 말했다. "다미나토 선생님이 오셨어요. 히로시弘 군 선생님 말이에요."

"아이고—……."

도바루 노인은 갑자기 거의 수영하듯이 문지방을 넘었다. "진짜네. 다미나토 선생님, 잘 지내셨어요?

노인은 거리낌 없이 기다시피 다가와서는 다미나토의 양손을 잡았다. 놀랍도록 거칠고 단단한 손을 잡으려니, 이 노인도 어렵게 살아남은 사람 가운데 하나일거라는 생각을 했다.

---

10 구舊 일본 육군 하사관 계급의 하나.

"왜 내게 아무도 다미나토 선생님 오신다는 말을 하지 않은 거요."

도바루 노인은 진정하고 자리에 앉자, 그것이 평소의 모습인 듯 완고하고 진지한 표정이 되었다.

"아주머니께 말씀 드렸는데……."

도카시키가 다시 말을 보태어, "아저씨가 무라이 고쵸만 생각하고 계셔서 그런 거 아니에요?"

그러자 모두가 왁자지껄 웃음을 터트리며, 다미나토는 옆에 있는 교장에게서 도바루 노인이 전쟁 때 수비대였던 무라이 고쵸라는 사람과 특별히 친하게 지내서 이번 위령제에 무라이가 온다는 연락을 받고 매우 기뻐했다는 말을 들려주었다.

"그런데, 도바루 씨도……."

라며, 농협장이 말했다. "무라이 고쵸와 끊으려야 끊을 수 없는 사이죠?"

"그건 자네……."

도바루의 표정에 자신감이 넘쳐흘렀다. "나는 아무래도 무라이 고쵸에게 은혜를 입었으니까. 이 섬사람들은 말이야, 집단자결이 어떠니 하며 야마토 사람들을 나쁘게만 말한다니까. 야마토 사람 중에도 좋은 사람도 있다고. 같은 인간이니까."

갑자기 긴장된 침묵이 흘렀다. 모두 어떤 형태로든 반응을 보이고 싶어 했지만, 서로 견제하고 있는 모습을, 다미나토는 느꼈다.

"저, 부촌장님……."

문 앞에 또 사람이 찾아왔다. 그 사람은 섬에 하나밖에 없는 여관

주인이라는 것을 다미나토는 바로 알아봤다.

"요나시로라는 젊은이가, 이 모임에 자기도 참석해도 될지 물어보고 오라고 해서요."

"음, 그건 어떨지……." 부촌장은 갑작스러운 상황에 조금 귀찮다는 듯, "뭐, 상관없을 거 같기도 한데."

"뭔가 특별히 말하고 싶은 것이 있나 본데?" 촌장이었다.

"뭐, 그런 게 아닐까요."

여관 주인은 알 수 없다는 듯한 얼굴을 했다.

"그만, 그만……." 농협장이, 내쫓으려는 듯 "요나시로라면, 그 영화 만든다는 청년이지? 그 인간 수상해요, 부촌장, 사상적으로 이상하다니까. 젊은 교사들에게 뭔가 바람을 넣고 있는 것도 같고. 교장 선생님, 어떠세요? 아무래도 도카시키 군. 이런 자리에 불러들이지 않는 편이 좋아."

몹시 취했다는 생각과 함께 다미나토는, 어제 그 요나시로 아키오가 후텐마 젠슈와 어떤 말을 주고받았을까, 하는 생각에 미쳤다.

4

다음 날, 다미나토 신코가 공식적인 인사를 하러 마을 사무소를 찾았다. 그보다 앞서 요나시로 아키오가 손님으로 먼저 와 있었다. 다미나토는 인사를 마치고, 응접실에서 요나시로와 촌장, 부촌장이 이야기를 나누는 것을 방청했다. 처음은 사양하려 했지만 촌장과 부촌장이 만류했다. 섬 관광영화를 찍으려 하니 외부 사람의 의견도 듣고 싶다는 것이었다. 요나시로도 같은 생각이라고 했다. 다미나토는 전날 밤, 농협장이 이 청년을 꺼림칙하게 여기는 것을 들은 바도 있고 이 젊은 남자가 섬을 배경으로 관광영화를 제작하겠다고 하는 데에 놀라움 반 호기심 반으로 방청하기로 했다.

요나시로는 편집 원안 같은 것을 피로했다. 그것은 아직 대본 형태는 아니었고 어떤 관점에서 어떤 소재를 다룰 것인지 편집 원안을 짜는 단계였다. 따라서 거기에 쓰여 있는 항목 정도로는 전문가가 아닌 다미나토로서는 그것이 어떤 영화가 될지 잘 알 수 없었지만 그럼에도 다미나토는 처음부터 의문이 하나 생겼다. 이 섬을 관광영화로 만든다고 하는데 이 섬 전체에서 소재를 아무리 끌어 모은다 해도 영화로 만들기에는 너무 빈약하지 않을까, 하는 것이었다. 그러나 그 의문은 얼마 안 있어 풀렸다.

원안을 넘기던 부촌장 후텐마 젠이치가 말했다.

"여기에 '하마가와'라고 메모되어 있는 건 뭐죠?"

"아……." 요나시로는 고개를 끄덕이며, "하마가와 야에 씨라고 계시죠? 그 아주머니의 유골 찾기에 관한 이야기를 하나 넣으려고 생각해서요……. 실은 그 이야기를 어제 처음 들어서 급하게 메모만 남겨두었어요."

그러자 젠이치의 표정이 갑자기 진지해지며,

"그 이야기는, 우리 아버지께 들었나요?"

"아니요. 며느님한테요. 요시에 씨라고 있죠?"

"빠르군, 역시."

젠이치의 말투가 갑자기 바뀌더니, 남자들만의 농담을 했다.

"아니에요, 같은 배에 탔을 뿐이에요."

요나시로 아키오가 정색을 하며 수줍어했다. 다미나토는 배 위에서 보았던 요나시로와 요시에의 한없이 밝게 이야기를 나누던 모습과 하마가와 댁에서 마주한 요시에의 굳은 표정을 동시에 떠올리고, 요나시로가 아마도 어젯밤 사이에 뭔가를 생각하고 '하마가와' 관련 일을 메모한 것이 아닐까 하는 억측을 해 보기도 했다. 그러한 행동을 요나시로 아키오라는 청년과 연결시켜 생각하는 것이 다미나토에게는 아직 조금 부자연스럽게 생각되었지만, 영화제작이라는 조금은 평범하지 않은 일과 관련시켜 보면 뭔가 알 것 같은 기분도 들었다. 그건 그렇고 후텐마 젠이치도 뭔가 신경이 쓰이는 모양이었다. 젠슈와 요나시로와 사이에서 어떤 이야기가 오갔을지, 다미나토는 새삼 신경이 쓰였다.

"하마가와 아주머니의 유골 줍기를 어떻게 찍으려는 거죠?"

"물론 실제 모습을 재현해 보일 겁니다. 거절하면 숨어서 찍을 수도 있습니다. 그러나 요시에 씨에게 설득해 보도록 할 겁니다."

"그 며느님이 하는 말은 들어주지 않을 거요."

"그럼, 부촌장님이 부탁 좀 해 주세요. 촌장님이라도."

요나시로의 강한 태도에 상대편 두 사람은 쓴웃음을 지었다.

"그런데 제재가 너무 어둡지 않나요? 아무리 전쟁의 흔적을 제재로 삼는다 해도."

"제재는, 전쟁 흔적이 아니라 전쟁이에요. 전쟁의 상흔이니까 전쟁과 같은 거죠."

촌장과 부촌장이 얼굴을 마주 보았다. 다미나토는 이야기가 이상하게 돌아가고 있다는 생각이 들었다. 뜬금없는 이야기라는 생각이 드는 한편, 요나시로가 영화를 만든다는 의미를 이제야 알 것 같은 기분이 들었다.

"관광영화라고 말씀하셨는데⋯⋯." 다미나토는, 염려스러운 듯 누구를 지칭하지 않고, "어떤 취지의 것인가요?"

"관광영화는 관광영화에요⋯⋯." 젠이치는 한풀 꺾인 목소리로, "오키나와 안이 지금 관광유치 붐이잖아요, 선생님. 이 가미시마도 빈곤에서 벗어나기 위해서는."

"그런데 유치한다고 해도 판매할 만한 토산물이나 제대로 된 숙소도 없지 않나요."

섬에 전문 여관이 달랑 하나, 그것도 전쟁 전에는 없었으니 그나마 나아진 건가,라고 다미나토는 생각하던 참이었다.

"지금 만든다고 해도 팔리지 않을 테니. 유치할 수 있다는 전망이 있어야 만드는 겁니다."

"과연, 오랜만에 그런 여유로운 이야기를 듣는군. 역시 섬은 좋아."

지난 밤 낙천적인 사람들의 대표가 후텐마 젠이치이고 촌장일지 모른다는 생각을 하던 중,

"반은 농담이에요. 진심을 말하면 말이에요, 가미시마를 잊고 싶지 않아서예요, 오키나와 안에서, 혹은 일본 안 사람들에게."

"전쟁의 섬으로?"

"그렇죠. 막대한 희생을 치룬 섬으로 말이죠."

"그런 거라면……." 다미나토는 요나시로를 돌아보았다. "요나시로 군이 조금 전에 말한 건 틀리지 않을 거예요."

"그렇습니다. 이론적으로는 틀린 게 없습니다. 단지 그 이론에만 입각한다면, 현실적인 문제로서는 별로 좋지 않은 면도 생길 거예요."

"현실적인 문제라면─ 어떤?"

"아까 이상한 농담을 했는데 솔직하게 말하면 앞으로 수중익선水中翼船을 띄우거나 수족관을 만든다거나, 외자를 유치해 도박장을 만들려는 사업가도 있는 거 같으니까요. 앞으로 몇 년 후에는 이 섬의 성격을 크게 바꿔 놓을 구상이라고 할까. 그런 기대를 갖고 있는 거죠……."

"그렇게 되면 또 거꾸로 전쟁의 섬을 호소하는 것이 이상하지 않을까."

"아니죠. 양쪽 모두 필요해요, 선생님. 그보다 이처럼 아름다운 섬에 그처럼 혹독한 전쟁이 있었다는 것을 호소하는 것으로 지금의 아름다운 섬의 모습이 보다 강렬하게 인상에 남게 될 거고, 장래의 관광유치에 힘을 싣게 되는 겁니다. 현실과 동떨어진 걸까요……."

마지막 부분에서 후텐마 젠이치는 수줍게 웃었다. 본인은 그렇게 과장은 아니라는 자신이 있는 모양이었다. 그 꿈이 그렇게 비현실적인 것은 아니나 장밋빛 관광시설의 꿈과 전쟁의 상흔을 연결시키려

는 발상이라는 것은, 잘 이해가 되었다. ──다미나토가 선뜻 판단하지 못하고 있자, 요나시로가,

"그런데 부촌장님. 다시 확인해 두고 싶은데, 이 영화의 제작비용은 모두 우리 회사가 투자하는 것으로 하고 마을 예산은 나오지 않는 거죠?"

"물론입니다……." 젠이치는 요나시로의 솔직한 발언을 오히려 가볍게 맞받으며 "그래서 편집방향에 대해서는 마음대로 불평을 할 수 없겠군. 그런데 마을사람들의 협력을 얻으려면 그들의 의향을 무시할 수 없겠죠?"

"마을사람들의 의향이라면 어두운 이야깃거리는 좋아하지 않을 거란 말씀입니까?"

"미군기지도 있고 말이죠."

"미군기지를 비방하거나 하는 일은 전혀 없을 테니 상관없지 않을까요? 전쟁의 상흔이라는 것은, 그들과 관계없는 이 섬의 진실이니까요."

"그래도 미군과의 전쟁이었으니."

"오히려 일본군과의 문제겠죠, 이 섬의 비극은."

"그런데 진실은 그 비극을 잊고 싶어 하는 데에 있어."

"이상하군요. 당신은 조금 전 이 비극의 섬을 잊지 않고 싶다고 말했어요. 그래서 매년 섬만의 위령제에도 계속 참가하고 계시구요. 말씀이 모순되지 않나요?"

"당황스럽군……."

후텐마 젠이치는 머리를 감싸 쥐고 촌장과 다미나토를 돌아보았다. 그 표정에는 모순 때문에 당황한 그림자는 보이지 않았다. 자신이 말한 것을 상대가 이해하지 못했다는, 당혹감만 있었다.

"그러니까 말이오, 요나시로 군⋯⋯." 촌장이 말을 이어 받았다. "부촌장이 말하는 것은 대체적으로 마을 당국과 마을 지도자층의 의향이기도 하지만 그건 결국, 전쟁의 비극을 두 번 다시 반복하는 것은 싫으니 잊어선 안 되지만 거기에 너무 얽매여 눈앞의 현실이나 발전에 방해가 되어선 안 된다는 뜻이에요."

"답변을 드리자면 촌장님. 사실을 말하면, 여러분은 전쟁 자체를 아예 없었던 것으로 치부하고 싶으신거죠? 잊어선 안 된다는 것은 거짓말이죠?"

"무슨 말인가? 최근엔 마을사무소에서 기록을 모은 일도 있다네."

"그런데 그 기록에는 사람들의 생생한 육성이나 외침은 나오지 않아요. 제가 들은 이야기만 하더라도 여러 가지 비참한 체험이 있었어요. 엄마가 아들 머리를 돌로 내리쳐서 깼다거나⋯⋯."

"그런데, 요나시로 군." 촌장이, 노여움을 간신히 억제하려 노력하는 표정을 보이며 "그런 잔혹한 이야기는 분명 기록으로서 어느 정도 의의를 가질지 모르겠네만, 평화에 도움이 될지 어떨지는 의문이네."

"도움이 되고 말구요."

"견해가 다른 것 같네."

"견해가 다르기보다 제가 볼 때, ⋯⋯여러분은 그런 잔혹한 이야기가 이 섬의 기지체제에 방해가 된다고 생각하는 거겠죠? 평화를 주장하면 미군에게 미움을 살 것이라고 생각하는 건가요?"

"설마, 평화는 미국에서도 바라는 바가 아닐까?"

"그건 겉으로만 그렇게 보일 뿐이에요."

"아무튼 잔혹한 것이 평화에 도움이 된다는 것은 우리는 믿지 않네. 이 섬은 어디까지나 평화로운 관광의 섬으로 만들어 갈 것이니, 그런 전쟁 당시의 잔혹한 기억은 서로에게 증오만 불러일으킬 뿐 그래선 안 된다고 보네."

"그건 마을 사람들 사이를 말씀하시는 겁니까?

"누구라도 그러하네. 과장을 좀 하자면, 전 세계인 사이에서도 말이네."

요나시로 아키오는 촌장과 부촌장의 얼굴을 물끄러미 바라보았다.

"그거야말로 견해가 다르네요……." 요나시로는 잠시 사이를 두고 말했다. "제 생각에는 그 잔혹한 기억과 정면에서 대결할 때 비로소 진정한 평화를 구축할 에너지가 생겨난다고 생각해요. 여러분 생각은 명확하지 못하다고 생각해요."

"할 수 없지 않나. 자네는 아직 학생 기분에서 벗어나지 않아서 그리 말씀하시는 거라고 생각하네. 그런데 작업은 어떻게 할 작정인가?"

"제가 묻고 싶은 말입니다만……." 요나시로는 펼쳐 놓은 서류를 정리하며, "저는 어쨌든 예정된 프로그램대로 일을 하겠습니다. 거기다 마을의 협력을 얻을 수 있다면 감사하고, 얻지 못하더라도 할 수 없는 일이라 생각합니다."

"그런데 마을 축제 장면 같은 걸, 자네 혼자 힘으로 사람을 모을 수 있나? 움직일 수 있겠나?"

"못할 것도 없다고 생각합니다, 돈만 들이면."

"글쎄, 어떨지……." 후텐마 젠이치는 장난스럽게 "예컨대 마을의 신성한 연중행사 장면을 돈만으로 재현시킬 수 있을까?"

"염려하지 않으셔도 됩니다……." 요나시로는 발끈하며 "어쨌든 해 보겠습니다."

"자자, 진정하세요……." 후텐마 젠이치는 자리에서 일어나려는 요나시로를 향해 이번엔 진지하게 "오해하지 말아요. 지금은 예를 들자면 그렇단 말이에요. 마을에서도 가능한 협력하도록 할게요. 자네의 순수한 열정을 이해하니까. 그러나 그 협력에는 한도가 있을지 모른다는 그런 이야기에요. 어찌되었든 농사와 어업을 주로 하는 인습적인 마을이니까요."

"알겠습니다. 그럼."

요나시로는 납득했는지 어떤지 알 수 없는 얼굴로 응접실을 나가려 했다.

"자네, 어디로 갈 건가?"

다미나토는 자리에서 일어서며 물었다.

"학교로 가려고요."

"나도, 함께 갑시다."

"잠깐만요, 선생님……." 젠이치가 막아서며 "지금 이야기, 선생님의 의견을 묻고 싶습니다만."

"조금 시간을 주시죠……." 다미나토는 답했다. "그런 모순은 비단 오키나와에만 한정된 것은 아닌데 역시 이곳만의 특수한 사정이 있는 듯해요. 그 점이 흥미롭네요."

요나시로와 다미나토는 나란히 마을 사무소를 빠져 나왔다.

"그다지 특수한 사정이랄 것은 없어요……." 요나시로는 아직 조금 석연치 않은 모습으로, 발걸음을 옮기며 다미나토에게 말했다. "오키나와 전체가 그래요. 철저하지 못한, 칠칠치 못하죠."

"그러나 섬사람들의 풍부한 인정이라고 보면 역시 특수한 사정은 아니랄 수 있겠네요."

"인정이 풍부하다는 말씀인가요……." 요나시로는 한여름의 태양을 한껏 머금은 하늘을 눈부신 듯 올려다보았다. "좋은 것처럼 보이지만, 오히려 퇴폐적인 것이죠. 특수한 사정이라면 그럴지도 모르지만, 나쁜 의미의 특수한 사정이라면, ……어젯밤, 공민관에서 선생님의 환영회를 하지 않았습니까? 참가하고 싶다고 했는데, 거절당했습니다……."

"알고 있어요."

"그런 모임이라면, 이 섬의 르포 재료로 적당하다 싶어 부탁했습니다만, 보기 좋게 거절당했습니다."

"당신의 사상을 방심할 수 없기 때문이라는 것이 이유였던 거 같아요."

다미나토는, 요나시로 아키오에게 조금씩 호감을 갖기 시작했다. 대화가 잘 통할 것 같단 느낌이 들어 반응을 시험해 보고 싶은 생각도 있었다.

"그러니까요. 제대로 이야기도 나누어 보지 않고, 결론을 내려 버리죠. 콤플렉스예요."

"그런데, 자네 역시도 섬사람들의 기분을 조금 더 이해해 보려는 마음이 부족하지 않았나요?"

"선생님은 언제 오키나와에 오셨습니까?

요나시로 아키오는 느닷없이 화제를 바꾸었다.

"1주일 정도 전에요. 왜요?"

"전쟁 전에도 이 섬에 계셨다고 들었어요. 섬사람들은 변했나요? 변하지 않았나요?"

"어젯밤에도 어떤 사람이 그런 질문을 했어요. 내가 하마가와 아주머니가 그렇게 변해서 놀랐다고 솔직하게 말하니, 그건 사고라고, 그 사람이 말했어요."

"**사고**라고요?"

"모르겠죠? 묘한 표현이어서."

"아니, 압니다. 섬은 일반적으로는 예전과 마찬가지로 평화롭다는 뜻이죠? 그러나 껍데기 속 평화예요. 껍데기에 숨어 있다는 점에서는 예나 지금이나 변함이 없겠죠. 하마가와 아주머니의 이야기, 저는 아직 만나 보지 못했지만 껍데기 속 사고에요. 따라서 그 사고만 보면 큰 변화처럼 보일 테지만 껍데기 밖에서 보면 바뀐 게 없는 거죠."

"자네는, 이 섬과의 인연이 오래되었나?"

"오래되진 않았어요. 2, 3개월 전에 와서 4, 5일. 그 다음이 어제 온 거죠. 그런데 이 섬만이 아니라 오키나와는 어디든 비슷한 것 같아요."

"내가 하고 싶은 말을 자네가 말해 주었군."

다미나토는 웃었다.

저편에서 중년의 여자가 한 명, 어린 여자아이를 데리고 스쳐 지나갔다. 엄마와 딸인 듯했다. 엄마는 출항을 알지 못하는 모습이었지만, 가볍게 눈인사를 했다.

"방금 저 사람들······." 요나시로가 다시 말을 꺼냈다. "저런 식으로 눈인사를 하잖아요. 언뜻 보기에 친밀감을 갖고 있는 듯 보이지만, 그 내실은 역시 외지에서 온 사람을 소외시키는 거예요. 소외시키면서 그것을 숨기려고 아름다운 얼굴을 만드는 거죠. 그 기만을 저는 견딜 수가 없어요."

"그럴까? 내 눈에는 섬사람들이 상냥하게 보이는데."

"그런 식으로, 외지에서 온 사람들은 말해요. 그런데 다미나토 씨가 그렇게 말씀하시면 제 귀에는 거짓말처럼 들려요. 당신도 솔직히 말하면 소외감을 느끼고 계실 거예요."

"······."

다미나토의 마음 깊은 곳에서 이번엔 약간의 출렁임이 있었다. 어젯밤 이래의 기분을 들켜버린 듯한 약간의 낭패감마저 들었다.

"······옳은 말일세."

변명하지 않고 솔직하게 말했다.

"그런 건 어떻든 괜찮다고 생각해요······." 요나시로의 어조가 마치 가르치는 듯했다. "본토에서 온 사람은 대부분 그러니까요. 그런데 그 본심을 목구멍 안쪽으로 밀어 넣으려고 하죠."

"무슨 뜻?"

"이해하기 어려운 것을 다 이해하지 못하는 것은 스스로가 나쁘기 때문이라고 믿어 버리는 것 말입니다."

그건 조금 아니라고 다미나토는 생각했다. 요나시로의 생각엔 약간의 편견이 있는 것 같았다 ─ 다미나토를 본토에서 왔다는 이유만으로 야마토인과 동일하게 생각하는 것도 그렇고, 다미나토가 **이해**라고 한 말을 **동정**이라는 의미로 받아들인 듯하다. 그렇다면 요나시로야 말로 다미나토와 다른 형태의 어떤 종류의 고정관념을 갖고 있는 것은 아닐까…….

"나는 집단자결의 심리를 알아보고 싶네."

다미나토는 말했다.

"그건 아마 어려울 겁니다……." 요나시로는 바로 말했다. "보시는 것처럼 섬사람들의 심정으로는."

"후텐마 젠슈 선생님은 뭔가 알고 있는 것 같단 느낌도 들긴 하는데."

후텐마 젠슈의 이름이 자연스럽게 나왔다.

"저도 같은 생각입니다. 섬의 지도자였다고 하니."

"난 전에 그 사람 밑에서 일한 적이 있기 때문에, 인물 됨됨이를 잘 알고 있다고 생각해요."

"그럼, 좋지 않나요?"

"오히려 안 좋아. 뭔가가 틀림없이 있긴 있는데 동정심이 먼저 들어서. 나는 섬사람들을 버리고 간 사람이니."

"저로서는 그런 기분을 잘 이해할 수 없지만, 아니면 후텐마 선생님의 그늘을 보면 같은 심정일지 몰라요."

"자네는, 선생님께 뭔가 들은 것이 있나? 어제……."

"듣지 못했어요. 아들 젠이치 씨가 협조적이어서 아버님도 협력해 줄 것이라 생각했습니다만."

"그 부자는 다르군."

"그런데 역시 조금도 다르지 않을지 모릅니다."

"무슨 뜻?"

"조금 전에 부촌장이 그렇게 논쟁하고 제게 변명하잖아요. 생각이 근본적으로 다르다고 분명하게 단언하면서 일단은 협력한다고 하잖아요. 그 아들도 선이 명확하진 않아요."

"그럴지도 모르겠군. 사람은 좋으니까 협력은 할 거요."

"그건 아무래도 상관없어요. 제가 조만간 아버지의 비밀을 꼭 파헤쳐 보일 거예요."

"묘수라도 있나?"

"그 여자에요, 나가사키 현에서 왔다는."

"미야구치 도모코 씨라고 했나?"

맞장구를 치며 다미나토는 요나시로 아키오의 옆얼굴을 바라보았다. 부러운 세대라는 생각이 들었다. 배 갑판에서 기무라 요시에와 대화하며 즐거워 보였던 표정이 겹쳐졌다. 순진한 사람이라고 생각했는데 어느 사이엔가 대화를 리드해 가고 있었다. 기무라 요시에와 는 아마도 시시콜콜한 이야기를 했을 테지만 지금 또 미야구치 도모 코를 어떻게 리드해 가려고 하는 걸까.

"선생님, 위령제를 어떻게 생각하세요?"

"어떻게 생각하다니?"

"그 미야구치 씨라는 여자는 위령제에 참가하기 위해 왔다고 하지 요?"

"아버지가 전사할 때의 모습도 알고 싶다고 하더군."

"거부감이 드네요."

"무슨?"

다미나토는 어떻게 맞장구를 쳐야 할지 몰랐다.

요나시로 아키오는 그대로 침묵했다. 다미나토는 다음 이야기를 찾지 못하고, 완전히 요나시로에게 포위되어 버린 상태로 발길을 옮 겼다. 언덕 위에 있는 학교로 올라가는 길에 갑자기 피로감을 느꼈다.

'도대체 이 청년은, 학교에 무슨 일로 가는 걸까……'

불현듯 그런 생각이 들었다. 다미나토는 인사하러 가는 길이다. 그 런데,

"이 벼랑 위에 서 있으면요 선생님, 아래에서 불어오는 바람에 조 선인 군부나 위안부의 외침이 실려 와 들려오는 것 같은 느낌이 들어 요."

학교 뒤편 언덕 위에서, 느닷없이 그렇게 말했다.

"조선인?"

언덕에는 쇠파이프로 철책이 둘러져 있었다. 언덕 아래에는 갈대와 말향, 그리고 이름을 알 수 없는 해조류가 무성했다. 그곳에서 시선을 돌려 보면, 세밀하게 구획된 논 앞에 목마황 방조림이 무성했다. 그 앞으로 한 줄기 하얀 백사장이 펼쳐져 있는데, 눈이 부실 정도로 푸른 해원이다. 그 바다에 적의 함대가 빈틈없이 들어차 있었단 말인가? 책을 읽거나 사람한테 들은 지식으로 상상을 덧쌓아가는 것은 가능할지 모르지만, '조선인'이라는 발언은 의외였다.

"저기 바로 아래에 자연호가 있어요……." 요나시로는 손으로 가리키며 "처음, 도민이 들어갔다고 하는데 그 사이에 군대가 들어와서는 안에 있던 사람들을 내쫓고 자기들이 점거했다고 해요."

"그런 일이 있었나 보더군."

겨우 보조를 맞추자,

"그 안에 조선인이 섞여 있었어요. 군인만이 아니라, 군부와 위안부로 말이에요."

"그들도 도민을 내쫓았다는 건가?"

"모르겠어요. 어쩌면, 있었을지 모르죠……."

"그래서?"

"도민과 조선인 사이에 갈등은 없었을까 하는 생각이 들어서……."

"과연. 그렇다면, 저기에서 불어오는 조선인의 외침이라는 것은 도민들로부터 반격을 받아서……?"

"그럴지도 모르죠. 군인에게 학대당한 고통의 외침이기도 하지 않을까요? 그리고 저 군인 가운데에는 야마토인도 오키나와인도 있고······."

"즉 야마토인과 오키나와인, 조선인이라는 3파 갈등이라는 건가. 자네 영화는 그런 것도 다룰 건가?"

"직접적으로 그릴 수는 없겠죠. 극영화가 아니니까요. 그에 관해 말해 줄 사람이 있으면 좋을 것 같은데, 좀처럼 납득할 만한 전모가 잡히지 않아요."

"예컨대?"

"자신들이 학대받고 고통받은 말만 해요."

"그런데 그것조차 온전하게 전해지고 있지 않으니 그것만으로도 기록으로서 의미가 있다고 생각하지 않나?"

"그렇게 생각하지 않습니다."

"게다가······." 다미나토는, 요나시로의 공세를 막으려는 자세를 취하며, "자네의 가정이 반드시 옳다고는 할 수 없네. 우선 백지상태로 자료를 모은 다음이라면 이해할 수 있겠지만, 자네처럼 머릿속에서 이미 단정해 버리면 오히려 진실을 왜곡할 수도 있네."

"그럴 수도 있겠지요. 그러나 무신경한 것보다 나을 거라고 생각해요."

"무신경······?"

"이곳의 위령제는 전사한 사람들을 모두 함께 모시고 있어요. 적이나 우방이나."

"그게 어떻다는 건가?"

"그러려면, 학대받은 말은 하지 않아야죠."

다미나토는, 요나시로가 말하는 의미를 겨우 알 것 같은 기분이 들었다. 그것은 이 섬에 와서 보고 들으면서 그가 느꼈던 개운치 않은 마음을 뒷받침하는 것이었다. 그러나 그렇게 확실하게 단정하는 것이 과연 옳은 걸까, 하는 의문도 생겼다.

"내일모레 위령제에서……."라며, 요나시로는 말을 이어갔다. "오키나와 이외의 영靈을, 이참에 확실하게 빼내려고 생각하고 있습니다."

"뭐라고……?" 다미나토는 갑자기 자신이 내동댕이쳐진 느낌이 들었다. "자네 혼자 힘으로?"

"도와주는 이가 없으면 저 혼자라도 할 겁니다. 그런데 아마 있을 거예요."

그런 다음 그는, 학교에 2, 3명, 대학시절 친구가 있다고 말했다. 다미나토가 교장과 교사들과 이야기를 하고 있는 사이, 요나시로는 젊은 교사들과 만나고 있었다.

"왜, 기지철폐운동이 없는 거지!"
라고 그는 따졌다. 그것은 섬에 있는 지식인 지도자로서의 교사들의 책임이라고 말했다. 본섬의 운동단체가 들어온 적도 없다. 섬 전체가 평화의 가면을 쓰고 있기 때문이다. 그렇게 막대하게 전쟁에 희생되었으면서, 또 다시 전략기지를 두는 것은 이상한 일이 아닌가…….

"기지철폐운동은, 오키나와 전체의 일이다……."라고 교사들은 말했다. 섬 밖에서 온 이들의 젠체하는 말 따위는 듣고 싶지 않다는 듯한 어조였다. "여기에 기지가 생겼을 때, 아무런 저항도 하지 않았던 것은 과연 의식수준이 낮았기 때문이라고 반성한다. 그러나 그 무렵은 오키나와 전체가 그랬다. 지금처럼 체제가 구축된 이후의 철폐운동은 오키나와 전체의, 현 단위로 전개해 나가야 한다."

"섬 안에서만 가능한 저항운동도 있어요. 위령제의 영령을 섬사람들만으로 독립시키는 거죠."

"뭐라고?"

요나시로의 논리엔 조금 더 설명이 필요했지만 이 말을 들은 교사들은 말했다.

"우리는 조국복귀를 가르치고 있어서요. 당장 다음 위령제에 본토에서도 단체손님이 오시기로 되어 있고. 그것에 역행하는 행동은 곤란해요."

"음, 조국복귀라……."

요나시로가 골똘히 생각에 잠기자,

"우리는 말이에요……." 도카시키 야스오였다. "소개지에서 오키나와 전투는 오키나와인이 스파이를 했기 때문에 진 것이라고는 말을 들었어요. 그건 억울한 일이었고, 그들은 우리와 다른 나라 사람이라는 기분이 들었어요. 그런데 다른 한편으로는 오키나와에서 전사한 본토 출신 병사의 유족도 저는 알고 있고, 학교 친구 가운데에도 있었고, 그들의 부모님이 영령을 마음으로부터 위로하는 싶어 하는 기분도 모두 진실이에요."

요나시로는 다시 설명을 시작하려 했지만 수업종이 울렸다. 요나시로는 언덕을 내려갔다.

다미나토는 다음 쉬는 시간까지 기다려 도카시키 야스오와 이야기를 나누었다.

"요나시로 군이 말하는 것도 모르는 바는 아니지만……." 도카시키는 말했다. "그런 말을 하면, 다미나토 선생님 같은 분이 섬에 오고 싶은 기분이 나겠어?"

"옳은 말씀……."

가볍게 맞장구를 치면서 다미나토는, 자신은 도대체 어디 사람인 걸까, 하는 생각을 했다. 자신이 섬에 온 김에 하려던 조사는 누구를 위한 것일까, 불과 조금 전까지 생각지도 못했던 의문까지 생겨났다. 그런 의문 한 켠에 불현듯 기무라 요시에가 가깝게 다가왔다. 그것은 또 무슨 일일까, 의문이었다.

5

구장의 집은 마을 외곽에 있었다. 집 바로 앞은 숲길 입구로 되어 있고, 그 적토가 섞인 길은 집 바로 옆에 솟아있는 바위 너머까지 올라가 있었다. 숲길 건너편 일대는 좁은 협간을 이루어 아래에 두 장 정도의 밭을 잠기게 했고 그곳을 건너면 바로 잡목림이 있다.

"처음 공습이 있었을 때……."라고 구장은 말했다. "이 바위가 무너져 내려 집을 덮치지 않을까 조마조마했어요."

"바위가 무너져 내리는 것보다 직격탄을 더 걱정했어야 하는데 말이에요."

요나시로 아키오는 웃었다. 시원한 곳이었다. 바람이 불어오는 우거진 숲을 보고 있자니 전쟁 이야기가 거짓말처럼 생각되었다.

"그러고 보니 그러네요. 그런데 그때는 정말 그런 기분이었어요. 이상하죠?"

진지한 표정의 구장은 눈앞의 두 사람을 바라보며 눈을 가늘게 떴다. 요나시로 외에 오가키 기요히코가 있다. 오가키는 이 집 뒤에 다타미 3조를 빌려 머물고 있다. 구장의 딸이 시집가기 전 사용하던 방이다. 거기에서 구장과 담소를 나누던 중 요나시로가 손님으로 합석했다.

"그 기분 알 것 같군. 나도 종전 직후 만주에서 비슷한 경험을 했어요. 팔로군에게 습격당하는 것만 두려워하고 있었는데 일본군 패잔병이 정말은 더 무서웠을지 몰라요."

"아, 그렇게 되나요."

구장은 감복하여 맞장구를 쳤지만 요나시로는 별로 감복하지 못했다. 이런 비교는 어딘지 조금 어긋난 듯한 느낌이 들었다. 오가키가 조금 영리하게 세상과 교제하고 있구나, 하는 느낌이 들었다. 그런데 얼마간의 호기심으로,

"오가키 선생님은 만주에 가신 적 있습니까?"

"종전 무렵에요. 징병을 피하려고 간 건데 오히려 남들보다 더 고생하게 되었죠."

"만주에서 상당히 많은 부대가 오키나와로 온 모양이에요."

구장이 맞장구를 쳤다.

"다만 나는, 군대 가는 것만은 면했어요. 만주에서도 종전 직전까지 싹 쓸어 징병해 갔지만 다행인지 불행인지 병 때문에 면했죠. 병이 낫지 않아 패전 후에도 고생했지만 군에 가는 어리석음은 면했지요. 이것만큼은 초지일관 같은 생각이에요."

그렇게 말하며 담뱃불을 붙이는 오가키를 요나시로는 시험하고 싶어졌다.

"군대를 어리석다고 느꼈던 사람이 그 무렵 몇 할이나 됐을까요?"

"오히려, 그 쪽이 더 많지 않았을까요? 단지 비판할 수 없었을 뿐."

"그래서 도망간 건가요? 만주로?"

"그것밖에 방법이 없었어요. 전쟁이 극심해질수록 왠지 학문을 계속하고 싶어졌거든요. 군대 따위에 나가 개죽음 당할 수 없다는 그런 생각이 들었어요."

"오키나와의 교육자는 소개하려고 해도 허가가 나지 않았다고 해요. 학생 소개 인솔 교원 빼고는."

"그랬다는군요. 그런데 그렇게 비참한 전쟁의 고통을 경험한 교육자들이라면 평화교육에 더욱 열의를 보이지 않나요?"

노련하게 화제를 돌려 도망가려는 모습이 보였다.

"이 섬에서 있던 일본군에 대해, 어떻게 생각하세요?"

"일본인의 한사람으로서 부끄럽다든가 화가 난다든가 하는……역시, 군대는 어리석다는 것이 가장 가까운 느낌이네요."

"물론입니다. 그래서 조금 전 말한 것처럼 부끄럽기도 하고, 화가 나기도 하고."

"선생님은 이 섬의 민속학 연구를 하고 계신다고 들었어요. 예컨 대 배소拜所[11]라든가 군대가 짓밟고 간 경우도 있지 않나요?"

"있겠죠. 배소는 원래 제대로 된 건물이라고 할 수 없어요. 그래서 돌이나 향로 형태나 위치가 이상하다고 생각되어도 그것이 군대가 난폭하게 쓸고 갔기 때문인지 주민의 난입에 의한 것인지 알 수 없 죠. 어찌되었든 본래의 도민의 소박한 마음을 망가트린 것을 본 듯 한 기분이 듭니다. 그보다 혹시 노로돈치의 하마가와 씨 댁을 알고 있나요?"

"들은 적은 있습니다만."

"그 댁에 가면 한결 더 마음 아프답니다. 전쟁 전에는 상당한 저택 이었는데 지금 그것이 전쟁으로 주인을 잃고 완전히 볼품없어져 버 렸어요. 그런데 신을 모시는 일은 아직 계속하고 있어요. 그 좁은 집 에서 옛날식 그대로 배소를 만들어 놓고. 그것이 더욱 가련하게 느 껴지더군요. 그 댁만 그런 건 아니에요. 이른바 이 섬 전체의 가련함 이죠."

"그것은 예컨대 미군기지와 노로돈치가 공존하는 모습의 가련함 이라고 생각해도 좋을까요?"

"그렇기도 해요. 게다가 그 노로돈치의 아버님이 일본 군인에게 살해되었다는 것에서 전해지는 가련함도 있어요."

---

11 오키나와 전통 신앙에서 신령이 깃든 성역을 가리킴. 오키나와어로는 우간주ぅがんじ ゅ라 칭함.

"일본 군인?"

요나시로는 재빨리 구장의 얼굴을 보았다. 그의 얼굴에 일순 긴장의 그림자가 드리우는 것을 간파하고,

"그것은 확실한 이야기인가요? 구장님은 알고 계신가요?"

"아니요, 난……."구장은 고개를 저으며 말끝을 흐렸다.

"아니오, 아마도 틀림없을 거예요……." 오가키는 담배를 비벼 끄며 "하마가와 아주머니에게서 전쟁 이야기를 들었는데, 그 가족은 계속 배소가 있는 자연호 안에 들어가 있었다고 해요. 몇 일째인가부터 군인들이 들어와서는 식량조달 등에 동원시켰고. 이 자들과 같이 있으면 언젠가 함께 살해당할지 모른다고 생각해 도망가려고 했지만 붙잡고 늘어졌다고 해요. 계급이 높을수록 겁쟁이였다는데, 미야구치 군조, 다케다竹田 병장 같은 사람이 특히 시끄러웠다고 아주머니는 말했어요. 어느 날, 아버지가 미야구치 군조와 함께 호를 빠져 나갔고 이후 두 사람 모두 돌아오지 않았죠. 아버지가 그 군조에게 살해된 것이 아닐까라고 말했더니 아주머니는 굳게 입을 다물어 버렸어요. 나의 그 의문을 더욱 더 강하게 할 뿐이었죠."

"아주머니는, 유골 찾기를 15년이나 계속해 오고 계시다고 하죠?"

"아름다운 민속이라고 할까요. 가련하면서 아름다운. 아버지는 마가타마를 가지고 나가셨으니, 그 뼈 옆에 반드시 마가다마가 떨어져 있을 거라고 하는 것도 아름다운 섬 심정心情의 발로라고 할 수 있어요. 본래 일본인의 아름다움의 원형은 이처럼 오키나와 섬에서 찾을 수 있을 거예요……."

오가키는 거기까지 말하고 요나시로를 응시했다. 요나시로의 맞장구를 기대하고 있는 건지 자신의 말만으로 만족한다는 건지, ── 요나시로 아키오는 폴로셔츠 주머니에서 담배 한 개피를 꺼내어 성냥불을 붙였다. 어려운 얼굴을 하고 두세 번 연거푸 빨아들인 후, 구장을 향해,

"어떻습니까? 본토 사람들조차 같은 본토 군인에 대해 그처럼 비판적이지 않습니까? 이 섬사람들이 본토 병사에 대한 기분을 솔직하게 드러내는 건 당연한 일이지 않습니까?"

"그래도……." 구장은, 다타미에 시선을 떨어뜨리고 "위령제는 내일모레에요. 지금까지의 관례대로 준비는 진행되고 있어요. 거기에 이제 와서 파문을 일으킨다는 것은……. 조금 더 빨랐다면……."

"더 빨랐다면…… 이라는 말씀은 곧 의견에는 찬성이신건가요?"

요나시로의 추궁의 시선을 피하며, 구장은 오가키에게,

"선생님 말씀은 그런데, 정말일까요? 섬사람들도 의심하고 있는 건 사실이에요. 미야구치 군조라고 분명하게 말해 버리는 순간 확정되어 버리니까. 거기다 미야구치 군조라는 이름이 두 명이어서 둘 중 누구의 딸인지 모르지만, 지금 부촌장님 댁에 머물고 있어요. 위령제에 참가하기 위해……."

"그 여자 말입니까!"

요나시로는, 눈앞에 펼쳐진 화제를 문득 잊고 외쳤다.

"거기까진 몰랐네……." 오가키는 침착하게, "아버지의 진실을 들려주고 싶지 않아."

"그런데, 그건 분명합니까? 선생님."

구장이 여전히 두려움을 보이자,

"그건 하마가와 아주머니도 분명하게는 말하진 않았지만 그분의 말투나, 집념으로 볼 때 뭔가 틀림없는, 뭔가를 느껴요."

"왜 딸에게 진실을 들려주고 싶지 않은 걸까요?"

"자네⋯⋯." 오가키는 요나시로의 질문에 놀란 모습을 보이며, "당연하지 않은가. 아버지의 죄를 딸에게 묻는 것과 같은 것이야. 그런 잔혹한 일이 가능하겠나?"

"그게 아니면 미야구치 군조가 두 사람이 있기 때문에, 그 어느 쪽의 딸일지 분명하지 않기 때문인가요?"

"그런 것도 있을지 몰라. 무엇보다 나는 딸이 이곳에 왔다는 건, 뭔가 그 부모의 죄—내가 말한 군조가 아닐지 모르지만,—그런데 그 연대책임을 져야 할 부모의 행적과 영靈이 통했기 때문에 이곳에 왔다는, 그런 느낌이 들어. 오키나와라는 곳은 그런 영이 노는 곳이라는 생각이 들기도 하고 말이지. 이 섬에서 일본군의 망령이 도민들의 망령과 어떻게 싸우고 있을지 볼 수 있으면 좋겠어요."

요나시로는 드디어 초조함을 느끼기 시작했다. 도대체 이 오가키라는 학자는 어느 나라 입장에서 말하고 있는 걸까. 수치, 분노, 연대책임⋯⋯ 등의 말을 하지만 마음 깊은 곳에 정말로 그런 심정을 간직하고 있는 걸까. 군대 가서 개죽음 당하기 싫었다는 멋진 말 속에는 전쟁의 상처는 하나도 없어 보였다. 그리고 이 섬에서 군인들이 범한 죄와는 전혀 상관이 없다는 얼굴을 한다. 그 **나라**라는 건 어디일까? 그의 조국 일본일 리 없다. 그 군인들과 조국을 공유할 리 없는 것이다. 그가 사랑한다고 하는 오키나와일까? 이 민속의 섬, 오키나와인 걸까? 이 섬의 망령들의 일을, 남의 얘기처럼 말하지만, 하마가와 미망인의 비극을 마가타마라는 이미지를 통해 민속학적인 미의식 속에 해소시켜 버리는 심정은 과연 **오키나와**를 사랑하고 있는 걸까? **오키나와**와 함께 그 군인들의 범죄를 고발할 자격이 과연 있는 걸까? ─도대체, 이 남자는 어느 나라 인간이란 말인가⋯⋯.

바람이 강해졌다. 하늘에 검은 구름이 어느 사이엔가 두터워졌다. 소나기가 오려나.

"좋은 섬이네요⋯⋯."

오가키가 가만히 말을 거들듯 말했다. 순간 요나시로는 기지의 하얀 건물을 떠올렸다. 그 하얀 건물에서 잔디 경사면을 내려가면 계곡이 나오고, 그곳에서 다시 기어오르다시피 하여 잡목림을 헤치며 올라가니 거기에 자연호 하나가 나왔다. 그 안에서도 살육이 일어났음에 틀림없다. 그 하얀 건물 지점에 서보니 그 호는 보이지 않고 산은 한 면에 녹색의 농담農談이 아름다운 자태만 드러내고 있었다. 이대로 족할까. 아니, 이 호를 보지 않으면 안 된다. 보여주지 않으면 안 된다⋯⋯.

"구장님, 어떠세요? 위령제 개혁을."

다시금 말을 걸어 보았다.

"무리일 거요."

"오가키 선생님은, 어떻게 생각하십니까?"

"그렇게 집착하지 않아도 되지 않을까? 살아있는 인간이 문제지."

아니라고 요나시로 아키오는 마음속으로 반발하면서, 미야구치 도모코와 이야기를 나눌 필요가 있다고, 다시금 생각했다.

"그보다 요나시로 군……." 오가키가 다시 말을 걸어 왔다. "하마가와 아주머니와 그 일행이 전쟁 때 숨어 있던 호를 탐방하지 않겠나? 오래된 배소인데. 좀처럼 보여주지 않는 곳이지만, 잘 부탁해 보려고 하네. 나는 연구를 위해서고, 자네는 영화 소재가 될지 모르니."

6

다미나토 신코가 후텐마 젠슈를 다시 방문했을 때, 젠슈는 마침 오가키 기요히코를 배웅하려던 참이었다. 비가 내리는 가운데 현관 앞 좁은 길에서 둘은 마주쳤다.

"곤란한 녀석일세."

젠슈는 오가키와의 일을 짧게 소개한 후, 토해 버리듯 말했다. 순간 다미나토는, 젠슈가 갑자기 예전의 젠슈로 돌아간 것처럼 느껴졌다. 젠슈는 전에 없이 약간 흥분한 듯했다.

"배소를 견학하고 싶으니 내 여동생과 다리를 놓아 달라는데 얼마 전 동생에게 부탁했는데 거절당했던 모양이오. 오키나와를 연구한다고 하는데, 딱 그만큼인 것 같지? 다미나토 군."

"그만큼…… 이라는 말씀은?"

"배소는, 특히 그 남자가 보고 싶다는 우타키御嶽[12]의 배소는, 자네는 알고 있는지 모르겠지만 노로 이외의 사람은 절대 들어가선 안 되는 곳이오."

"들은 적 있습니다."

"다만 유감스럽게도 전쟁 때, 하마가와 일가가 그 호로 피난했지. 그것만으로도 동생은 내심 괴로웠을 텐데 나중에 군인까지 들어온 거요. 동생은 지금도 죄 받을 일이라고 생각하고 있소. 그런 기분을 이해하지 못하고 오키나와 연구가 가능하다고 생각하나?"

"본토에서도 오키나와 연구가 활발해지고 있습니다만."

"나는 본토 일은 모르지만, '오키나와병沖繩病'이라는 말이 있어요. 들어본 적 있는지 모르겠소만. 오키나와에 대해 갑자기 알게 되어 오키나와에 깊은 관심을 갖는 것을 열병에 비유한 것이지. 그런데 어쨌든 병은 병이오. 우리는 건전한 관심을 원해요."

"그런데 '병'이라는 건 말만 그렇지 역시 관심의 깊이를 나타내는 말인 거죠……."

젠슈가 예전처럼 적극적으로 반응하자, 다미나토도 토론할 기분이 났다. 모처럼의 대화가 금방이라도 끊어질 것만 같았다.

"그보다도 선생님." 다미나토는 성급하게 말을 이어갔다. "외부에서 밀려드는 관심에는 순수하게 답을 해야 하지 않겠습니까? 예컨대 병적인 관심이든 아니든, 본토와 오키나와와의 교류는 이제 겨우 시작된 건지 모르는데 말입니다."

---

12 류큐 왕조(2대 尙氏)로부터 전해 내려오는 전통 신앙의 제식을 행하기 위한 시설.

섬사람은 너무 껍데기 안에 숨는 경향이 있다고 말하려다가 이내 다미나토는 머뭇거렸다. 섬사람은 표면상 결코 그렇진 않기 때문이다. 뭐든 말도 잘한다. 예상한 것처럼 전쟁의 어둠은 더 이상 없었다. 이 섬의 하늘처럼 밝게 웃으며 말한다. 그러나 왜 지금 나는 어두운 인상을 말하려는 걸까?

"그랬었나……." 젠슈는 드디어 조용히 말을 받았다. "나이 탓인지, 건망기가 있어."

"선생님만 그런 게 아니에요. 섬사람은, 의외로 진실을 말하려 하지 않아요."

"대충 말하고 싶지 않아서 말이야."

다미나토가 가슴 철렁할 만한 말을 젠슈가 했다. 다미나토가 그 의미를 재빨리 정리하려고 말을 가다듬고 있을 때,

"다녀왔습니다."

밝은 목소리가 들려 왔다. 미야구치 도모코가 외출에서 들어온 모양이다. 손에 몇 장의 신문 뭉치를 들고 있었다. 다미나토에게 처음 만났을 때처럼 눈인사를 하고는, 젠슈를 향해,

"전부 있었어요. 사무소에서 총무과장님이 웃으셨어요. 옛날 신문을 가능하면 버리지 않고 모아 놓았는데 여차하면 후텐마 선생님 댁에 가면 있을 거라고."

"그랬군, 수고했어요." 젠슈가 맞장구를 치며 미소 짓는 매우 행복해 보이는 표정을 다미나토는 보았다.

도모코는 방구석에 몇 가지로 분류해 놓은 신문을 모아 "다른 방

에 가져다 놓을게요."하며, 방을 나갔다.

"다 모은 것 같아도 간혹 연재물 같은 것은 중간 중간 빠지거나 해서 말이야……." 젠슈는 도모코가 방을 나가는 것을 응시하며 말했다. "생각이 나면 비가 오든 말든 마을 사무소로 학교로 찾으러 다니죠."

"그 정도로…… 언제부터 신문 수집을?"

"20년 됐어요."

"20년?"

그러면 종전 직후부터라고 다미나토가 그 의미를 생각해 보려는데,

"어떤 사건이나 연재기사를 하루라도 빠트리면 뭔가 돌이킬 수 없는 일인 것처럼, 아주 신경이 쓰여서 말이요."

라고 말하면서 젠슈는, 이런 초조함의 의미를 다미나토는 아직 이해하지 못할 거라는 얼굴을 한다.

"선생님은, 예전부터 꼼꼼하셨던 것 같은데."

다미나토 역시 맞장구를 치면서 이런 경우 후텐마 젠슈에게 **꼼꼼하다**는 말로는 충분치 않은 인연이 있을 거라고 느꼈다.

"다미나토 군. 23년 만에 귀향해 보니……." 문득 젠슈는 말을 돌려 "오키나와가 자신과 상관없이 움직이고 있다는 걸 느끼지 않았나?"

"네네, 그렇죠……." 다미나토는, 순간 어떻게 대답해야 좋을지 몰라 말을 찾으며, "이렇게 표현해도 좋을지 모르겠지만 뭔가 밀려난 것 같은 느낌입니다."

"말하자면 책임을 갖지 않아도 좋다는."

"아니, 그런 의미가 아니라……."

다미나토는 당황했다. 당황하면서도, 젠슈의 뼈 있는 말이 무슨 의미인지를 읽어내려 애썼다. 그런데 젠슈는 그대로 침묵했다.

오가키 기요히코에 대해 말할 때 만 약간 수다스러워질 뿐, 이 침묵은 또 뭘까 신경 쓰면서,

"신문 수집을 하고 계시지만 이 섬에 관한 기사는 나오지 않죠?"

"안 나오지."

그뿐이었다.

"신문기사를 추적하셔서……."라고, 다미나토는 추궁했다. "역사에 책임지는 것이 가능할까요? 실례되지만."

"음. 자신은 없지만."

다미나토에게 깊은 속내를 들키는 것이 두려운 듯 젠슈는 말을 아꼈다. 자신은 없지만 하지 않으면 안 되는 일이 세상에는 있다. ——라고 마음속으로 그렇게 다잡으면서, 젠슈는 오키나와의 역사에 책임을 가질 필요가 없어 보이는 다미나토에게 선망 같은 것을 느꼈다. 전쟁 현장에 휘말린 자와 소개로 이를 피해 간 자, 그 차이로 인해 이렇게 운명이 달라져 버렸다는 생각을 했다. 전쟁에서 받은 정신적 상처 때문에 이 22년간, 세계에서 매번 사건이 일어날 때마다 자신의 책임을 되돌아보는 버릇이 생겨버렸다. 이 작은 섬의 일 따위, 신문은 다루지 않는다. 그러나 그렇게 말해 버리는 것이 오히려 무섭다. 눈앞의 일만이 진실이라고 생각해선 안 된다. 전쟁 당시 당면한 가장 큰 목표라는 것이 제시되고 그것에 충실하게 임한 결과가 그것이었다. 가미시마의 나이키 기지는 일견 평화롭다. 병사와 주민 사이

는 아주 좋다. 그런데 기지부대 안에서 어떤 이야기와 일들이 벌어지고 있는지는 알지 못한다. 섬 제방에는 수시로 작은 군함이 드나들며 군인들과 자재를 싣고 다닌다. 이것은 일견 자신의 생활과 관련이 없는 것처럼 보이지만, 어찌 알겠는가. 그렇다고 해도 나로선 어찌할 도리가 없다. 적어도 세계 신문에 나올 정도의 사건에는 관심을 갖도록 하자. 그렇지 않으면 나의 책임이 언제 보이지 않는 곳에서 몰래 숨어 들어와 다시금 나 자신을 엄습해 올지 장담할 수 없다. 신문 지면을 쫓는 것만으로 행동을 선택할 수 있을지 어떨지? 선택할 수 있다고 말하면 자신감 과잉이겠지만, 그렇지 않다고 미리 예단해 버린다면 선택을 방기하는 것이 된다……

"실은 오늘 찾아 뵌 것은……" 다미나토는 결심한 듯 말을 꺼냈다. 젠슈의 백발이 섞인 눈썹을 거의 노려보듯 "집단자결에 선생님이 관여한 것은 아닌지……"

과연 그 다음 말은 나오지 않았다.

젠슈가 문밖을 바라봤다. 다미나토도 그 시선을 쫓았다. 비가 그치자 기지의 흰색 건물이 선명히 부각되었다.

"비가 그쳤군. 산책이라도 할까, 다미나토 군."

후텐마 젠슈는 일어섰다. 다미나토는 뒤따를 수밖에 없었다.

10분 정도 걷자 해변이 나왔다. 거기까지 두 사람은 말없이 걸었다. 젠슈는 다미나토가 끼어드는 것을 거부하려는 젠슈의 표정을 읽었다. 해변에는 이렇게 작은 섬에 있으리라고 생각지 못할 정도로 길고 굵은 목마황 방조림이 있었다. 학교 뒤편에서 내려다봤던 방조림이었다. 그곳에서 올려다보니, 절벽 위 울타리가 멀리 작게 내다보였다.

"저 절벽 밑에도 호가 있다고 하죠?"

손가락으로 가리키자마자, 좁은 들길은 방조림으로 접어들어 절벽도 학교도 감춰 버렸다.

"조선인과 섬 주민의 관계는 어땠습니까?"

다미나토는 이야기를 멀리 에둘러 말했다. 젠슈는 그대로 말을 받아,

"허물없는 사이는 아니었지만, 그래도 일본군 밑에서는 같은 피해자이기도 하고, 가해자이기도 하고……."

"가해자이기도?"

"군 조직 안에 있는 조선인은 조직 밖에 있는 주민에게 때론 횡포를 부리기도 했지. 그런데 때로는 주민이 내지인의 입장에서 조선인을 경멸하기도 하고."

"과연."

"오키나와인 자체가 성가신 존재라고 생각하지 않나? 다미나토군. 북위 27도선[13]은 지금은 분명하게 그어졌지만 마음속 27도선은 언제부턴가 쭉 그어져 있었으니 말이네."

---

13 1951년에 체결된 샌프란시스코 강화조약으로 일본은 연합국의 점령상태에서 독립하여 주권을 회복했지만, 오키나와는 북위 27도선을 기점으로 일본에서 분리되어 미군의 배타적 지배하에 놓이게 되었다. 이후 북위 27도선은 단순한 본토와의 지리적 경계가 아닌, '조국'분단이라는 현실과 상실감을 확인시켜 주는 상징성을 띠게 됨.

"저 자신도 제가 비뚤게 생각해서 그런지 몰라도 23년 만에 돌아와 보니, 고향으로부터 소외된 느낌이 듭니다."

"있을 거요, 그것은 어느 누구의 책임도 아닐지 모르지만 어쩌면 우리 모두의 책임일지도 모르지."

"어제 모임에서 미야구치 군조라는 사람의 이야기가 나왔는데 제 자신은 상당히 소외감을 느꼈어요. 그 이야기가 나오자 모두가 그토록 동요하고. 역시 무슨 일인가 있었던 걸까요?"

"……"

후텐마 젠슈는 침묵했다.

저 사탕수수밭 건너편이었지, 미야구치 군조와 하마가와 겐료가 저 너머 언덕을 넘어가는 것을 내가 본 것은 ─ 그때의 일을 떠올렸다. 그 '집단자결'을 구로키 대장이 명령했을 때, 미야구치 군조는 정보실장이었다. 도민을 설득하는 것은 촌장과 젠슈에게 맡겨졌으나, 두 사람이 예상대로 내켜하지 않자, 미야구치 군조는 그들을 아카도바루에서 떨어진 한 동굴 안으로 데리고 들어가 군도를 뽑아들고 협박했다. 일본인이라면 군의 대목적의 수행에 협력하기 위해 그 정도는 가능해야 한다는 것이다. 이 섬 주민은 군의 지시에 좀처럼 따르지 않는 비非국민들뿐이다. 그들을 설득하는 것은 자네들 책임이다. 그걸 못한다면 스파이 취급을 받아도 어쩔 수 없다고도 했다. 요사이 우군의 움직임이 계속해서 적에게 노출되고 있다. 주민 가운데 스파이가 있다는 것은 군 내부가 확신하고 있는 일이다. 이 오명을 자네들이 뒤집어쓸 텐가. 촌장과 교장이 스파이 용의자로 처형되어도 좋단 말인가. ──협박을 두려워한 걸까, 미야구치 군조의 말이 맞는다고 생각한 걸까, 아니면 주민의 입장에서도 포로가 되기보다 자결하는 편이 좋다고 생각한 걸까, 지금 후텐마 젠슈는 떠올리려 해도 정확한 판단이 서질 않았다. 그로부터 두세 시간 후, 아카도바루의 별빛 아래에서 커다란 사고가 있었다. 모든 도민이 아카도바루에 모인 것이 아닌 이상, **사고**를 거기에서 끝내는 것은 불가능했다. 그는 촌장과 일을 분담해 정력적으로 도민의 호를 방문해 설득했다. 그가 전쟁 이후, 어떤 일에서든 다른 사람을 설득하지 않게 된 데에는 바로 이러한 체험 때문이었다. 교육계에서 은퇴해 기지건설에 의심을 품으면서도 방관하게 되었다. 그날 밤 안으로 아카도바루를 중심으로 섬 이곳저곳에서 수류탄을 터뜨리고, 도끼로 가족의 머리를 내리치고, 어린아이의 목을 조르고, 면도칼로 경동맥을 끊었다. 젠슈는 다음 날 오전 중에 호 이곳저곳을 들여다보고는 그들의 최후를 배웅했다. 그리고 마지막 순간을 맞이해야 했다. 한 개 남은 수류탄을 터뜨리려고 했다. 불발이었다. 하나밖에 남아 있지 않아 후텐마 젠슈는 살아남았다. 그때 겪었던 심리적 경위가 떠오르지 않았다. 목숨이 아깝지 않았던 걸까. 그럴 리는 없지만 단지 그것만으로는 설명이 부족하다. 역사적 증언을 위해서라도 살아남아야 한다는 생각을 한 것도 같다. 그런데 그것은 나중에 생각해 낸 변명이 아니던가. 자신이 없는 채로, 전쟁 이후 그는 그 일에 대해서 다른 이에게 말하는 것을 단념했다. 가족 중 유일하게 살아남은 젠이치를 데리고 일주일 동안 걸었다. 무작정 우타키 호로 향했다. 그 호에 여동생 가족이 반드시 있으리라고 생각한 건 아니었다. 그냥 자신도 모르게 그곳을 향했던 것 같다. 그리고 그곳 수수밭 너머에 다다르자, 문득 앞쪽에 작은 개울 건너편에 언덕을 오르는 한줄기 길이 눈에 들어오고, 하마가와 겐료가 미야구치 군조를 데리고 걸어가고 있는 모습이 보였던 것이다. 그가 목격한 순간, 미야구치 군조는 조금 전까지 뽑아들었던 군도를 재빨리 칼집에 넣었다. 그 행동이 이상하게도 그때 일을 떠올릴 때마다 거꾸로 칼집에서 금방 빼낸 것을 본 것 같은 착각을 일으켰다. 얼마 안 있어 두 사람의 모습은 보이지 않게 되었다. 그리고 나서 1킬로쯤 걷는 사이에 그는 두세 번 그런 착각으로 몸서리쳤다. 결국 우타키 호에 모습을 드러내지 않았다. 나중에 이야기를 듣고, 겐료와 미야구치 군조가 호에 돌아오지 않게 된 것은 그 날 이후라는 것을 알았다. 그는 그가 본 것을 아무에게도 말하지 못했다. 과연 그것이 착각이었는지, 착각이었다면 왜 그랬는지 말이다. 고독한 체험을 증언할 만큼 책임이 중하고 어렵진 않았다. 그는 이 체험을 다른 이에게 믿도록 할 자신이 없었다……

"미야구치 도모코 씨 아버지가……." 다미나토는 분명하게 다그쳤다.

"섬사람들에게는 잔혹한 역사를 만든 것이 아니겠습니까?"

섬사람들에게라고 하고, **후텐마 젠슈에게**라고 말하지 않은 것은, 다미나토의 마지막 배려였는데 "다미나토 군. 분명하지 않다, 분명히 하고 싶지 않다,고 하는 것도 훌륭한 역사적 증언이라고 생각하지 않나?"

다미나토의 비난이 무력해졌다. 이런 식의 후텐마 젠슈의 태도는 모든 역사적 기술을 부정하는 일이 된다. 그 기분을 알 것도 같다. 섬 사람들이 무의식적으로 취하고 있는 태도를 후텐마 젠슈는 매우 의식적으로 취하고 있을 뿐이다. 그런데 그것은 결국 아무런 생산성이 없는 일이다.

"미야구치 도모코가 나가사키에서 왔다고 했지……." 젠슈는 갑자기 그렇게 물었다. "혹시 원폭피해자가 아닐까 하는 의심이 들 때가 있소."

"……그 말씀은?"

"그 아가씨가 아니더라도 혹시 그 어머니가 그럴지 모르지. 어머니는 건강하다고 말했지만 그 이상 어떤 말도 하지 않아. 나도 더 이상 묻지 않고. 무섭기 때문이오."

"……."

"그 아가씨와 나 사이에도 역시 27도선이 있어요. 그런데 때론 그것이 없어지기도 하죠. 그 아가씨가 순진한 얼굴로 내 이야기를 듣거나 나를 도와 줄 때가 그래요. 내가 그 아가씨를 집에 머물게 한 건 잘한 일이라고 생각할 때도 그렇고. 또 가끔 그 아가씨가 미야구치 군조 중 한 명과 겹쳐질 때가 있어. 그때 27도선이 확연하게 보이는데, 그 남자의 이미지가 어머니와 바뀔 때, 선은 다시 망막해지면서 세 사람의 이미지가 뒤엉켜 내 안으로 흘러들어 오지. 다미나토 군 나한테 북위 27도선이라는 그런 것이오……."

젠슈가 미야구치 군조의 일을 아슬아슬하게 허락된 범위 안에서

106

이야기하고 있음을 간파하면서, 다미나토 안에 여러 기억이 떠올랐다 ─.

소개지에 도착한 날 맛보았던 **흰쌀밥** 맛. 마을 사무소 앞에서 그것을 나누어 주며 부지런하게 움직여 아이들을 격려해 주었던 사람들.

오키나와가 전원 옥쇄 명령을 받았을 무렵, 소개 아동 가운데 하나가 그곳 아이들로부터 "네 부모가 스파이를 했기 때문에 일본이 졌다"고 들은 것이 발단이 되어 아이들 간에 패싸움이 벌어졌다. 싸움에 이겨 상대는 흙투성이가 되어 울며 도망쳤지만 자신도 울면서 다미나토가 있는 곳으로 와서는 "빨리 오키나와로 돌아가요, 이런 곳에는 있고 싶지 않아요."라고 읍소했다. 그 무렵 이미 다미나토는 그곳 여자와 약혼하여 현지에 눌러 살 결심을 했기 때문에 제자의 읍소를 들은 순간 얼마간 찔리는 듯했다. 그래도 제자들과 헤어지던 날, 그저 기뻤던 탓일까 제자들 표정엔 아무런 그늘 없이, "선생님, 건강하세요."라며 역에서 크게 소리쳤다.

전쟁이 끝나고 얼마 안 되어, 한 규슈 거리에 암시장이 생기면서 자연발생적으로 노점이 군집을 이루었다. 그 대부분이 오키나와 출신자라는 것에서 왠지 오키나와가 살아가게 될 미래를 상징하는 것처럼 느껴졌다. 어느 날 현지 깡패들이 시장에 난입하자 노점상들이 단합하여 '오키나와인'이라는 집합명사를 마음속 간판으로 내걸고 싸웠다고 한다. 그 신문보도를 접한 아내가 '오키나와인'도 싸움할 줄 아는 상대라는 것을 처음 인지한 듯, 새삼 남편을 이상한 존재로 바라보았다. 그 무렵 열차 안에서 표준어로는 의미가 통하지 않는 말로 고성을 지르며 욕을 해대는 **행상인**들이 횡횡했는데 그 대부분이 '조선인'이거나 '오키나와인'이었다고 한다.

전쟁의 여파가 잦아들고 고도성장과 대국의식으로 "더 이상 전후가 아니다"라고 말하기 시작할 무렵, 이상하게도 고향을 향한 그리움이 쌓여 조금씩 거리에 등장하기 시작한 오키나와 관련 서적을 섭렵하여 아내에게 어설픈 오키나와 요리를 가르치거나 중학교에 다니는 딸아이에게 오키나와 민요를 가르치거나 했다. 딸아이는 기묘한 얼굴을 했다.

근무하던 중학교가 가미시마 소·중학교와 자매교를 맺자는 이야기를 처음 교장이 꺼냈을 때 짐짓 동정 받는 것 같아 묘한 반발심을 갖기도 했으나, 다른 한편으로는 한없는 그리움과 고향 오키나와와 자신을 강조하고 싶다는 생각에 들뜬 마음을 주체할 수 없었다…….

"선생님은 스스로를 너무 괴롭히는 거 아닙니까?"

말하고 보니, 조금 반성이 되었다. 이렇게 말해도 좋을지.

"그런데 다미나토 군. 그 도모코 씨를 매일 보다 보니 즐거워요. 전쟁을 알지 못하는 세대는 좋더군. 젊은이에게 전쟁을 알려주라고 하는 이들도 있지만, 내가 볼 때는 전쟁을 모르기 때문에 밝게 살아갈 수 있었던 거지. 마음이 깨끗해지는 느낌도 들고. 기특하게도 쑥쑥 자라주었소."

느닷없이 던져진 젠슈의 밝은 말투에 다미나토는 놀랐다. 다미나토의 충고에 대한 대답인 걸까. 자신의 생활에 대한 반성인 걸까. 마음속 고뇌를 숨기려는 것일까. 적어도, 그러나—라고 다미나토는 생각한다─지금 조금 전에 말한 **마음속 27도선**을, 이것으로 뛰어 넘은 것처럼 보인다. 과연 그럴까…….

방조림에 다다랐다. 작은 호수가 간조干潮로 산호초를 검게 드러 내고 있고, 여기저기 만들어진 조수 연못에 한여름 태양이 빛나고 있었다. 왼편을 올려다보니, 학교 뒤편 절벽이 바로 눈앞에 펼쳐지며 조금 전까지 풀에 가리어 보이지 않았던 자연호가 검은 입구를 벌리 고 있었다. 정숙한 매무새였다. 지금 서식하고 있는 것은 도마뱀인지 뱀인지. 그날 사람들이 밀어닥치기 전에도 그랬음에 틀림없다. 다미 나토가 이 섬에 살았을 때 이런 호가 있다는 것을 알지 못했다. 그것 을 지금에야 알았다. 위령제에 참석하게 된 계기로 알게 되었다. 그 것을 아주 자연스럽다고 받아들이면서도 다른 한편으로는 뭔가 돌 이킬 수 없는 운명 속으로 빨려 들어가는 것 같은 느낌도 들었다.

7

섬에 있는 유일한 바가 낮에는 다방이 된다. 요나시로 아키오가 미 야구치 도모코를 데리고 왔다. 둘이 앉은 테이블 옆 창문을 열면, 둑 이 보이는데, 군이 본섬과의 연락을 위해 사용하는 작은 군함이 정 박하고 있었다. 낮에는 냉방이 되지 않아 창문을 열어 놓아야 했다. 아이스박스에 만들어 넣어 둔 아이스커피를 가져온 여자가 물러가 자 콘크리트 바닥의 누추한 바는 한층 어두컴컴하고 조용해졌다.

"이곳에 미국 병사가 출입하나요?"

도모코는 그렇게 말하고 주변을 둘러보았다.

"우리도 들어 왔잖아."

요나시로가 말하자 도모코는 요나시로에게 눈을 흘기며 조금 웃어 보였다.

"나오라고 해서 미안······." 요나시로는 미안하다는 말과 함께 "후텐마 선생님이 안 계셨기 때문은 아니야. 선생님에 계셨어도 나오라고 할 작정이었어. 너무 강제적인가?"

"하고 싶은 말이 뭐죠?"

도모코는 요나시로의 눈을 정면으로 응시했다.

"아버님이 전사한 정황을 조사하고 있다고?"

"위령제에 참석도 할 겸해서요."

"위령제 같은 건, 집에서도 할 수 있잖아. 뭔가 아버지의 전사에 대해 예감이 있었던 거지?"

"예감이라면?"

"전사에 대한 의문 같은 거."

"그런 건 없어요. 뭔가 알고 계신가요? 아버지에 대해."

"아니, 그건 그렇고 섬에 와서 조사한 거라도 있는지?"

"아니요. 섬사람들은 아무것도 말해 주지 않았어요. 그런 사람은 모른다고 하거나, 미야구치宮口 군조라고 했는지 미야자키宮崎 군조라고 했는지 기억이 안 난다는 말밖에."

"후텐마 선생님은?"

"제가 찾아뵈니 전쟁 일은 잊어 버렸다고 말씀하셨어요. 스스로

잊으려고 노력하고 계신다면서."

"애써 입을 다물려고 하는 것은 잊지 않았다는 증거야. 모든 걸 털어 놓으면 오히려 시원할 텐데."

"저도 그렇게 생각해요. 그런데……."

"왜?"

"당사자가 되면 그렇게 간단하게 정리가 되지 않을지도 모른다는 생각을 해요."

"뭔가, 후텐마 선생님에게서 그런 점을 느꼈나? 비밀 같은……."

"아니요. 있을지 모르지만 저는 아직. 저는 나가사키 원폭피해자를 떠올렸어요."

"자네, 원폭피해자?"

"아니요. 저희 집은 원폭이 떨어진 지점에서 멀어서 방사능은 미치지 않았어요. 어머니도 무사하세요. 저도 괜찮고요. 그런데 얼마든지 이야기는 해 드릴 수 있어요."

"오키나와 전쟁 같은 거네. 성경 속 이야기처럼 되어 버렸어."

"원폭피해자들도 자신들의 고통은 다른 사람에게 이해 받지 못할 거라고 생각하고 있어요."

"그렇다면서. 책에서 읽은 적 있어."

"아주 열심히 발언하는 사람도 있고, 일절 말하지 않는 사람도 있어요. 저는 제가 피해자가 아니어서 말할 수 있는 건지도 몰라요."

"이 섬에서도 그런 말을 했나?"

"네, 그게 말이에요, 이 섬에서 요즘 들어 느끼게 된 게 있어요. 제가 원폭 이야기를 꺼내면 일단은 맞장구를 쳐요. 그거 참 안됐다는 얼굴을 하죠. 그런데 그 다음 왠지 모르게 화제를 섬 전쟁 이야기로 가져가는 거예요. 저는 그게 그렇게 나쁘다는 생각은 안 해요. 아, 섬 사람들에게 섬 전쟁이 나가사키 원폭 같은 거로구나 하는 생각을 할 뿐이죠."

"후텐마 선생님도 같은 생각이신가?"

"선생님은 제가 원폭 이야기를 시작하면 피하고 나가 버리세요."

"듣고 싶지 않은 건가……?"

"선생님의 경우 전쟁에서 뭔가 안 좋은 일을 겪은 건 아닐까요? 그런데도 신문 스크랩을 하시고 핵문제가 나오면 열심히 오려서 정리하시죠."

"저기, 미야구치 씨. 후텐마 선생님의 마음의 비밀은 과연 뭐라고 생각하나? 무엇이 선생님의 마음을 닫게 만들었을까?"

"모르겠어요. 요나시로 씨는 왜 그토록 후텐마 선생님에 대해 알고 싶어 하는 건가요?"

"후텐마 선생님만이 아니라. 나는 섬에 대해, 섬의 전쟁에 대해 모든 걸 알고 싶을 뿐. 일을 위해서."

"무리에요, 아마도. 모두들 마음에 비밀은 갖고 있는 걸요. 특히 전쟁이잖아요. 살아있는 자가 죽은 자에게 부채를 갖고 있기 때문에 침묵을 지키는 건 있을 수 있어요."

"……."

요나시로는 불현듯 입을 다물었다. 이 사랑스러운 나가사키 출신

아가씨는 어느 정도 현명함을 갖추었다. 선이 가는 모습과 어울리지 않게 배포도 있는 듯하고, 그렇기 때문에 혼자서 부친 소식을 조사하러 이런 섬까지 왔겠지만 부친의 진실을 알 만한 단서는 어느 것 하나 갖추지 못했다. 지식이 아닌 마음가짐이 문제다. 섬의 비극을 원폭의 비극과 동일한 것으로 생각하는 것까진 좋다. 그런데 거기서 멈춰 버렸다. 살아있는 자가 죽은 자에게 부채를 갖고 있다 ―라는 데에 착목한 것도 좋다. 역시 원폭의 땅에서 자란 사람만의, 생활에서 얻은 것이리라. 그러나 죽은 자가 책임져야 할 부채에 대해서는 어떻게 봐야하나. 죽은 자에게 욕하지 말란 말인가. 그러나 이 아가씨는 그런 금언을 생각한 것은 아니다. 죽은 자의 사회가 살아있는 것을 알 리 없기 때문이다. 죽은 자는 정중히 애도해야 하는 것으로만 생각한다. 그러나 과연 그럴까? 그리고 역사는 진실하게 살았다고 할 수 있을까? 섬에서는 가해자나 피해자나 죽은 자에 대해 침묵을 지키고 있거나 아니면 뭔지 모를 용서와 형식적으로 애도하는데 그것으로 좋은 걸까?

"나가사키에서도 오키나와가 화제에 오르기도 하나?"

왠지 모르게 그런 질문이 나왔다. 후텐마 젠슈의 진실을 밝히고, 위령제의 개혁에 대해 말하기 위해 미야구치 도모코와 만났는데 말이다. 그런데 후텐마 젠슈에 대해선 단서가 없고, 위령제 이야기를 꺼내기엔 아직 여러 가지 쉽지 않은 절차들이 남아 있다. 상당한 모험을 하고도 오해를 초래하지 않는다는 보장이 없는 것이다.

"우리 아버지가 오키나와에서 전사했다는 이야기가 나오면, 안됐다는 얼굴을 할 뿐이에요."

그리고 미야구치 도모코는 헤어질 때 말을 덧붙였다.

"그래도 저는 이 섬까지 와서 헛되진 않았다고 생각해요."

밤이 되어 요나시로 아키오는 이번엔 기무라 요시에를 바로 불러내었다.

"자네도 이 섬까지 와서 헛되지 않았다고 생각하나?"

요나시로의 물음에 요시에는 천천히 바 안을 둘러보았다.

"이런 섬에도 이렇게 해방적인 공간이 있으리라고는 생각지 못했어."

카운터에 있는 두 명의 백인 청년이, 그런 요시에를 힐끗 바라봤다.

"미국인이 있는 곳이 오히려 해방적이라니……."

요나시로는 가볍게 웃었다.

"이상하네. 그래도 솔직한 마음이에요."

"자네와 겐신 씨가 어떻게 알게 되었는지 알고 싶은데."

"프라이버시에요."

요시에는 농담처럼 말하며 요나시로를 흘겨보았다. 그리곤 어깨를 들썩이며 웃었다. 백인 청년이 다시 쳐다보았다.

"재미있군. 자네가 이런 섬의 며느리가 되다니 말이야."

"교통사고 같은 거라고 할까."

"교통사고라, 과연. 그런데 오키나와는 어떤 곳이라고 생각하나?"

"다들 기지, 기지 얘기만 하잖아요? 미국 같은 곳이겠거니 생각했어. 도쿄 주변 기지로 말하면 다치카와立川 같은 곳 말이야."

"고자ゴザ 같은 곳이지. 역시 영어를 사용한다고 생각했나?"

"아뇨. 왜냐하면 겐신 씨가 일본어를 썼기 때문에 그렇게는 생각하지 않았지만, 그래도 이렇게 전혀 모르는 방언이 있다고는 생각지 못했어."

"역시, 일본이 아니라고 생각하나?"

"그래도 저런 무리를 보면……."라며, 카운터를 향해, "오히려 일본이라고 생각해. 이상하게도 말이지."

"나는 본토에 간 적이 없어서 잘 모르지만 말이야. 본토에서 오키나와를 보면 어떻게 보일까? 베트남에 대한 인식도 다르겠지?"

"그건 가 보지 않으면 모르겠죠."

"아주 간결하네."

"그거야 그렇죠. 나도 오키나와에 와 보고 이런 기분은, 여기가 아닌 곳에서는 상상하지 못했거든."

"그건 그렇고 자네가 지금 있는 집도 특수한 경우지. 결코 오키나와 평균은 아니란 말일세."

"그런 것 같아. 이상한 집이죠. 덕분에 공부 많이 했어요."

"겐신 씨는 집에 대해 말한 적 없나?"

"별로요. 처음부터 집에서는 우리 결혼을 별로 찬성하지 않을 거라는 정도는 말해 주었지만."

"자네 친정은 어땠나?"

"그만 두죠, 이런 얘기. 그보다, 무슨 일이죠? 이런 곳에 불러내고."

"무슨 일이 있어서라기보다 이야기를 나눠 보고 싶었을 뿐. ──이라고 말하면 조금 거짓일까?"

실은 하마가와 야에의 유골 찾기 작업을 촬영하고 싶어서 그 가교 역할을 부탁할 작정이었다. 그런데 지금 요시에가 야에와 사이가 좋지 않다고 하니 선뜻 말을 꺼내지 못했다.

"그래도 좋아. 기분전환도 되고."

요시에는 그렇게 말하고 카운터 쪽 미국인들을 바라보았다. 그 눈매가 점점 한 곳을 응시하면서 탄식 같은 말이 새어나왔다.

"아아, 일본이 유난히 멀어."

"일본이 아닐세. 본토라고."

요시에가 깜짝 놀란 표정으로 요나시로를 쳐다봤다. 그리고는 소리 없이 웃음 지었다.

"이상해요, 당신."

"뭐가?"

"어째서 **일본**과 **본토**에 그렇게 집착하는 거죠?"

"왜냐면 오키나와도 일본이니까."

"바보. 나는 그런 것에 신경 쓰지 않아요. 말결에 자연스럽게 나온 것뿐."

"그 자연스럽게 나온 말 밑바닥에 잠재의식이 작동하는 거지. 오키나와는 일본이 아니라고."

"바보. 뭘 그렇게 비뚤게 생각해요."

"이쪽이 먼저 비뚤어진 게 아니라고. 저쪽이 비뚤게 한 거지. 북위

116

27도선이라는 둥 하면서."

"바보……."

"그렇게 바보 바보하지 마."

"취했어? 바보 맞잖아. 난 요시다 시게루吉田茂[14]도 아니고 사토 에사쿠佐藤榮作[15]도 아니에요. 북위 27도선인지 8도선인지 모르겠지만, 내 탓이 아니라고요."

"물론, 자네 탓은 아니야. 메이지明治 이래, 아니 시마즈島津 이래 점령자의 의식 탓이지."

"의미 없어, 그런 얘기."

"맞는 말이야……." 요나시로는 글라스 바닥에 남은 걸 한 번에 비워 버리고, 또 한 잔을 주문했다. "그런 낡은 얘기는 나 역시도 배운 것일 뿐. 나 자신이 실감한 건 하나도 없어. 자네처럼 말이야."

"그럼 새삼스럽게 이러쿵저러쿵 말할 필요 없잖아."

"지금 와서 새삼스럽게 말할 수밖에 없는 건, 27도선 덕분이지."

"같은 말을 몇 번이나 반복하는 거예요. 돌아갈래요."

---

14 요시다 시게루(吉田茂, 1878~1967) : 일본의 제45, 48, 49, 50, 51대 내각총리대신 역임. 안보는 미국에 맡기고 일본은 경제발전에 주력해야 한다는 이른바 '요시다 독트린'을 구축. 1951년 강화조약 및 미일안전보장조약을 체결하여, 그 결과 1952년 오키나와를 제외한 일본 본토만 미 점령하에서 벗어나게 됨.

15 사토 에사쿠(佐藤榮作, 1901~1975) : 일본의 제61, 62, 63대 내각총리대신 역임. 전후 일본 수상으로는 처음으로 오키나와를 방문(1965)하여 "오키나와의 조국복귀가 실현되지 않는 한, 일본의 전후는 끝나지 않는다"라는 발언으로 주목 받았다. 1972년 오키나와 반환·복귀에 주도적인 역할을 함.

"잠깐. 저기, 자네 시어머니는 어떠신가? 야마토 며느리라면 머리부터 발끝까지 싫어하는 성질인데, 자네는 기가 막힐 일 없었나?"

"있었죠. 자기 아들이 오키나와 집 같은 건 잊고 오히려 싫어하는 건 모르고, 이제 와서 야마토 며느리도 오키나와 며느리도 없다고 생각해요."

"그러니까 말이야. 마음속에 27도선이 있기 때문이야. 그녀 입장에서는 아들은 불효자인거지."

"마음속 27도선?"

"27도선은 바다에만 있는 게 아니야. 인간의 마음속에도 있지. 오키나와에도 본토에도."

"이상한 일이네요. 나는 생각해 본 적도 없어요."

"이 섬사람들은 대부분이 마음속에 27도선을 갖고 있지. 특히 전쟁 중에 이 섬에서 집단자결을 시도했던 적이 있는 자들은, 더욱 강해. 그것을 지금은, 왠지 그 선을 애매하게 흐리고 있어. 학교 선생들도 일본복귀운동을 하고 있으니 27도선을 그어선 안 된다고 말하고. 비겁한 거지. 자기 자신을 속이는 거라고."

"그건…… 당연하지 않나? 일본복귀운동을 한다면 물론…… 27도선은……."

기무라 요시에의 눈빛이 조금 혼란스러워졌다.

"맞는 말이야. 깊게 생각하지 않으면 그럴지 모르지. 그러나 잘 생각해 보면 다르다는 걸 알게 되지. 지금처럼 마음속 27도선이 애매한 채로—라기보다, 마음의 진실에는 선이 그어져 있으면서, 그것이 없는 것처럼 위선적 마음을 품은 채 일본으로 복귀하게 되겠지. 훗날 위선적 일본인이 만들어질 뿐이고. 그런 복귀라면 의미 없을 테고."

"어려워. 뭐가 뭔지 모르겠어."

"오키나와 사람만의 문제는 아니라는 거지. 본토 사람의 경우도 같은 문제를 안고 있다는. 자네는 오가키라는 사람 아나?"

"알아요. 어머님 집에 오시곤 해요. 대학교수죠?"

"그 사람이 오키나와 팬이라고 하더군. 오키나와가 너무 좋다 나⋯⋯."

"그런 것 같아요. 오늘 낮에도 강의 길게 들었어요."

"무슨 강의?"

"오키나와 고대 종교에 관한 이야기. 여기가 일본인의 고향이라는 이야기."

"재밌었나?"

"오키나와의 옛것이든, 새로운 것이든 나에겐 별로 의미 없어요. 나에게 의미 있는 건 눈앞에 있는 사람과의 교제뿐."

"그래도 오키나와에서는 눈앞에 있는 사람과 교제해도 왠지 옛날 이야기를 하게 되지."

"겐신 씨는 옛날이야기는 하지 않았어요."

"옛날이야기만이 아니라, 오키나와 이야기도, 했겠지?"

"맞아요."

"그건 무리하게 숨기려고 해서 그런 걸지도. 지금의 오키나와를 말하려면 옛날 것도 말하지 않으면 안 되거든. 여러 가지 고심해서 말하다 보면 수습이 안 될 때가 있어. 그것이 무섭지. 역시 그는 외동 아들이어서 자아가 약했나봐. 그것을 그 나름 의식적으로 강해지려 했던 거지."

"그 말은 곧 나약하단 말인가요?"

"그럴지도, 아내인 자네에겐 안 됐지만."

"조금은 알 것도 같아."

"섣불리 적당하게 고향에 대한 향수를 말하는 것보다 훨씬 더 고향을 사랑했을지 몰라. 집이 싫어 뛰쳐나왔다는 것만 봐도."

주크박스의 음악이 유난히 귀를 울렸다. 백인 청년이 가게 여자와 함께 지르박을 추고 있는 것도 지금 알았다.

"춤이나 추자!"

요나시로가 일어났다.

"괜찮아? 취하지 않았어?"

"취하니까 재밌네."

목소리가 커졌다. 백인 청년이 미소를 보내왔다.

"하이!" 요나시로는 손을 들어 답하면서, "춤을 추니 인터내셔널 하고 좋네."

가게 여자가 춤을 추며 요시에를 곁눈으로 보았다. 요시에의 몸은 가게 여자보다 훨씬 보기 좋았고 살집이 있어도 움직임이 가볍고 춤도 잘 췄다.

"오키나와 사람들은 모두 춤을 잘 추는 것 같아. 나하에서도 고자에서도 춤을 췄거든."

"뭐라고? 안 들려."

주크박스 음향이 너무 컸다.

"됐어. 아무것도 아니야."

"저들은 춤추는 것만 보고 있으면 베트남인 살해와 무관한 것처럼 보이는데 말이야."

"뭐라고?"

"됐어. 아무것도 아니야."

요시에의 춤을 보고 있던 요나시로는 그녀와 하마가와 야에의 인연은 역시 무리라는 생각을 했다. 어쩌면 그건 야마토와 오키나와의 차이라기보다, 세대의 차이일지 모른다. 그렇다면 가장 불행한 건 하마가와 겐신인 걸까…….

"나가요."

춤을 다 추고는 요나시로는 요시에를 불러 가게를 나왔다. 냉방된 가게에서 나오자 조금 후덥지근한 느낌이 들었지만 곧 바닷바람이 불어와 상쾌했다.

"달려볼까?"

"좋아, 그런데 괜찮아?"

그 말을 흘려버리고 요나시로는 달려서 호안護岸에 올랐다. 바닷물이 차 있었다. 달이 해수면을 반짝이고, 호안의 흰색 선이 저 멀리까지 뻗어 있었다. 요시에도 따라 달렸다. 호안 위는 2백 미터 정도의 폭이 있어 두 사람은 마음껏 달릴 수 있었다. 3백 미터 정도 달려

가자 방조림이 아단アダン[16]에서 목마황으로 바뀌었다. 요나시로는 거기에서 하늘을 향해 드러누웠다. 요시에도 그 옆에 따라 누웠다. 잠시 숨이 끊어질 듯한 두 사람의 숨소리가 울려 퍼졌다. 그것이 점점 잦아들자 발끝에 출렁출렁 밀려오는 파도 소리가 들려오고 파도의 축축함이 발끝을 타고 올라오는 것 같았다.

"오키나와의 별이 총총한 하늘은 아름다워……."

요시에가 혼잣말을 했다.

"학생시절 스트라이크로 철야를 하면서 피켓을 붙인 적이 있어요. 야식을 먹고 잠시 이렇게 누워 있었는데. 그때 내 옆에 있던 남학생이 조용히 속삭이는 거야. 오키나와의 별이 반짝이는 하늘은 유달리 예쁘다고. 그 사람이 바로 겐신 씨. 우리는 그렇게 알게 되었죠."

"겐신 씨에게는 그 별이 신이었을 거야. 오키나와의 자기 집 신에게서 벗어나 이향의 하늘에서 역시 고향에서 봤던 신을 보고 있었던 걸거야."

지금, 세계 사람들이 각각 여러 신을 보고 싶어 하는 것, —이라고 요나시로는 생각했다.—이 기무라 요시에라는 여자는 오키나와와 관련이 있었기 때문에 뜻밖의 신과 만나게 되어 버렸다. 그것이 그녀에게 불행이었다면 오키나와의 신이야 말로 어떤 종류의 업業을 짊어지고 있는 것이리라.

"이 바다 저편에 말이야. 북위 27도선이 있어……." 요나시로는

---

16 판다누스과에 속하는 열대성 상록관목.

제멋대로 말을 꺼내곤 이어갔다.

"저곳에서 매년 4월 28일, 샌프란시스코 평화조약이 발효된 날이 돌아오면, 남에서 오키나와의 복귀운동 단체, 북에서 본토의 민주단체가 배를 타고 몰려들어 뱃전에서 악수를 해. 그 전날 밤에는 섬의 최북단 헤도미사키邊戶岬[17]라는 곳에서 큰 횃불을 밝히고 본토와 오키나와를 연결해 서로 본토의 동포를 부르지."

"들은 적 있어요."

"나도 그 축제에 참가한 적이 있어. 뱃머리를 가깝게 대고 배 위에서 생각했지. 이것으로 마음이 통한다면, 조국복귀가 실현되는 순간 모든 것이 끝나버리는 거로구나 하고. 그런데 마음속 27도선이 그대로라면 이건 더 이상 돌이킬 수 없는 일이라고. 하마가와 아주머니 같은 분은 평생 구원받지 못하게 되지."

"마음의 27도선……"

요시에의 목소리가 갑자기 바닷바람처럼 가늘어졌다.

"축제의 흥분이 크면 클수록 걱정돼. 흥분이 가라앉았을 때를 생각하면 말이야."

"그래도 흥분이 뭔가를 움직이는 에너지가 되기는 하잖아요."

요시에의 얼굴이 요나시로 쪽을 향했다. 그것을 느끼고 요나시로가 옆으로 돌아눕자 목소리가 숨결이 되어 요시에의 얼굴에 다가왔다.

"하마가와 아주머니의 15년의 노력을 움직여 온 에너지는, 오히려

---

17 오키나와 본섬 최북단의 곳.

차가운 것이었어.”

“그게 나로선 무서워……”

요시에의 얼굴이 일그러지자 다시 똑바로 돌아누워 풍만한 가슴 한가득 바닷바람을 들이키고는 그것을 천천히 내뱉었다.

“분명 무서운 것이긴 해……”

요나시로의 눈은 요시에의 옆얼굴에 시선을 둔 채, “그런데 그걸 이해하지 않으면 마음의 연대는 없어. 그리고 조국복귀도 없어.”

“……”

“내 생각으로는 말이야, 본토복귀라든가 오키나와 반환이라는 말이 가장 안 좋은 거 같아. 일본복귀도 조국복귀도 좋은 말은 아니야. 전쟁반대라든가 오키나와 해방이라는 말로 족해.”

“……”

“나도 학생시절에는 다른 친구들처럼 운동의 전열에 참여한 적이 있어. 그런데 조국복귀운동 방식에 의문을 갖게 되었을 때, 복귀 이전에 오키나와의 모습을 분명하게 내 눈으로 확인하고 싶다는 생각을 했어. 그래서 사진을 찍고 영화를 찍기 시작했지. 이 섬의 전쟁을 찍고 싶었어. 그런데 이곳에 오니, 섬에서는 전쟁의 상흔을 치유하기도 전에 전쟁을 잊고 싶어 하는 거야. 잊으려고 해도 잊을 수 없으면서 잊으려는 얼굴을 하지……”

“겐신 씨……”

요나시로는 말을 멈추고 숨을 삼켰다. 환청이 아닌가 생각했다. 요시에를 보면 그 얼굴이 드러누운 불상처럼 보였다. 가슴이 격렬해지

고 숨소리가 거칠어졌다. 파도소리가 그 사이를 메워주고 다시 밀려 갔다. 다시 고조되려고 할 때,

"뭔가가 미쳐가고 있어……."

파도소리를 가라앉히는 기분으로 말했다. "초조해 하고 있을 때 너를 만났어. 오키나와에 대해 아무것도 모르는 너를 말이야. 아무것도 모르는 대신 오직 해방되고 싶어 하는 네가 있었어……."

"그렇지 않아!"

목소리에 놀라 요나시로의 몸이 순간 움찔했다. 요시에는 움직이지 않았다. 그런데 가만히 보니, 그 몸이 작게 흔들리고 있다는 걸 알았다. 울고 있다! 소리를 죽여 울고 있다. 그 어깨에 요나시로는 손을 얹었다.

"그만 둬!"

손을 뿌리치는 목소리가, 역시 울고 있었다. 요시에는 일어나더니 호안을 쏜살같이 내달렸다. 요나시로가 꼼짝 않고 그 자리에 있으려니 희고 작은 점이 되어 호안을 내려갔다. 만조까지는 아직 시간이 있어 모래사장이 희고 가는 선이 되어 펼쳐져 있다. 그곳으로 요시에가 재빨리 옷을 벗어던져 전라의 몸이 되어 파도치는 곳을 향해 종종걸음으로 내달리는 것을 요나시로는 바라보았다.

'어—이!'

요나시로는 소리쳐 보려 했지만 소리가 나오지 않았다. 조금이라도 소리를 내면, 저 아름다운 바다의 요정 같은 나체를 산산이 부숴버릴 것 같은 두려움이 그를 엄습했다. 바닷바람이 방조림을 울린다.

달빛이 어둠을 제압하고 있는 가운데, 바닷소리는 더 한층 일렁거렸다. 나체의 모습을 이윽고 파도가 삼켜버렸다. 요나시로는 응시하며 서 있었다. 이윽고 파문에 하얀 몸이 모습을 드러내고 앞쪽 바다를 향해 헤엄쳐 가는 것이 보였다. 바다는 상당히 어둡다. 요나시로는 믿으며 기다렸다. 그는 얼굴을 들어 올려 달을 바라봤다. 그리곤 우주를 쓰다듬기라도 하듯 시선을 떨어뜨렸다. 벼랑 중턱에 있는 호가 으스스한 검은 구멍을 벌리고 있는 것이 멀리에서 보인다. 그 구멍만이 요시에의 나체가 바다를 향해 도전하는 모습을 응시하고 있다.

*

도쿄의 야간공습을 바라보며, 오키나와의 별이 빛나는 하늘이 훨씬 아름답다고 겐신 씨는 말했다. 그래도 그는, 오키나와에 대해 많은 말을 하려고 하지 않았다…….

그 후 나는 겐신 씨를 그룹에 소개했다. 거기에서 오키나와 이야기를 해 주리라 기대했지만, 예상은 빗나갔다. 집회할 때마다 그는 가만히 듣고만 있었다. 논쟁이 벌어지면 모두들 흥분해 자칫 철야로 이어지기 마련이다. 이런 분위기 속에서 겐신 씨는 짙은 눈썹의 미간을 찌푸리며 몇 시간 동안 말없이 듣고 있었다. 그가 그룹에 들어온 지 3개월 정도 지난 어느 날 밤, 다카다노바바高田馬場에 있는 다방 2층을 찾았을 때의 일이었다. 날이 추워 금방이라도 눈이 내릴 것 같아 해산하고, 마지막 전차를 타기 위해 나는 역으로 걸음을 서둘렀다. 추위 때문인지 모두들 입을 닫고 어깨를 웅크려 잰걸음으로 발길을 재촉하고 있을 때, 겐신 씨가 짧게 말했다. "우리 고향은 미군이 처음 상륙한 섬이야. 그래서 이런 일을 하는 거야." 그 목소리가 내 바로 왼편에서 들려왔다. 다른 쪽에는 아무도 없었다. 그렇다면 나에게 말을 걸어 온 걸까? 나는 신경이 쓰였지만 맞장구쳐 줄 말을 찾지 못해, 그냥 그렇게 흘려들어 버리고 말았다. 역 구내에 도착했을 때, 눈이 내리기 시작했다. 눈이다,라고 누군가 말했을 때 겐신 씨가 흠칫 놀란 듯 시선을 저 먼 하늘로 향했다. 네가 있는 섬 말이야······. 나오려던 말을 나는 집어삼켰다. 그 다음으로 미군이 상륙한 것을 묻고 싶은 마음과 눈이 내리지 않는 남쪽 섬의 자연 같은 것을 묻고 싶은 마음이 뒤죽박죽되어 버려 말을 헤맸던 것이다. 2년 후 결혼하고 나서 그날 밤 일, 기억해?라고 나는 물었다. 그런데 "바보······."라는 말뿐. 그 이면에 무슨 말이 있었을까, 아마도 뭔가가 있었을 거라고 나는 계속해서 생각했다.

어느 날, 1967년 11월×일, 사토佐藤 수상의 방미에 반대하는 투쟁이 불발로 끝났다. 신주쿠新宿 역 앞에서 기동대의 방패와 곤봉에 쫓겨 다니면서 나는 겐신을 찾았다. 끝내 찾지 못하고 외진 길을 헤매다 정신을 차리고 보니 날이 저물어 있었다. 당황해서 길을 더듬어 나와 오쿠보大久保에 있는 겐신의 하숙집에 도달했다. 그는 혼자서 이불을 둘둘 말아 덮고 왼쪽 어깨를 누르며 신음하고 있었다. 의사를 부르라고 해도 말을 듣지 않아요,라며 하숙집 아주머니가 내게 말했다. 나도 그렇게 해야 한다고, 나와 함께 병원에 가자고 말했다.

그러자 그는 갑자기 강하게 돌변하였다. 방 안을 들여다보던 나를 오른팔을 뻗어 목을 끌어안고는 무리하게 입을 맞췄다. 안 돼! 바보! 라며 얼굴을 떼었다. 겐신은 거의 울 것처럼 얼굴을 일그러트리며 나에게 말했다. 결혼하자! 요시에! 결혼해 줘! 지금은 병원에 가는 것이 우선이야! 결혼한다고 약속하면 지금 병원에 갈게!……

제멋대로이고 고집스러운데다 혼자만의 생각에 골몰하는 사람이었어. 그건 그의 어머니 탓일까? 아니, 그 사람에게 어머니는 어떤 의미일까?……

"우리 엄마가 결혼을 허락해 주지 않아."라며 어느 날 밤 침대에서 겐신은 천정을 올려다보며 말했다. 꾸벅꾸벅 졸고 있던 나는 화들짝 잠이 깬 채로 누워 있었다. "우리 엄마는 야마톤츄ヤマトンチュ[18]가 싫대"라고 겐신은 처음 그런 말을 나에게 꺼냈다. "야마톤츄가 뭐야?" 나는 처음 듣는 말에 대해 물었다. "오키나와 이외의 일본인이란 게 무슨 뜻이야?" 인종……이라는 말을 나는 집어삼켰다. 인종이 다른 것 말고, 일본인과 다른 일본인이 있다는 것을 나는 이해할 수 없었던 것이다. 그러니까 우리 엄마는…… 섬에, 섬에 얽어맨 것처럼 꽁꽁 매여 있어서 말이야. 섬에 얽매여 있다는 게, 무슨 뜻이야? 그리고 우리 집 며느리가 될 사람은……. 뭐라고? 며느리는 뭐? 너와 결혼할 사람은, 뭐라는 거야? 겐신은 그대로 입을 다물어 버렸다. 눈은 변함

---

[18] 일본 본토 출신을 '야마톤츄ヤマトンチュ'라 하고, 이와 구분하여 오키나와 아이덴티티를 내포한 오키나와인을 '우치난츄ウチナンチュ─'라 일컬음.

없이 천정 쪽을, 이번에는 꺼져 있는 형광등 쪽을 응시하는 모습이, 창문을 통해 흘러들어 오는 가로등 불빛에 비춰 희미하게 보였다. 왜 말 안 해? 비밀? 나한테 하지 못할 말이야? 섬의 뭐가……? 가만히 좀 있어! 나도 괴롭다고. 나는 겐신의 등 뒤에서 울었다. 추운 밤이었다. 이불을 있는 힘껏 끌어 당겨 어깨에 뒤집어쓰고, 그 안에 얼굴을 묻고 울었다. 지금 와서 결혼하지 못한다는 건 비겁하다고 원망하고 싶진 않았다. 호적에 넣어주지 않아도 좋았다. 그런데 겐신이 갑자가 저 멀리로 가 버린 듯해서 그것이 마음 아팠다. 겐신이 가만히 침묵할 때는 우리 앞에 있는 것이 아니라 어머니 앞에 있는 거라는 걸, 그때 알았다. 그 어머니에게서 겐신은 왜 도망쳐 온 걸까? 겐신에게 어머니의 존재는? 그리고 나는? 겐신의 어머니는 나에게 어떤 의미일까? 나는 혼란스러웠다. 신주쿠 역에서 기동대에 쫓겨 뿔뿔이 흩어졌을 때를 떠올렸다. 그 후 몇 시간 동안이나 겐신을 찾아 헤맨 끝에 상처를 입은 모습으로 재회했을 때…… 그때만큼 강하게 겐신을 끌어안았던 적은 없었다. 그런데 지금은 어떻게 안아야 하는 걸까. 지금이야말로 나는 겐신을 끌어안고 놓아주면 안 되는데. 무섭다. 나는 무서웠다. 울면서 떨고 있는 어깨에 손이 올라오는 느낌이 들었다. 이불로 덮여 있던 어깨가 조금 드러나자 차가운 공기가 파고드는 느낌 그러나 그보다 겐신의 손에서 전해 오는 온기가 내 마음을 설레게 했다. 그 손을 나는 있는 힘껏 잡아끌어 가슴에 대었다. 강하게 겐신이 몸을 던져 내 이불 속으로 파고들어 젖가슴을 애무하며 상체를 끌어안았다. 잠시 숨을 쉴 수 없었다. 이 호흡 곤란이 마치 지금 겐신의 괴로움처럼 느껴져 나는 몸을 돌려 격렬하게 겐신의 몸에 파고들었다. 당신은 내 것이에요, 어머님도 내 것이에요,라고 분명히 말한 듯하다. 실없는 말을 나는 뱉어내고 있었다. 두 사람의 몸이 함께 불타오르는 듯한, 전에 느껴보지 못한 도취 속으로 나는 빨려들어갔다……

입적 따위는 문제가 아니었다. 나는 행복했다. 겐신도 틀림없이 행복했을 것이다. 그런데 죽어버렸다. 바보! 무책임! 나는 갑자기 운동이 덧없어졌다. 그리고 섬에 가고 싶었다. 겐신의 죽음과 함께 상실한 모든 것이 그곳에 있다고 나는 믿었다. 그런데 왜일까? 겐신의 어머니는 나를 거부할 텐데 왜 나는 그토록 섬에 집착한 걸까……

바로 이 바다야, 라며 나는 배 위에서 유골을 안은 채 생각에 잠겼다. 내가 겐신을 떠나보내려 한다는 것을, 겐신의 어머니가 나를 받아들이려 하지 않는다는 것도, 모두 다 이 바다 탓이라고, 나는 이해했다. 아무리 가도 끝이 없는 바다는 여러 생각을 하나로 모으기도 하고 흩어버리기도 했다. 바다 저편의 희망은 옛날이야기에서나 나올 법하지, 지금 나로선 그런 건 도저히 믿을 수 없었다. 바다 저편에 겐신의 섬이 있다고는 도저히 믿을 수 없었고 뒤돌아가면 일본이 있다고도 믿을 수 없었다. 바다에는 불안만 있었다. 겐신은 그 불안을 막무가내로 뛰어넘으려 시도한 건지 모른다. 어머니는 이 바다가 품고 있는 불안감에 압도된 걸지 모른다. 나는 그 불안의 저편을 상대로 내기를 걸어 항해하고 있는 건지도 모른다……

해방되고 싶다느니 했던 거, 거짓말! 나는 내기를 걸고 싶었다. 그런데 뭘 걸고 하면 좋을지 몰랐다. 내기하고 싶은 나를, 섬은 거부한다. 어머니도 거부한다. 나는 섬에도 어머니에게도 얽매여 있는 건 아니었지만, 표정 없는 섬과 바다가 불안해서 견딜 수가 없다. 내기하는 것조차 허용되지 않는다는 건, 어떤 의미일까? 아아, 이 바다는 대체 뭘까? 이 섬을 감싸 안고 있는 이 바다, 달빛으로 충만하면서 앞쪽 바다는 어두운 이 바다의 정체는 뭘까? 이 바다는 나에게 도대체 어떤 의미일까? 겐신, 알려줘!

*

기분 좋은 피로감으로 젖은 요시에의 몸이 하반신만 옷으로 대충 가리고 모래 위에 누워있다. 젖은 피부가 달빛을 부드럽게 반사시키고 있는 것을 요나시로 아키오는 시선을 떼지 않고 응시한다. 손을 뻗어도 닿지 않을 정도의 거리에서, 그는 무릎을 꿇고 있다.

"다가오지 마."

요시에의 말을 그는 지키고 있다.

"내가 죽을 거라고 생각했어?"

"너는 죽음보다 투쟁의 이미지 쪽이 더 강해."

"나는 일본을 향해 헤엄쳤어. 그런데 일본은 멀었어."

"……."

"웃기지, 이런 말."

"왜?"

"이대로 도쿄로 돌아가 버리면 의미가 없어."

"나도 그렇게 생각해. 뭔가가 섬에서 나를 기다리고 있을 것 같았어. 그런데 나는 발견할 수 없었어. 바다로 뛰어들면 뭔가가 보일지 모른다고 생각했어……."

"역시 섬에서 발견하지 않으면. 섬에 있는 것도 바다의 마음이야. 너는 그것을 찾기 위해 온 걸 거야."

요시에의 말보다 자신의 이 말이 더 실없다고 느껴져 요나시로는 초조했다. 분명 이상한 말이다. 난 대체 무슨 말을 한 걸까. 그러나 이것은 나 스스로에게는 이상하지만 명확한 말이다. 바다에 둘러싸인 섬에 태어난 마음이, 지금 모든 불행을 낳고 있는 것이다. 그러나 그것은 섬사람들의 운명을 지키는 신의, 또 다른 표정이 아닐까? 그런 것을 말하려고 했다. 요나시로는 지금 이 야마토 여자에게 그것을 어떻게 전달하면 좋을지 몰라 헤매다 쓸데없는 말만 한 것 같아 애가 탔다.

"나, 우타키에 가보고 싶어……."

요시에가 혼잣말을 했다.

"뭐라고?"

요나시로의 마음에, 파도가 일었다.

"거긴, 어머니만의 성城이야."

"그래도 겐신의 사상을 움직인 신이 있어. 오키나와의 신이."

"나도 보고 싶어."

"그런데……."

달빛이 구름에 가리었다. 거기에서 다시 빛이 나오기까지의 짧은 시간, 두 사람의 시선이 어둠 속에서 서로를 찾다가 만났다.

"그런데, 뭐?"

"벌 받으면 어떻게."

"벌!"

그 말이 요시에의 아름다운 입술에서 달빛을 반사시키는 것처럼 흘러나오는 것을 요나시로는 신비하게 느꼈다. 오키나와의 우타키에, 야마토에서 온 젊은 여자가 진지하게 '벌'이라는 것을 감지했다는 건, 역시 하마가와 야에라는 노로의 집념이 성공했다고 해야 하나? 요시에의 시선이 하늘 저 높이 날아오르는 듯 보였다. 눈동자에 달빛이 선명하게 비춰져 있는 것을, 요나시로는 눈도 깜빡하지 않고 응시했다. 황폐한 배소에서 영상을 찾는 일도, 유골 찾기와는 다른 또 하나의 이상이라고 생각했다.

"내, 기, 하, 는, 거야……."

한 음절씩 끊어지듯 토해내는 요시에의 말이, 바다소리에 녹아 사라졌다. 그 목소리는 너무 가냘퍼서 순간 요나시로는 귀를 의심했지만, 마침내 그는 자신이야말로 그 가냘픈 말에 내기를 걸어야 한다고 생각했다.

8

산호초암 동굴 속은 여름인데도 안쪽으로 들어갈수록 차가운 공기가 살을 에는 듯했다. 오래되어 삭은 흙의 청결한 냄새로 눅눅했는데 일행 4명 가운데 하마가와 야에만 유일하게 사체 냄새를 떠올렸다. 오가키 교수의 조사에 안내를 하겠다는 것이었는데 그녀의 진짜 목적은 이 사체 냄새와 관련이 있었다.

오가키 기요히코가 우타키의 배소를 보여 달라고 부탁한 것은 그와 알고지낸 몇 년 동안 한두 번 있는 일이 아니었다. 그때마다 틀에 박힌 문답이 반복되었다.

"우타키 배소가 노로 이외의 사람에겐 금지된 것은 알고 계실 텐데요."

"전쟁 때는 가족뿐 아니라 군인들도 들어왔다고 하던데요."

"그런 말씀을 들으면 귀를 틀어막고 싶어요. 전쟁 때 일은 말씀하지 말아 주세요."

"노로의 입장에서 괴로운 것은 알아요. 그러나 학문을 위해서. 이 학문은 노로에 대한 존경과 숭배를 분명하게 하는 일이에요."

"나는 그 전쟁 때 군인을 들어오게 했던 일로 지금까지 신에게 해방되지 못했어요. 부디 이해해 주세요."

"나는 군인과 달라요. 이 섬에 대해 군인과 나는 완전히 다른 존재라고 봐도 무방해요. 그건 당신의 체험으로 볼 때 당신이 가장 잘 알고 있을 것 같은데."

그 이후 야에는 완전히 침묵할 수밖에 없었다. 오가키에게는 아이러니하지만, 야에의 입장에서 보면 이것으로 오히려 오가키가 군인과 다르지 않은 사람이 되어 버린 것이다. 말을 주고받을수록 야에는 수치의 수렁으로 빠져들어 갈 뿐이었다. 그것은 다른 사람이 이해해 줄 리 만무한 것이라고 야에는 생각한다. 그 동굴의 어둠은 원래 야에가 신을 모시는 사람으로, 고독하게 신과 대화하기 위한 공간이었다. 그 규율을 잊은 것이 아니라, 규율을 깨고 전쟁의 탄환과 강제 자결을 피하기 위해 가족을 데리고 들어갔다. 그 후 마을사람들이 들어왔고 군인이 들어왔다. 가족이나 마을사람이나 그녀가 들어가지 않았다면 금기를 지켜 들어가지 않았을지 모른다. 들어갔을 수도 있지만 근래 마을사람들이 금기를 충실히 지키는 것을 알고 있는 그녀는, 마을사람들이 아마도 들어가지 않았으리라는 생각이 강하게 든다. 금기에 그 누구보다 충실해야 할 야에가 왜 가장 먼저 들어간 걸까? 아마도 그 어둠에 익숙했기 때문이리라. 아니면 신에 친숙했기 때문일지 모른다. 신과 짐승이 간음한 것처럼 부끄러운 일이다. 그래서 그녀는 전쟁 이후 축제와 무관하게 지내왔다. 축제가 있는 날 노로의 임무로서 동굴의 어둠에 틀어박혀 있는 시간이 그녀에게는 고독하게 신과 대치하며 참회하기 위한 시간이 되었다. 신에게 존경과 숭배를 바치고 풍작을 기원하는 임무와는 오히려 멀어졌다. 신을 두려워하게 된 지 몇 년인가. 축제에 동굴에 들어가는 것을 극도로 두려워했다. 그래서 수치와 두려움으로 몸이 얼어붙는 심정으로 동굴 어둠 속으로 들어가 고독한 마음으로 신의 채찍을 받았다. 그 심정을 마을사람들은 모른다. 마을사람들의 금기는 전쟁 전 형태로 되돌아갔고, 배소에 들어가려는 사람은 없어졌다. 섬 단위로 유골 수합이 전개되었을 때, 배소의 동굴에 유골이 있을 것이라는 목소리가 있었지만 야에가 부정해서 흐지부지되었다. 동굴 가장 깊은 곳의 야에에게만 들어가는 것이 허용된 암실暗室 속에 십여 구의 유골이 있음을 지금은 야에만 알고 있다.

　──부군 겐료가 군조와 함께 동굴을 나간 후 며칠이 지난 그날, 우연히 야에와 마을 남자 하나가 식량을 구하기 위해 동굴을 기어 나온 날 함께 갔던 남자는 그대로 총에 맞아 죽었고 손에 쥘 수 있을 만큼의 적은 양의 고구마를 가지고 야에가 돌아 왔을 때 동굴 입구에 미군 수 명이 동굴 속을 살펴보는 것처럼 서성대고 있는 것을 목격했다. 그대로 야에는 은신처를 바꿔 전쟁이 끝날 때까지 동굴로 돌아가지 않았다. 그 무렵부터 야에의 부끄러움과 후회와 두려움이 시작되었다. 전쟁이 끝나고 수용소 생활이 시작되었다. 살아남은 포로가 된 주민들에게 황폐한 밭을 경작해 식량을 만드는 일이 부여되었다. 어느 날, 성냥을 들고 작업에 나온 야에는 미군의 감시의 눈을 피해 그녀의 동굴로 달려갔다. 동굴에 한 발 내딛는 순간부터 야에는 벌써 통곡하고 싶을 정도의 후회가 밀려들었다. 안쪽의 희미한 빛이 들어오는 곳까지 분명히 사람들이 들어가 생활한 흔적이 보였기 때문이다. 여기서 결정적으로 그녀의 책임을 묻지 않을 수 없다. 그리고 더 깊은 곳으로 들어가자 가장 안쪽 암실에서부터 열 발자국 정도 더 나간 지점에서 갑자기 장기까지 부패한 듯한 시체 냄새가 엄습해 그녀는 현기증이 났다. 암실 입구는 성인 한 명이 낮은 포복을

해야 들어갈 수 있을 만한 크기다. 그녀는 그곳을 몸을 구부려 빠져 나갔다. 빠져나와 성냥에 불을 붙여 보니 십여 구의 사체가 있었다. 부패의 정도가 극에 달해 심한 악취를 풍겼지만 그 고통을 야에는 자신에 대한 신의 벌이라고 이해했다. 사체들은 이미 얼굴 형태를 구분할 수 없었지만 어느 정도 기억을 더듬을 수는 있었다. 그 이미 지가 다시금 야에를 괴롭혔다. 그녀는 입구의 구멍을 돌로 막아 놓 았다. 향로와 양석 그리고 주변에 잡히는 대로 돌을 주워 모아 조달 했다. 시체가 밖으로 유실되는 것을 막기 위함이었다. 반년 가까이 지나 다시 찾아와 이미 백골화된 것을 한쪽 편에 모았다. 해골이 되 어 누가 누군지 구별을 할 수 없었고, 그 유골이 쌓여 만들어진 산은 엉겨 붙은 하나의 저주의 주춧돌처럼 야에를 짓눌렀다. 그 후부터 하마가와 야에의 정신세계가 변했다. 더럽혀진 것을 정화시켜야 할 기원이나 축제가 더러움을 더 한층 의식하게 하였고, 후회를 덧쌓아 가는 계기가 되었다. 신의 도구인 마가타마를 지니고 나간 채 돌아 오지 못한 남편의 유골수합을 애매하게 방치해 두는 것이 불안해서 견딜 수 없었다. 그리고 그대로 연중행사인 위령제에 아무 것도 모 르는 얼굴을 하고 앉아 있을 기분도 아니었다.

며느리 요시에의 출현이 야에에게는 범상치 않은 의미를 갖게 했 다. 야마토 사람이라는 위화감에서 야에의 고독의 껍질은 더 단단해 져 갔는데 그 다른 한편에는 가출 비슷하게 집을 나간 채 사고사事故 死한 아들을 대신해 그녀의 반려자가 되어 주었으면 하는 바람도 있 었다. 이 모순을 그녀 나름대로 해결할 기회가 찾아왔다. 요시에가 오가키와 요나시로의 대변자를 자청하며 우타키 조사를 허락해 달라는 요청을 해 온 것이다.

"요즘 같은 시대에 새삼스럽게 무슨 신이에요. 그런 말을 하기 때문에 나랑 안 맞는 거예요."라고 요시에가 너무도 분명하게 말하자 야에는 그 말에서 요시에와 자신의 거리가 너무나 멀다는 것을 의식하는 한편, 지금 이 며느리를 동굴로 인도해 두 사람의 관계를 일체화시킬 수 있을지 모른다는 생각을 했다. 금단의 배소를 다시, 그것도 맨정신으로 다른 사람을 안내하는 것으로 완전히 하마가와 야에라는 노로의 신격神格을 멸할 것인가, 아니면 그 백골의 산을 요시에에게 보이는 것으로 요시에의 정념을 무리하게 오키나와의, 야에의 껍데기 안으로 끌어들일 것인가. ──야에는 후자에 걸었다.

"이 안이에요."

야에가 나직이 말하자, 구멍을 막고 있는 돌산을 무너뜨리고 구멍 안으로 기어들어 갔다. 오가키 기요히코가 뒤따랐다. 요나시로 아키오가 카메라를 들고 기무라 요시에가 조명 램프와 밧데리를 손에 들고 그 뒤를 따랐다.

네 명이 암실 속으로 나란히 들어선 순간, 그곳에서 새로운 시간이 시작되었다. 몇 초인가 숨 막힐 것 같은 침묵이 흐른 후 갑자기 요나시로가 카메라를 들고,

"요시에 씨, 라이트!"

라고 외치자, 곧바로 강렬한 조명과 신경질적인 카메라의 회전음이 백골 산에 방사되었다. 한여름인데도 서늘한 자연호 안은, 산을 이룬

백골이 종유석에서 떨어지는 물방울을 받으며 갑자기 타오르는 듯했다.

오가키는 어마어마한 백골 산에 놀란 것도 잠시, 바로 실내의 구조를 메모했다. 그가 가장 당황한 것은 향로와 양석 등이 정연하게 놓여 있지 않은 것이었다. 그것들은 잡다한 돌과 뒤섞여 입구 구멍 옆에 나뒹굴고 있었다.

"이건, 왜……?"

오가키는 마침내 야에에게 힐문하듯 물었다.

"이제 후회해도 소용없는 일이에요."

야에는 말했다.

"후회해도 소용없다? 그래요. 그러니까 왜 그렇게 된 거요."

"신께서……."

신은 더 이상 존재하지 않아요,라고 대답하려 했으나, 야에는 말을 삼켰다. 그렇게까지 말하긴 두려웠다.

"신이 했나?"

오가키는 납득하지 못하겠다는 듯, 재차 두세 번 질문을 시도했지만, 야에는 이번엔 침묵으로 일관했다.

요나시로가 녹이 슨 대검帶劍과 편상화編上靴 파편을 줍거나, 카메라에 담거나 하는 사이, 요시에는 놀란 눈으로 주위를 둘러보았다. 그 눈은 점차 진지해 졌다. 그녀가 섬에 온 이래 한 번도 보여준 적 없는 표정이었다. 야에와 대립할 때 그녀는 자주 굳은 표정을 했는데, 그것은 그녀 나름의 껍질로 무장한 견고함이었다. 그런데 지금은 그녀가 드물게도 마음속으로 뭔가를 쫓고 있는 듯 진지했다. 굳은 표정이었다.

"요시에!" 요시에의 표정을 재빠르게 눈치챈 야에가 다급해졌다. "여기는 신과 엄마만의 성城이야. 그런데 여기서 전쟁이 벌어진 거지."

요시에는 백골을 가리키며,

"이건 모두 군인들이에요?"

"군인도 있고 섬사람도 있어. 모두 신을 더럽힌 자들이지."

"어머니만 다른가요? 섬사람들이나 군인이 신을 더럽히고 어머니만 책임을 회피하려는 거 아니에요?

"회피하려는 게 아니야. 분명하게 책임을 지고 있어. 신의 벌을 받고 있지. 그래서 지금 여기에 모두를 데리고 온 거잖아……."

이 말을 요시에만이 아니라, 아무도 이해하지 못했다. 야에는 개의치 않고 말을 이어갔다.

"내가 이 20년 동안 이 배소에서 얼마나 고통을 받았는지 당신들은 모를 거야. 섬에는 이제 전쟁은 없다는 얼굴을 하고 모두 안심하고 있지만 전쟁은 끝난 게 아니야. 네 아버지의 유골도 영혼도 돌아오지 못했고 이 유골들도 성불하지 않으면 안 돼. 신을 더럽힌 벌인 게야."

"그럼 언제까지 이 상태로 둘 건가요?"

"가엾지만 어쩔 수 없어. 이 사람들은 이런 곳에 와서라도 자신만 살아남으려고 했지만 결국은 모두 불에 타 버렸어. 이대로 놔두면 안 되겠지만 이대로 놔둘 수밖에 없어. 신을 위해 그것으로 속죄하지 않으면 안 돼. 이 사람들도 나도 모두 하나가 되어 신에게 속죄해야 해."

"우리도? 나도?"

요시에로서는 전혀 이해할 수 없는 이야기였다. 그녀는 도움을 청하듯 요사시로와 오가키를 바라봤다. 그 앞에 야에가 돌연 땅에 엎드렸다. 거의 울 것 같은 목소리로,

"요시에. 이해해 줘. 엄마를 버리지 말아 줘. 겐신을 대신해 줘. 엄마의 고통을, 신의 분노를 이해해 줘."

"에고이스트. 너무 제멋대로에요."

요시에의 목소리가 채찍질하는 것처럼 울렸다.

"신이라고 해도, 알 수 없는 오키나와 신이잖아. 이 유골이 된 한 사람 한 사람의 사자死者는 어떻게 할 건지. 이 사람들, 인간이었어요. 야마토 사람인지 오키나와 사람인지 모르지만, 아무튼 인간이었어요. 이렇게 방치된 채로 있을 이유가 없어요."

"그래도 네 아버지는 군인에게 살해당했어. 결코 같은 인간이 아니야."

"같은 인간이에요."

"달라."

"그럼 하나만 물을게요. 이 유골들 어떤 게 야마토 사람이고 어떤 게 섬사람인지, 어머닌 아세요? 누가 누구를 괴롭혔는지, 어머닌 증명할 수 있어요?"

"그건 몰라. 그렇지만 그건 전쟁 탓이야. 전쟁 때문에 나 역시도 신을 더럽힌 게 아니냐. 전쟁을 증오하는 것으로 족해. 전쟁에서 죽은 사람을 괴롭히다니 비겁해."

"오가키 선생님!"

야에는 도움을 청하듯 뒤돌아보았지만 오가키의 모습은 사라지고 없었다. 설령 그 자리에 있었다고 해도 오가키의 사상으로는 임시방편적인 위로로는 이 상황을 벗어날 수 없으리라고 요나시로는 생각했다. 그런 생각 한편에서는 이 대립하는 두 사람을 어떻게 할지 고심하고 있었다. 그 자신이 이 자리에서 도움을 줄 수 있으리라고는 생각지 않았다. 두 사람의 생각은 너무 동떨어져 있었다. 말을 주고받는 가운데 때론 접점이 발견되는가 싶었지만 그건 찰나였고 역시 평행선이었다. 두 사람 가운데 어느 쪽 편을 들지, 요나시로 자신도 결정하지 못했다. 이론적으로는 요시에의 말이 맞는 것처럼 생각되었지만 감정적으로는 야에의 변명 쪽에 마음이 기울었다. 섬에 온후 그는 어느 쪽인가 하면 야에의 말에 가깝게 섬사람들에게 발언해왔다. 그것이 왠지 헛수고였다는 생각이 든다. 그리고 야에의 완고함이 새삼스럽게 소중하게 다가왔다. 그런데 그곳은 막다른 곳이었다. 분명 요시에의 말대로 풀 한 포기 자라지 않는 곳인 듯했다. 오늘 요시에의 모습은 요나시로에게 새로운 인상을 주었다. 지금까지 요시에는 야에에게 아주 무관심했다고는 할 수 없으나 적어도 소통하려는 자세는 아니었다. 그것이 우타키에 가보려고 마음먹으면서부터 바뀌었다. 그것은 바로 하나의 돌파구를 발견하려는 노력이었다. 그것은 내기였다. 그 내기가 성공할지 실패할지 서로의 운명의 추는 격렬하게 움직이고 있는 것처럼 보인다. 추가 한번 움직일 때마다 격렬한 논쟁을 일으켰다. 요나시로는 언쟁 속에 열정적인 기원이 들어 있는 것처럼 느꼈다. 그것은 만나 본 적 없는 평행선을 어떻게든 만나게 하려는 의지에 다름 아니었다. 두 사람 모두 그 변화를 눈치 채지 못했다. 아직 만날 계기는 찾지 못했지만 요나시로는 이들 선이 어디엔가 분명 접점이 있을 것만 같은 기분이 들었다. 만날 것 같지 않은 선을 어떻게든 해서 이번 기회에 만나게 할 필요가 있다고 생각했다.

9

바로 그날 요나시로 아키오는 후텐마 젠슈를 찾았다. 8조나 되는 넓은 다타미 방은 바람이 잘 통했다. 젠슈는 툇마루에 가까운 기둥에 기대어 독서를 하고 있었다. 반대쪽 구석에서 미야구치 도모코가 신문을 정리하고 있었다. 더없이 평화로운 풍경처럼 보였지만, 실은 지금의 평화가 길게 계속될 리 없고, 또 계속되어서도 안 된다고 요나시로는 생각했다.

"위령제를 섬사람과 일본군과 미군들이 다 같이 지내는 건 잘못되었다고 생각합니다만."

요나시로는 단도직입적으로 말했다.

"그래서 나한테 어쩌라는 건가."

젠슈의 그런 태도는 비겁하다고, 요나시로는 생각했다. 도모코가 차를 내오려 자리에서 일어나려 했지만 다시 그 자리에 고쳐 앉았다.

"도모코 씨도 함께 들었으면 합니다."

요나시로는 도모코 쪽을 크게 돌아보았다. 도모코가 조심스럽게 신문을 정리하면서 시선은 요나시로를 응시했다.

"오늘 우타키 배소에 들어갔었습니다."

"우타키에? 혼자서?"

과연 젠슈 안색이 변했다.

"물론 하마가와 아주머니의 안내를 받았습니다. 오가키 선생님, 요시에 씨도 함께였습니다."

"동생은 신을 버렸단 말인가? 뭐에 진 건가?"

젠슈는 미세하게 마음의 동요를 보였다.

"요시에 씨가 부탁했습니다. 하마가와 아주머니는 그걸 받아들인 거고요."

"믿을 수 없어."

"오가키 선생님이 부탁했을 때는 들어주지 않으셨는데, 요시에 씨 부탁은 들어주셨어요. 어떻게 생각하세요?"

"……."

"아주머니는 아마도 진 것 같습니다. 우타키를 통해 요시에 씨와 자신을 묶어 두려고."

"성공하지 못할 걸세."

"성공하지 못했습니다. 그러나 새로운 발견이 있었다고 생각합니다.”

　“발견?”

　“새로운 신을 찾지 않으면 안 된다는 사실입니다.”

　“새로운 신?”

　“신이라고 해도 될지 모르겠습니다. 그러나 인간의 마음의 지주라는 의미라면, 역시 신이겠죠.”

　“무슨 말인가.”

　젠슈의 목소리가 흥분한 마음을 무리하게 가라앉히려는 듯, 떨려왔다.

　“위령제 말입니다.”

　“위령제에 동생은 완전히 등을 돌렸다네.”

　“아주머니가 순수하기 때문입니다. 위령제가 불순하기 때문입니다.”

　“위령제를 다시 바꾸기라도 하면 요시에와 동생이, 아니 섬이 하나가 된단 말인가?”

　“하마가와 아주머니는 이미 우타키에 신을 모시고 있지 않습니다. 다만 우타키로 피하고 싶어 할 뿐입니다. 아주머니의 새로운 신은 남편 분의 유골이 발견될 때 재생될 것이라고 생각합니다. 그러나 그것을 기리는 곳은, 지금의 위령제가 되어선 안 됩니다.”

　“그건 알겠소만……. 아니, 동생의 기분은 알 것 같지만, 섬사람들도 좋다고 생각하나?”

　“선생님도 찬성이십니까?”

"나에겐 아무런 힘도 없네. 내 인식은 불완전해."

"역사 인식에 완전한 것은 없습니다. 적어도 선생님은 과거를 의심하고 계십니다. 그것은 현재를 의심하는 것이 아닙니까?"

"의심하기 때문에 행동을 할 수 없을 때가 있어."

"용기가 필요합니다. 의심을 넘어 행동하지 않으면, 아니, 행동하지 않으면 안 되는 일이 있다고 생각합니다. 누군가가 한번 모험을 해서라도 극복하지 않으면 진실이 진실인 의미가 없지 않겠습니까? 예컨대 미야구치 군조의 일…….'

"자네……."

젠슈의 입술 끝이 떨린 것과 도코모가 무릎 위에 양손을 올려 강하게 깍지 낀 것은 거의 동시였다.

"알고 있습니다……."

요나시로는 일부러 침착한 어조로 말했다. "도모코 씨 앞에서 그런 이야기를 하는 건 금기겠지요. 섬사람들도 모두 그렇게 생각합니다. 그러나 그렇게 되면 도모코 씨가 사람들과 어울릴 수 없지 않겠습니까?"

"그러나……."

젠슈의 말을 자르듯 도모코가 불쑥 끼어들어서는, "말씀해 주세요. 아무거나 다 들을게요. 우리 아버지에게 뭔가 비밀이 있다는 걸 섬사람들에게서 저도 느꼈어요. 그것이 확실치 않아서 저도 안타까워요."

젠슈의 표정에 한층 격한 고뇌의 색이 드리워지며 도모코를 바라봤지만, 곧 시선을 피했다. 요나시로가 도모코를 응시하며, "도모코 씨. 당신도 이미 들었을 거예요. 하마가와 아주머니의 남편을 살해한 자가, 그 이름이라는 것을……."

"자네, 무책임한 거 아닌가."

"책임은 지겠습니다."

요나시로는 도모코를 응시한 채, 젠슈에게 대답했다. 젠슈가 얼굴을 붉히며 일어나 그대로 거칠게 현관 밖으로 나가 버렸다. 요나시로는 상관하지 않고, "그 이름은 분명하지 않지만 공공연하게 알려져 있어요. 그 자가 미야구치 군조일 거라는 것이 대체로 정설이죠."

"아버지인 건가요?"

도모코는 흥분을 억누르듯, 깍지 낀 양손을 풀고 손을 고쳐 쥐었다.

"미야구치 군조라는 사람이 두 사람 있었다고 섬사람들은 말하죠. 그런데 성 다음에 오는 이름이 분명치 않다고 하는 이들도 있고, 사진을 봐도 모르겠다고들 하고. 그 마음을 도모코 씨, 당신은 어떻게 판단하나요?"

"……."

"내가 하는 이런 질문이 잔혹할지 모릅니다. 확증도 없는 말을 꺼내서 당신을 필요 이상으로 괴롭힐 의도는 없었어요. 그러나 그럴 가능성이 있다는 것을 지금 숨겨선 안 된다는 것이죠……."

"그 다음 일은, 제가 스스로 알아볼게요."

"저는 당신이 그렇게 해주길 바랐어요. 당신을 위해, 아니 그보다는 당신과 이 섬사람들의 관계를 위해."

"역시 그랬군요. 섬사람들이 저를 보는 눈은."

"이대로 평행선을 긋는다면, 당신이 이 섬에 온 보람이 없어요. 과장해서 말하면 같은 일본인이 아닌 게 되는 거죠."

"너무 늦지 않았겠죠?"

"늦지 않았어요, 우리들 세대에서."

요나시로는 자리에서 일어났다. 젠슈를 설득하는 것은 성공하지 못했다. 위령제는 내일로 다가왔으니 그때까진 시간이 없을지 모르지만, 지금은 더 이상 그런 형식 따위는 어떻게 되든 상관없다는 생각이 들었다. 가장 근본적인 곳에서부터 길이 열릴 것 같은 기분이 들었다.

그날 밤, 미야구치 도모코는 후텐마 젠슈를 결심을 굳힌 표정으로 맞았다. 요나시로 아키오에게 들은 아버지의 일을 분명히 하고 싶다고 말했다. 도모코와 젠슈 사이에 당연히 질문과 대답이 오고갔다.

"사실이라면, 왜 선생님이나 마을사람들은 가르쳐 주지 않은 걸까요."

"사실이라는 증거는 없어. 그 누구도 자신 있게 그걸 말할 사람은 없어."

"그래도 그걸 말하는 사람의 확신이 너무 강해요. 만약 그렇다면 저는 어떻게 하면 좋을까요."

"자네는 아버지의 명복을 빌기 위해 이 섬에 온 게 아닌가. 아버지를 믿지 않으면 어떻게 할 텐가."

"믿고 싶어요. 이 섬에서 죽은 사람들과 함께 아버지의 명복을 빌

어드리고 싶어요. 그런데 지금의 이야기가 맞는다면 저는 위령제에
참가할 수 없어요."

"그럼 어떻게 할 텐가. 정확하게 설명해 줄 수 있는 사람은 없어."

"선생님을 비롯해 다른 분들의 말씀은 애매해요. 모두들 좋은 분
들이지만, 제게는 원망스러운 점도 있어요. 알고 계신만큼 확실하게
말씀해 주시면 좋을 텐데. 그렇게 해주시면 어쨌든 저는 저 나름대
로 길을 결정할 수가 있어요."

"진실이라는 것은, 한 점이라도 의심의 여지가 있다면 결론을 서
두르는 것은 아니라고 보네."

"제 마음이 편치 않아서요."

"설령 자네가 두려워하는 것이 진실이라고 하더라도 이미 보상할
수가 없는 일이야. 진실에 대한 보상이라는 것은 인간이 할 수 있는
일이 아니지."

"저는 알고 있어요, 선생님. 선생님이 뭔가를 보상하고 싶은 기분
으로 매일을 보내고 계시다는 걸. 제게 친절히 대해 주시는 것도 그
때문이라는 걸. 그것이 어떤 과거인지는 정확히는 몰라요. 그래도 보
상의 의미를 알 것도 같아요. 아버지의 과거는 제 과거가 아니에요.
그래도 저는 아버지의 과거를 위해 이 섬에 온 거예요. 저는 나가사
키에서 비록 원폭과 관계없는 사람이지만, 원폭피해자를 위해 보상
을 해야 한다는 생각을 갖고 있어요. 물론 죽은 자에게 완전한 보상
이 있을 순 없다고 생각해요. 그러나 보상하려는 마음을 갖고 있다
면, 뭔가를 하지 않으면 안 된다는 생각이 들어요. 그것이 인간에 대

한 보상이라고 생각해요."

"자네는……."

죽을 작정인가,라고 물으려 했다. 그러나 이 아가씨라면 스스로 죽음을 택할 리는 없을 거란 생각에, 마음을 바꿨다. 스스로 죽을 생각이라면 이렇게 집요하게 말할 리가 없다…….

"하마가와 아주머니와 함께 아저씨 유골 찾는 일을 도와드리겠습니다. 위령제에는 나가지 않겠어요. 요나시로 씨가 나오지 말라고 해서가 아니에요. 제 의지에요. 아니면 유골을 찾을 때까지 제 여비가 다할 때까지 여기 남아 있을지 몰라요. 잘 부탁드립니다."

다음 날, 위령제가 예년처럼 진행되었다. 그날 아침, 하마가와 댁에서 보기 드문 일이 벌어졌다. 야에가 위령제 날 유골을 찾으러 산으로 향하는 것은 예년과 다름없었지만, 며느리 요시에가 야에의 간곡한 당부를 거절하고 위령제에 참석하겠다고 한 것이다. 그리고 뜻밖에도 미야구치 도모코가 집에 들이닥쳐 야에의 거절을 뿌리치고 며느리 대신 야에를 따라 산에 가겠다며 나선 일이다.

도모코의 제안에 요시에는 그런 건 의미 없다고 말했다.

"감상적이라는 말씀이신가요?"

도모코는 반문했다.

"당신의 의지로 하는 일이니 간섭할 이유는 없지만……."

라고 요시에는 말했다. "그것으로 보상했다고 생각한다면 곤란해요."

"그것으로 보상했다고는 생각지 않아요. 단지 이런 노력도 없이

150

위령제에 나가는 것은 마음이 허락하지 않아서요."

"어리광이네요."

"아니에요."

"거짓말!"

"당신은 비겁해요."

"비겁?"

"비겁이라기보다 무책임해요. 보상할 도리가 없으면 그렇게 무책임한 얼굴을 해도 된다는 말인가요?"

"무책임한 얼굴이 마음에 들지 않으면, 죽으면 어떨까?"

"죽을 수 없다면 어쩌면 좋을까요?"

"몰라. 어머니는 아세요?"

요시에가 처음으로 야에에게 상담하듯 물었다.

"죽는다고 해도 보상할 수 있는 건 없어."

야에는 무표정하게 대답했다.

"자, 그럼 어떻게 하면 좋죠?"

"생각해도 소용없어. 지금은 단지 유골을 찾는 것뿐."

야에는 곡괭이를 들고 밖으로 나왔다.

"저도 하겠어요!"

요시에보다 앞서 도모코가 삽을 갖고 야에를 따라나섰다.

그리고 나서 두 시간 후, 마침 위령제가 무르익어가던 중, 산 쪽에서 커다란 폭발음이 났다. 위령제에 참석했던 섬사람들은 불발탄이라고 모두들 자신의 경험으로 감지했지만 의식이 한참 진행되고 있어 그런 생각을 마음속으로만 조용히 가졌다.

사고가 났음을 요시에가 제일 먼저 요나시로에게 전했고, 그리고 두 사람이 젠슈에게 전했다. 다미나토도 동석했다. 그 보고를 할 때 요시에가 조금도 기죽지 않는 모습에 다미나토는 놀랐다. 그러나 잠시 후 그것이 그녀 나름대로 무리하게 만들어 보인 행동이라는 걸 알게 되었다. 그러자 지금 가장 가혹한 처지에 놓인 사람은 그녀일지 모른다는 생각이 들었다.

"제가 도모코 씨를 죽음으로 몰아넣었습니다."

요나시로 아키오가 고개를 숙였다. 그런 요나시로를 다미나토는 순간적으로 정말 원망했다. 그런데 그건 정말 잠시였다.

"그걸 가장 빨리……. 아니, 자네 행동은 애초부터 보상을 요구하지 않았나?"

다미나토는 용기를 내어 질책했다.

"그렇게 말하면 그렇습니다. 단지 그대로 방치해 두어선 안 된다고 생각한 건 분명하지만……."

요나시로가 자신의 행동의 의미를 정리하지 못하고 괴로워하는 모습을 다미나토는 처음 보았다.

"전쟁을 체험한 적이 없기 때문에 무리일지 몰라."

후텐마 젠슈는 요나시로에게 그렇게 말했다. 그가 가장 먼저 요나시로의 책임을 물어야 했다고 생각한 다미나토는, 놀랐다.

그렇다면 전쟁 체험을 가진 젠슈는 그런 결말을 예감했으면서 왜 도모코의 행동을 막지 못한 걸까.

"그 아가씨는 27도선의 업을 진 거로군……."

이라고, 젠슈는 말했다. 미야구치 군조가 정말 하마가와 겐료를 살해했는지, 아니면 그 군조가 그 아가씨의 아버지였는지 어떤지는 그 아가씨 입장에서는, 아니 그보다 그 아가씨 운명과 관련된 문제는 아니었다. "원폭을 투하한 자가 비행사인지, 무한대의 미국 국민인지는, 그리 문제가 되지 않는 것과 마찬가지라는 말씀입니까?"

도모코가 역사의 과오를 예수의 십자가처럼 짊어져야 한단 말인가. 그러나 이때 도모코가 젠슈를 대신해 그것을 짊어진 거라고 말할 수 있지 않을까. 다미나토는 젠슈의 한계를 지금 이 자리에서 목격한 것만 같았다. 역사에 대한 책임을, 신문기사를 쫓는 데에만 머물고, 다른 것에 대한 추궁은 극도로 피해 온 생활, 그 함정이 거기에 있었다. 안주의 땅처럼 보이지만 실은 깊은 못이었을지 모른다. 지금의 젠슈가 그것을 감지하지 못했을 리 없다. 젠슈에게는 너무 가혹한 채찍일지 모르지만, 지금은 그것을 생각해야 할 때라고 본다.

젠슈보다 더 가혹한 채찍을, 하마가와 야에가 받았다. 도모코의 육체가 온전히 수습되지 못할 정도로 비참한 상태로 죽었을 때, 그녀는 가까운 곳에서 마가타마를 발굴한 채 살아남았다. 두 사람은 18미터 이상이나 떨어진 곳에, 게다가 구갑묘龜甲墓[19] 한 기基를 사이에 두고 떨어져 있었다. 도모코는 삽을 들고 위태로운 손놀림으로 그러나 마음을 한곳에 집중해 파고 있었다. 그리고 조금 부드럽게 말이

---

[19] 오키나와 지역 고유의 무덤 형태로, 외형이 거북의 등딱지를 엎어 놓은 형상에서 유래됨.

라도 걸어 줄걸 하는 말을 야에는 다미나토에게만 흘렸다. 그렇게 하지 않은 것은, 역시 그녀의 **껍데기** 때문이었다. 젠슈와 마찬가지로 그녀 또한 넋두리나 변명 따위는 일절 하려 하지 않았다. 넋두리는 또 하나 있었다. 불발탄에 대한 위험성은 그녀에게 10여 년의 체험을 통해 알게 모르게 몸에 밴 것이다. 곡괭이나 삽질을 할 땐 특히 주의한다. 마가타마를 발굴하자 급한 마음에 또 파려고 할 때 조심해야겠다는 생각을 했다. 그때 처음으로 그녀는 도모코를 떠올렸다. "조심해!"라고 주의를 주려 일어섰을 때 폭발음이 일었다. 마가타마가 그녀의 손 안에서 갑자기 천근만근 무겁게 느껴졌다. 사고가 수습되면 다시 남편의 유골을 찾으러 가겠다고 자신 있게, 그러나 뭔가 개운치 않은 어두운 얼굴로 야에는 다미나토에게 말했다.

사고 이후 두 종류의 비난의 소리가 흘러나왔다. 하나는 섬사람들로부터 기무라 요시에를 향한 것이었다. 섬사람들이 그녀에게 분명하게 말한 건 처음 있는 일이었다. 요시에가 져야 할 책임을 미야구치 도모코가 짊어졌다고 그들은 말했다. 또 다른 비난의 소리는 때마침 위령제에 참석했던 야마토 사람들이 하마가와 야에를 향해 던졌다. 그들의 비난은 다미나토가 깜짝 놀랄 정도로 격렬했다. 지금까지 섬사람들은 요시에를 뒷담화의 소재로 삼았어도 분명하게 의사를 내비친 적이 없었다. 그 소리를 요시에는 묵묵히 인내하며 단 한마디도 응답하지 않았다. 야마토 사람들은 야에가 유골 찾기를 한다는 이야기와, 도모코가 위령제를 위해 왔다는 이야기까지 듣고 오로지 도모코만 동정하고 조심스럽게 야에를 비난했다. 야에 역시 이를 참고 침묵했다.

이들에게 반응을 보인 것은 다미나토 신코였다. 그는 섬의 주요 인사들을 만나 오히려 야에를 괴롭게 하는 일이 될 거라고 말했다. 요시에를 비난하는 것이 그녀와 사이가 좋지 않았던 야에를 괴롭히는 일이 된다는 것까지 섬사람들은 이해하지 못했다. 그러나 야에 입장에서는 도모코에 대한 자책이 그것으로 끝나는 것이 아니라 만약 혹시라도 도모코가 아니라 요시에였다면 어땠을까 생각해 보았지만, 그것 역시 더욱 더 그녀를 자책하게 만들지 모른다. 단지 다미나토는 이른바 세간에 떠도는 소문을 잠재울 수 있도록 자세하게 설명할 여유가 없었음을 안타깝게 생각했다. 야마토 사람들에게 미야구치 도모코의 심정을 말하는 것은 더 한층 어려운 일이었다. 미야구치 군조의 일을 결정적으로 말하지 않는 이상, 그것을 말하면 말할수록 오해를 초래할 것이기 때문이다. 그러나 말하지 않고 놔두는 것 또한 큰 오해를 살 위험이 있었다. 그는 미야구치 군조가 틀림없다고 작정하고 말했다. 사람들은 갑자기 침묵했다. 그런 가운데 새로운 사태가 발생했다. 미야구치 도모코에게 원폭증原爆症이었다는 말이 어디에선가 터져 나왔고, 사람들의 표정이 바뀌었다. 그녀의 죽음에 대한 새로운 시선이 생겨났다. "아마도 절망 끝에서 아버지가 죽은 땅에 뼈를 묻으려 한 것이 아닐까……."

그럴싸하게 들리지만 그것은 얕은 생각에 지나지 않았다. 그러나 기묘하게도 이런 생각이 사람들에게 먹혀들었다. 야마토 사람들은 미야구치 군조를 둘러싼 일화에서 오는 꺼림칙함을 이렇게 사고하

는 것으로 구원받고자 했으며, 섬사람들은 기무라 요시에와 하마가
와 야에를 동시에 해방시키는 길을 이 안에서 찾았다.

"그런 바보 같은!"

다미나토 신코에게 지금까지 느껴본 적 없는 분노가 일었다. 그는
후텐마 젠이치를 붙잡고 말했다.

"어리광 부리지 마. 자네들이 과거를 잊고 현실을 살아가려는 거,
그래 그건 좋다고 치자. 그러나 그것은 피 흘리며 살아온 과거를 무
시하는 것이어선 안 돼. 섬사람들에게 과거는 이미 사라지고 없어.
그것을 사라져 없어진 것으로 치부해선 안 된다는 거야. 야마토 사
람들에게도 그건 확실하게 인식시키는 것이 좋아. 그렇지 않으면 일
본 복귀 후에도 다시 잊어버리게 될 걸. 그때는 또 그때의 현실이 기
다릴 테니까."

다미나토는 섬에 온 이래 처음으로 참아 왔던 말들을 꺼냈다는 생
각을 했다.

"지난번에 자네가 의견을 물었는데 이것으로 어떻게 답변이 된 듯
하네."

그리고 이어서 본토에서 온 사람들을 향해 말했다.

"하마가와 야에 씨를 비난한다면 비난하셔도 좋습니다. 그건 오해
일지 모르지만 당신들의 진실의 표명일 테니 어쩔 수 없는 일입니
다. 그것으로 섬사람과 싸움이 된다면 그것도 어쩔 수 없지 않겠습
니까? 인간은 싸움을 해야 말이 통할 때도 있는 법이니."

"다미나토 씨……."

라며 몸을 돌려 말을 꺼낸 남자가 있었다. 무라이村井라는 사람이었다. 섬 전쟁에 고쵸伍長로 파병되었다고 하는데 이제 백발이 성성한 신사가 되어 있었다. "나는 이 섬 전쟁에서 살아남았습니다. 지금 말씀을 부정하려는 것은 아닙니다. 또 내 자신이 잘했다고 으스대려는 것도 아닙니다. 나는 도바루 씨라고 하는 섬사람과 아주 친하게 지냈습니다. 그 관계는 아마도 계속 이어지겠죠. 솔직하게 말씀드리면 나는 이 같은 비극은 잊고 싶습니다. 좋지 않은 생각일까요?"

"충분히 이해합니다. 잊고 싶으면 잊어도 됩니다. 잊을 수 있는 사람은 잊어도 됩니다. 그러나 잊어선 안 된다고 외치는 사람은 어떻게 할까요? 당신은 그 사람에게 항의할 수 있겠습니까?"

"항의할 수는 없겠지요. 그러나 그건 결국 제자리걸음이에요. 그렇게 하면 정리가 안 되지 않을까요?"

"왜 정리하려는 거죠? 나는 야마톤츄를 아내로 맞았습니다. 우리는 보통 평범한 부부입니다. 위화감 따위는 없다고 생각해요. 그러나 각각 다른 연대책임을 짊어지지 않으면 안 된다는 것을 이 섬에 와서 알게 되었어요. 그것으로 부부의 애정에 금이 간다고는 생각지 않습니다."

그 다음 다미나토는 후텐마 젠슈의 미야구치 도모코에 대한 마음을 대변할 작정으로 말을 이어갔다. "선생님은 아마도 이 가운데 누구보다 도모코 씨를 예뻐하셨습니다. 도모코 씨를 이렇게 만든 사람을 그 누구보다 증오하고 계시리라 생각됩니다. 그러나 누구를 증오해야 할지 지금 딱히 특정한 죄인은 없습니다. 굳이 말하자면 전쟁을 증오할 수밖에 없겠죠. 그렇게 되면 더 이상 할 말이 없게 되고. 전쟁을 증오한다는 말은 누구나 할 수 있어요. 그렇게 함으로써 모든 인간이 책임을 면하게 되는 것이고……."

"후텐마 선생님은, 전쟁 이후 20년 동안 그 문제로 괴로워하셨습니다. 그렇기 때문에 다른 사람보다 더 도모코 씨를 예뻐하신 거라고 생각합니다. 선생님은 전쟁범죄자의 일부인 야마톤츄를 미워하고, 거기다 그 딸일지 모르는 아가씨를 예뻐하셨습니다. 도모코 씨는 자신의 아버지가 아닌 사람이 죽였을지 모르는 사람의 유골을 대신해서 죽었습니다. 이것을 어떻게 생각하십니까?"

"악순환이 아닐까요?"

라고 참배자들이 말했다.

"정리되지 않는 악순환이라고 나는 생각합니다. 그러나 그것을 피해서는 안 된다고 생각합니다. 그 악순환 코스에 예컨대 당신이 걸려들지도 모르는 일이에요."

그리고 잠시 주저한 끝에 말을 꺼냈다.

"미야구치 군조의 일이 불가피한 일이었다면 그거야말로 당신들의 원폭반대도 설득력을 얻게 되는 것이 아니겠습니까?"

하고 싶은 말을 다 하고 나니 무거운 허탈감이 다미나토 안에 남았다.

사람들 사이에 넘쳐나는 오해들로 뒤죽박죽된 채 진실은 결정되어 버렸다. 진실은 알 수 없다며, 결정되어 버린 진실이라는 무게를, 다미나토 신코는 섬을 떠나는 날까지 계속해서 생각했다. 집단자결의 심리에 대해 조사하지는 못했지만, 그런 것은 모두 지금의 커다란 후회의 하나로 치부해 버리면 그만이다. 그러나 비밀이 비밀인 이유를 사람들에게 설파하면서, 그 비밀의 업으로부터 자기 자신만 빠져나오려 하는 것이 마음을 걸렸다. 그리고 그 마음이 점점 무겁게 다가왔다.

배를 타기 위해 부두까지 왔다. 그는 새삼스럽게 섬의 모습을 바라봤다. 이대로 섬을 나가는 자기 자신이 이상하게도 생각되었고, 부끄럽게도 생각되었다. 자신이 이 섬에 온 건 과연 잘한 걸까…….

"섬이 변했는지 변하지 않았는지가 중요한 게 아니라 변하지 말았어야 했다고 생각하네……."

배웅하러 온 도카시키 야스오에게 다미나토는 말했다. "그토록 큰 전쟁이 있었으니 말이야."

마지막 말은 스스로에게 하는 말이었지만 한 번 더 확인하기 위함이기도 했다. 그렇게 하지 않으면 자신의 마음이 어디론가 도망가 버릴 것만 같았다.

배가 출항하기 전 기지 군함이 도착했다. 열 명 정도의 군인이 재빠르게 내려 호령에 맞춰 정렬하여 군용버스를 올라타고 출발했다. 이제 도쿄로 돌아갈 거라는 기무라 요시에와 나하로 돌아가는 요나시로 아키오가 그 모습을 보고 무언가 이야기를 주고받는 것을 다미나토는 바라봤다. 요시에가 **귀향**하는군——불현듯 다미나토는 생각했다. 섬에 올 때 남편 겐신의 유골을 들고 **귀향**에 동행했던 그녀가, 이번에는 또 다른 어두운 짐을 지고 기지가 없는 고향으로 돌아가기 위해 섬을 떠나려 하고 있다. 그녀가 짊어진 짐은 겐신의 망령인가, 도모코의 망령인가. 아니면 하마가와 야에의 살아있는 망령일지 모른다. 그것은 언젠가, 다시 기무라 요시에를 떠나, 이 섬으로 귀향해 올 수도 있는 걸까?

"또 다시 나만 살아남았다……." 배에 오르면서 배웅하러 온 도카시키 야스오를 향해 혼잣말처럼 중얼거렸다. 야스오의 귀에는 들리지 않았다. 야스오가 듣지 못했다는 표정으로 미소를 보내왔다. 다미나토는 서둘러 후텐마 젠슈를 바라봤다. 젠슈는 사람 무리 속에서 떨어져 혼자 우두커니 서 있었다. 다미나토가 바라보고 있다는 걸 눈치챈 듯 천천히 밀짚모자를 벗어 흔들어 주었다.

"돌아가시면 사모님께 안부 전해주세요."

도카시키 야스오가 마지막 인사를 전했다. 다미나토는 미소로 화답했는데 그것이 쓴웃음이었을지 모른다.

'나는 지금 귀향하는 걸까. 이곳으로 온 것은 귀향이 아니었던가…….'

그런 건 아무래도 좋았다. 그건 아마도 이 섬에서 일어났던 일을 야마토 출신 아내에게 허심탄회하게 이야기할 수 있을지 어떨지에 달려 있을 것이다. 어찌되었든 그것이 가능했으면 좋겠다고, 그는 스스로의 마음에 기도했다.

기지의 흰색 건물이, 오던 날과는 반대로, 작아지며 멀어져 갔다.

손지연 옮김

오시로 다쓰히로(大城立裕)

소설가 오시로 다쓰히로와의 대담

▶ 대담 : 오시로 다쓰히로

　　　김재용

김재용《지구적 세계문학》잡지의 대담에 응해주셔서 감사합니다.

　　　오시로 선생님은 오키나와 문학의 아버지로서 오키나와 문학이 일본 및 세계에 알려지는 데 가장 큰 공헌을 하셨는데 불행히도 한국에서는 그동안 제대로 소개되지 못하여 아쉬웠습니다. 특히 후배 작가인 마타요시 에이키나 메도루마 슌과 같은 작가들이 단행본 형태로 한국에서 이미 소개되어 있는 사정을 감안하며 더욱 그렇습니다. 오늘은 선생님의 작품 중에서 가장 문제적이라고 할 수 있는 두 개의 단편, 「칵테일파티」(1967)와 「신의 섬」(1968)을 중심으로 이야기고 하고자 합니다. 특히 「신의 섬」은 이번 호 지구적 세계문학에 손지연 교수의 번역으로 이 대담과 함께 같이 소개됩니다.

선생님 작품 중에서 오키나와 바깥에서 가장 널리 알려진 작품이 「칵테일파티」라고 생각합니다. 저 자신도 이 작품을 제일 먼저 접했는데요. 먼저 이 작품부터 이야기하기로 하겠습니다. 이 작품이 쓰였을 무렵은 오키나와가 미국의 지배하에 있을 때이고 간간히 일본으로의 귀속이 이야기될 무렵이라고 생각됩니다. 우선 이 작품을 구상하게 된 동기나 계기가 있다면 한 말씀 부탁드리겠습니다.

오시로 다쓰히로 네, 감사합니다. 나도 이렇게 만나게 되어 기쁘게 생각합니다. 「칵테일파티」를 쓰게 된 동기는, 전후 미 점령이 시작되어 오키나와 사회가 매우 복잡한 상황에 빠졌고, 그것을 문학으로 표현해 보지 않겠느냐 하는 요구가 여기저기서 있었죠. 그런데 그 문제는 매우 어려워서 오랫동안 쓰지 못했어요. 1957년쯤 되니까 써볼까 하는 생각이 들었죠. 그 몇 해 전인 1954년경부터 잡지 《류다이 분가쿠(琉大文學)》를 중심으로 한 문학이 전개되고 있었는데, 그들은 단순한 레지스탕스였어요. 내 생각엔 단순한 레지스탕스는 재미없다고 생각했죠. 또 당시 '류미친선(琉米親善)'이라고 해서 미국과 류큐의 친선을 빈번히 말하고, 파티라든가 여러 가지 '류미친선'의 모임이 많이 있었어요. 그런 상황을 목도하면서 친선이라고 해도 한 꺼풀 벗기면 다른 측면이 보이고 말이죠. 이건 사기라고 생각했죠. 그 친선의 위선을 거꾸로 뒤집어 보여주자 했던 것이죠.

김재용 이 작품은 미국과 류큐 사이의 친선이라는 당시의 구호가 가지고 있는 허위에 대해 강하게 비판하고 있는데 혹시 당시 미 당국으로부터 직간접적으로 압력 같은 것을 느끼셨는지요?

오시로 다쓰히로 '류미친선'의 위선을 벗겨내기 위한 하나의 모델로 구상한 것이 「칵테일파티」에요. 등장인물 가운데 미스터 밀러라는 미군은 실재 모델이 있었어요. 그 미군이 중국어를 할 줄 아느냐며 나를 한 파티에 초대했고, 나도 흥미가 있어서 파티에 참가했죠. 소설 전장(前章) 파트에 나오는 파티 장면은 그때의 경험을 바탕으로 한 것입니다. 그 이외는 모두 픽션이에요. 당시 미 당국의 검열은 있었지만 압력을 받거나 하진 않았어요. 여담이지만 한 모임에서 미군이 「칵테일파티」라는 작품이 상을 받고 유명하다고 하는데 대체 어떤 내용이냐고 물어 왔어요. 그래서 나는 그냥 어려운 내용이에요, 하고 슬쩍 넘겨버렸죠.(웃음)

김재용 이 작품이 발표된 것은 1967년 7월이고 그 다음 달에 일본의 아쿠타가와 상을 수상하게 됩니다. 저는 이 작품에 대한 일본 비평가들의 평에서 매우 일본적인 것을 발견하게 됩니다. 당시 일본 내에서 일고 있던 반미적인 분위기를 이 작품에서 읽어내고 있고 이 점을 중시하고 있는 것으로 보입니다. 이 작품이 집필될 무렵은 또 한편으로는 오키나와가 미국의 지배하에 있을 때 간간이 일본으로의 귀속이 이야기될 무렵이라고 생각됩니다. 선생님의 개인적 심경을 포함해 당시 상황은 어떠했는지요?

오시로 다쓰히로 네, 그렇습니다. 당시 심사위원들이 「칵테일파티」가 미국 비판이라는 건 잘 알고 있었어요. 모두 잘 알고 있었지만, 내 사상이 가해자 의식과 밸런스를 맞춰, 가해자이기도 하면서 피해자이기도 한 그것을 눈치챈 사람은 아무도 없었어요.

당시 오키나와 안은 이민족 지배에 대한 혐오가 아주 컸고, 그에 따른 복귀에 대한 원망도 점점 커져가는 상황이었죠. 그런데 나는 이런 분위기에 의문을 가졌어요. 선배 가운데에는 조국 복귀운동이 한창일 때, 복귀는 어쩔 수 없는 일이지만 야마토가 온존하는 사회는 싫다고 말하는 사람들도 꽤 있었죠. 아마도 야마토에서 생활했던 경험이 작용했을 겁니다.

내 개인적인 체험으로 보자면, 얼마 전 간행된 잡지 《세계》에서도 말한바 있지만, 전중파로서의 후회와 이제 더 이상 일본인이 아니어도 좋다는 체념에서 시작되었어요. 역시 일본복귀가 불가피하다고 생각하게 된 것은 무엇보다 이민족 지배하의 치외법권에 대한 위화감 때문이었죠. 주민에 대한 미군의 차별적 범죄가 쉽게 용서되고 범인이 쉽게 귀국해 버리는 사건들이 끊이지 않았는데, 이 치외법권으로부터 해방되기 위해서는 역시 헌법에 의해 기본적 인권 보장을 약속하는 일본으로의 복귀밖에 없을 것이라는 참으로 고심에 찬 선택이었습니다.

어쨌든 1967년에 「칵테일파티」가 아쿠타가와(芥川) 상을 수상하자 오키나와 사회가 동요했던 건 틀림없어요. 그 40년 전까지만 해도 "오키나와 청년이 일본어로 문학작품을 써서 중앙에서 한 사람으로서 인정받는 것은 무리일 것이다. 아일랜드 작가들이 영어로 써서 유럽에서 인정받았던 것처럼은 되지 않을 것이다"라는 이하 후유(伊波普猷)의 예언을 배신하고 언어의 핸디캡을 극복하게 된 것만으로도 의미가 있다고 생각합니다. 하나 더 덧붙이자면, 이민족에 의한 피지배의 비애를 스스로가 전쟁 중 중국에 대한 가해자의 기억과 대결시켜 보려는 시도를 했어요. 이것은 근대 백년 이래의 피해자 의식을 주체적으로 극복해 가는 보편적인 의미로, 동화와 관계없는 사상적 자립을 예언한 것이라고 할 수 있죠.

김재용 네, 역시 그랬군요. 이 점은 비단 선생님만의 작품이 아니라 다른 오키나와 작가들의 경우에도 마찬가지라는 느낌이 듭니다. 바로 그런 점 때문에 일본에서 읽는 오키나와 문학과 한국에서 읽는 오키나와 문학은 매우 다르다는 생각을 하게 됩니다. 선생님께서는 1990년대에 이 작품을 희곡으로도 발표하셨는데 이 둘 사이의 차이는 무엇이죠? 중국에 대한 가해 문제에 있어서 큰 차이가 드러나는 것 같은데요.

오시로 다쓰히로 「칵테일파티」를 통해 '류미친선'의 위선을 벗겨내는 것도 좋고, 미국에 대한 저항도 저항이지만, 아니, 그보다 우리가 과거 중국에 대해 범했던 가해성을 어떻게 생각할 것인가가 소설의 진정한 테마라고 할 수 있어요. 과거 중국에 대한 가해성의 체험, 그런데 소설에 표현한 중국에 대한 가해성은 임팩트가 약해요. 혹시 희곡판 읽으셨나요? 거기에 썼어요. 가해자로서의 입장을 보다 부각시킨 것이죠. 조금 더 구체적으로 말하면 일본이었던 오키나와, 일본인이었던 오키나와인으로서 중국인에 대한 가해자의 책임 같은 것 말입니다.

재미있는 것은 1955년에 스미소니안(スミソニアン) 박물관에서 원폭전이 기획되었는데, 그것을 미국 퇴역군인들이 맹렬히 반대를 했어요. 그러면 진주만을 어떻게 생각하느냐는 반론

이 있었죠. 미국이 히로시마에 대해 가해자이기도 하지만, 미국 입장에서는 진주만의 피해자라는 거예요. 그런데 나는 피해자와 가해자를 대립적으로 나눌 것이 아니라, 어느 쪽을 중시할 것인가가 더 큰 문제라고 생각했어요. 1967년에 「칵테일파티」가 출판되고, 20년 정도 지난 1985년에 한 평론가가 신문에 에세이를 썼어요. 당시 히로시마, 나가사키가 많이 언급되었는데, 우리가 과거 중국에 대해 가해자였다는 사실을 자각하지 않으면 안 된다는 논조의 사설이었어요. 1985년에 말이에요. 나는 화가 난다고 할까, 이상한 일이 아닐 수 없었죠. 내가 이미 20년 전에 언급한 것인데 말입니다.

김재용 이제 이번에 손지연 교수의 번역으로 《지구적 세계문학》에 소개될 「신의 섬(神島)」에 대해서 이야기하겠습니다. 저는 이 작품을 매우 좋아합니다. 오키나와 문학의 정체성, 특히 일본에 대한 오키나와인의 의식을 가장 잘 드러내는 작품이라고 생각하는데요.

오시로 다쓰히로 감사합니다. (강하고 힘 있는 목소리로) 왜냐하면 말입니다. 「신의 섬」은 일본 본토에서는 아무도 문제시하지 않았습니다. 나로선 상당히, 상당히 깊이 고심해서 쓴 건데 말입니다. 그런데 그것이 본토의 일본인들에게는 이해하기 어려웠던 모양입니다. 그 소설을 쓴 동기랄까, 모델이랄까, 힌트는 게라마(慶良間) 집단자결을 명령한 장군이 있었어요. 그 장군이 전후가 되어 관광으로 오키나와에 왔는데, 그때 섬사람들이 그를 거부한 사건이 있었어요. 그 사건을 계속해서 생각했죠. 그것이 계기가 되어「신의 섬」을 집필하게 된 겁니다. 그렇지만 단순하게 생각한 것이 아니라, 깊은 역사적인 고민과 그리고 민속학적인 깊은 이해를 통해 완성한 것입니다. 거기에는 일본에 대한 원망도 있었지만 친밀감도 있는, 동화와 이화 사이에서 흔들리고 있는 복잡한 심경을 표현한 것입니다.「칵테일파티」의 본토 버전이「신의 섬」이라고 할 수 있죠.「칵테일파티」와 매우 유사하지만, 다른 점은「칵테일파티」는 싸울 것인가, 친하게 지낼 것인가로 고민했다면,「신의 섬」에는 싸울 것인가가 아니라, 원망할 것인가, 친해질 것인가가 문제였습니다. 싸움까지는 가지 못하죠. 본토에 대해서는 순전히 원망이죠, 원망 쪽이 크죠. 소설속에 우타키(御嶽)라는 장소가 나오는데, 본토에서 온 민속학자가 연구를 위해 그곳에 들어가고 싶어 해요. 그런데 섬사람들이 강하게 거부하죠. 야마토인은 그곳의 신성함을 느끼지 못할 거라는 이유를 들어서 말이에요. 그런 부분이 아마도 야마토와의 사이에서 느끼는 격차라고 할 수 있을 겁니다.

　사실「신의 섬」을 쓰면서 상당히 괴로웠습니다. 일본에 대한 그야말로 동화와 이화 사이에서, 이화의 느낌을 겉으로 표현한다는 것이 말입니다. 본토는 우리의 형제라고 생각했던 만큼 원망도 컸어요. 그 원망을 들춰내고 강조하는 것이 왠지 미안한 생각이 들었고, 괴롭기도 했어요. 최근 헤노코(邊野古) 문제로 시끄럽죠? 지금은 오키나와가 하나가 되어 본토를 향해 저항하고 있기도 하고요. 시대가 바뀌었어요. 지금은 그렇게 괴롭지 않아요.「신의 섬」을 썼을 때와 달리 이제는 본토에 대한 원망의 감정을 분명하게 표현하고 다닙니다.

김재용 선생님 말씀을 들으니 왜 그동안 일본의 비평가들이 이 작품에 대해서 큰 관심을 보이지 않았나를 이해할 수 있게 되었습니다. 제 생각으로는 한국 독자들은 이 작품에 대해서 그렇게 어렵지 않게 이해하리라고 생각합니다. 현재 일본 제국이 전쟁 중에 동아시아 3국—중국, 한국, 오키나와에 끼친 폭력 중에서 가장 문제되고 있는 것이 '남경대학살', '군위안부' 그리고 '집단사'라고 생각합니다. 현재 일본의 우익들은 이 모든 것이 허위라고 주장하면서 역사책에서 지워내려고 합니다. 아마도 동아시아의 평화로운 미래를 위해서는 꼭 해결해야 할 문제라고 생각하는데요. 바로 그런 점에서 '집단사'의 문제를 다루고 있는 이 작품이 동아시아 전체에 널리 읽혀지고 공유할 수 있는 날이 빨리 오기를 바랍니다. 한국 독자들도 이 작품을 읽고 함께 공감할 수 있기를 바랍니다.

오시로 다쓰히로 네, 「신의 섬」에 주목해 주시고, 한국 독자들에게 소개해 주신다니 다시 한 번 감사드립니다. 본토 사람들은 전혀 문제 삼지 않는 작품인데 말입니다.

김재용 이 작품에는 오키나와 전쟁 시기 오키나와에 있던 조선인 '군부'와 '군위안부' 이야기가 나옵니다. 물론 「칵테일파티」에서 주도적으로 그리고 반복적으로 나오는 일본의 중국에 대한 가해 문제만큼 비중 있게 다루어지지는 않았지만 언급되고 있습니다. 이 작품을 쓸 무렵은 배봉기 할머니가 알려지면서 오키나와 내에서 이 문제가 크게 부각되기 전인데 이것을 취급하고 있

170

어 약간은 놀랐습니다. 어떻게 이것이 다루어지게 되었지요?

오시로 다쓰히로 특별히 조선인 '군부'나 '군위안부'에 대해 의식하거나 하고 쓰진 않았습니다. 실제 모델은 없었습니다. 완전한 픽션입니다. 오키나와 측에서 보면, 당시의 조선, 조선인에 대한 인식은 그렇습니다. 솔직히 말씀드리면 역시 식민지, 식민지인으로 봤습니다. 그것은 또 다른 비극일 텐데요, 마타요시 에이키의 「긴네무 집」에도 표현되고 있지만 조선인을 조금 아래로 봤죠.

김재용 선생님의 작품이 후배 오키나와 작가들에게 적지 않은 영향을 끼친 것으로 보이는데요. 특히 앞에서 말한 피해와 가해의 이중성에 대한 고민과 성찰은 그 대표적인 것이라고 할 수 있습니다. 그리고 선생님의 작품 중 「구갑묘(邱甲墓)」와 같은 작품에서 잘 드러나는 오키나와의 전통과 풍속에 대한 기억도 그러하다고 할 수 있습니다. 좀 더 구체적으로 들어가서, 다소 도식적으로 말하면, 「칵테일파티」와 같이 미국과 관련된 경향의 이야기는 마타요시 에이키 작가로 이어진다고 할 수 있고요, 「신의 섬」과 같은 일본에 대한 오키나와의 정체성 문제는 메도루마 슌에게로 이어진다고 할 수 있습니다. 마타요시가 즐겨 다루는 것은 역시 미국 문제를 중심으로 한 외부의 세계에 대한 것이라고 할 수 있고요, 메도루마가 반복적으로 취급하는 것은 역시 일본에 대한 오키나와의 독자성 혹은 독립의 문제라고 할 수 있기에 그런 생각을 해보았습니다.

오시로 다쓰히로 〈칵테일파티〉가 마타요시 에이키의 작품세계로 이어진다거나, 「신의 섬」이 메도루마 슌에게로 이어진다는 말은 지

금 처음 듣네요. 그렇게도 볼 수 있군요. 영향을 받았는지 아닌
지는 그들에게 물어봐야 알겠지만, 재미있는 발상입니다.(웃
음) 어쨌든 마타요시 에이키나 메도루마 슌이나 가해자 의식
을 쓰고 있죠. 오키나와 출신 작가이기 때문에 그것이 가능하다
고 생각합니다.

김재용 오키나와에서 가장 뜨거운 것은 역시 헤노코 문제입니다. 이 문
제에 대해 선생님의 생각 혹은 이 문제가 선생님의 사유에 어떤
변화를 준 것이 있는지 궁금합니다.

오시로 다쓰히로 이 문제에 관한 나의 생각은 앞에서 말한 잡지 《세계》
에 잘 정리되어 있어요. 안보체제를 위해 미군기지가 필요하다
면 다른 현으로 분산해서 이동시켜 줄 것을 요구하고 있지만 이
러한 요구가 완전히 무시되고 있어요. 이것은 철저히 구조적 차
별에 의한 것이라고 생각합니다. 나는 몇 해 전부터 사회적인
차별은 없어졌지만, 정치적으로 차별이 남아 있다고 발언해 왔
어요. 치외법권에서 해방되기만 한다면 복귀로 인한 자본의 침
략 등 리스크를 떠안게 되더라도 이익이 많을 거라고 주장해 왔
어요. 그런데 완전히 배신당한 거죠. 치외법권은 점령시대 그대
로이고, 이 협정을 개정하라고 아무리 외쳐도 정부는 듣지 않아
요. 협소하기 짝이 없는 땅에 미일안보체제 유지를 위한 광대한
기지를 두고, 그것을 당연시하는 정부에 대해 이의신청을 하지
않을 수 없게 된 이유죠. 2010년에도 이 문제에 관해 발언한 적
이 있어요. 당시 오키나와 현지사 선거가 있었는데, 마침 교도
통신의 의뢰를 받아 "기지의 본토로의 이전"이라는 원망을 담

은 글을 보냈죠. 이 글이 전국 지방지에 널리 게재되길 바랐는데 기대와 달리, 오키나와 신문 이외에 실어 준 곳은 고치(高知)신문과 미야자키니치니치(宮崎日日)신문뿐이었어요. 나의 예상이 적중했다고나 할까. 오키나와의 기지 부담을 전국이 분담했으면 좋겠다는 현민들의 열망을 현민 지방지가 가볍게 여긴 결과라고 생각해요. 아마도 독자들이 그런 류의 기사를 환영하지 않을 거라고 생각한 거겠죠.

어쨌든 나는 헤노코 기지를 반대하는 입장이고, 그렇지 않으면 현 밖으로라도 이동해야 한다고 생각합니다.

김재용 최근에 오키나와에서는 독립을 위한 학회가 생기는 등 과거 그 어떤 시기보다 오키나와를 일본의 식민지로 보고 이로부터 독립하려고 하는 흐름이 강하게 대두하고 있는데 선생님께서는 이러한 독립에의 운동을 어떻게 보고 계시는지요?

오시로 다쓰히로 사상적으로는 독립 지향입니다. 단지 독립은 정치의 메커니즘이 강하게 작동하는 법이어서 말입니다. 그래서 지금 나를 포함한 오키나와인들이 매우 곤란한 상황이죠.(웃음) 분명히 밝히자면 독립 지향이라고 말씀드리고 싶습니다.

김재용 그러면 자치에 대해서는 어떻게 생각하시는지요?

오시로 다쓰히로 독립에서 한발 물러선 게 자치죠. 나는 자치에도 찬성입니다.

김재용 선생님의 두 작품 「칵테일파티」와 「신의 섬」에서 공통적으로 드러나는 것 중의 하나는 피해자로서뿐만 아니라 가해자로서의 오키나와에 대해서 이야기하고 있는 점입니다. 「칵테일파티」에서는 중국에 대한 일본 및 오키나와인의 가해성, 「신의 섬」
에서는 조선에 대한 오키나와인의 가해성을 이야기하고 있습니
다. 자칫하면 미국과 일본 등으로부터 받은 오키나와인의 피해
만을 이야기하기 쉬운데 선생님은 가해성도 더불어 말하고 있
습니다. 이 점은 한국문학이 배워야 할 중요한 대목이라고 생각
합니다. 베트남 전쟁에 대해 일부 극소수의 한국문인들이 성찰
했던 적이 있습니다만 지나가는 것이고 본격적으로 이런 문제
의식이 생기기 시작한 것은 1990년대 중반 이후 한국자본주의
의 확장으로 인한 다른 지역의 노동자들의 유입 이후라고 생각
합니다. 그런데 오키나와 문학이 전쟁이 끝난 지 오래되지 않은
시점에 이렇게 피해와 가해를 동시에 성찰하고 있다는 것은 놀
라운 일입니다. 세계문학으로서의 오키나와 문학을 이야기할
때 저는 이 점을 가장 먼저 꼽고 싶습니다. 고령에도 불구하고
장시간 대담에 응해주셔서 《지구적 세계문학》의 독자를 대신하
여 감사드립니다.

긴네무 집
ギンネム屋敷

마타요시 에이키

＊이 작품의 원제목은 「ギンネム屋敷」로, 1980년 제4회 스바루문학상(すばる文學賞) 수상 작품이다.
본 번역은 단행본 『ギンネム屋敷』(集英社, 1981.1)의 제3쇄(1996년 2월)를 저본으로 했다.

*긴네무(ギンネム):루카나 루코셉팔라(Leucaena leucocephala).
열대아메리카 원산의 상록수. 꽃은 백색이며 향내를
내뿜는다. 높이는 10미터에 이른다. 종전 후, 파괴
흔적을 위장(카모플라쥬) 하기 위해, 미군이 오키나와
전역에 이 나무 종을 뿌렸다.

긴네무가 밀생한 언덕은 꾸불꾸불 물결치며 사방으로 넓어져갔
다. 언덕 바로 뒤에는 거대한 적란운이 피어올라 굳어진 채 움직이
지 않고, 태양은 한순간도 흐려지지 않았다. 긴네무의 부드러운 잎사
귀는 수분을 잃고 시들어가고 있다. 나는 눈앞에 축 늘어진 잎을 뜯
어냈다. 포탄으로 남김없이 불태워진 들판을 덮어서 감추기 위해 미
군이 막대한 양의 긴네무 종자를 비행기로 뿌렸다고, 들었다. 가지가
뒤섞이며 무성해져 긴네무는 방풍림으로는 그만이다.

우리들은 긴네무 숲 사이에 끼인 언덕길을 내려왔다. 나는 불하받은 HBT⁰¹ 바지 옷자락에 붙어있는 하얀 석회분이 신경 쓰였다. 조선인을 알고 있었다. 나보다 대여섯 살 아래일 것이다. 서른 전후다. 미군 엔지니어를 해서 돈도 꽤 있는 그 조선인이 요시코(ヨシコ一)를 폭행했다니 도저히 믿기 어렵다. 아사토(安里)에 사는 아저씨는 목발을 멈췄다. 주름투성이 작은 얼굴을 들었다.

"정말로 있었단 말이지?"

"정말이라고. 있었다고. 몇 번이나 말해야 알아, 정말."

유키치(勇吉)는 혀를 가볍게 차며 쿠바(야자수나무) 삿갓을 손에 들고, 수건으로 얼굴과 목덜미, 겨드랑이를 난폭해 보일 정도로 닦았다. 그 조선인은 낮 동안에는 일요일에도 좀처럼 모습을 보이지 않는 것 같았다. 9일 전 금요일 아침, 사건은 벌어졌다. 부락 뒤편에 있는 고구마 밭에서 요시코가 능욕당하는 것을 유키치가 카미나쿠바카(龜甲墓)⁰² 그림자에 숨어서 목격했다. 유키치가 요시코 할아버지에게 그것을 고했고, 할아버지는 내게 상담을 했다. 하루코(春子)가 술집에 나가 부재한 때를 틈타, 나는 함석지붕 단층집에서 사흘간에 걸쳐 은밀하게 이야기를 나눴다. 결국, 조선인으로부터 돈을 우려내

---

01 미군 군복. Herringbone Blouse and Trousers. 오키나와전 이후 미군이 의복이 부족한 오키나와 주민에게 보급했다. 1520년에서 1530년 사이의 작품으로 피렌체의 아카데미아 박물관에 소장되어 있다. – 옮긴이

02 묘실의 지붕이 거북이 등딱지 모양을 한 오키나와 현에서 많이 보이는 묘 모양. 전시 중에 방공호로 사용됐다.

삼등분하기로 했다. 매춘부인 요시코가 능욕을 당했으니 과연 배상금이나 위자료를 받아낼 수 있을지 나는 의아스러웠으나, 유키치가 강하게 밀어붙였다. 밤에는 교섭하러 가지 못한다. 조선인이 사는 집은 유령이 나온다는 소문이 있었다. 전에 살던 사람은 일 년 정도 전에 조선인에게 집을 팔고, 남미로 이주했다. 그 집에는 그 누구도 일 년 이상은 자리 잡고 살지 못했다. 하지만, 우리들은 조선인이 카빈총이나 피스톨을 소지하고 있어서, 밤에 찾아가는 자를 미군의 습관에 따라 발포한다는 소문이 무엇보다 마음에 걸렸다.

"……겁을 주면, 전차로 부락을 쓸어버리는 건 아니겠지?"

나는 일부러 호들갑을 떨며 중얼거렸다. 요시코 할아버지의 상퇴부에서부터 절단된 오른쪽 다리를 보며, 자신이 한심하게 느껴졌다.

"설마. 이제 와서 무슨 헛소리야. 경찰에 넘겨도 바로 석방될 뿐이라고 말한 게 누군데."

유키치가 뒤돌아봤다. 땀이 흘러나온 마마자국이 남은 얼굴이 나를 봤다.

"……그래도 그 자는 피스톨 갖고 있잖나."

할아버지가 유키치를 뚫어져라 보며 말했다. 그저께 밤, 할아버지가 그러면 우려낼 돈으로 여자를 살거냐고 유키치에게 물었던 것을 나는 퍼뜩 떠올렸다. 농담인지 진담인지 구별할 수 없었다. 유키치가 손녀딸을 사면 심경이 복잡해 질 것이 틀림없다. 이 부락 근처에서 매춘을 하고 있는 여자는 요시코 혼자였다. 유키치는 묘하게 소리 없는 웃음을 지으며 술을 계속 마셨다.

"피스톨을 꺼내면, 내가 배때기를, 찔러 버릴테다."

유키치는 주먹을 꽉 쥐고 팔을 앞으로 쭉 폈다. 유키치는 키가 작았지만, 상반신 근육이 단단했고 가라데 유단자였다. 어째서 유키치는 그때 요시코를 구해주지 않았던 것인가? 즐겼던 것은 아닐까? 목격자는 유키치 혼자다. 증거도 없다. 요시코는 지적장애가 있지만 오늘 데려왔다면 좋았을 것이다……. 계수나무나 백단향 고목, 전신주가 길을 따라 서있고, 그 주변에는 말매미가 어린 나무에 달라붙어서 울어대고 있다.

아카바나(하이비스커스)03가 우거져 굳어진 것이 그대로 주택의 울타리가 됐다. 울타리 뒤편은 대나무 숲으로 그 건너편에는 긴네무가 무성했다. 앞마당으로 들어갔다. 손질이 되지 않은 칸나의 주황색 꽃 사이로 개 머리가 보였다. 우리들은 멈춰 섰다. 개는 몸을 일으켰다. 커다란 셰퍼드다. 우리들은 뒷걸음질 쳤다. 할아버지가 휘청거렸다. 셰퍼드는 굵은 쇠사슬로 기둥에 묶여 있다. 겨우 목소리가 나왔다.

"계십니까."

대답이 없다. 개가 으르렁댄다. 커튼이 열리고 사내가 얼굴을 내밀었다. 사내는 선 채로 우리들을 응시했다. 마침내, 어렴풋이 웃으며, 작은 동작으로 고개를 끄덕였다. 나는 개를 가리켰다. 사내는 고무샌들을 발끝에 걸치고 나왔다. 개 머리를 쓰다듬어주고, 동쪽 덧문을 전부 열었다. 그가 우리들의 용건을 이미 파악하고 있다는 것을 느

---

03 부용 비슷한 서양화초.

졌다. 키는 175센티 정도였다. 어깨통이 넓은 이 조선인의 체구는 그 때나 지금이나 그다지 변하지 않았다. 하지만 새치가 섞여 있다. 나는 커다란 목제 의자에 앉았다. 할아버지와 유키치는 조선인이 권한 자리를 거부하고, 문 앞 통로에 앉았다. 건너편에 앉은 조선인의 눈은 깜박임이 거의 없다. 조선인은 알로하셔츠 주머니에서 꺼낸 시카구와(카멜)을 내 앞에 내밀었다. 나는 한 대 꺼내 손에 쥐었다. 조선인이 라이터로 불을 붙였다.

"⋯⋯무슨 일로 오셨습니까?"

조선인은 담배연기를 내뿜었다.

"솔직히 말합니다만."

나는 빨아들인 담배에 조금 숨이 막혔다.

"⋯⋯으음, 저기 있는." 할아버지를 눈으로 가리키며, "할아버지 손녀가 당신에게 난폭한 짓을 당했다고 하고 있습니다."

조선인은 나를 응시했다. 놀란 기색이 깃든 눈이다. 나는 눈을 피했다. 곧 조선인은 담배를 재떨이에 올려놨다.

"⋯⋯그래서 어쩌면 좋겠습니까?"

의외였다. 너무나도 선선히 인정하고 있지 않나.

"⋯⋯사실이란 말인가요."

나는 조선인을 뚫어져라 쳐다봤다. 조선인은 작게 끄덕였다.

"우누히야!(이놈)"

할아버지가 목발을 번쩍 치켜들었다. 나는 요란스럽다고 느끼며 손으로 그것을 제지했다. 유키치도 할아버지의 어깨를 두드리며 달랬다. 조선인은 우선 부인할 것이라고 나는 단정하고 있었다. 당신이 폭행한 현장을 마을 청년이 봤다, 당신 집에 불을 지른다고 난리를 쳐서 감당하기 힘들다, 이런 말을 나는 머릿속에서 반복해서 말했다. 나는 다음 말을 전할 수 없게 됐다.

"……돈으로 해결할 수 있을까요?"

조선인의 눈은 변함없이 깜박임이 없다.

"당신은 반성하고 있습니까."

나는 강한 어조로 말했다. 조선인이 묘하게 점잔을 빼는 것에 기분이 상했다.

"……돈으로 원만히 해결하면 되겠지요."

조선인의 목소리는 냉정하다. 할아버지와 유키치가 나를 보더니 눈으로 수긍하는 뜻을 전했다.

"……이미 저지른 일은 어찌할 도리가 없는데다……그 수밖엔 없겠지요."

나는 일부러 천천히 말했다.

"얼마나 준비하면 될까요?"

조선인은 재떨이에 재를 떨어뜨렸다.

"당신은 어떤 식으로 생각하고 계십니까."

나는 말을 뱉고 할아버지와 유키치를 살짝 봤다. 그들은 경직된 얼굴로 조선인을 주시하고 있다.

"일 만 오 천 (B)엔04 정도면 모자랄까요?"

조선인이 우리를 둘러봤다. 생각지도 못한 고액이다. 나는 담배를 문 채 생각하는 척 했다. 하지만 둘은 몇 번이고 크게 고개를 끄덕였다.

"이것으로 됐나요?"

조선인은 나를 봤다. 할아버지가 내게 눈짓을 했다. 나는 조선인에게 수긍했다.

"하지만, 현재 수중에 돈이 없으니 다음 일요일 이 시간 즈음에, 으음, 두 시에 다시 와주시지 않겠습니까."

조선인은 말했다. 갑자기 할아버지와 유키치의 눈 가장자리가 흐려지고, 입술이 일그러졌다. 이 둘이 폭언을 퍼붓지는 않을지 걱정스러웠다. 나는 허둥대며 말했다.

"확실합니까."

"틀림없지요."

"그럼 좋습니다. 그때로 하죠."

나는 일어섰다. 둘을 다그쳤다.

"다시, 일요일에 옵시다."

둘은 내 기세에 눌려 앞마당으로 나갔다. 조선인은 우리를 문까지 배웅했다.

"기다리고 있겠습니다."

조선인은 허리를 많이 굽혀 인사를 했다. 나는 갑자기 기분이 나빠

---

04 B엔이라는 것은 엔 표시 단위로 1948년 7월부터 달러통화제로 이행하는 1958년까지 오키나와에서 유일한 법정 통화로 사용됐다. 1950년 당시 1달러는 120B엔이었다.

졌다.

할아버지가 찻잔을 든 손을 뿌리치듯 흔들었다. 다시, 안에 있던 아와모리(泡盛)가 넘쳐흘렀다. 나는 행주로 다리가 낮은 밥상을 훔쳤다. 더 이상 주의를 줄 생각은 없다. 고등어통조림 국물도 흐르고 있다. 비린내가 풍긴다.

"진저리나는, 싸움이야."

할아버지가 뱉어내듯 말했다.

"쭈욱, 들이키기나 해요."

유키치가 술 한 되 병을 한 손으로 감싸고 따랐다. 할아버지의 찻종은 기울어져, 술이 고자05에 스며들었다. 할아버지는 술을 다 마시고, 목발에 앉은 채로 기댔다.

"어디로 갑니까? 할아버지."

나는 말했다. 할아버지는 일어섰다. 땀 냄새가 났다. 단단한 판자를 깐 바닥에 목발이 미끄러져, 할아버지는 엉덩방아를 찧었다. 유키치가 부축해서 일으켜 세웠다.

"어디라고요? 할아버지."

유키치도 물었다.

"뒈져버려라."

할아버지는 왼편 목발로 몇 번이고 바닥을 쳤다.

---

05 ゴザ. 테두리를 댄 돗자리.

"소변 보러 간다고. 오늘 밤은 아침까지 안 들어갈란다."

할아버지는 유키치의 부축을 받고, 문간을 나갔다. 창 커튼이 흔들리고 있다. 작은 꽃무늬 연분홍빛 커튼이다. 방금 전에 유키치가 요염해 보인다고 하며 비웃었다. 알전구에 날벌레들이 떼 지어 모여 있다. 나는 창틀에 앉았다. 아무렇게 한데 버려둔 대 여섯 개 드럼통에 아이들이 올라타거나 뛰어내리며 놀고 있다.

판잣집 건너편 처마 밑에서 여자 셋이서 젖먹이 아이를 달래고 있다. 별빛이 차분했다. 잡초의 움직임도 알 수 있다. 반딧불이 그 속에서 빛나고 있다.

쓰루가 격한 소리로 항의하러 온 일요일 밤에도 반딧불이 있었다. 하루코는 일하러 나가 있었다. 나는 이쑤시개를 물고 창가에 앉아있다. 이 주 전에 쓰루가 얼굴을 들이밀지만 않았다면, 제 아무리 유키치나 할아버지에게 부탁을 받았다고 하더라도 조선인에게서 돈을 우려내는 계획에는 참가하지 않았을 것이다. 그때, 쓰루는 술을 마시고 있었다. 술을 마시는 쓰루를 나는 처음 봤다. 큰 소리는 내지 말자, 모두 저녁 바람을 쐬고 있으니, 응, 응. 나는 창밖을 연신 두루 살피면서, 목과 손을 흔들며 제지했다. 하지만 쓰루는 창밖에 얼굴을 내밀고 아우성쳤다. 나는 머리를 감싸 쥐었다. 쓰루도 다소나마 진정했다. 난, 그 여자 얼굴을 난도질 하지 않고서는 죽어도 죽은 것이 아니라고. ……이 집에 부엌칼은 있는 거야? 쓰루는 부엌을 둘러봤다. 정말이야. 나는 얼굴을 들었다. 그때 흙구덩이, 나랑 당신이 들어가 있던 흙구덩이로 나는 정말로 되돌아갔어, 바로, 그런데, 자취도 없이 부서져 사라져 버렸다고, 그렇지 않냐고, 그래도 나는 돌멩이랑 흙을 헤쳐내고 당신들을 찾았어. 쓰루는 상반신을 앞으로 구부리고 얼굴을 내 얼굴에 바짝 붙였다. 눈을 야릇하게 치켜뜨고 있다. 이제 아무것도 신용할 수 없으니, 옛 이야기는 그만 하면 안 돼. 쓰루는 입술을 앙다문 채 이를 갈았다. 옛날? 이제 겨우 팔 년이라고. 하지만, 나는 입을 다물었다. 거기서 죽은 건 히로시(弘) 혼자라고, 유감이지만, 당신한텐 이게 잘된 일 아니야, 외동아들이 죽어서 말이야, 거지같은 여자랑 바로 붙어먹었으니 말이야, 내가 시시한 여자라서 그랬던 거야? 내가 잘못한 거라도 있어? 그렇지, 정직하게 말하면 되잖아! 쓰루는 윤기 없는 파마머리를 쥐어뜯으며, 나를, 하루코를, 그리고 자기 자신을 욕했다. 자색 원피스를 입고 있었다. 십중팔구 단벌 옷임이 틀림없다. 하루코에게 안 지려고 최대한 꽃단장을 하고 왔다고 생각하자, 쓰루가 가여웠다. 하지만 바로 창문을 봤다. 이웃 사람들이 걱정됐다. 나는 평소에도 쓰루가 신경 쓰였다. 하루코와 섹스를 할 때만은 쓰루를 잊을 수 있었다. 나보다 열다섯 살이나 어린 하루코의 육체에 나는 도취하려고 노력했다. 쓰루는 혼자서 스크랩[06]이나 빈 병을 매매했다. 나는 하루코에게서 받는 용돈을 절약해서, 매달 백 엔을 비밀리에 쓰루에게 보냈다. 유키치에게 품삯을 주고 돈을 보냈다. 이미 열 달이나 된다. 하지만, 쓰루는 그것에 대해 한마디

---

06 スクラップ(scrap)는 일반적으로 쇠 부스러기를 말한다. 다만, 오키나와에서는 포탄의 파편이나 불발탄을 의미한다.

도 언급하지 않았다. 유키치가 전액을 다 써버린 것은 아닐까, 하고 지금까지도 나는 종종 의심했는데, 한 번도 추궁한 적은 없다.

그 조선인에게서 가로챈 돈을 쓰루에게 주자. 그러면 쓰루는 혼자서도 살아갈 수 있다, 속죄도 할 수 있다. 나는 술을 들이켰다.

쓰루는 오래도록 고개를 떨구고 있었다. 나는 잠이 들었다고 생각하고, 얼굴을 훔쳐봤다. 그러자 쓰루는 갑자기 얼굴을 들고 일어섰다. 바로 다리가 뒤얽혀서 껴안고 있던 기둥에 얼굴을 부딪쳤다. 괜찮아? 좀 더 앉아있지 그래. 나는 쓰루의 등을 가볍게 어루만졌다. 엉겹결에 손을 움츠렸다. 저 여자가 돌아오는 것이라면, 저런 얼굴 따위는 쳐다보고 싶지 않다. 쓰루는 문이나 벽에 부딪치면서 출입구로 나갔다. 그 여잔 어디 간 거야, 일부러 멀리서 만나러 왔는데, 어서 만나게 해줘, 보이지 않으면 며칠이고 안 돌아갈테야, 하면서 문 앞으로 들어왔을 때는 아우성을 쳐댔다. 쓰루가 불쌍하게 느껴졌다. 잡초투성이 길을 비틀거리며 멀어져가는 쓰루에게 달려가서, 어깨를 빌려주고, 배웅을 해주고 싶었다. 하지만, 하루코의 흰 살갗과 부드러운 감촉을 떠올리며 그것을 참았다.

오늘도 일요일이다. 나는 몸서리를 쳤다. 벽에 붙혀둔 기름종이가 벗겨져, 두세 군데 옹이구멍이 나타나 있다. 그날, 쓰루는 이 사진은 누구야! 하며 크게 외치며 뜯어버렸다. 기름종이 위에 붙여놨던 이름 모를 미국 여배우의 컬러사진은 잘게 찢겨졌다. 하루코는 바지런하게 방 안을 정리했지만, 이 벽지만은 바꾸려고 하지 않는다. 하루코는 그날 밤, 일을 끝내고 돌아오는 길에 이웃 여자에게 사정을 들고 모든 것을 알고 있으면서도 줄곧 입을 다물고 있었다. 나는 아무런 말도 하지 않았다. 바로 시내로 가서 벽지를 사오지 않으면 안 되겠다고 강하게 느꼈지만, 날이 갈수록 귀찮아졌다. 널빤지가 부딪히는 소리가 났다.

"젠장, 또."

유키치의 목소리가 들렸다. "허구한 날 머리를 부딪쳐서 머리가 맛이 갔어, 정말."

유키치는 할아버지 뒤에서 양팔을 겨드랑이 밑으로부터 껴서 붙잡은 채로 들어왔다. 할아버지는 한쪽 발을 차서 조리(일본 짚신)를 벗으려고 했지만 좀처럼 벗겨지지 않았다. 유키치가 벗겨줬다. 나는 일어섰다. 유키치가 기합을 빼고 내 배를 주먹으로 쳤다. 겉옷에 아슬아슬하게 닿을 거리에서 멈췄다. 유키치는 매일 밤 짚못을 치고 있다. 주먹이 찌부러지고 굳어져, 뭉우리돌과 같았다.

"한 발로 소변을 누게 하거나, 먹은 걸 토하게 하는 것은 보통 힘든 일이 아니야."

유키치는 다리가 낮은 상 앞에 앉았다. 어쩌면 개구리가 우는 소리라고 느꼈던 것은 할아버지가 먹은 걸 게워내는 소리였는지도 모른다. 할아버지는 휘청대면서 자기 맘대로 찻그릇 찬장을 열어, 삼합병을 손에 쥐었다. 유키치가 치아로 뚜껑을 땄다. 팔목시계를 봤다. 하루코가 필리핀 사람에게서 술값 대신 받은 남성용 고급시계는 시간이 틀어지지 않는다. 11시를 넘어서고 있었다. 둘을 돌려보내고 자고 싶었다. 하지만, 자리에 앉았다. 할아버지는 쭉 뻗은 다리를 야자수나무 부채로 두드렸다.

"······한심한 일이야."

할아버지는 내 얼굴을 살펴본다. 날카로운 빛을 담은 눈이다. 조선인에게서 돈을 우려낼 결심을 했을 때도 우리들은 술을 마셨다. 그때도 할아버지는 지금과 같은 눈빛으로 나를 응시하고, 내 손을 양손으로 꽉 쥐고, 자넬 믿는다네, 자네라면 확실하지 하고 몇 번을 반복해서 말했다.

"저 애 부모만 살아있었어도······ 어째서, 나 같은 놈 명줄은 늘려놓고······ 어쩔 셈인 것인지."

나는 눈을 딴 곳으로 돌렸다. 요시코의 부친은 심상소학교 교사였다. 그러나 요시코가 선천적 '지적장애'인 것을 숨기려고 시골에 계신 아버지인 이 할아버지에게 맡겨서 세상 사람들이 모르도록 했다.

"손녀딸을 죽이고 나도 죽으려고 생각하기도 했다네. 정말 한심한 일이지."

할아버지는 찻종에 넘치는 술을 단숨에 다 들이켰다. 약간 목이 멨다. 유키치가 등을 쓰다듬었다.

"할아버지."

유키치는 할아버지의 귓가에 속삭였다. 하지만, 굵은 목소리는 나에게도 들렸다. "이봐요, 할아버지, 요시코를 내 색시로 줘요. 여자한테는 니비치(결혼)가 최고라니까."

"네놈한텐 못 줘."

할아버지는 가슴을 뒤로 젖혔다.

"어째서? 왜?"

"네놈은 변변치 않아. 모두가 군작업(軍作業)에 나가는데…… 그런 돈벌이 되는 일은 하지 않고…… 게으름뱅이 녀석이……"

유키치는 '전과(戰果)'를 올리는 것에는 수완이 좋았다. 하지만, 몇 번이고 MP와 CP[07]에게 잡히는 통에 요주의 인물로 찍혔다. 유키치와 공모하는 동료는 사라졌다. 큰돈을 며칠 밤 만에 탕진하는 버릇도 있었다. 그런데 나는 유키치처럼 스크랩을 줍는 것조차 하지 않는다. 적당한 일을 찾으면 일할 마음은 있다. 하지만, 빈약한 체력으로 군작업은 감당이 되지 않는다.

"그럼 일을 하면 될 거 아닙니까. 스크랩도 불발탄이 많으니 그만 손을 씻을게요. 뭐 죽는 것이 두려워서는 아니고. 그러니까 목돈이 들어오면……"

유키치는 병을 들고 할아버지에게 술을 권한다. 할아버지는 찻종을 들려고 하지 않는다.

"목돈이 들어오면 실컷 놀 테지. 아무 일도 하지 않고……"

"아무리 해도 니비치는 안 된다?"

유키치는 할아버지를 노려봤다.

"아암 그렇고말고."

할아버지도 노려본다. 유키치는 병 바닥으로 낮은 상을 두드렸다.

---

07 Military Police와 Civilian Police의 줄임말. CP는 일본의 패전 이후, 미군에 의해 임명된 오키나와 측의 치안유지 조직.

"그럼, 좋아! 그 대신, 요시코를 내가 사도 되겠지, 그 돈으로."

"뭐라고!"

할아버지는 상반신을 비틀어 유키치를 향했다.

"다시 한번 지껄여봐."

유키치는 천천히 술을 따라 마셨다.

"이놈."

할아버지는 유키치의 어깨를 잡았다. 하지만, 바로 뿌리쳤다.

"뭐가 나쁘다고 이래."

유키치는 손에 든 찻종을 주시한 채 말한다. "요시코는 우치난추 여자잖아. 어째서 우치난추 남자와 하면 안 된다는 겁니까. 어째서 아메리카나 조세나(조선인)와는 해도 된다는 거야. 거꾸로가 맞잖아. 거꾸로가 당연한 것이 아니냐고."

"뭐라고! 네 녀석은 언제부터 이렇게 추악해진 것이냐. 그런 놈은 짐승과 매한가지다."

할아버지는 유키치의 옆얼굴을 손으로 강하게 밀었다. 유키치는 미동도 하지 않았다.

"할아버지는 요시코와 껴안고 잔다며, 그런 소문이 퍼졌다고."

유키치는 입술을 악물었다. 나는 가슴이 몹시 뛰었다. 처음 들어본 소문이다.

"야나, 와라바!(이 악한 같은 놈!)"

할아버지는 유키치의 어깨와 얼굴을 잡고 일어섰다. 하지만, 바로 휘청대며, 바닥으로 거꾸러졌다.

"너 이놈 내 손녀딸에게 손을 대면 가만 두지 않을 테야."

할아버지는 일부러 다시 일어서려고도 하지 않고, 양손을 벌려 엎드려 누웠다. 한 발로 유키치의 허리를 찼다. 유키치는 뒤돌아 할아버지를 봤다.

"그럼 다시 그 조세나에게 요시코를 줘서 돈벌이를 하면 되겠네. 돈을 받아낸 후에, 그렇게 조세나가 좋으면 꼬드겨 보시죠. 바로 응할 겁니다. 조세나라면."

"이봐, 유키치!"

나는 뜻하지 않게 고함을 질렀다. 참을 수 없었다. "넌 지금 누구한 테 말하고 있다고 생각하는 거야."

유키치는 나를 향해 몸을 틀었다. 입술을 깨물고 있다. 뭔가 말하고 싶다는 기색이다.

"……나는 원래부터 반대였다고. 오키나와인의 수치야."

"그럼."

유키치는 낮게 억누른 목소리를 냈다. 아직은 차분하다. "오키나와 여자를 더럽힌 조세나는 수치가 아니란 소리야. 오키나와 여자라고 바보 취급을 받는데 참아야 하는 거야? 경찰에 말하면 그 녀석은 끝이었다고. 인정을 베푼 거잖아."

"아니야."

나는 말했다. 혀가 꼬였다. "경찰은 아무 것도 할 수 없어. 만천하에 까발리면 오히려 그 자가 군대를 데리고 와서 습격하지 말란 법도 없어. 그것도 생각해야해."

유키치는 엎드려 누워있는 할아버지를 내려다 봤다.

"할아버지는 아메리카가 무서운 거야? 아직도 목숨이 아까워? 예순 다섯 살이 됐어도 욕심이 나서 장수 하고 싶은 거야? 아니면 생활비가 없어지는 것이 무서운 건가? 할아버지."

"이봐!"

나는 낮은 상을 주먹으로 두드렸다. "너 지금 누구한테 말을 하고 있는 거야."

유키치는 찻종에 술을 따랐다.

"부러운 일이야. 그렇게 젊은 여자를 수중에 넣고. 아니면 여자 쪽에서 그렇게 하는 건가."

유키치의 귀싸대기를 날리고 싶은 충동이 끓어올랐다. 하지만, 유키치의 기묘한 표정을 알아챘다. 어렴풋이 눈물이 고인 것이 보였다. 내가 하루코와 섹스하는 것을 훔쳐봤다는 소문도 돌았다. 지금, 그 사실을 따져보고 싶었지만 입을 다물었다.

유키치는 자리에서 일어났다.

"그 조세나가 야반도주 하지 않을지, 감시하러 다녀올게."

"기다려. 기다리라고."

나는 엉겁결에 일어서려 했다.

"그 녀석에게 받아내는 돈은 친형제를 학살당한 변상금이기도 하다고."

유키치는 뒤돌아보자마자 속사포처럼 말했다.

"조선인이 죽인 게 아니잖아. 오히려 같은 편이었지."

나는 벼르다가 말했다.

"같은 편? 지금은 미국 편이잖아?"

유키치는 미군에게서 불하받은 군화에 발을 넣었다.

"유키치,"

할아버지가 누운 채 눈을 떴다. 유키치는 멈춰 섰다. "나는 손녀딸
이 가여워서 곁에 두고 잘 뿐이라네."

할아버지는 천정을 지그시 바라보고 있다. 유키치는 입을 다문채
로 나갔다. 나는 할아버지를 봤다. 나를 쳐다보고 있다. 바로 눈을 피
했다. 창으로 몸을 밀어 넣고 밖을 봤다. 할아버지가 곧 돌아갔으면
싶기도 하다가, 그와 밤새도록 이야기를 나누다 보내고 싶기도 했다.
바람이 불고 있다. 잡초가 술렁댄다. 아이들도 여자들도 없다. 반딧
불은 아직 있다. 땀이 밴 겨드랑에 느닷없이 냉기가 퍼졌다. 몸을 조
금 떨었다. 무슨 소리가 들렸다. 뒤돌아 봤다. 할아버지는 깡충깡충
뛰면서 목발을 집더니 밖으로 나갔다.

머리가 무겁다. 눈을 감아도 가볍게 현기증이 난다. 양쪽 관자놀이
를 손가락으로 강하게 누른다. 반쯤 열린 창문으로 쏟아져 들어오는
햇볕에 무수히 많은 쓰레기가 부유하고 있다. 목덜미와 팔뚝에서 땀
이 솟아나고, 돗자리에 흔적이 생기고, 땅콩 껍질이 붙어있다. 한 시
간 전에 눈을 떴다. 다시 몸을 뒤척였다. 네커치프를 두른 하루코가
창밖으로 보였다. 세탁을 하고 있는 것 같다. 방금 전에 미소시루 향
이 났다. 때때로, 하루코가 누나 같은 아내로 느껴질 때가 있다. 그렇

지만 처음 술집 '토미코(トミコ)'에서 일할 때는 자주 울곤 했다. 오열을 침대 시트로 억눌렀다. 나는 밤잠이 얕았다. 하루코의 등이 가볍게 경련을 일으키는 것을 며칠 밤이고 느꼈다. 모르는 척을 했다. 하지만, 마음은 괴로웠다. 하루코가 잠이 들어도 눈은 말똥말똥해서 동틀 녘까지 잠이 오지 않았다. 나는 그로부터 또 며칠 밤이 지난 후에 처음으로 알았다는 표정을 하고, 위로했다. 하루코는 나에게 매달려서, 괜찮아요, 하고 코를 훌쩍거렸다. 앉은 채로 오래도록 부둥켜안고 있었다. 그날 밤 이후, 좀처럼 울지 않았다. 하지만, 내게 달라붙어 자는 습관이 생겼다. 손님이 하루코에게 달라붙는 것을 떠올리면, 부아가 치밀었다. 미육군병원은 괜찮았다. 하루코가 열일곱, 여덟 살 무렵, 아는 사람을 통해서 삼 년이나 일하게 했다. 하지만, 해고당했으니 어쩔 도리가 없었다. 어차피 간호부 면허도 없었다. 오히려, 그곳에 오래 있으면, 미군의 하니(honey)가 되기 쉽다. 하루코는 이상할 정도로 침착하다. 나는 하루코의 핸드백 안이나 복장, 세탁물통에 들어있는 속옷에까지 주의를 한다. 하지만, 하루코가 도를 지나친 모습은 발견할 수 없다. 술에 취하지도 않고, 옷도 흐트러짐이 없다. 전쟁이 끝날 무렵, 요나바루(与那原) 들판의 작은 흙구덩이에서 검댕이가 묻어 더러워진 얼굴을 하고 있었을 때, 이미 하루코는 많은 것을 깨달은 것처럼 차분했다. 내가 준 고구마도 이상하게 천천히 먹었다. 하루코는 등을 돌리고 부엌을 닦고 있다. 강한 햇볕에 하루코의 양발 솜털이 흔들린다. 당신, 좋은 남자가 생기면 결혼해, 그러면 나도 아내가 있는 곳으로 돌아갈래, 라고 말하고 싶다. 지금까지 몇 번이

고 말하고 싶었다. 하지만, 말하지 못했다. 말할 수 없다.

나는 일어서서, 하루코에게 다가갔다. 하루코는 뒤돌아보고 미소 지었다.

"일어났어요. 좋은 아침이죠."

나는 고개를 끄덕이고, 하루코의 어깨에 손을 얹었다.

"미소시루. 데울게요."

하루코는 석유곤로에 성냥을 데려고 한다. 나는 제지했다,

"숙취가 있어서. ……할 일을 좀 하고 나서 하지."

하루코는 끄덕였다. 나는 하루코의 머리카락을 쓰다듬고, 칫솔과 비누를 들고 앞마당으로 나갔다. 한순간, 눈앞이 캄캄해 지고 괴롭다. 물탱크의 수도꼭지를 틀어놓고 빗물을 마시고 있던 아이가 허둥대며 도망쳤다. 아이들은 대나무나 나무 막대기를 들고 공방전을 펼치고 있었다. 그중 하나가 드럼통 위로 뛰어 올라갔다. 그러더니 바로 펄쩍펄쩍 뛰었다. 아이들은 맨발이었다. 드럼통은 햇볕에 탄 것처럼 보였다.

나는 차만 마시고 밖으로 나갔다. 하루코에게 이발비를 좀 많이 받았다. 조선인과 이번 일요일에 만나, 그리고 돈을 받는다. 깔보이면 안 된다. 두툼한 수건으로 땀을 닦으면서 걸었다. 적란운이 지표에 털썩 얹혀있는 것처럼 보인다. 열기가 내려와 초목과 전선도 시들시들 해보였다. 밀짚모자로 얼굴을 가렸다. 아는 사람과 만나는 것은 질색이었다. 기와 조각과 자갈이 구석에 정리돼 있다. 휑뎅그렁한 광장이 많았다. 전쟁 전의 길도 확실히 남아있었다. 먼지투성이 하얀

길에 떨어지는 그림자는 짧다. 크고 작은 총탄 구멍이 나있는 오래된 콘크리트로 지어진 이층 건물 빈집을 햇빛가리개로 삼아 합동버스를 기다렸다. 비스듬하게 맞은편의 파괴된 콘크리트 건물에서 휘어진 철근이 몇 개나 튀어나와서, 그 가운데 한 철근 끝에 콘크리트로 만든 십자가가 휘어진 채 달라붙어 있다. 요시코는 그 교회의 상록교목 나무그늘 그네에 곧잘 올라탔다. 전쟁 전, 요시코는 크리스트교 신자였던 젊은 양친을 따라 교회에 갔다. 나뭇가지가 흔들리고, 흰 원피스는 옷단이 걷어 올려졌다. 광택 있는 흑발은 꽤 길었다. 이웃에 치과 의원이 있었다. 나는 치료를 받으러 다녔다. 요시코는 그 무렵, 소학교 5, 6년 때, 피부가 희고 살집이 통통했다. 어느 한 여름날 오후, 우리 집 뒷마당 사야인겐(꼬투리채 먹는 강낭콩) 시렁 옆에서, 옆집 개구쟁이 아이가 요시코의 팬티를 내렸다. 나는 제지하지 않았다. 동그란 엉덩이가 묘하게 요염해 보였다. 아카바나[08] 담 너머로 본, 태양빛에 노출된 요시코의 엉덩이를 나는 지금도 선명하게 기억해 낼 수 있다. 개구쟁이 아이는 전쟁에서 죽었다. 내가 외아들을 잃은 증오나 슬픔은 신기하게도 희미해져 가고 있다. 쓰루를 잊으려고 하고 있기 때문임이 틀림없다. 5톤 트럭에 덮개를 씌운 합동버스가 왔다. 나는 손을 들고, 흙먼지 가운데 눈을 가늘게 뜬 채로, 짧은 사다리를 올라갔다. 긴 의자에 앉았다. 배기가스가 날아들었다. 노인이나 아이를 동행한 중년 여자나 GI모자를 쓰고 선글라스를 낀 젊은 남자도 있

---

08 하이비스커스, 부용 비슷한 서양꽃.

다. 알지 못하는 사람들이다. 미군 시설에는 일률적으로 흰 페인트를 칠해 놔서, 눈을 찌른다. 시내 각 버스 정류장에 "스트립 라이오키(米沖), 국제극장에서"라는 간판이 서있다.

버스에서 내렸다. 노점 대야 물속에 잠겨있던 바야리스(과즙) 주스를 마셨다. 시장통 뒷골목으로 들어갔다. 할아버지 집은 오래된 나무 토막을 겹으로 붙여, 미군에서 불하받은 텐트커버로 얇은 지붕을 덮었다. 바로 옆 시궁창 개울에는 쓰레기가 쌓여서, 물이 거의 흐르지 않았다. 문이 닫혀 있다. 뒤로 돌아갔다. 우물가에서 요시코가 세탁을 하고 있다. 허벅지가 눈에 들어왔다. 희고, 부드러워 보였다. 격자무늬 브라우스 버튼이 풀어져, 볼륨 있는 앞가슴이 보였다. 나는 눈을 돌렸다. 요시코는 예전의 나를 기억하지 못하지만, 계속 바라보는 것은 마음이 켕겼다. 검고 긴 머리가 젖어있다.

"할아버지 있니?"

하고 나는 물었다. 그제서야 요시코는 고개를 들었다. 온화한 눈은 갓난아기와 다를 바가 없다. 나는 가까이 다가가 다시 한 번 물었다. 요시코는 자리에서 일어나, 손가락으로 가리키고, 그곳 뒷문을 향해 잰걸음으로 뛰어가 모습을 감췄다. 나는 창가로 가서 안을 들여다봤다. 어스레한 부엌이었다. 외발을 한 할아버지가 자신의 나체를 닦고 있다. 판자로 만든 벽 갈라진 틈으로 들어간 빛이 할아버지의 하반신을 드러내고 있었다. 나는 바로 눈을 돌렸다. ……요시코는 목욕을 끝낸 것 같았다. 할아버지는 요시코의 전신을 닦아준 것이 틀림없다. ……유키치가 말했던 것처럼 정말로 잤는지도 모른다. ……유키치는 할아버지는 물론이고 나에게도 질투하고 있다. 내겐 하루코가 있다. 요시코는 외발에 보기 흉한 할아버지에게 조금도 반발하지 않는 것일까? ……요시코는 매춘부가 돼버린 것이다, 예전과는 달라졌다…….

할아버지는 문을 닫고, 나를 불렀다. 할아버지 뒤에 요시코가 서있다. 나는 돗자리에 앉았다. 사 조 반, 방구석에 빈 일 홉 술병이 있다. 차를 마시라고 했다. 나는 정말 목이 마르기도 했으나, 친밀감을 표시하기 위해 세 잔을 연거푸 마셨다.

"읍내에 무슨 용건이라도 있었나?"

할아버지는 찻종을 주름투성이에 옹이가 많아서 울퉁불퉁한 양손으로 연신 문질렀다.

"이발이라도 하려고 나왔죠."

나는 아무렇지도 않게 말했다. 하지만, 요시코의 알몸이 찻종처럼 문질러진다고 생각하자, 마음이 착잡했다. ……요시코는 소녀인 채로 죽는 편이 좋았다……. 유키치라면 나보다 몇 배나 더 화가 치밀 것이라고 생각하니 마음이 편안해 졌다. 요시코는 할아버지 뒤에서 무릎을 꿇고, 가는 손가락으로 스커트를 집고 있다.

"천천히 있다 가게."

할아버지가 말했다. 잠시 동안 침묵이 흘렀다. 차를 훌쩍대는 소리만이 났다. 어색한 분위기가 감돌았다. 할아버지는 기어서 찬장을 열고 아와모리 삼 합 병을 꺼내 들었다. 반 정도 남아있었다.

"조금 마시고 가."

할아버지는 나를 봤다. 나는 고개를 저었다. 할아버지는 차를 다 마시고, 술을 따라 마셨다. 나는 무료해졌다. 야자수나무 부채로 목덜미를 부쳤다. 할아버지는 네댓 잔 마셨다.

"젠장, 한 잔이라도 마시라고. 내가 주는 술은 안마시겠다는 게냐. 병신이 주는 술은 썩기라도 했냐."

취했을 리가 없다고 나는 느꼈다. 취한 척을 하는 것이다.

"그럼 한 잔만. 머리를 깎으러 가야 해서요."

나는 앞으로 내민 술병 입구에 찻종을 가까이 내밀었다.

"차 앙금은 창밖에 버리게."

할아버지의 손은 떨리고 있다. 나는 참고 차 앙금을 목구멍으로 흘려버리고, 뜨거운 물기를 세게 훔쳤다. 술은 흘러넘쳤다. 나는 바로 훌쩍대며 마셨다.

"조세나 덜떨어진 놈!"

할아버지는 혀를 강하게 찼다. 나는 요시코를 봤다. 여전히 스커트를 손으로 쥐고 있다. 입술이 닫히고, 눈도 꿈쩍도 하지 않는다. 할아버지는 내 시선을 따라왔다.

"덜떨어진 것은 요시코가 아니지."

나는 허둥대며 눈을 놀리고, 술을 마셨다.

"요시코가 강제로 당했다니……아직도 울분이 가라앉질 않네. 그런 조세나에게……바보 취급을 당하고 참을 수 있나. 내말이 틀린가?"

나는 연거푸 고개를 끄덕였다. 하지만, 그것이 할아버지의 진심이 아니라고 생각했다. 요시코는 매춘부가 아닌가, 매춘부로 만든 것은 할아버지 자신이 아니냔 말이다.

"……그놈은 원한이 있는 게야. 내 동료들이 작살로 찔렸으니까. 집요한 성격이라고 하니……우리도 우군에게 위협을 받았었지만……"

할아버지는 술을 든 채로 중얼거렸다. 찻종이 기울어 술이 흘러넘쳤다.

"찔렀단 말이죠? 그 사내를."

"그 녀석이 아니야. 다른 놈이야. ……그놈들은 인간이 아니야. 돈을 아무리 뜯어낸들 괜찮아."

"손해배상금을 받아내는 것은 법률로도 인정돼 있습니다."

나는 말했다. 하지만, 무언가 떳떳하지 못한 기분이 들었다. 돈을 삼등분 하자고 제안한 것은 나였다. 그때, 할아버지는 의외라는 듯이 나를 응시했다. 할아버지의 그 눈빛은 지금도 선명하다. 저 조선인을 죽여 버린다면 ……하고 한순간, 나는 생각했다. 모든 것이 불식될 것 같은 기분이 들었다……그 집 가구만으로도 상당한 액수다. 유령주택에서 혼자 사는 조선인을 죽여도 누구도 눈치 채지 못할 것이다. 나는 몸을 떨었다.

"……돈을 내놓지 않으면 그 자를 죽이고, 나도 요시코와 함께 죽을 테야."

할아버지가 중얼거렸다. 나는 얼굴을 들었다.

"낼 겁니다. 안 낼 이유가 없습니다."

할아버지가 죽으면 요시코를 거둬도 좋겠다고 생각했다. ……어쩌면 유키치가 강탈해서 매춘업소에 팔아넘기지 말란 법도 없다. ……내가 할아버지라도 역시 요시코를 죽이고 자살할 것 같다.

"네 생각에도 유키치에게 요시코를 시집보내는 것이 좋다고 생각하냐?……외다리에 아무 것도 못하는 놈 손녀딸 따위, 제대로 된 곳으로 보내지는 못 할 테지……내가 죽으면, 유키치가 요시코를 제대로 돌봐준다는 보증을 넌 할 수 있겠어?"

이 할아버지는 내 속마음을 간파하고 있는 것 같다. 어쩐지 으스스한 기분이 든다.

"할아버지는 장수할 겁니다. 아니 하지 않으면 안 됩니다."

"발만 제대로 쓰면 후루가니고야(고물상)나 빈고야(폐병팔이) 무슨 일이든 할 텐데. 나이도 그렇게 많지 않아."

양발이 다 있는 나를 책망하고 있음을, 할아버지의 번뜩이는 눈매를 보고 느꼈다.

"할멈만 살아 있었어도……"

넋두리가 이어진다. 나는 엉겁결에 자리에서 일어섰다.

"이제 이발소에 가야겠어요. 할아버지."

"좀 더 마시고 가, 젠장, 이발소는 바로 옆에 있다고."

할아버지는 술을 따랐다.

"그게 아니라 아는 사람이 하는 곳에 가보려고 합니다."

나는 거짓말을 하고, 늘어 붙으려는 할아버지를 물리치고, 재빨리 게타를 신었다.

"그럼 일요일에 뵐게요."

말을 마쳤는데도 할아버지는 뒤돌아보지 않는다. 차색의 마른 개가 짖는다. 나는 뒤돌아 봤다. 문 앞에 선 요시코가 울음을 터뜨렸다. 몸을 웅크리고 있다. 나는 기왓장 파편을 개에게 집어 던졌다. 개는 도망쳤다. 요시코는 허둥대며 집 안으로 들어갔다. 나는 이발소를 찾아서 마을을 헤매 다녔다.

태양도 적란운도 굳어져 있다. 백단향 나무그늘에 앉아있어도 한순간, 눈앞이 어두워진다. 도로변에 더러워진 잡초나 잡목이 바람에 흔들리고 있다. 나는 바지 옷자락의 먼지를 세게 털어냈다. 약속한 두 시까지는 아직 십오 분 정도 남아있다. 시간이 되기도 전에 방문하는 것은 마음이 내키지 않아서, 나는 초조해 하는 유키치를 말렸다. 백단향 하얀 나무껍질에 붙어있던 말매미가 아우성쳐대고 있다. 조선인 집 안으로 들어갈 수밖에 없다고 느끼고, 발을 수건으로 훔쳐냈다. 역시, 양말과 구두를 신고 오는 편이 좋았다.

"일 엔도 빼주면 안 돼. 오늘은 꼭 받아내야 해. 응, 응."

주변을 살펴보던 유키치가 몸을 굽혔다.

"꼴사나우니 그냥 좀 앉아있어."

나는 유키치를 노려봤다. 하지만, 바로 눈을 피했다.

"돈이 없다고 하면 물건을 뺏어버려야지. 내다팔 곳은 얼마든지 알고 있어. 그치, 할아버지."

유키치는 허리를 펴고, 백단향 작은 가지를 꺾었다. 매미 두세 마리가 날아올랐다.

"……소중한 손녀딸을 엉망진창으로 만들어놓고……"

할아버지는 혼잣말을 하듯이 중얼거렸다. 돈을 받아내는 것이 정당하다는 것을 자기 자신에게 설득하고 있다.

……이미 엉망진창이 돼 있었지 않은가. 할아버지는 다소 술기운이 돌아서 안구가 충혈돼 있다.

"맞아요. 할아버지."

유키치는 물어 끊은 백단향 잎사귀를 뱉어냈다.

"그 조세나는 가난한 사람들 여자를 인간이라고 생각하지 않는 거야……뭉칫돈을 우려내지 않으면 안 돼. 그러면, 요시코를 술손님 상대로 내보내지 않아도 되니까."

"…………"

"우려낸 돈으로 요시코에게 좋은 것을 사주고, 제대로 된 음식을 먹일 거야. 할아버지가 이제 한 평생 가능한 것은 이것밖엔 없어."

"얼빠진 녀석!"

할아버지가 목발을 잡고, 유키치를 때리려고 했다. "나는 요시코 대신에 이걸 하고 있을 뿐이야. 나를 위해서가 아니야. 돈을 우려낸다는 말은 다 뭐야."

"얼빠진 녀석이 다 뭐예요. 누가 그런 걸 가르쳐 준거야."

"입 좀 다물어!"

나는 밀짚모자를 뒤집어쓴 후, 게타에 발을 넣고 일어섰다.

"가자."

유키치와 할아버지는 둘 다 야자수 삿갓을 썼다.

우리들은 문 앞에서 멈춰 섰다. 아카바나가 흐드러지게 펴있다.

"그 녀석 외에 또 누가 있는 건 아니겠지?"

할아버지가 나를 봤다. 나는 끄덕여 보였다. 우리들은 문으로 들어갔다.

"미군은?"

유키치가 말했다. "할아버지는 아직도 목숨이 아까워? 그보다 그 녀석이 집에 얌전히 있을지 그게 문제라고."

할아버지는 무언가 말하기 시작했다. 하지만, 개가 짖었다. 커튼이 걷히고 조선인이 나타나, 개를 제지했다. 조선인의 장발이 이마에 늘어져 있다. 생각 탓인지 수척해 보였다. 흰 깃을 헤쳐 젖힌 셔츠를 입었기 때문인지도 모른다.

"자 들어오시죠. 어서."

조선인은 입언저리를 움직였다.

"실례합니다."

나는 게타를 벗었다. 나머지 둘에게도 들어오라고 조선인은 권했다. 둘은 망설이다 집으로 들어서려 했다. 나는 눈짓을 해서 고개를 옆으로 저었다. 둘은 문가 통로에 앉았다. 나는 유키치의 더러워진 발이나, 할아버지의 외발을 보여주고 싶지 않았다. 나는 커다란 소파에 안내 받고 앉았다. 가구는 생각보다 적었지만, 외국제 고급품이었다. 조선인은 콜라와 미국 과자, 그리고 호두를 권했다. 나는 목이 말랐지만, 콜라를 잔에 따라서 한 모금 마시고, 조금 있다가 다시 한 모금 마셨다. 유키치는 단숨에 다 마셨다. 조선인은 담배를 피우기 시작했다. 묘하게 조용한 얼굴이다. 그의 눈가는 외겹으로 위쪽으로 째져 있지만, 시원스러워 보이는 눈동자를 하고 있었다. 나는 그것을 훔쳐봤다. 조선인은 얼굴을 조금 기울여, 앞뜰을 보고 있다. 대나무 숲 잎들이 스치며 내는 소리가 매미 소리에 섞여서 소란스럽다. 이 조선인은 복수를 생각하고 있는 것은 아닐까. 조선인은 말을 꺼내지 않았다. 답답해졌다. 당신은 왜 돈을 받으러 온 것인가, 당신과는 아무런 관계도 없는 일이 아닌가. 조선인에게 얕보이고 있다는 기분이 든다. 둘 앞에서 당당하지 않으면 안 된다. 나는 등줄기를 세웠다. 유키치도 안정이 되지 않는 것 같다. 주먹을 꽉 쥐었다, 폈다 하고 있다. 조선인은 할아버지에게 한마디도 사과하지 않는다. 요시코를 정말로 겁탈했는가? 스커트나 속옷이 흐트러졌다고 할아버지는 말했다. 하지만, 미수였을지도 모른다. 그 후에 정말로 범한 것은 유키치인지도 모른다. 처음으로 셋이서 모인 밤, 유키치가 범행 상황을 위세 좋게 지껄여 댈 때도 나는 신용하지 않았다. 하지만 애써 믿어보려 했다. 지금도 나는, 이 조선인이 요시코의 몸을 빠짐없이 핥고, 여기저기를 만졌다고 생각했다. 그러자, 이상하게 안정이 됐다. 나는 콜라를 타액과 함께 마셨다. 이렇게 가엾은 여자를 겁탈하다니……나는 요시코의 이런저런 어릴 적 그리운 추억을 떠올려서, 조선인을 경멸하려고 노력했다. 하지만, 요시코의 흰 육체가 조각난 채로 떠올라 통합된 이미지를 떠올릴 수 없었다. 작정하고 물어보자고 생각했다. 어째서, 당신은 요시코를 범했는가, 하고. 유키치가 별안간 일어나서 앞뜰을 걸어 다녔다. 대숲 앞에 둥근 콘크리트로 가장자리를 만든 우물이 있었다. 잡초에 둘러싸여 몇 줄이나 잔금이 가있는 오래된 우물이다. 유키치는 그 주변에서 두레박을 찾았다.

"그 물은 마실 수 없습니다."

조선인이 앉은 채로 말을 걸었다. "같은 것으로 괜찮으시다면, 드리겠습니다……"

조선인은 콜라를 세 병 꺼내왔다. 나는 유키치를 지긋지긋하다고 생각했다. 하지만, 덕분에 긴장이 끊겼다.

"어째서, 마시지 못하죠?"

나는 물어봤다. 마침 일어선 조선인은 대답하지 않고, 책상 서랍을 열고 가로쓰기용 봉투를 꺼냈다.

"약속한 것입니다."

봉투를 테이블 위에 놓았다. 순간 할아버지와 유키치가 눈을 마주했다. 씨익 움직이는 유키치의 입가를 조선인이 눈치 채지 않았을까, 나는 신경이 쓰였다. 나는 지폐 다발을 꺼내서 세야 할지 말지 망설였다. 손가락으로 무심한척 두께를 쟀다.

"그럼, 그 아이의 할아버지에게 확실히 전해 주겠습니다. 그 할아버지는 표준어를 잘 말하지 못해서, 제가 함께 왔던 겁니다. 집이 근처기도 하지요."

나는 조선인의 얼굴을 제대로 볼 수 없었다.

"그러십니까. 수고 하십니다."

조선인은 연기를 뱉어냈다. 속마음을 꿰뚫어보고 있는 것 같은 기분이 들었다. 빨리 돌아가고 싶다. 먼 오키나와 구석까지 끌려온 조세나가 아니냐, 당신은! 나는 마음속에서 반복했다.

"……그럼 실례하겠습니다."

나는 목소리에 힘을 실었다.

"그러십니까."

조선인은 작게 끄덕였다. 나는 게타에 발을 넣었다. 할아버지와 유키치는 앞서 걸어갔다. 뒤돌아보지 않았다. 조선인이 내 귓가에 대고 말했다.

"다음 일요일에 혼자 와주시지 않겠습니까. 드릴 말씀이 있습니다만……"

나는 아연히 조선인을 바라봤다.

"부탁드립니다. 오늘하고 같은 시간에……"

조선인은 속삭였다. 할아버지와 유키치가 돌아보는 기색도 느껴졌다. 나는 수긍했다. 개를 피해 잰걸음으로 둘을 따라잡았다. 그가 무얼 의도하는 것인지 납득이 가지 않는다.

유키치는 할아버지 앞으로 가는 것 같더니, 바로 다시, 할아버지와 가까워지고, 다시 발걸음이 빨라져 앞서갔다. 목발로 버티는 할아버지의 양팔 힘줄이 모인 부위에 혈관이 드러나 보였다. 유키치는 돌을 찼다. 피어오른 먼지가 내 얼굴로 날아들었다. 유키치가 돌아봤다.

"좀 더 돈을 뜯어낼 수 있지 않았을까."

"더 이상 떠벌리지마!"

나는 유키치를 노려봤다.

"내가 봤잖아. 내가 봤으니까 이렇게 돈을 받게 된 게 아니냐고."

"…………"

"도와주지 않았어도 나 혼자 흥정할 수 있었다고."

"그래. 그럼 왜 부탁을 하러 왔지. 머리를 숙여서 부탁했던 건 누구야."

나는 가슴이 메슥거렸다.

"할아버지가 자기 맘대로 가자고 한거라고."

유키치는 할아버지를 봤다. 할아버지는 지면을 응시한 채, 앞서 갔다.

"넌 어째서, 요시코를 도와주지 않았던 거야? 가라데를 하잖아?"

"그 조세나가 피스톨을 갖고 있다고 생각해서야."

유키치는 할아버지 바로 뒤에서 걸었다. 할아버지의 쥐색 바지 뒤 포켓에 구겨져 들어가 있는 봉투 앞부분을 유키치는 보고 있다. 일부러 할아버지는 돈을 아무렇게나 다루고 있는 것이라고 나는 생각했다. 긴네무 잎사귀 뒤에 매미의 허물이 달라붙어 있다. 할아버지는 몇 번이고 멈춰서 숨을 골랐다. 어째서 이런 외다리에 늙다리까지 데려오지 않으면 안 됐단 말인가. 아니, 할아버지가 허락하지 않았을 것이다. 돈을 슬쩍 훔쳐가지 않을까 하고 걱정을 했던 것이다. 할아버지는 대만 상사수(相思樹)[09] 줄기에 기댔다. 나는 손을 빌려줬다.

---

09 대만 아카시아. 필리핀 원산의 콩과의 상록 관목이다.

할아버지는 앉았다. 우리들도 앉았다. 땅에 떨어진 검은 잎 그림자가 술렁거리고 있었다.

"나누세."

할아버지는 봉투를 꺼내들었다. 우리들은 지폐가 바람에 날아가지 않게 신경 쓰며 옹기종기 모여 앉았다. 할아버지는 지폐를 셌다. 유키치가 침을 삼켰다. ……쓰루와 하루코를 편안하게 해 줄 수 있다. 쓰루는 갑자기 나이를 먹은 것처럼 보였다. 모발에 윤기가 없어졌다. 손은 부르터서, 여자 손이라고 믿을 수 없을 정도였다. ……요시코의 복수도 해줬다. ……조선인은 돈을 내고, 후련했을 것이 틀림없다. 할아버지는 돈을 삼등분 했다. 오 천 엔씩 몫이 나뉘었다. 나는 돈을 세지 않고 주머니 깊숙이 찔러 넣었다. 유키치는 손가락에 침을 묻혀서 지폐를 셌다.

"조세나가 시치미를 잡아떼면 내가 가만히 안 있으려고 했는데……"

우리들은 잠시 입을 다물었다. 점차로 시원한 공기를 느꼈다. 젖은 겨드랑이와 등짝이 기분 나쁘게 느껴졌다.

"역시 얼마 안 되잖아. 다음에는 요시코를 데리고 가자고. 어차피 조세나는 나쁜 일을 해서 돈을 모으고 있다고,"

"넌 제대로 된 일을 찾아. 아직 젊잖아."

나는 엉겁결에 뱉어버렸다. 그런 넌 어떻고? 하고 반론을 당할 듯한 기분이 들었다.

"그런 바보 놈들에게 명령을 당하고 살 것 같아. 겨우 오 백엔 정도

급료를 타려고."

"……너희들은 먼저 돌아가."

할아버지의 얼굴은 이상하게 찡그리고 있었다. 무언가 말하면 바로 울며 아우성쳐댈 것 같다. 나는 수긍하고 일어섰다. 유키치는 무언가 말하고 싶은 것 같았지만, 긴네무 잔가지를 꺾고, 손바닥을 맞부딪치며 걷기 시작했다. 나는 발걸음을 늦췄다. 유키치와 떨어지고 싶었다. 할아버지를 뒤돌아보지 않았다.

나는 비탈길 도중에 자전거에서 내려 밀고 올라갔다. 땀이 갑자기 배어 나왔다. 겨드랑이에 코를 댔다. 뿌려둔 하루코의 향수 향기는 아직 사라지지 않았다. 긴네무 숲에 차단돼 바람은 약하다. 나는 조선인의 의도를 아직도 알아내지 못했다. 하루코에게는 다 털어놓고 말하고 싶었다. 조선인에게 살해당하는 것은 아닐까……라고 생각하자 하루코가 몹시 그리워졌다.

전쟁 때 보던 광경은 여전히 생생하다. 중년의 조선인은 울고 아우성치며, 두 손 두 발을 뒤에서부터 잡고 있는 오키나와인의 손을 풀려고 날뛰었다. 조선인의 마르고 벌거벗은 가슴을 총검으로 천천히 문지르던 일본 병사가 갑자기 엷은 웃음을 거두더니, 스파이라고 하며 이를 갈았다. 그 직후에 조선인의 가슴팍 깊숙이 총검을 꽂고, 심장을 도려냈다. 나는 눈을 굳게 감았지만, 그 기계가 삐걱대는 듯한 조선인의 목소리는 지금도 귓가 깊숙이에서 되살아난다.

나는 머리를 흔들었다. 턱에 고인 땀이 떨어졌다. 아니, 다시 한 번 돈을 뜯어낼 수 있을지도 모른다. 할아버지와 유키치에게는 비밀로 하자. 조선인은 누설하지 않을 것이다. 이유 없이 자전거 벨을 울렸다. 요시코? 아 그 아사토 할아버지 손녀요. 그 아이, 최근에 가게에 나오지 않는 모양이에요. 어딘가 아픈 것이 아닌가 몰라요. 하루코는 바닥에 걸레질을 하다 손을 멈추고 나를 올려다봤다. 하루코가 일하는 가게와 요시코 가게는 이웃하고 있다. 그저께 일이다. 그 전날에는 유키치와 집 근처 잡화점에서 만났다. 우리들은 코카콜라를 마시는 동안 서서 이야기를 나눴다. 나는 할아버지가 어쩌고 있는지를 물었다. 만나러 갔는데 말이지, 날 아무리 해도 안에 들이지 않아서, 당신도 안 들인다고 하던데, 근처에 도는 소문에는 사람들 앞에서 보란 듯이 돈을 함부로 쓴다고 하던데……밥도 레스토랑에 가서 먹고, 양복도 비싼 것을 사고……그래도, 얼굴은 바꿀 수가 없으니 어째요, 하고 나는 창문에 대고 큰 소리로 말해줬지, 너무 사치하는 거 아닙니까, 요시코가 니비치 갈 돈도 조금은 생각하라고요, 실제 모아두면, 나한테 니비치 시켜도 좋다고……그러자, 할아버지는 창 너머 나한테 찰싹 붙더니, 나는 세상 사람들한테서 뒷손가락질을 받고 싶지 않아, 하며 이를 갈 듯이 말하지를 않겠어. 이유도 알 수 없고, 눈빛도 이상해서, 나는 그대로 돌아왔어……나는 할아버지에게는 그다지 관심이 없다는 기색을 하고 너도 제대로 가정을 이루고 살 궁리를 하라고 유키치에게 말하고 헤어졌다. 몇 걸음 가지 못했는데 유키치가 나를 멈춰 세웠다. 요시코는 할아버지 때문에 가게에 나가지 못한다고 하던데. 요시코는 밤만 되면 가게에 가고 싶어서, 화장을 한 채로 울고 있다고 하더라고. 유키치는 좌우로 어깨를 흔들면서 시야에서 사라졌다.

유키치가 나하(那覇) 어느 술집의 젊은 여자와 동거를 시작한 모양이다. 오마미오오시마(奄美大島) 출신의 키가 크고 마른 여자라고, 하루코가 말해줬다. 쓰루에게 장가를 보낼 기회를 잃어버렸다. 이제 내가 있는 돈을 다 모아줘도 유키치는 승낙하지 않을 것이다. 나는 너무 주저했다. 이를테면 무얼 어떻게 하면, 효과가 있을까 하고 지나치게 깊게 생각했다. 나는 조선인에게서 돈을 받아낸 날 이후, 줄곧 생각하고 있었다. 아내와 헤어질 것이라고 단도직입적으로 말하고, 아내는 상당한 금액을 모아두고 있는데다 살결도 부드러워 안을 때 느낌이 좋다고 유키치에게 넌지시 내비치려고 생각하고 있었다. 쓰루에게 그 돈을 전부 주면 호적을 빼줄지도 모른다. 하지만, 유키치가 기다려 줄 것인가? 기뻐하며 일단 승낙을 하겠지만, 그 오오시마 여자와 함께 도망칠지도 모른다.

나는 자전거를 세우고, 긴네무 줄기에 소변을 갈겼다. 갑자기, 뿌리 부근에서 포탄 파편을 발견했다. 파내 보니, 주먹보다 네 배는 컸다. 자전거로 나르려고 해봤지만, 원래 있던 곳에 파묻고, 작은 돌로 쌓아서 감췄다. 조선인이 발견하는 것이 싫었다. 장소를 틀리지 않기 위해서 긴네무 두 줄기를 꺾었다.

마침내 비탈길을 다 올라갔다. 바람이 전신을 스쳐간다. 요시코와 유키치를 결혼시키고, 할아버지와 쓰루를 결혼시키면, 어떨까 문득 생각했다. 불가능하지는 않다. 나는 엉겁결에 자전거에 걸터앉아 벨을 네다섯 번 울렸다. 그러자 아이들이 옆에 있는 긴네무 나무를 헤치고 나왔다. 소학교 학생처럼 보이지만 발걸음은 묵직했다. 남자 아이가 셋, 여자아이가 하나. 모두 마대(麻袋)를 매고 있다. 토끼 사료나, 스크랩을, 혹은 두 개 다 줍고 있는 것처럼 보였다. 누구도 말을 하지 않은 채, 일제히 눈이 개개풀린 충혈된 눈알로 나를 올려다 보다 그대로 비탈길을 내려가기 시작했다. 여자 아이의 짧은 스커트에서 삐져나온 헐렁헐렁한 팬티는 더러워져 있었다. 저곳 긴네무 나무를 꺾지 말 것을 그랬다. 지나치게 눈에 띈다. 언덕의 급하게 꺾이는 길모퉁이에서 아이들 모습은 사라졌다. 나는 자전거로 내달렸다. 밀짚모자가 날아갈 것만 같다.

어젯밤은 잠들기 어려웠다. 무더웠다. 나는 몇 번이고 잠에서 깨 일어나, 모기장에서 나와 차를 마셨다. 조선인은 예전의 나를 기억하고 있는 것 같은 기분이 든다. 예전 그 조선인의 얼굴이 천정에 떠오르기도 했다. 어떻게 해서 출세를 한 것일까? ……조선인과 얼굴을 마주 보고 나는 옛날의 당신을 알고 있다고 말하면 득을 볼지도 모른다…… 아무도 구해주지 않았었다. ……어째서 요시코를 덮친 것일까? 꼬리에 꼬리를 물고 이런저런 사념이 소용돌이 칠 것 같은 예감이 강해졌다. 나는 하루코를 흔들어서 잠옷의 가슴부근을 열었다. 하루코의 유방은 땀이 배어 내 손이 미끄러졌다. 하루코는 졸린 듯 한마디 말했지만, 내 손길에 응해서, 내 목덜미와 등을 문질렀다. 돈을 전부 갖고 나하(那覇)로 가서, 하루코와 단 둘이 작은 요리집을 시작하면 어떨까 생각했다.

조선인은 툇마루 쪽에서 기다리고 있다. 나는 가볍게 인사를 했다. 조선인도 인사를 받고, 칸나 군생(群生) 쪽으로 눈길을 돌렸다.

"이 꽃은 무더위 속에서도 매우 빨갛군요. 지나치게 붉어요."

나는 하리망당히 수긍했다.

"석 달 전부터 피어 있습니다. 가랑비에 젖어서……저는 똑똑히 기억하고 있습니다……자 어서 들어가시죠."

셰퍼드는 없었다. 나는 전에 앉았던 곳에 또 앉았다. 바람이 통과해 나갔다. 조선인의 긴 머리카락이 얼굴을 덮었다. 나는 다른 사람을 보고 있는 듯한 기분이 들었다. 조선인은 부드럽고 조금 불그스름한 빛을 띠는 머리카락을 양손으로 쓸어 올리고, 내게 담배를 권했다. 나는 그것을 받아들고, 라이터로 붙여주는 불을 받았다. 나는 평소에 담배를 태우지 않는다. 군침을 삼켰다. 밖에 나가기 전에 차를 충분히 마셔서 목이 마르지 않게 주의를 했지만, 차가운 콜라가 있으면 했다. 담배 연기는 금방 바람에 날려 밖으로 날아가, 흩어졌다. 조선인은 가만히 나를 보고 있다.

"……오늘은 마음 편히 맥주라도 마시면 어떠신지요?"

나는 뜻하지 않게 수긍했다. 조선인은 일어섰다. 속마음을 들여다보였다. 하지만, 마시면 긴장도 풀어지는 법이다.

"저 대숲은 밤에 매우 떠들썩합니다."

내가 앞마당에 시선을 향하고 있자, 조선인은 미국산 맥주 캔 두 개를 테이블에 올려놓고, 뚜껑을 땄다.

"시끄러워서 저는 요 세 달 간, 밤중에 하루도 눈을 떠보지 않은 적이 없습니다……어서 드시죠.”

조선인이 한 입 마시는 것을 보고, 나도 삼분의 일 정도를 단숨에 들이켰다. 조선인의 눈꺼풀에는 붉은 기가 감돌고, 부어올라 있는 것처럼 보였다.

“……혼자서 사십니까?”

나는 말했다. 아무런 말도 하지 않는 것은 갑갑했다.

“그렇습니다.”

조선인은 담배를 재떨이에 뭉개어 끄고, 다른 담배에 불을 붙였다.

“괜찮으십니까?”

애매하게 물어봐서, 뭐가요? 하고 반문을 당할 것 같은 느낌이 들었다. 조선인은 입술 가장자리를 찡그렸다.

“이 집에 유령이 나온다는 소문이 있죠? 괜찮습니다. 아마도 조선인 앞에서는 둔갑하지 않는 것 같습니다. 이 마루 아래에 묻었다는 것 같아요. 두 명의 일본군은……여기서 주무시고 가시지 않으실래요? 나올지도 모릅니다……오키나와사람 손에 괭이랑 낫으로 갈기갈기 찢겨졌다고 하니까요.”

나는 대답할 말이 없어서, 맥주에 입을 갖다 댔다. 자고 가면, 오히려 이 조선인에게 살해당할지도 모른다. 미군 엔지니어 중에는 피스톨을 갖고 있는 사람이 많다. 나는 누구한테도 이 집에 온다는 말을 하지 않았다. ……아까 만났던 아이들이라면 알고 있을 지도 모른다…… 테이블에 올려 진 조선인의 팔은 털이 적고, 근육은 긴장돼 있었다. 하지만, 어딘지 모르게, 언행은 부드럽다.

"미군 엔지니어 대부분은 철망 안 미군 하우징에 살고 있지 않나요?"

나는 말했다. 조선인이 눈을 감고 있는 것이 어째 으스스하다. 조선인은 바로 눈을 떴다.

"저한테 그런 곳은 어울리지 않습니다……그렇지만, 이 집도 토지도 제 것이란 느낌은 안 듭니다. 사긴 했습니다만……뜰에도 잡초가 제멋대로 자라있지요."

나는 앞뜰을 봤다. 잡목 잎에 흰 빛이 튀어서, 눈부시다. 집 안의 부족한 광량에 눈이 적응을 한 것 같다. 나는 문득 외발 할아버지를 두 번이나 데려온 것을 후회했다. 상처받은 사람을 불쌍한 듯이 들이밀지 않았다고 해도, 이 조선인은 순순히 돈을 내놓았을 것이다……하지만, 이 조선인은 나에게 무얼 말하고 싶었던 것일까. 무슨 용건이 있단 말인가.

"……결혼은 하셨습니까?"

나는 물었다. 요시코 사건으로 발족해 갈지도 모를 일이다.

"어떠십니까."

조선인은 내게 담배를 권했다. 나는 또 거절하지 못하고 한 대 뽑아 들었다. 조선인도 입에 물었다. "전 담배가 없으면 일을 못 합니다……나이가 많아서인지 곧잘 어지럼증이 일어납니다만……천천히 정신이 아찔해집니다, 그런데, 아직, 정신을 잃은 적은 없습니다. 이전에는 일에 빠져 살려고 노력했지만, 요즘엔 일을 하는 도중에도 꿈을 꾸는 것 같은 상태가 됩니다."

담배를 너무 핀 탓일까, 이례적으로 말을 너무 많이 했기 때문인지, 조선인의 목소리는 쉰 것 같았다.

"연인은 있었습니다. 결혼은 하지 않았지요."

조선인은 등줄기를 쭉 펴고, 양손을 겹쳐 테이블 위에 올려놓은 채로, 내 눈을 봤다.

"제 이야기를 가볍게 들어주시지 않겠습니까. 반 시간 정도면 부족하지 않을 겁니다."

나는 우물쩍 수긍하고 조선인이 말하기 쉽도록, 그의 입 주위를 응시했다.

어째서 샤리(小莉)가, 연인의 이름은 고샤리(강소리[江小莉])라고 합니다만……그렇게 된 것인지는 짐작이 되지 않습니다. 샤리는 고향에 있을 때는 가난한 것에 익숙해져 있어서, 마음만 먹으면 참을 수 있었던 것이 틀림없지요. 매춘소에 들어갔을 때, 네 명의 창부가 등을 보이고 앉아있었습니다. 저는 이름을 부르는 것이 두려웠지요. 그러자, 키가 작은 이중턱을 한 안내인 여자가 오른쪽 끝 여자 얼굴을 사이에 두고 돌아보게 했습니다. 그 여자는 긴 머리카락이 얼굴 반을 가리고 있었습니다. 흙색 얼굴에 두껍게 분을 바른 것 같았습니다. 바르지 않은 목덜미는 군데군데 얼룩이 보였지요. 아니지, 하고 나는 머리를 흔들었지요. 그러자, 마담은 한 손으로 여자의 머리카락을 헤집고, 다른 손으로 턱을 들어올려서, 무언가 오키나와 방언으로 크게 외쳐댔지요. 나는 두세 걸음 다가가서 자세히 들여다봤어요. 나는 샤리의 몸의 특징을 거의 떠올릴 수 없었습니다. 하지만, 소소한 습관이 하나 있었습니다. 조용히 웃음 지을 때 꼭 오른쪽 귓불을 엄지와 집게손가락으로 가볍게 감싸고, 얼굴을 조금 갸웃하는 몸짓입니다만……그때, 앞에 있던 여자가 그 몸짓을 하는 게 아닙니까. 불그스름한 옷자락 끝에 나와 있는 허벅지에 보라색 주사 자국이 몇 군데나 퍼져 있었습니다. 눈은 움푹 패여 있고……인간이 이렇게도 변할 수 있나요. 전 정신을 차리고, 그녀의 이름을 불렀습니다. 그렇지만, 여자는 마담에게 더듬거리는 오키나와 방언으로 말하고, 수상쩍은 듯이 저를 보는 게 아닙니까. 하지만, 저는 샤리가 아직 사람을 응시하는 힘을 잃지 않은 것을 보고 마음이 놓였습니다. 하지만, 그 사이에도 손가락 세 개를 세웠다가, 네 개 세웠다가 마담의 안색을 살피는 것이었습니다. 값을 가늠하는 것이겠죠. 나는 이 여자의 낙적을 하고 싶다고 마담에게 말하고, 아마도 상식의 열 배에 달하는 돈을 제시했습니다. 마담은 저를 한참 주시했습니다. 마침내, 한숨을 작게 내쉬고 돈은 갖고 있냐고 물었습니다. 저는 함께 따라오면 바로 주겠다고 말하고, 마담도 일어서려고 했습니다만, 마을에서 멀리 떨어진 유령 주택에 산다고 하자, 갑자기 의심스러운 표정을 짓더니, 자리에 다시 앉아, 내일 아침, 돈과 교환해서 여자를 넘기겠다고 말했습니다. 저는 내일이 되면 돈을 꾸러 사람이 오기 때문에, 지금 말한 금액 전부를 준비할 수 없다고 마담의 마음을 술렁이게 하는 거짓말을 했지만, 마담은 흥정에는 익숙한 듯, 돈이 준비되면 넘긴다, 뭣하면 이 이야기는 없었던 것으로 해도 좋으며, 사겠다고 하는 사람이 아예 없는 것도 아니라고 하는 겁니다. 결국 저는 타협을 했습니다. 마담을 죽여 버리고 싶은 충동도 몇 번이고 일어났지요. 두 번째 살의랍니다. 첫 번째 살의에 대해서는 조금 있다 말씀드리겠습니다. 그날 밤은 한 숨도 자지 못했습니다. 평상시에는 찬장에 넣어두던 돈이 강도가 들 것 같은 기분에, 참을 수 없어, 카페트 아래에 숨겨뒀습니다.

저희는 서로 결혼하겠다고 언약을 했습니다. 그렇지만 저는 샤리의 입술에 닿은 적도 없습니다. 갑자기 일본군이 징용을 하러 나타났던 겁니다. 아니 닿을 기회는 있었지요. 샤리는 그때 운명을 예견했던 것인지도 모릅니다. 징용 며칠 전에, 샤리는 제게 몸을 맡기려고 했음이 틀림없습니다. 밖에는 큰 눈이 내리고 있었는데, 그녀의 유일한 육친인 어머니는 일이 생겨서 외출 중이었습니다. 제게 육친은 아무도 없습니다만……몸을 미묘하게 구부리면서 딱딱해진 얼굴에는 붉은 기가 감돌고 있었습니다. 그렇지만 전 몸이 경직된 채로 있었습니다. 결혼 전이었으니까요. ……제가 이렇게 태평스럽게 살아남은 것은 샤리를 봤기 때문입니다. 일본군에게 끌려나와 요미탄(讀谷)에서 오키나와인이나 대만인과 함께 비행장 건설 강제노동을 하고 있던 때였습니다. 저는 직사광선과 눈으로 파고드는 땀 때문에 눈이 부셨지만, 수십 미터 앞에 멈춘 군용트럭에서 대장(隊長)과 동행해서 내린 여자가 샤리라는 것을 바로 알아챘습니다. 저는 곡괭이를 버리고, 달리기 시작했습니다. 바로 옆에 있던 일본 병사에게 붙잡혀서, 달려든 담당 반장에게 호되게 두들겨 맞고, 발로 차이

222

고, 쭈그리고 앉은 채로, 원래 서 있던 곳으로 질질 끌려갔습니다. 샤리는 이 소란을 한 번 언뜻 봤을 뿐 막사 쪽으로 사라졌습니다. 그래도 전 즐겁다는 생각이 들었습니다. 열아홉 살 여자가 먼 이국 병사들 한복판에서 태연하게 있었으니까요. 저는 미소를 머금었는지도 모릅니다. 제 얼굴에 묻은 피를 수건으로 닦고, 수통에 얼마 남지 않은 물을 마시게 해준 젊은 오키나와인도 묘한 얼굴로 저를 봤으니까요……우리 조선인은 매일 밤 모여서 북쪽 방향, 즉 조선쪽 방향을 보면서, 서로를 위로했습니다. 그런데 그날 밤 본 그 여자가 틀림없이 조선인이라고 제가 주장해도, 그럴 리 없다, 본 적이 없다며 아무도 상대해주지 않더군요. 그 동료들도 그 후, 일제히 동굴 안에 갇힌 채 학살당해, 이제 증인도 없습니다만……확실히 샤리는 쌍꺼풀에 검은자위가 크고 부리부리한 것이 오키나와인과 닮았기 때문에 저 외에는 눈치 챌 수도 없었을 것이라고 이제 와서 생각해 보기도 합니다 ……저는 여자의 정체를 확인하고 온다고, 고집을 부려서, 몇 번이고 마치 꿈을 보는 듯이 막사 밖으로 나갔기 때문에, 그때마다 동료들에게 끌려 들어갔습니다. 한밤중에 대장의 막사에 다가가면 총살당한다는 것을 잊고 있었습니다. 낮 동안의 노동으로 몸은 움직일 수 없을 정도로 피곤한 상태였습니다만, 이상하게 눈이 또랑또랑 해져서, 막사 안에서 허공을 바라보는 밤이 계속됐습니다. 샤리는 간호부로 징용됐기 때문에, 그저 간호부일 뿐이라고 몇 십 번이고 중얼거렸습니다. ……종군간호부라면 모두 위안부가 아닙니까, 그렇지요? 오키나와 여자라도 마찬가지입니다. 당신의 여동생은 징용되지 않았나요? 여동생이 있습니까? 그렇습니까. 그렇지만 말입니다, 오키나와인은 전쟁이 없는 곳으로 소개(疏開)하고, 조선인은 격전지에 가야 한다니, 어딘가 이상하다고 생각하지 않습니까? 아니, 이건 그쪽 책임은 아니지요. 기분 상하시지 않길 바랍니다. ……한때는 여러분들이 옥쇄(玉碎)하지 않은 것이 분했습니다. 삼십 만 명이나 살아남은 것은 비겁하다, 한 사람도 남김없이 전부 스파이라서 그랬다고 생각했습니다. 그렇지만, 저는 오키나와인을 원망하지 않습니다. 미군도 원망하지 않습니다. 우리를 끌고 간 인간을 원망합니다. 그것도 아니라면, 심장과 뇌에 탄환이 맞지 않은 것을 원망합니다. 아니, 저는 죽는 것이 무서웠던 것임이 틀림없습니다. 저는 겨우 며칠 만에 샤리의 모습을 보고도 대장이 옆에 있으면 작은 신호 하나 보내지 못했습니다. ……샤리의 이름을 큰 소리로 부르고 부둥켜안았더라면 좋았겠지요……갈기갈기 찢겨 죽더라도……살아있는 한 후회하지 않으면 안 되겠지요. 대장에게 살의를 품고 있었습니다. 첫 번째 살의라는 것은 바로 이것입니다만, 그저 품고만 있었습니다. 이 비행장이 완성되면 샤리와 함께 고향으로 날아갈 수 있다고, 정말 꿈을 꾸고, 저는 비행장 건설에 온 힘을 다했습니다. 그런데, 비행장이 마침내 완성돼 축하연을 열려고 하던 차에, 이번에는 파괴 작업으로 내몰렸습니다. 미군이 사용하지 못하게 하기 위해서입니다. 전쟁 국면은 궁지에 몰리고 있었습니다. 다 부수기도 전에 본 부대는 샤리를 데리고, 남부 쪽으로 이동했습니다. 저는 샤리를 따라 도주를 꾀하다 붙들려서, 총신 뒷부분에 발이 뭉겨졌습니다. 얼마 후, 이 기지는 미군에게 공습과 함포사격을 당해, 잔류 일본군은 사멸 당했습니다. 저는 미군의 포로가 됐습니다. 얼마 후 저는 미군 군함에 태워져, 연안을 따라 숨어있는 일본 군인들에게 마이크로 항복을 하라고 소리를 질렀습니다. 전쟁도 완전히 끝나가고 있었습니다. 조선인이 일본군에게 대량학살 당했다는 사실도 확인 했습니다. 항복을 시키느니 궤멸하고 싶다는 것이 제 본심이었습니다. 넝마 조각을 입고, 야자수 삿갓을 쓰고, 지역 주민인 척해서 살아 남아있는 일본군 장교도 적지 않았습니다. 하지만, 아무리 주의 깊게 찾아봐도 그 대장을 찾을 수 없었습니다. ……대장도 남부로 도망치기 직전에는 너무 흥분해서 이성을 잃었습니다. 죽으면, 야스쿠니 신사에 넣어주마 하고 말을 꺼내더군요, 조선인을 말입니다. 우리들에게 죽으면 개죽음이지만, 미군과 싸우다 죽으면 야스쿠니 신사의 신이 된다고 말이지요. ……미군과 비교하면 설득력이 다릅니다. 미군은 바로 돈과 지위를 부여했습니다. ……돈과 지위도 별 의미가 없습니다만……이국에서는 지배자가 되지 않으면 살아갈 수 없는 것은 확실합니다. 저는 지배자가 될 기력도 자격도 없었습니다. 다만, 이 작은 섬에 샤리가 있다는 확신만이 저를 지탱했습니다. 그로부터 팔 년간 아무리 찾아도 샤리를 찾을 수 없었습니다. ……조선인이라는 것을 그저 숨기기만 하고 살아왔던 셈이지요. 야바위꾼 아이에게 끌려서 간 어두운 방에서 그녀를 발견한 것은 바로 석 달 정도 전 일입니다. 지루하시죠? 조금만 참아주세요,. 서둘러 이야기를 끝내겠습니다……

저는 돈을 써서 샤리를 거뒀습니다. 저는 샤리를 정액으로 엉망진 창으로 만든 사내들에게 살의를 느끼지 않았습니다. 누구를 죽여야 좋을지 알 수 없으니까요. 일본 병사, 미군 병사, 오키나와인……조선인 사내는 그중에 한 명도 없었음이 틀림없습니다. 아니, 사실은 그저, 죽는 것이 두려워 살의가 일어나지 않았던 것인지도 모릅니다. 전쟁 중에도 저는, 몹시 두들겨 패는 일본 군인에게 한 조각의 증오도 갖지 않았고, 그저 죽이지만 말아달라고 매달렸습니다. ……용기 없는 놈이 용기를 낸 것이 애초부터 잘못이었던 것이겠지요. 고향에서 저는 샤리의 손도 잡아보지 못했는데, 이때 발버둥 치며 도망치려는 샤리를 양손으로 끌어안았습니다. 샤리는 오랜 세월 그러한 방 안에 갇혀만 있었기 때문에, 흰색으로 차오르는 아침에 당황한 것인지도 모르지요. 저도 필사적이었습니다. 아마 저를 위협할 심산으로 마담의 등 뒤에 세워둔 상반신을 탈의한 까까머리 중년 사내가 쫓아오지는 않을지 불안해서 견딜 수 없었습니다. 저는 간신히 택시를 타고 샤리를 이 집에 데리고 들어왔습니다. 샤리는 한마디도 말을 하지 않았습니다. 가장자리에 앉아 더 이상 도망칠 낌새는 보이지 않았습니다만, 그때 오월의 가랑비가 내리고 있었기 때문에, 저는 안에 들어가라고 몇 번이고 재촉했습니다. 하지만, 미동도 하지 않더군요. 저는 샤리의 팔을 잡았습니다. 격렬하게 뿌리치더군요. 저는 가만히 샤리의 눈을 봤습니다만, 샤리는 가만히 대숲 쪽을 응시하고 있었습니다. 무언가를 숨기고 있는 눈은 아니었습니다. 정말로 저를 잊어버린 것인지도 모릅니다. 저를 기억해 준다면, 더 이상 미군에게 알랑거리지 않아도 될 텐데 하고 그때 생각했습니다. 저는 미군 파티에는 자주 갔습니다만, 미국 여자는 마음에 들지 않았습니다. 제가 가만히 어깨에 손을 올리자, 샤리는 갑자기 서서 도망쳤습니다. 저는 맨발로 뛰어가 대나무 숲 둑을 기어 올라가려는 샤리의 윗옷 자락을 잡았습니다. 그러자 샤리는 젖은 땅에 발이 미끄러져, 잡고 있던 대나무가 크게 흔들려서, 제 눈을 세게 쳤습니다. 저는 고통을 참았습니다만, 눈물이 흘러넘쳐 나와, 시계가 희미해져서 어깨를 잡으려던 것이 긴 머리칼을 당기고 말았습니다. 저는 그것을 흔들어 움직이며, 한마디라도 해봐! 하고 애원했습니다. 샤리는 깨질 것 같은 비명을 지르고, 뒤를 돌아보자마자 제 얼굴에 침을 뱉었습니다. 저는 샤리를 끌어내렸습니다. 양손에 이상한 힘이 넘쳐났습니다. 샤리는 전신의 힘을 빼고, 제게 기댔습니다만, 저는 한동안 목을 졸랐습니다. 샤리는 격렬하게 날뛰었습니다만 그것은 도망치기 위해서가 아니라, 제 광기에 넘치는 힘에 깜짝 놀랐을 따름인지도 모릅니다. 제가 손에 힘을 풀어도 샤리는 도망치지 않았을지도 모릅니다. 하지만, 저는 그저 샤리를 진정시키기 위해 힘을 줬다고. ······아닙니다 살의는 아마 있었을 것입니다. 태어난 이후, 세 명의 인간에게 살의를 갖고, 세 사람째 겨우 실현시킨 것일 따름입니다. 그런데, 이상하지요. 저는 언제고 죽을 기회가 있었던 전쟁 중에는 샤리를 떠올리고, 괴로워지면 질수록 더욱 선명하게 떠올리며, 그것에 의지해 살아남을 수 있었습니다. 그런데, 전쟁이 끝나고 죽을 염려가 없어지자 저는 샤리를 간단히 죽여버렸습니다. 정말로, 이상할 정도로 간단히······샤리는 어째서 변해 버린 것일까……지금도 믿지 못하겠습니다. ……아니, 제가 미쳐버린 것이겠죠. 저는 전쟁에서 아무 것도 변한 것이 없습니다. 변하지 않았다니 정말 이상하죠? 살아갈 수 없지 않습니까? 아, 시체는, 그곳 대숲 아래,……땅이 조금 솟아올라 있지요. 옆으로 칸나가 늘어져 있습니다만……그곳에 묻었습니다……그곳에서 죽었으니까요……저는 한밤중에 샤리를 여기 카페트 위에 눕혀뒀습니다만, 알몸으로 만들 생각은 없었습니다. 샤리가 성병에 걸려서 미군에게도 버려져, 거지꼴을 한 오키나와 사람들이 앉은뱅이걸음으로 찾아오는 매춘소에서 꿈틀대고 있었기 때문이 아닙니다. 이유는 알수 없습니다. 아직 본 적 없는 유방도 부패하고, 백골이 돼서, 흙덩이가 될 것이라는 것을 알고 있으면서도 저는 단념할 수 없었습니다. 시간이라는 것이 두려웠던 것도 아닙니다. 알몸으로 하고, 깨끗하게 씻겨서, 머리카락을 정리하고, 궤짝에 넣어서, 제대로 된 무덤에 넣는……대신에, 어둠이 흰색으로 바뀔 무렵, 구덩이를 파고 매장했습니다. 흰자가 보이고, 혀를 멋대로 내밀고, 침을 흘린 얼굴의 샤리를……하지만 다 묻고 나니 그 옛날 쾌활하고 수줍음이 많던 샤리의 옛 모습을 저는 떠올릴 수 있었습니다. 이미 땅 구덩이 속에서 샤리는 백골이 돼 있을 겁니다. 하지만 저는 그저 슬퍼할 수만은 없습니다. 그 뼈들은 아무리 생각해도 순수하게 죽었다고 생각할 수 없습니다. 같은 동료마저도 죽여 버린 범인같이 느껴졌습니다. ……그 우물 안에도 두 구 정도 백골이 가라앉아 있습니다. 비가 적게 내리는 계절에는 바닥이 들여다보입니다. ……당신들은 뼈라고 하면, 오키나와 주민 것이거나, 미군 것이거나, 일본 병사의 것이라고 밖에 생각하지 않지요. 그럼, 수 백 수 천 명에 이르는 조선인은 뼈마저도 썩어 버린 것일까요. ……그런데 생각하기에 따라서, 조선인의 뼈는 행복한 것인지도 모릅니다. 정체를 알 수 없게 됐으니까요. 제대로 위령탑이 요즘 만들어 지고 있는 것 같습니다만, 그 탑에 납골을 해 주겠죠. 다만, 그 안에 조선인의 뼈와 일본 병사, 오키나와인의 뼈가 싸움을 하더라도, 장래에 그 탑을 찾아오는 사람들은 일본 병사와 오키나와인의 뼈에 꽃다발과 묵념을 마치겠지요. 영원히……이미 석 달이 지났습니다. 전에 말했나요?……경찰은 한 번도 오지 않더 군요. 아마, 피해자가 조선인 매춘부라서 일겁니다. 아니면, 가해자 가 미군 엔지니어 조선인이라서 일까요? 아니, 어찌됐든 상관없습니 다. 저는 다만 그 구덩이 속의 뼈가 정말로 샤리인지 의심이 들기 시 작했습니다. 요 근래부터 입니다만……이제 와서 다시 파내는 것도 별 소용이 없습니다. 달 밝은 밤에는 저 솟아오른 땅위로 여자 모습 이 보이는 것 같은 기분이 듭니다만, 착각일까요? 샤리와는 다른 것 같았습니다. 저는 이 주택의 망령들에게 앙화를 입고 있는 것일지도 요. 하지만 망령은 약한 것이 강한 것에게 앙화를 입힌다고 하지 않 습니까. 어째서 저 같은 겁쟁이에게……샤리는 정말로 저 뼈겠지요, 그렇죠.

  더위는 느껴지지 않는다. 페달을 밟는 다리의 피로를 느낄 수 없 다. 그저 조선인의 허튼 소리일 뿐이라고 일축할 수 있을 것 같은 기분도 든다. 하지만 좀처럼 뇌리에서 사라지지 않는다. 어째서 조선인은 내게 그런 말을 한 것일까. 전쟁 중에 상처에서 뿜어져 나온 피를 닦아줘서일까. 아니, 나는 정체를 밝히려고 했지만 그러지 않았다. 어째서 그때 나는 그를 안아 일으켰던 것일까? 조선인이 우리들과 똑같은 정도의 노동밖에 하지 않고 있는 것에 불만을 갖고 있었던 때였음에도……요시코를 어째서 폭행한 것인가, 결국 묻지 못했다. ……사랑하는 사람을 엉망진창이 되게 한 것들에 대한 원통함을 토해낸 것치고는 목소리가 너무 조용하다. 대숲의 술렁임이나 말매미 소리도 확실히 들렸다. 하지만, 조선인은 약간 흐트러진 모습을 보였다. 아카바나 산울타리 바깥쪽에서 느닷없이 내 오른손을 양손으로 잡고, "제가 꿈을 꾸고 있는 것은 아니죠! 미쳐버린 것은 아니겠죠!" 하면서 떨고 있었다. 충혈된 눈으로 나를 응시하고 있다. 나는 엉겁결에 고개를 옆으로 흔들었다. 조선인은 큰 숨을 두 번 쉬더니 바로 안정을 되찾았다. 나는 일부러 천천히 자전거에 올랐다. 그러자, 조선인은 자전거 짐받이를 붙잡더니 내 주소와 이름을 물어봤다. 나는 으스스함을 느끼고, 입가가 굳어졌다. 하지만, 정직하게 대답했다. 조선인은 돈을 주지 않았다. "그 위자료는 적다고 할아버지가 불만을 토로했다"고 한마디만 말하면, 줬을지도 모른다. 하지만, 끝까지 말하지 못했다. 그때 출혈을 막아준 것도, 한 사람 분의 노동력을 잃으면, 그 만큼의 부담이 내게 닥친다는 것을 느꼈기 때문은 아니었을까. 조선인은 내 눈빛을 읽어낸 것이 아닐까. 나는 고개를 가로 저었다. 자전거가 흔들려, 크게 꾸불대며 나아갔다. 조선인은 전쟁 이야기를 했다. 나는 잊으려고 하고 있는데도……조선인의 죄악은 이것이다. 덕분에 나는 조선인의 이야기를 들으면서, 내 아이를 떠올려버려서, 얼굴에서 핏기가 싹 가셨다. 조선인 연인의 유령은 불과 1미터도 떨어지지 않은 땅 속에 묻혀있음이 틀림없다. 내 아들은 여섯 살인 채로 한 암산에서 잔해에 깔려있다. 나는 그때 현기증이 났다. 일어섰다면 쓰러졌을 것이 틀림없다. 그 방공호 출입구는 알아볼 수 없게 막혀있었다. 산 그 자체의 형체가 무참하게 무너져서, 그것이 어디에 있는지 조차 확실하지 않았다. 나는 종전 후 얼마 있다 기노완(宜野湾)에 있는 친척집에 있었다. 쓰루는 정신을 차리지 못하고 털썩 쓰러져 들어왔다. 나는 관청 사무소나 정부, 미군을 분주히 찾아다녔다. 한시도 마음을 놓을 수 없었다. 뼈를 파내서, 납골 항아리에 넣지 않으면 미쳐버릴 것 같은 강박관념이 나를 괴롭혔다. 나는 이른 아침에도 대낮에도 밤중에도 쓰루의 육체를 탐하고, 온갖 수단을 다해 찾았다. 전력을 다했다고 마음을 안정시켰다. 하지만, 쓰루의 눈은 우묵하게 들어가고, 머리칼은 흐트러지고, 몽유병자처럼 배회했다. 얀바루(山原)에 있는 내 양친에게 쓰루를 부탁하고, 나는 무엇이든 잊기 위해 하루코를 찾아 걸었다. 그 후 쓰루가 회복해 나하로 나와 자활을 시작했다는 연락을 부모님에게서 받았지만, 하루코와의 생활을 계속 이어갔다. 하지만, 얼마 지나지 않아 쓰루에게 들켜버렸다. 쓰루는 떨리는 목소리로 주먹을 꼬옥 쥔 채 우리들을 몇 시간이고 책망했다. 나는 병이 재발하지나 않을지 무서웠다. 그러나 하루코가 "이 사람이 없으면 살아가지 못하는 것은 나도 매한가지야.

당신은 오래 함께 살았으니까 나랑 비교하면 훨씬 만족해야 하잖아요" 하며 울부짖어서, "얼마 있다 다시 올 거야. 꼭 다시 올 테다" 하고 결단이 나지 않은 상태에서 돌아가거나, 우리가 빈번하게 이사를 한 탓도 있지만, 바로 네 주 전까지 쓰루는 나타나지 않았다. 이 삼 년 전, 한 번은 쓰루가 북부 어촌에 있는 내 양친에게 호소를 했는데, 부모님도 동정을 했던 모양인듯 했지만, 그 무렵 나는 양친에게도 이사한 곳을 숨기고 있었다. 쓰루의 친형제가 전쟁에서 전멸한 것이 신경 쓰였지만, 그때마다, 가족이 없는 것은 하루코도 마찬가지라고 하며 자신을 달랬다. 그런데 꿈에 쓰루가 나타났다. 선명하고 강렬한 꿈이다. 언제까지고 잊을 수 없었다. 떨어져 나간 아들의 목은 아버지 아파요 하고 외치면서, 어디까지고 굴러가서, 나도 무언가를 외치면서 힘껏 그 목을 쫓아가 봤지만, 발이 움직이지 않는다. 뒤를 돌아보니 쓰루의 얼굴이 내 어깨너머에서 불쑥 나타나서, 실쭉 웃었다. 내게 업혀 있었던 것이다. 또 다른 꿈. 내가 땅에 묻혀 발버둥치는 아들을 삽으로 필사적으로 파내려 하지만, 파면 팔수록, 땅은 솟아오르기만 한다. 주의 깊게 보니, 바로 건너편에서 쓰루가 큰 소리로 웃으면서(소리는 들리지 않았지만) 손으로 땅을 떠내며, 그 위에 끼얹고 있는 것이 아닌가. 나는 세차게 고개를 저으며, 페달을 밟는 속도를 올렸다.

그 긴네무 뿌리가에 숨겨둔 스크랩을 파내서, 쓰루의 집에 가기로 정했다. 조선인 이야기는 거짓말이 아니고, 괴로워하고 있다고 생각했다. 땅에 묻힌 것은 내 아들만이 아니다. 젊은 아가씨도 있다. 무수히 많다……쓰루와 만나면, 나와의 사이를 되돌리려고 아우성 쳐대지나 않을까? 하루코가 있는 6조 방에서 뒹구는 것이 안전한 것인지도 모른다. ……하지만, 그 돗자리 쓰레기가 땀으로 젖은 등짝에 달라붙는 것, 아니지 그보다는 전신에 땀을 흘린 채로, 자전거를 힘껏 내달리는 것이 그래도 기분은 좋다. ……조선인은 돈을 베풀었다고 생각할지도 모른다. 나는 유키치나 할아버지와는 다르다. 쓰루에게 돌아가 직장을 찾으면, 세상에도 얼굴을 들고 다닐 수 있다……하지만, 하루코는 누가 돌보나? 하루코는 내가 없으면 살아 갈 수 없다. 한 번은 공무원이 될 결심을 했다. 류큐정부(琉球政府)[10]의 과장이었던 마에다(前田) 모씨를 슈리(首里) 관공서까지 찾아갔다. 그런데 저녁때까지 기다려도 부재였다. 공무원이 되면 쓰루에게 주소지가 알려지는 위험도 있었지만, 마침내 아들의 악몽으로부터 멀어져가기 시작해서, 결심은 얼마 되지 않아 흐려졌다. ……확실히 나는 쓰루뿐 아니라, 하루코에게도 살의를 품은 기억은 없다. 술집에서 잡다한 남자들에게 희롱을 당해도 아무런 행동도 하지 않는 나를 조선인은 모욕하고 있다. 아니, 지나친 생각이다. 다시 고개를 가로저었다. 핸들이 꺾여서 자전거는 고구마 밭에 꼬라박힐뻔 해서 브레이크를 꽉 쥐었다. 그 타이밍에 쓰러질 것 같았다. 재빨리 발을 땅에 대고 자전거를 지탱했다. 피해망상을 지우기 위해, 나는 얼굴이 피범벅이 된 조선인을 구하고 있는 저 군비행장 건설 상황을 떠올렸다.

---

10 미군정 하, 오키나와 주민 측 중앙정부. 1972년 '본토' 복귀로 인해 폐지됐다.

횡뎅그렁한 군용 1호선 아스팔트 도로는 흰 먼지를 뒤집어쓰고 있다. 때때로 미 군용차량이 지나갈 뿐이다. 하지만, 내 발은 자전거 페달을 과감하게 밟지 못한다. 잎이 적은 가로수 그늘이 길에 떨어져 있다. 반대 방면으로 가면, 할아버지가 사는 마을이다. 마을 안의 길로 들어섰다. 아스팔트는 끊어졌지만 길 폭은 넓다. 철물점, 잡화점, 식당 등으로 북적댔다. 새로 올린 함석지붕은 강렬한 태양빛을 받아 희게 퇴색돼 있다. 엷은 색 긴 스커트를 입은 여자들은 화려한 색의 양산을 쓰고 있다. GI모자를 쓴 젊은이와 팔짱을 끼고 걷고 있는 여자의 민소매 브라우스가 땀에 젖어 등에 달라붙어 있었고, 슈미즈의 선이 내비쳤다.

자전거포는 바로 찾을 수 있었다. 어스레한 천정에 튜브나 바퀴살 등이 매달려 있었다. GI 헤어컷을 하고 얼음 가게를 하는 듯한 사내가 얼굴이 시뻘겋게 달아올라서, 얼음을 실은 자전거 타이어에 펌프로 공기를 넣고 있다. 옆 삼층 건물의 콘크리트 건물이 반 정도 올라가 있었다. 콘크리트 벽돌이나 발판 목재 주위에서 목공들이 차를 마시거나, 드러누워 있었다. 히가(比嘉) 자전거포 정면에는 반은 붉은 벽돌집이고 나머지 반은 낡은 함석지붕 집이라고 유키치에게 들었다. 틀림없다. 나는 한숨을 쉬었다. 잠시 자전거에 걸터앉아 있었다. 보퉁이를 들고, 게타를 신은 젊은 여자가 양산을 기울이고 나를 보고 지나쳐 갔다. 짐수레를 끌고 가는 야자수 삿갓을 쓴 사내가 가까이 오는 바람에 길을 비켜줬다. 나는 심호흡을 하고 대나무를 엮은 작은 울타리 안으로 자전거를 밀고 들어갔다. 집 뒤쪽은 고구마나 야채 밭이 가꿔져 있었다. 그 건너편은 잡초가 자라서 퍼져나가 있고, 그 너머에는 함석이나 판자로 된 작은 집이 있었다. 나는 자전거를 세우고, 말려둔 세탁물을 통과해서 입구에 섰다. 여자가 허리를 펴고 나를 봤다. 순간, 쓰루라고 생각했다. 좀처럼 심한 심장 고동이 사라지지 않는다. 백발이 흐트러진 여자는 조포에 채워 넣으려고 하던 내버려진 병을 한 손으로 든 채로, 눈을 뜨고, 몸이 경직돼 있었는데, 마침내 병을 놓고, 곱사등이처럼 등에 조포를 메고 허둥대며 집의 모퉁이를 돌았다. 나는 들여다봤다. 노파는 멈춰 서서 상황을 살폈다. 나와 눈이 마주쳤다. 그러자 튕겨나가듯이 판자울 그늘에 숨었다. 덧문은 열려있었지만 안은 어두컴컴하다. 쓰루는 엎드려 누워 있었다. 나는 쓰루 하고 부르고 소리를 삼켰다. 검게 더러워진 발바닥은 작았지만 사내의 것이다. 엎드려 있어서 얼굴은 알 수 없다. 노인인 것 같다. 할아버지? 순간, 뜨끔했지만, 발이 두 개다. 한숨을 쉬었다. 이걸로 결단을 할 수 있을 것 같은 기분이 들었다. 하지만, 그저 친척 노인인 것은 아닐까. 나는 자전거로 돌아와, 짐받이에서 스크랩을 꺼내 오래된 양동이에 던져 넣었다. 스크랩과 스크랩이 부딪치는 둔탁한 소리가 났다. 설마, 저 사내가 유키치는 아니겠지. 문득 생각했다. 둘은 이미 정분이 난 것이 아닐까. 아니다, 작은 발이었다. 고생스럽게 유키치와 쓰루를 엮어줘도 어쩔 도리가 없을 지도 모른다. "나는 네 전 남편에게서 돈을 받아, 네 전 남편의 명령으로 너와 결혼했다"고 떠벌리며, 유키치는 함구하기로 했던 나와의 약속을 깰 것이 틀림없다. ……아니 그런다고 해도 좋다. 적어도 돈이 있는 동안은 얌전하게 있을 것이다. 그 사이에 쓰루와 나는 인연이 없어질 것이니.

자전거에 걸터앉아, 지나쳐 나왔다. 그러자 앞에 쓰루가 보였다. 나는 당황해서 원래 있던 장소로 돌아갔다. 쓰루는 순간 멈추더니 불룩해진 조포를 등에 진채로 나를 바라봤다. 모양으로 안에 든 것은 알 수 있다. 쓰루는 주머니를 내려놨다.

"잘 찾아왔네……병을 사서 모아왔어. 오래 기다렸어?"

"아니, 방금 전에."

"나도 그래."

쓰루는 턱으로 집을 가리켰다. "곧 부순다네. 새로운 것이 세워 질 거야. 집주인에게 쫓겨나게 생겼어."

함께 살자고 하지 않을지 신경 쓰였다. 그리고 거절하면 안에 있는 남자가 나타나서, 돈을 뜯어내려고 하지 않을까.

"안에 들어갈래?"

쓰루는 목덜미를 수건으로 훔쳤다. 나는 애매하게 고개를 저었다.

"……그럼 저기로."

쓰루는 적당한 돌에 앉았다. 나도 비슷한 돌에 앉았다. 한데 묶인 낡은 재목 그림자가 떨어지고 있다. 쓰루는 아직 목덜미나 얼굴을 닦고 있다.

"건강은 어때?"

나도 손수건으로 목덜미를 닦았다.

"아, ……당신, 나이를 안 먹네. 나는 할멈이 다 됐지?"

쓰루의 굵은 다리는 예전 그대로였지만, 색이 검게 변해 얇은 털도 자라있었다.

"그런데 당신 좀 마른 거 아니야? 병은 없는 거지."

나는 고개를 저었다. 쓰루는 변했다. 예전에는 말수가 적었다. 지금의 하루코 같았다.

"······당신, 그 여자와는 아이는 갖지 않을 거야?······안 되는 건가."

"아니, 안 가지려고"

나는 거짓말을 했다. 쓰루에게 동정을 얻고 싶었다. 하지만, 바로 쓰루가 나는 아이를 가질 수 있어 하고 말하지 않을까 신경이 쓰였다.

"왜그래. 아이는 갖는 것이 좋잖아. 나는 이제 아이를 낳지 못하는 나이가 됐어. 당신이 내버려두고 가지 않았다면 아이도 낳았을 텐데······당신을 원하는 게 아니야. 아이를 갖고 싶어. 그렇지 않으면 너무 쓸쓸하잖아."

쓰루는 발밑에 있는 잡초를 뿌리째 뽑았다. 흙이 내 발가락에 떨어졌지만, 털어낼 수 없다. 쓰루는 나보다 여덟 살이나 연상이지만, 여전히 생리는 할 것이다.

"그 여자 가게에도 갔었어. 솔직히 이제 안 되겠다고 생각했지. 세련된 여자야. 여자는 주름이 퍼지거나, 피부가 느슨해지면 좋지 않잖아."

나는 무언가 말해 주고 싶었다. 하지만, 아무 것도 떠오르지 않았다. 다만, 쓰루의 유방이 이제 탱탱함을 잃었으려니 하고 아련히 생각했다.

"언젠가 내가 당신 집에 술 마시고 난폭하게 쳐들어갔었잖아. 뭐 당신에게 의지하려고 했던 것은 아니었어. 그 츄라카기(미인) 여자를 용서할 수 없었어. 그 여자는 나한테 어쩜 그렇게 상냥한 얼굴을 할 수 있는 거지. 어째서 아무렇지도 않은 거야. 여유까지 보이다니."

"…………"

"참 어리석지. 이제 당신과는 어찌해도 안 된다는 것을 알면서도 말이야. 이 세상에서 그래도 마음이 이어진 사람이 당신 한 사람은 있다고 믿고 살아왔던 것인데. 제멋대로였던거야."

쓰루는 더러워진 앞치마 주머니에 손을 찔러 넣고, 고무밴드를 꺼내서 백발이 섞인 숱이 적은 머리를 뒤로 묶었다. 광대뼈가 노골적으로 드러났다.

"여자는 바보지 뭐야. 원망해야 하는 것은 당신인데 같은 여자를 증오하잖아."

쓰루는 '여자'와는 썩 잘 어울리지 않는다. 이미 여자가 아니라는 생각이 갑자기 들었다.

"나는 그 여자에 대한 증오심 같은 것으로 지금까지 살아온 것인지도 모르겠어. 이대로 죽으면 비웃음꺼리밖에 되지 않잖아. 하지만, 그 여자에게 되갚아줄만한 것을 언제까지고 찾을 수 없어. 빨리 찾아내지 않고서는……도둑고양이에게 남편을 빼앗긴 비참한 여자라는 험담을 계속 들어야 하니까. 나는 태도를 바꾸기로 했어. ……역

시 아니야. 나도 사내 하나쯤은 있다고 자신에게 타이르면서 마음을
풀어왔으니까……"

쓰루는 내 얼굴을 들여다봤다. 나는 엉겁결에 눈을 내리깔았다.

"전쟁에서 죽었는데 말이야, 남편은, ……그런데도 남편이 없다느
니, 곰팡이가 피었다느니 하면서, 업신여기는 멍청이들이 우글우글
대니까. 나라를 위해 죽었는데 말이지."

나는 고개를 들지 않았다.

"여자도 좀 적당한만큼 죽였으면 좋았을걸. 여자를 남겨두니까 나
같은 젊은것들이 넘쳐나지."

쓰루가 쓴웃음을 지은 것을 나는 곁눈으로 봤다.

"저 여잔 혹시 전쟁 만세라고 생각하는 건 아니야? 나한테서 좋은
남자를 뺏어갔잖아."

쓰루는 목소리를 내서 웃었다. 하지만, 바로 입술을 닫았다.

"걱정해줄 필요 없어."

속마음을 들켰다고 나는 느꼈다.

"다시 합치고 싶어서 하소연 하는 것이 아니야. 확실히 헤어져 줄
게. 당신보다 백배는 더 좋은 남자를 찾아 낼 테야……요즘, 저 인간
이 기어들어왔어."

쓰루는 집안을 턱으로 가리켰다. "본 그대로야. 당신처럼 멋진 남
자는 아니지만……사내임은 틀림없어."

"…………"

"저 남잔, 하루 종일 빈둥빈둥 대고 있어. 하지만, 요상한 기분을

달래기엔 그만이야. 내가 너무 말이 많은가?"

나는 고개를 저었다.

"이렇게 더우면 견딜 수 없어. 정말로. 몸 안에 있는 것들을 다 토해내고 싶어. ……그런데 말이지, 여자는 남자가 생기면 다른 여자에게 질투하지 않게 된다고 그러더라구. 대체 왜 좀 더 일찍 알아채지 못했을까. 어쩌면 지난번 당신 집에 헤어지자고 말하러 갔던 것인지도 몰라. 당신이 배신한 것도 그 여자 탓만은 아니라 생각하게 됐어. 그 여자도 가족이 없다며."

쓰루의 시선을 느끼고, 끄덕였다.

"그 기분을 모르는 것은 아니라고. 누군가에게 안기지 않으면 밤에도 잔 것 같지 않잖아……당신은 모를지도 모르겠네……부모님이 두 분 다 살아계시니까."

나는 얼굴을 들었다. 나도 안다고, 옛날에 당신한테 안겨서 자곤 했지 않냐. 하지만, 입을 다물었다.

쓰루는 어이쿠 하며 일어섰다.

"드디어, 빈 병을 받으러 온데."

쓰루는 눈앞에 쌓여 햇빛을 받고 무디게 빛나는 병을 턱으로 가리켰다. "분류를 해놓아 할 텐데……안에 들어갔다 가지 않을래?"

"그만 가볼게."

나는 엉덩이를 털었다.

"왜. 조금 더 천천히 있다 가도 돼."

콜라, 맥주, 주스 병을 골라내면서 쓰루는 나를 올려다봤다. 흙탕물이 바닥에 모여 있는 병, 담뱃재가 구겨 넣어진 병, 녹색 수초가 빛나는 병도 있다.

"도와줄까?"

나는 물어봤다.

"아니 괜찮아. 금방 끝나."

"……난 그만 갈게."

"일부러 왔는데 차도 대접 못해 미안한데."

나는 고개를 저었다.

"그건 그렇고 당신 우리 아기 사진 한 장도 없어? 머지않아 얼굴까지 잊어버릴 것 같아서."

쓰루는 가만히 나를 봤다. 나는 강하게 고개를 저었다.

"그래. 그럼. 조심해서 가."

나는 자전거에 걸터앉았다. 어째서 오늘 여기에 온 것인지, 쓰루는 묻지 않았다. 쓰루에게 버림받았다고 느꼈다. 그리고, 유키치는 쓰루와 만난 적이 없다. 내가 준 돈을 전달하지 않은 것이 틀림없다.

문을 두드리는 소리가 들렸다. 꿈이야, 하고 아련히 생각했다. 몸을 뒤척였다. 방금 전 꾸었던 꿈이 조각조각 되살아났다. 유키치가 쓰루를 배후에서 범하고 있다. 쓰루는 나를 노려보고, 매춘부가 됐으니, 당신에게 짐이 되지 않아 하고 말했다. 쓰루는 웃었지만, 치아는 하나도 없었다. 실례합니다 하는 큰 소리를 들었다. 땀이 불쾌했다. 관자놀이가 무겁다. 장작으로 이 불의의 방문객 얼굴을 때려 부수고 싶다.

허둥대며 들어온 하루코가 어깨를 흔들어댔다.

"큰일이에요. 아메리카 2세가 지프를 타고 왔어요. 당신을 잡으러요."

나는 아차 하는 순간에 상반신을 일으켰다. 창문으로 도망치려고 생각했다. 아니, 안 된다. 바로 사살 당한다.

"어쩌면 좋아요. 위험한 일이라도 했어요?"

하루코는 눈을 크게 뜨고, 요란을 떨었다. 자리에서 일어났다. 어지럼증이 일어났다. 꿈이길 바랐다. 달라붙어있는 하루코를 마음껏 껴안고 싶다. 백광 아래 서 있는 2세의 노란 와이셔츠에 묶인 붉은 넥타이가 눈을 자극했다.

"당신이 미야기 토미오(宮城富夫) 씨입니까."

2세가 말했다. 두루뭉실하고 홀쭉한 얼굴이다. 나이챠(내지인) 2세라고, 느끼자, 나는 힘이 빠졌다. 이젠 틀렸다.

"미야기 토미오 씨이시죠."

다시 질문을 당했다. 나는 끄덕였다. 2세는 가까이 다가와 손을 내밀었다. 간신히 그것이 악수를 하자는 몸짓이라는 것을 알았다. 악수를 했다. 7대 3으로 가른 머리에서 포마드 냄새가 났다. 카키색 군복을 입고 군 모자를 쓴 미군이 핸들을 쥔 채로 나를 노려보고 있다. 불그스름한 말과 같은 얼굴에 땀방울이 맺혀있다.

"당신은 부락 외곽에 있는 조선인 엔지니어 알고 있죠?"[11]

2세가 물었다. 나는 엉겁결에 고래를 옆으로 저었다.

"모른다고? 그러니까, 저기 긴네무로 둘러싸인 독채로 된 집에 사는 조선인 말입니다. 알고 있죠?"

2세가 손가락으로 가리켰다. 나는 끄덕였다. 하루코와 눈이 맞았다. 나는 침을 삼키고, 하루코의 어깨를 밀었다.

"안에 들어가 있어."

하루코는 주저하다가 들어갔다.

"그 사람 죽었습니다."

2세는 아무렇지도 않은 듯 말하고, 내 얼굴을 들여다봤다. 나는 한순간이 지나 한숨을 내쉬었다.

"당신은, 원인 모릅니까?"

"제가 알 리가 없지 않습니까."

나는 빠른 말투로 말했다. 사람을 시험해 보려는 2세의 비웃는 듯한 웃음 띤 눈이 불쾌했다.

"당신에게 재산을 준다고 유서에 써놨습니다."

2세는 엷은 웃음을 간직한 채, 다시 내 얼굴색을 살핀다. 하지만, 갑자기 2세가 신경 쓰이지 않았다. ……그는, 조선인은 나를, 전쟁 중에 내게 입은 은혜를 잊지 않았던 것이다. 겨우 그 정도 일로…… 대단히 큰일이었던 것이다……

"우리와 함께 그 집에 가시지 않으면 안 됩니다. 오 분 안에 빨리

---

11 이 2세의 일본어는 표준어이긴 하지만, 조사(을/를 등)가 생략되고 딱딱하고 다소 생경한 뉘앙스다.

준비를 하시죠."

2세는 집 안을 가리켰다. 나는 마음이 들뜬 채, 얼굴을 씻고, 다림질한 깃을 헤친 셔츠, 그리고 바지를 입고, 하루코가 허둥대며 닦은 구두를 신고, 지프 뒷좌석에 탔다. 하루코는 양손으로 지프를 잡고 있다.

"걱정하지 마세요. 부인."

2세가 눈을 가늘게 뜨고 웃었다. 나는 하루코에게 고개를 끄덕여 보였다.

지프는 상당한 속도로 내달렸다. 익숙한 풍경이 달라 보였다. 그런 유령 주택에 살았기 때문에 일어난 일이라고 어렴풋이 생각했다. 누군가의 혼에 씐 것이다. 설마 나를 멸시하려는 최후의 일격은 아니겠지……복수가 아닐 거야. 나는 격렬한 동계(심한 심장 고동)를 느꼈다. 아니야, 그건 아니다. 조선인은 그 주택에서 그날 내게 미소 지었다. 그리운 듯이, 온화한 눈으로……

"어째서, 죽은 것인지 커다란 수수께끼입니다. 유서에는 써 있지 않습니다."

조수석의 2세가 뒤돌아 봤다. "당신도 모르십니까?"

나는 고개를 흔들었다.

"당신은 다카미네 유키치(高嶺勇吉)라는 젊은이와, 아사토 노인을 알고 있죠?"

2세는 몸을 틀어서 나를 향해 바라봤다. 나는 주저했다. 하지만, 끄덕였다.

"그 두 사람이 시체를 발견했습니다. 이른 아침입니다. 이상하죠. 민간 경찰의 연락을 받고 우리들이 바로 달려갔지만, 그 둘은 묘하게 떨고 있더군요."

"······죽은 사람을 봐서겠죠."

나는 말했다. ······하지만, 둘은 내게 비밀로 다시 돈을 우려내려고 했던 것일까.

"꼭 그렇지만도 않았습니다."

2세는 입술을 일그러뜨리고 웃었다. "당신들은 그토록 이른 아침에 어째서 이런 곳에 왔지, 하고 제가 물어봤습니다. 그러자 말이죠. 물을 마시러 들렀다고 하더군요. 이상하지 않습니까?"

2세는 내 얼굴을 들여다봤다. 어째서 두 사람은 경찰에 통보한 것일까. 1엔어치 득도 되지 않을 것을······

"단도직입적으로 말하면 말입니다."

2세는 계속했다. "그자들은 무언가를 물색하러 온 것이 아니었나 싶습니다. 다리, 하나 없는 노인이 제초를 할까요?"

"다리 하나 없는 노인은 도둑질을 못 합니다."

나는 둘을 변호하지 않으면 안 된다.

"그자들이 죽었다고 판정 하지 않았어요. 하지만, 해부해 보지 않는 한, 자살인지, 타살인지, 알 수 없습니다. 유서의 사인도 진짜인지 어떤지 아직 모르니까요. 당신은 가능한 빨리 이번 문제를 정리하는 것이 좋아요. 내가 일하는 곳에 오시오. 나쁘게는 안 할 테니. 여깁니다."

2세는 명함을 내밀었다. 일본어와 영어로 쓰여 있다. 미군의 통역인 모양이다.

"여기에 전화하시오. 알겠습니까."

2세는 말했다.

"……잘 생각해 보겠습니다."

나는 주머니에 명함을 넣었다. 2세는 물끄러미 나를 바라보다가 자세를 바로잡고 앞을 향했다.

지프 양측에 긴네무의 우거진 잎이 이어져있다. 지프는 언덕길에서도 속도가 떨어지지 않는다. 이미 유서의 사인이 진짜라는 것은 판명됐을 것이 분명하다. 나는 진동으로 흔들리는 2세의 후두부를 응시했다. 이 2세에게 맡기면, 속임수를 써서, 유산의 반 이상을 빼앗아 갈 것이다. 할아버지와 유키치랑 협력해서 오키나와인 변호사를 찾아보자, 셋이서 나누자. 그리고 내 몫은 2등분해서, 하루코와 쓰루에게 주자. …… 아니다, 나와 하루코 만의 것이다, 모두…… 저런 외발 할아버지와 불량 풋내기랑 오래 사귀어서는 안 된다. 다 망쳐놓을 것이다. 이런 생활을 바꾸지 않으면 안 된다. …… 미군 엔지니어다. 상당한 재산일 것이다. 가늠이 되지 않는다. ……반은 하루코에게 주고, 나머지 반은 쓰루에게 줄까. 둘이 기뻐하는 모습이 눈앞에 어른거린다. …… 한동안, 안정이 될 때까지는 은행에 예금을 하는 것이 무난하다. 2세와 미 병사는 무언가 영어로 서로 이야기를 나누고 있다. 둘 다 조금도 웃지 않는다. 갑자기 답답해졌다. 빨리 도착하기를 바랐다.

지프는 앞뜰로 들어갔다. 다른 지프가 한 대 세워져 있다. 화원의 테두리를 장식하고 있던 채송화가 타이어에 깔렸다. 우리들은 내렸다. 2세는 집 안으로 들어갔다. 할아버지는 툇마루에 앉아있다. 나는 다가가서 가볍게 인사를 했다. 할아버지는 인사를 받지 않은 채, "자넨 행운아야."라고 한마디 하고, 바로 고개를 숙이더니, 목발로 지면을 질름질름 두드려대기 시작했다. 유키치를 찾아봤다. 담팔수 뿌리 근처에 앉아있던 유키치와 눈이 마주쳤다. 유키치는 일어서더니, 담팔수 가지를 꺾고, 잎을 떼어내서, 나무 작대기 하나로 만들더니, 그것을 지긋지긋하다는 듯이 내리치며 가까이 다가왔다. 지프에 기대 있던 미군 병사가 약간 준비 태세를 갖췄다. 실수로라도 이 미군을 때리기라도 하면 허리춤에 있는 피스톨로 사살될 것이다.

"할아버지가 이라나(풀 깎는 낫) 따위를 허리에 차고 다니는 바람에 집요하게 추궁을 당했어."

유키치는 내 옆에 앉았다. 셋 다 입을 다물었다. 매미소리가 소란스럽다고 생각했다.

"할아버지는 누구한테서 배상금을 받아내면 되는 거야. 그놈은 죽어버렸잖아."

유키치가 말했다. 얼굴은 할아버지를 향해있다. 하지만, 내게 말하고 있다. 그럼, 왜 둘이서 나한테는 입을 다문 채, 여기에 왔냐고 묻고 싶다. 하지만, 너도 얼마 전 혼자서 여기에 오지 않았냐고 반론 당할 것 같다. ……입 다물고 있는 편이 오히려 위압감이 강할 것이다.

"그건 얼마 안 되는 돈이었잖아, 할아버지. 이제 남은 것이 없다고. 할아버지는 남았어? 그때 좀 더 받아낼 걸 그랬잖아."

유키치는 내 눈앞을 가로질러 가는 할아버지를 봤다. 할아버지는 고개를 숙인채로 있다.

"할아버지에게는 몫이 더 있어야 하잖아. 이대로라면 요시코가 너무 가엾다고."

그때 할아버지는 얼굴을 들고 나를 살폈는데, 바로, 다른 곳을 봤다.

"들어오시오."

2세의 목소리가 들렸다. 나는 둘의 얼굴을 보지 않으려고 노력하며, 구두를 벗었다. 처음 들어가 보는 방이었다. 검은색 가죽 소파에 앉아있던 군복 차림의 미군이 일어서서 악수를 청했다.

"챈들러(Chandler) 대위입니다."

2세가 말했다. 나는 악수를 했다. 부드럽고 큰 손이었다. 이마의 금발이 벗겨졌는데 선글라스를 벗지 않아서 어쩐지 으스스했다. 입술은 마치 찢어진 것처럼 얇고 길다. 대위는 테이블 위 서류를 확인했다. 입을 다물 수밖에 없었다. 2세가 든든하게 느껴지기도 했다. 12첩(疊)이나 되는 넓이다. 미국산 냉장고, 양주가 가득 찬 장식장, 정리용 장롱, 두꺼운 침대가 눈에 들어왔다. 축음기나 라디오는 먼지를 뒤집어쓰고 있는 것을 알 수 있다. 벽에 걸린 커다란 유화는 마리아가 예수님으로 보이는 아이를 안고 있는 어두운 작풍이다.

대위가 소파에서 몸을 뒤로 젖히더니, 내게 영어로 무언가 말했다. 2세가 통역했다.

"어째서 당신 앞으로 된 유언장이 있느냐고 물으십니다."

"······친구라서입니다."

나는 단언했다.

조선인의 목숨을 그때 구해줬다고 강하게 자신을 타일렀다.

2세는 대위에게 귀엣말을 했고, 대위가 무언가 말했다.

"조선인과? 당신도 조선인?"

"전 오키나와인입니다."

2세는 좀 더 듣기 위해서 대위와 내 얼굴을 교차로 봤다. 조선인의 이름을 물어보지나 않을까 나는 제정신이 아니었다. 나는 알지 못한다. 대위는 서류를 내 앞에 놓았다. 2세는 손가락으로 하나하나 가리키며 설명했다. 예금 통장이 세 개다. 두 개는 오키나와 시중은행, 하나는 미국 은행 것이었다. 토지, 건물 권리증, 등기도 있었다. 인감도 있다. 유언장은 간단한 내용이었다. 내 전 재산을 우라소에촌(浦添村) 아자(字)[12] 토오야마(当山) 하치한(八班)의 미야기 토미오 씨에게 증여합니다라고 일본 문자와 영어로 적혀있다. 각각에 날인과 사인이 돼 있었다.

대위는 빠른 말로 2세에게 무언가 말하고, 모자를 쓰고 일어나, 내게 다시 악수를 청했다. 나는 앉은 채로 악수를 했다. 2세는 대위의 뒤를 따라 나가면서 뒤돌아봤다.

"대위는 런치타임이라서 돌아갑니다. 난 더 있을 테니 기다리고 있

---

12 과거 행정 구역 상의 단위로, 大字(오오아자) 다음에 小字(코아자)가 뒤따른다. 메이지[明治] 이후에 "X村 大字A 字B" 등으로 표기됐다.

으시오."

나는 고개를 깊게 끄덕였다. 나는 예금액을 봤다. 동화처럼 막대한 금액은 아니지만, 한평생 아무 일도 하지 않으면서 살 수 있는 액수다. 유키치 등이 들어오는 예감이 들었다. 커다란 봉투 속에 테이블 위에 있던 것들을 집어넣었다. 열쇠 더미는 주머니에 넣었다. 방안을 다시 둘러봤다. 서랍이나 자질구레한 물품함에는 열쇠가 채워져 있어서 열리지 않았다. 봉투를 갖고 방에서 나왔다. 조선인과 이야기를 나누던 소파에 앉았다. 앞뜰에 솟아오른 땅에 심은 칸나가 그때보다 적어진 것처럼 느껴졌다. 그 대신, 그 옆에 또 다른 부분이 새로 불룩해 진 것 같은 기분이 든다. ……그때 그 셰퍼드가 묻혀있는 것인지도 모른다. ……저 땅에 연인이 묻혀있지 않다고 한다면, 조선인을 미치게 했던 석 달 전 사건은 도대체 뭐였단 말인가? ……조선인은 그 비행장 염천(炎天) 아래에서 미쳐버렸는지도 모른다. 땅에서 열기가 들끓었다. 감시하던 동안의 일본군 한 명이 일사병으로 쓰러졌다……연인의 환영이 저 백일(白日) 하에 흔들리고 있었던 것인지도 모른다. 설마, 나까지도 환영을 봤던 것은 아니겠지. 내가 조선인을 구한 것은 사실이다. 그렇지 않다면, 어째서 내게 재산을 남긴 것인지 설명이 안 되지 않나.

집 주위를 돌고 있던 유키치가 우물에 얼굴을 내밀고 들여다봤다. 올해 쓰유(장마철)는 강수량이 적었다. 바닥의 백골이 비쳐서 보일지도 모른다. 혹시, 그 지프 좌석에 앉아서, 2세가 말하고 있는 것을 노트에 메모하던 GI나, 2세가 수상히 여겨, 우물을 쳐내서, 꺼내 올려

250

진 뼈가 미국 사람의 것이라는 것이 알려지면 대위의 마음도 바뀔 것이다. 저 젊은 GI는 군복 겨드랑이가 둥근 모양으로 땀에 젖어있다. 지금도 불쾌감을 느끼고 있음이 틀림없다. 등에가 내 눈앞을 날아다닌다. 쫓아내도 좀처럼 나가지 않는다. 유키치는 지프를 향해 차츰 다가가더니 뒤쪽 타이어를 두 세 차례 발로 차더니, 이윽고 매화나무(赤木) 그늘 아래 쭈그리고 앉아 옆에 있는 할아버지에게 무언가 말을 걸었다. ……아, 하고 나는 숨을 멈췄다. 신뢰하고 있던 내게 위협을 받고 돈을 뺏긴 충격이 자살을 하는 계기가 된 것은 아니었을까. 마음을 유일하게 허락한 사람인 내게 공갈을 당하고, 조선인은 마음의 모든 활기를 잃었던 것은 아닐까? 조선인은 원래부터 내게 전유산을 줄 생각이었던 것이다…… 나는 눈에 거슬리는 등에를 잡으려고 달려들었다. 놓치고 말았다. 나는 할아버지를 위해서 수치심을 참고 교섭 역할을 맡았던 것 뿐이다. 나는 스스로를 그렇게 타일렀다. 내가 자살의 원인이라면 왜 내게 유산을 남겼겠는가. 이 복도에 선 채 어둠 속에서 야릇하게 눈만 번뜩대며 불룩이 솟아오른 흙을 매일 밤 바라보는 사이에 미쳐버린 것이다. 그 뿐이다. 나는 깊이 한숨을 쉬었다.

2세가 걸어서 다가왔다. 그것을 보더니 유키치가 일어섰다. 2세는 나와 마주볼 수 있는 소파에 앉았다. 유키치는 툇마루에 앉았다.

"원래대로라면 저 사람의 재산은 조선에 있는 가족에게 보내는 것이 당연합니다. 그렇지 않다면 군속이니 미군에게 몰수될 것입니다. 하지만, 미국은 민주주의 국가입니다. 본인의 의지를 우선합니다.

즉, 당신의 것이 된다는 말입니다.”

2세는 붉은 기가 감도는 얇은 입술을 핥았다.

“전부라고? 말도 안 돼. 우리들에게는…… 할아버지! 조선인 재산을 혼자 다 받는답디다. 그것도 전부.”

유키치가 몸을 쑥 내밀었다. 할아버지가 다가왔다. 나는 가슴이 뛰었다.

“당신들 둘은 돌아가도 됩니다. 허가가 나왔습니다. 하지만 나중에 다시 조사를 받아야 할지도 모릅니다.”

2세가 말했다. 하지만, 유키치와 할아버지는 움직이지 않는다. 2세는 나를 향했다.

“유해(遺骸)는 군에서 외인묘지에 매장할 겁니다. 장례비용은 다 내주시기 바랍니다. 나중에 청구서를 보내겠습니다.”

나는 바로 수긍했다. 2세가 빨리 가기를 바랐다. 이대로라면 유키치가 무엇을 떠벌릴지 모른다고 생각하니, 제 정신이 아니었다.

“유해는 육군 병원 지하 시체 안치소에 있습니다. 혹은 당신이 거두시겠습니까.”

2세가 말했다. 끈덕지다. 내 속마음을 꿰뚫어 보고 있는 것 같다.

“아닙니다. 그 쪽에서 부탁드립니다.”

나는 확실히 말했다.

“당신 그다지 기뻐 보이지 않는군요. 재산 받아서 기쁘지 않습니까?”

“아니요. 기쁩니다.”

2세는 일어섰다.

"당신은, 이제 가도 됩니다만, 2주 정도는 집에 있으시오……내게 상담하러 오시오. 알았죠."

당신의 진의는 알았습니다, 하고 말하고 싶다. 하지만 일을 다문 채 두세 번 끄덕였다. 2세는 나갔다. 바로, 지프가 배기가스를 내뿜어대고 사라졌다.

"저 자식에게 질문을 많이 당했는데, 아무 것도 들키지 않았어. 아무 걱정하지 않아도 돼. 그렇지, 할아버지."

유키치는 지프가 사라진 방향을 주시했다.

"할아버지가."

유키치가 계속 말했다. "요시코를 매일 밤 이곳으로 보냈으면 유산이 전부 굴러들어 왔을 텐데…… 내가 그러라고 했는데, 듣지 않아서라고."

"……손녀딸에겐 아무 것도 없다니…… 잘 좀 찾아보게나, 토미오."

할아버지가 나를 쳐다봤다. 나는 눈을 피했다.

"어떻게 받아 낸 거야? 겁을 줬어?"

유키치는 나를 들여다보려는 듯 고개를 기울였다.

"너라면 충분히 겁을 줬겠는데. 가라데가 사단이니까."

나는 고개를 들어 유키치를 보고, 곧이어 할아버지를 봤다.

"전쟁 중에 저 조선인의 목숨을 살려준 적이 있어……2세에게 물으면 알거야……"

"그래도."

유키치가 입을 삐죽 내밀었다. "내가 알려준 것이 계기였잖아. 내가 알려주지 않았다면 저 조세나와 만나지도 못했을 거 아니야."

유키치의 러닝셔츠에서 겨드랑이 털이 삐죽 튀어나와 있다. 혐오감이 들끓었다.

"……사내자식이 계집애처럼 독약이나 처마시고……피스톨로 머리도 쏘지 못한다니까."

유키치가 혀를 찼다.

"너 쓰루에게 전해달라고 한 돈을 떼먹고 나한테 시치미를 뗐지."

나는 단호하게 말했다. 유키치는 어리둥절해 하며 얼굴을 들더니, 바로 눈을 피했다.

"그거 돌려줘. 쓰루에게 꼭 돌려줘."

나는 목소리를 굵게 냈다. 유키치는 할아버지를 향해 혀를 찼다.

"돈이라는 건 갖고 싶지 않다 정말. 이렇게 인간이 변하다니. 그렇지, 할아버지."

"뭐라고!"

나는 일어섰다. "네 자신을 잘 생각해 보도록 해."

유키치는 나를 노려보고 허리를 들썩였다. 나를 한 대 치고 싶은 것 같았다. 나는 앞뜰을 봤다. 일부러 천천히 일어섰다.

"오늘은 그만 가지."

나는 할아버지와 유키치를 일으켜 세우고, 덧문을 닫고, 바깥 열쇠를 채웠다. 나는 앞뜰을 가로지르면서 불룩 솟아오른 땅에 멈춰 섰다. 아프리카 달팽이나 달팽이의 하얀 껍질이 표면에 흩어져 있다. 파 볼 용기는 없다. 모르는 척 유키치에게 파보라고 할까? 아니, 성가신 일이 생길 것 같다. 이 유령 주택을 팔아버리자. 살 사람은 유키치에게 찾아보라고 하면 된다. 경매를 해도 좋다. 신문에 광고를 해도 된다. 스님을 불러서 깡그리 태워버리면 어떨까 하고, 방금 전까지 생각했는데, 역시 아깝다. …… 일을 하자, 시끄러운 음악 속에서, 주연(酒宴) 속에서, 여자들과 미군들 속에서…… 하루코와 함께, 하루코를 마담으로 해서……. 이 부락을 나가자. 기지 근처의 마을로 가자. 사는 곳은 누구에게도 알려주지 않겠다. 쓰루에게도 돈을 주지 않으련다. 어차피 그 남자에게 빨아 먹힐 것이 분명하다. 미군 상대 가게가 성공하고 난 뒤라도 늦지 않다. 미군은 바에서 있는 대로 돈을 탕진한다고 한다. 영어를 배우자. ……"당신에게 도움을 받은 조선인 말입니다. 기억합니까?" 하고 어째서, 한마디 말해주지 않았던 것일까. 둘은 입을 다문 채로 내 뒤를 따라온다. 뭘 생각하고 있는 것일까. 목발 때문에 할아버지의 겨드랑이는 털이 다 벗겨진지도 모른다. 요시코가 내 가게에서 일하게 해도 좋아요. 비싼 노임으로, 할아버지, 하고 말해주고 싶다. 비탈길에 접어들었을 때, 나는 뒤돌아 봤다. 그러자 바로 할아버지가 말했다.

"나는 살아갈 자신감을 잃었다네."

"그 조세나를 바로 죽여 버릴 것을 그랬어. 할아버지, 우치난추가 살아있는 동안에 수모를 맛봐야 한다고."

유키치가 말했다.

"난 언제고 불쌍하게 살지 않으면 안 되는 모양이야."

할아버지는 고개를 숙였다. 일부러 그러는 것 같았다. 나는 빠른 걸음으로 비탈길을 올랐다

"오래도록 동료였잖아. 우리들을 배신할 거야! 같은 우치난추인데도."

긴네무 잎사귀, 가지에 바람이 술렁대는 소리에 마치 들어보란 듯이 하는 유키치의 욕설이 섞였다. 나는 발걸음을 더욱 빨리했다. 조금 있자 유키치가 무시무시한 기세로 달려오는 것이 느껴졌다. 나는 돌아보고 방어 자세를 취했다. 유키치는 내 옆에 섰다.

"사실 난 그 남자가 무서웠어. 그래서 바로 도망칠 수 있게 집 안에 들어가지 않았다고. ……그 사내가 영문도 모르는 조선어로 계속 요시코에게 말을 거는 것을 보고 나는 소름이 끼쳤어. 아무리 봐도 미치광이 얼굴이었어. ……갑자기 울음을 터뜨린 것 같았는데, 요시코의 목에 달라붙지 않겠어. 목을 졸라 요시코를 죽이려고 한다고 나는 생각했다고. 지면에 쓰러진 요시코가 어딘가에 부딪친 것인지 비명을 지르자, 그 남자는 바로 얼굴을 들었다고. 오랫동안 양손으로 머리를 감싸 쥐고 미동도 하지 않더라고. 겨우 요시코를 일으키고, 먼지를 털어주면서 몇 번이고 고개를 숙여서 용서를 빌더라고. ……그 남자가 가고 나서, 실제로 한 것은 나야. 하지만, 요시코가 내게 달려들어 안겼다고. 정말이야. 우치난추끼리 서로 좋아하는 게 뭐가 나빠? 돈으로 안는 게 더 더러운 거잖아."

유키치는 목소리를 내지 않고 웃었다. 나는 주먹으로 유키치의 뺨

을 쳤다. 유키치가 비슬거렸다.

"……나는 정말로 요시코를 좋아한다고."

유키치는 나를 보지 않은 채, 뺨을 손으로 감싸면서, 할아버지가 올라오는 것을 기다렸다. 나는 주저했지만, 다시 걸음을 옮겼다.

곽형덕 옮김

대담

마타요시 에이키(又吉榮喜)

소설가 마타요시 에이키와의 대담

▶ 대담 : 마타요시 에이키
　　　　김재용

김재용 일본문학이 사소설의 경향이 강한 반면 오키나와 문학은 그와
　　　　는 매우 다른 것 같은데 평소 일본문학에 대해서는 어떻게 생각
　　　　하며 또 오키나와 문학의 특징은 무엇이라고 생각합니까?

마타요시 저는 일본적이지 않은, 또한 오키나와 적이지도 않은 아시아
　　　　적인 작품을 항상 염두에 두고 글을 써왔습니다. 본토의 일본문
　　　　학(야마토[ヤマト]의 문학)은 사소설이라고 하는 작은 세계를 그
　　　　려냅니다. 그러한 세계는 상자 안에 만든 모형 정원처럼 자신의
　　　　심경과 주변 사람들 밖에는 나오지 않습니다. 제가 쓰고 싶은 소
　　　　설은 그 배경이 '반경 2km의 세계'지만 아시아로 그리고 세계
　　　　로 열려있는 소설입니다. 다시 말하자면, 제가 살고 있는 오키나
　　　　와에 대한 이미지를 가지고 아시아로 열려있는 소설입니다.

김재용 마타요시 선생은 일본 제국주의보다 미국 지배와 그 결과에 깊은 관심을 갖고 작품을 쓴 것으로 보이는데 특별한 동기가 있는지요?

마타요시 저는 오키나와 전투 이후 세워진 수용소 텐트에서 태어났습니다. 그 후 청년기까지 미군 지배 하의 오키나와에서 살았기 때문에, 주변에서 일본 본토에서 온 사람들을 거의 보지 못 하고 살았습니다. 미군 기지에 둘러싸인 우라소에 주변에서 자라나서 미국 및 미군과의 관계를 그리는 것은 제겐 자연스러운 일입니다.

김재용 선생님의 초기 소설 「헌병틈입사건」을 보면, 오키니와에 미군이 진주했을 때 얼마나 미국이 오키나와에 대해서 잘 모르고 일방적으로 대하고 있었는가를 잘 알 수 있습니다.

마타요시 네 그렇습니다. 미군은 오키나와에 대해서 거의 모르고 들어온 것 같아요. 우연히 오키나와를 정한 것뿐이죠. 오키나와의 지리적 위치 때문에 미군이 침공을 결정하였고 그러다보니 오키나와에 대한 체계적인 이해가 선행될 수가 없는 것이죠. 점령 이후에도 미군은 오키나와를 깊이 이해하려고 하지는 않고 그냥 군사작전상 필요한 범위 내에서 관심을 기울인 것뿐이죠

김재용 선생님의 소설 「조지가 사살한 멧돼지」에서 미군을 다루면서도 흑인 출신의 미군을 등장시키고 그들의 중간적인 묘한 처지를 보여주고 있어 흥미롭습니다.

마타요시 저는 미군 병사 대부분은 본래부터 범죄자나 광폭한 사람이 아닌 보통의 청년이라고 생각했습니다. 미군 병사들은 전쟁이

가까워오면 안색이 험악해 지는 것이 느껴졌습니다. 갑자기 화를 내고 울부짖고 알 수 없는 말을 늘어놓기도 했습니다. 베트남 전쟁 시기에 오키나와에서는 민가에서 판자나 봉을 가지고 나와서 미군들이 길바닥에서 치고 박고 싸우는 것이 일상다반사였습니다. 백인 병사와 흑인 병사가 패싸움을 하거나 오키나와 청년들과 미군이 싸우는 일도 일어났습니다.

김재용 베트남인들은 오키나와를 '악마의 섬'이라고 부를 정도로 오키나와가 미군 기지로 활용된 것을 비판하고 있는데요. 오키나와의 이런 억압적인 측면에 대해서 선생님은 강한 비판의식을 보여주고 있는 것으로 보이는데요.

마타요시 오키나와는 일본 본토와의 관계에서는 피해자였지만, 조선이나 타이완 그리고 베트남과의 관계에서는 가해자적인 위치에 있었다고 봅니다. 그런 측면을 저는 소설에서 형상화하려고 했습니다.

김재용 선생님의 소설 중에서 한국인 독자들이 가장 깊고 쉽게 접근할 수 있는 것이 「긴네무 집」인 것 같습니다. 이 작품에는 조선인에 대한 오키나와인들의 차별을 다루고 있어 매우 흥미롭습니다. 조선인 군위안부와 군부를 다루고 있는데요 특별한 이유가 있는지요?

마타요시 이 작품에서는 자신들이 피해자라고 믿는 오키나와인들이 집단적인 '망상'(조선인이 우치난추 여자를 강간했다는)을 만들어 '조선인'을 자살로 몰아넣습니다. 전전의 오키나와인에 의한 조선인 차별(주로 조선인 군부)이라는 역사를 통해, 전후 오키나와인의 피해의식을 다룬 것입니다.

김재용 혹시 어릴 때 조선인 출신 군 위안부나 군부에 대한 것을 들은 적이 있는지요?

마타요시 우라소에에는 미국인, 필리핀인, 대만인, 낭양인 등 다양한 인종이 살았습니다. 실제로 조선인이 이 집에서 살았는지 그것은 모릅니다. 어디까지나 제가 자란 우라소에에서의 체험을 바탕으로 그것을 아시아태평양전쟁 당시의 역사적 '사실'과 접목시킨 것이 이 소설입니다.

김재용 오키나와인들이 강한 일본에서 당한 것을 약한 조선인들에게 그대로 되풀이하는 것으로 구성한 것은 매우 흥미로운 일입니다. 조선인을 다룬다는 것은 저에게 매우 중요한 의미를 줍니다. 오키나와 문학은 자신들을 지배한 대국에 대한 비판도 하지만 동시에 자신들이 억압한 존재 예컨대 조선에 대한 관심을 보여준다는 점입니다. 결코 쉽지 않은 일인데요.

마타요시 그것은 앞서 말씀 드린대로 오키나와의 가해자성을 제대로 직시하려고 했던 것과 연관됩니다. 대국에 대한 비판만을 하고 자신들의 가해자성을 외면하는 것은 균형적인 시각이라고 보기 힘듭니다.

김재용 「돼지의 보복」으로 아쿠다가와 상을 수상하게 되어 일본의 일반 독자들에게도 다가가기 시작했는데 선생님이 보시는 것과 일본의 문학계가 보는 것 사이에는 괴리가 있다고 생각합니다. 선생님께서는 근대를 상대화하기 위하여 일본이 오키나와를 점령하기 이전의 오키나와의 습속을 다루고 있고 또 이를 통하여 인류의 건강한 모습을 엿보려고 하는 반면, 일본의 문학계는 다소 이국적인 차원에서 오키나와를 보고 이를 통해 지친 일본인 자신들의 마음을 치유하려고 하는 것 같은데 선생님은 어떻게 보시는지요?

마타요시 저가 오키나와를 보는 관점과 일본인들이 그것을 보는 것과는 상당한 차이가 있는 것 같습니다. 저는 오키나와의 향토적인 것의 탐색을 통하여 근대를 상대할 뿐만 아니라 근대를 넘어설 수 있는 문화적 원천을 찾고자 하였습니다. 하지만 일본의 문명에 지친 일본의 독자들은 이를 이해하지 못하고 오로지 낯선 오키나와에서 다소 이국적인 것을 찾아 영혼의 일시적 위로를 받고자 하는 것 같습니다.

김재용 선생님 소설의 특징은 피해자자 가해자가 될 수 있다는 점을 놓치지 않고 건드리고 있다는 점입니다. 피해자는 자신의 피해를 과장하기 쉬운 위험이 있는데 이 점을 집중적으로 다루는 있어 흥미롭습니다. 한국문학에서 가장 결여된 대목이라 더욱 관심이 많습니다.

마타요시 오키나와의 근대 역사를 생각할 때, 아시아의 다른 나라와 어떠한 관련을 맺었는지를 들여다볼 필요가 있다고 생각했습니다. 이는 제가 역사를 공부하고 이와 관련해 아시아 각국을 방문했던 경험이 투영된 것이기도 합니다. 균형잡힌 역사인식이란 피해와 가해 양쪽 모두를 인식해야 하는 것이라고 봤습니다.

김재용 우라소에라는 장소를 작품의 공간적 배경으로 하고 있지만 소설의 세계는 아시아 전체에 걸쳐 있어 흥미롭습니다. 이 조그만

한 섬에서 아시아 전체를 보고 있는데요. 특별히 아시아에 대해서 관심을 갖게 된 계기가 있는지요?

마타요시 제 문학은 반경 2km의 세계를 통해 아시아를 그리고 있습니다. 제 문학세계는 제가 태어나 자란 우라소에로부터 반경 2km 내에 응축돼 있습니다. 제가 성장한 장소는 아시아를 함축하고 있으며, 아시아로 열려 있는 곳이었습니다.

김재용 현재 오키나와 지식인 사이에는 오키나와의 독립 문제가 격렬하게 제기되고 있고 심지어는 학회를 만들어 이를 대중적으로 추진하고 있는 반면, 다른 쪽에서는 자치를 선호하는 이들도 만만치 않은데 선생님은 어떤 입장을 가지고 계시는지요?

마타요시 그 문제는 아주 복잡한 문제입니다.

김재용 네 알겠습니다. 이 대담을 통해 선생님의 작품 세계와 오키나와에 대해서 한층 구체적으로 알게 되었습니다. 감사합니다.

달은, 아니다
月や,あらん

사키야마 다미

＊ 출전은 崎山多美, 『月や,あらん』, なんよう 文庫, 2012. 작품 속의 일부 오키나와 말과 가타카나, 루비 그리고 작가의 독자적 표현은 괄호에 넣어 표시하였다.

내 친구, 오소라(大空)군, 너는 존재하고 있었다. 그리고 내 친구 히로바(廣場)군, 너는 지금까지 단 한 번도 존재해 본 일이 없었다······
 내 친구, 쓰키(月)군, 유감스럽게도 너는 더 이상 달이 아니다, 그러나 달이란 이름으로 불리는 것에 지나지 않는 너를, 내가 여전히 달이라 여기는 것은 아마도 나의 태만 때문이리라······
 (프란츠 카프카, 주정뱅이와의 대화)

새벽 세 시 하늘에서

 아직 추울 정도는 아닌 시월 중순의 밤. 거의 새벽 세 시에 가까워질 무렵이었다. 유난히 맑고 선명해진 시야 때문에 아주 곤란해져버린 나는 그만두면 좋았을 테지만 결국 베란다로 나가고 말았다. 싸늘한 정도의 바람이 뺨을 쓰다듬고 지나간다. 동쪽 하늘을 올려다보니 잿빛의 둥근 물체가 보인다. 곧바로 아, 달이구나, 하고 생각했다. 하지만 오늘 밤의 달이라면, 그래 저기, 저쪽 하늘 한구석에 부끄

러운 듯이 부들부들 흔들리며 창백한 빛을 발하고 있는 것이 바로
달 아닌가. 참으로 불안한 잔광이다. 달이 아닌 것 같은 이 정체는 겨
울 밤하늘을 조용히 유람하는 비행선, 도 아닌 것 같다.

　달도 비행선도 아닌 듯한 잿빛의 둥근 물체는 빌딩 숲 사이를 부채
꼴 모양으로 뻗어 있는 어스레한 하늘 끝자락에 선명하게 걸려있다.
뭔가 야릇한 풍경이다. 그 모양에 마음이 끌린 나는 베란다에서 있
는 힘껏 목을 빼곤, 새벽에 깨인 눈을 크게 뜨고 가만히 바라보고 있
었다. 그것은 옆으로 흔들리고 있다. 어슴푸레한 하늘 가운데서 흔들
리며 어지럽게 날아다니더니, 조용히 조용히 아래로 내려온다. 갈수
록 아래로 처지며 녹아들던 그것은 점점 진흙처럼 축 늘어지며 위태
로운 모양으로 옆집 삼각 지붕 끝에 매달린다.

　목구멍 안쪽이 단단한 무언가로 막히는 기분이 들었다. 나도 모르
게 몸을 앞으로 내밀어 지붕 끝에 붙어있는 물체의 그림자를 나 역
시 베란다 끝에 매달린 자세로 지켜보았다. 그러자 그 물체는 지붕
끝에서 흘러내리는 모양으로 순간 몸을 구불거리듯 흔들거렸다. 그
렇게 얼마간 있으려니, 어찌된 일인지, 그것이 사람처럼 소리를 내는
것이다.

　―이봐요. 손을 내밀어 봐요.

　조용한 밤의 침묵을 돌연 가로지르는 기괴한 목소리의 울림.

　너무나도 갑작스러운 일이다. 거절할 틈도 화를 낼 틈도 없다. 그
래요, 예상 외로 가볍게 열린 내 목에서는 높은 목소리가 나왔고 나
는 어슴푸레한 하늘을 향해 그렇게 답했다. 그리고 곧장 왼손을 내

밀고 말았다. 부드럽고 차가운 감촉이 집게손가락 끝에 닿는다. 고무공 같은 것이 손등에 달라붙어 발밑으로 굴러오더니 통 통 통 하고 뛴다. 엷은 소용돌이를 일으키는 보랏빛 안개 같은 것이 한쪽 면을 자욱하게 채우는 느낌을 가진 순간, 뿍, 뿌아ー人 하고 검붉은 그림자가 일어나고 그것은 눈앞에서 선명한 윤곽을 나타내며 봉긋한 모습을 정착시킨다.

공중에서 잿빛으로 흔들리던 둥근 물체는 진한 녹황색과 갈색이 섞인 진흙으로 온통 범벅된 통나무처럼 스스로 움직이는 물체였다. 주전자와 같은 머리에는 푸른 덩굴 풀 같은 것을 관처럼 뱅뱅 둘러쓰고 있다. 목면으로 만든 둥근 옷깃 셔츠 위에 황토색 아동용 겉옷을 걸치고 팔다리와 붉고 탁하게 빛나는 눈을 각각 두 개씩 가지고 있다. 통나무 막대기에 붙인 듯한 팔다리의 구불거림이나 흔들거림은, 분명, 살아있는 물체의 모습이다.

한밤중에 돌연히 베란다를 자욱하게 메운 이상한 기운의 습격에 당황한 나는 허둥거리며 방 안으로 들어가려 했다. 바로 그때, 쪼르르 따라오던 흙투성이 나무 막대기가, 어찌된 영문인지, 나를 앞질러 가는 것이 아닌가. 나무 막대기는 새시 문을 등지고 선 채 꼼짝도 못하는 내 눈의 맞은편 방 한가운데에서 이쪽을 보며 가로막고 서 있다.

정면으로 서로 마주보며 서 있는 셈이 되었다. 의외로 시계는 투명했고 그것과의 거리감에도 정상적인 원근법이 적용되고 있는 모양새다. 나는 그것을 피하지 않고 그저 응시하고 있다. 눈꺼풀에 경련이 일어날 정도로.

사람의 목소리로 사람의 말을 쓰고 있으니 이는 사람인 것일까. 그러나 사람이라 하기엔 너무나도 기괴한 풍채를 가진 종족이다. 비유하자면 해초로 둘러싸인 두 발 가진 청새치, 혹은 산 원숭이와 이리오모테 섬(西表島) 고양이를 섞어 놓은 듯하다. 굳이 사람에 빗댄다면 어른이 되기를 거부한 아이, 아니면 몸이 줄어든 마른 할머니라 할까. 키는 내 가슴께에 머리가 오는 정도다. 겉으로 드러난 팔과 다리는 번들번들 밝게 빛나는 갈색이다. 딱히 체모는 없다. 그런 이상한 자가 붉은 뺨을 너부죽이 드러내며 나막신 같은 얼굴에 박힌 고양이와 같은 눈동자로 말끄러미 나를 올려다보는 것이다. 그러고는 오므라진 입을 비틀며 히죽 웃는다. 이쪽은 간담이 서늘해질 정도로 섬뜩해진다. 그러나 열심히 냉정한 척 포장한다. 이렇게 정체를 알 수 없는 자에게는 함부로 반응 하지 않는 편이 좋아, 라고 스스로에게 말한다. 약간의 신체적 위협을 느끼기도 했기 때문이다.

관찰이 한창인 가운데 잠시 가슴을 젖히며 호박을 연상시키는 못생긴 얼굴을 쳐다보는 자세를 취해 보였다. 그러자 그것이 서성거리기 시작하는 것이 아닌가. 태엽 인형과 같은 모양으로 삐걱, 삐걱, 끽, 삐걱 끽, 삐걱 삐걱 끽끽, 삐걱 끽…… 의미를 빼앗긴 채 미래 영겁까지 거행되는, 세상의 어둠 속을 떠도는 그림자 의식처럼 말이다.

난들 여기서 무슨 생각을 할 수 있으랴. 밤하늘에서 갑자기 솟아났다고 생각하자, 보는 이의 시계를 뒤흔들어 어지럽게 만들 듯 무턱대고 지그재그 운동을 이어가는 이 자를 눈앞에 두고서, 나는 그저 멍하니 새시 문에 등을 기대고 서 있을 뿐이었다. 그런 얼빠진 상태에서도, 그러나 나는 혼자 몰래 한 가지 결심을 했다. 어찌되었든 여기에서는 이 사태를 아무 일도 아닌 것처럼 받아들이지 않으면 안 된다고. 여기서 만약 내가 일을 복잡하게 만들어 지금쯤 꿈의 도원경에서 편히 잠들어 있을 이웃들을 갑작스레 깨워 아이처럼 공기를 흩뜨리는 행동 따위로 이 자의 실체를 규명할라치면, 알 수 없는 이 자는 갑자기 움직임을 멈추고 만다. 멈추기는커녕 순간적으로 산산이 흩어져 사라지고 마는 것이다. 그런 일이 일어나면 나는 돌이킬 수 없는 무참한 마음에 사로잡힐 것 같다. 이 세상을 살면서 남아 있는 시간을 괴로운 심정으로 보내야 할 처지에 놓이는 것이다. 분명 그런 기분이 든다. 갑자기 솟구치는 강박감에 사로잡혔다.

슬금슬금 다시 현기증이 일어난다. 즉시 양손 집게손가락으로 양쪽 관자놀이를 누른다. 마치 술법처럼. 의외로 효과가 있다. 잔뜩 흐리고 무거운 막이 눈 한구석으로 천천히 달아나고 의식은 다시 투명해진다. 이번에는 아주 맑은 정신으로 나는 또다시 이런 결심을 해 본다. 이렇게 된 이상, 이 이상한 작자가 세상에 등장한 경위를 내 눈으로 똑똑히 확인해야겠다고. 그렇다고는 하지만 이제껏 듣지도 보지도 못한 기괴한 사건에 어떤 이름을 붙일 수 있을까. 나는 고개를 갸웃한 채로 있다. 이 사건에 대한 예단과 같은 말 한마디, 짐작 가는 대목, 돌연 뇌리를 스치는 이미지의 편린은 그러나 어떠한 그림도 만들지 못한다. 아득한 기억의 풍경—먼 파도 소리, 동쪽 바람의 살랑거림, 석양에 물드는 흰 모래, 섬 그림자의 고독, 새들의 노래 소리, 아이들의 외침, 노인들의 끊임없는 수다, 우물가에서 떼 지어 모인 여자들의 커다란 웃음소리—의 기척마저도 이 물체의 등장으로 인해 무참하게 모두 빼앗기고 말았다.

음영을 탈색시킨 심상풍경의 이 막연한 쓸쓸함이여.

훤하게 퍼져 가는 하얀 공간에 폭 싸였다. 살갗은 차갑게 얼어붙었다. 크게 눈을 뜨자 하얀 공동 중심에 한 점의 어두운 구멍이…….

임시 거처의 실제 주인에 대하여

이곳은 지방도시 교외에 세워진 옅은 갈색의 녹슬고 오래된 4층 아파트 맨 꼭대기 층 북쪽 구석에 있는 원룸이다.

아주 갑갑할 만큼 좁고 지저분한 공간이다. 그러나 이는 수입이 얼마 안 되는 여자가 혼자 마음 편하게 살기에 제격이다. 이 이상의 아파트를 바라는 것은 분수를 모르는 짓이다. 직장까지의 통근시간은 시내버스를 타면 아무리 막히더라도 20분 정도. 시내를 내려다 볼 수 있는 높은 지대에 있기 때문에 창문을 열면 푸른 바다가 눈앞에 펼쳐질 정도는 아니지만 꽤 괜찮은 전망을 가지고 있다. 이 모든 것을 차치하고라도 이 공간에 이렇게 틀어박혀 있으면 바깥의 비바람이나 이슬은 피할 수 있다. 세상 사람들이나 멀고 가까운 친인척들, 동료나 지인들의 성가실 뿐인 시선과 무겁고 괴로운 간섭의 종류로부터 일시적이지만 벗어날 수 있는 것이다. 시간이 허락하는 한 아무것도 신경 쓰지 않고 좋아하는 자세로 뒹굴거릴 수도 있다. 임대한 집이기는 하지만 이곳은 누가 뭐라고 하든 나만의 동굴, 나만의 성인 것이다.

사실 이 장소는 원래 내 친구(이나구두시, 女友達)가 살던 곳이다. 그녀의 남자 친구가 두 사람의 동거를 위해 신축 아파트를 마련하자 내 친구는 그곳으로 이사를 갔다. 이후 그녀는 부동산에 등록된 명의는 그대로 두고 나에게 이 방을 빌려주었다. 아파트 보증금, 중개 수수료 등이 필요 없고, 임대료는 본래 가격의 반만 친구 계좌로 다달이 입금하면 되는, 더 이상 싸게 구할 수 없는 좋은 조건의 원룸이다. 이 좋은 조건이 언제까지 이어질지 상당히 불안정한 거주공간이기는 하지만 원래 나는 내 자신의 장래라든지 노후 생활에 대한 불안을 과잉으로, 아니 보통 사람들만큼도 갖고 있지 않다. 게다가 나는 그 여자 친구보다 아직은 조금 젊다. 40대가 되려면 수개월의 시간적 여유가 있다. 여자 친구의 배려 덕분에 지금 당장 할 수 있는 정도의 계획은 세워졌다. 이 취직 빙하기에서 59배의 경쟁률이라는 난관을 넘어 채용된, 시청 홍보과 촉탁 일은 근근이 이어지는 수입이기는 하지만 내가 주제파악하고 노동조건 등에 대해 불만을 호소하지 않는다면 서류상의 절차와 편의상 다음 분기에도 채용될 수 있다. 이는 상사가 귓속말로 약속한 것이지만, 공무원적인 배려하에서 한동안은 연명할 수 있을 듯하다.

따지고 보면 이 모든 것은 다른 사람들의 호의에 기대었을 때 비로소 성립하는 것으로 준법과 위법 사이의 줄타기에서 제공되는 임시 거처의 덧없는 보증과 같은 것이었다.

반년 전 어느 주말 새벽이었다.

습관처럼 등받이가 있는 앉은뱅이 의자에 멍하니 앉아있었다. 형광등에 반사되어 함빡 젖은 듯 물색으로 빛나는 탁상 왼편 옆의 전화기에 시선을 떨어트린 순간, 전화벨이 울렸다. 집어 든 수화기에서는 낮지만 기묘하게 명료한 허스키 보이스가 흘러나와 귓속으로 전해졌다.

—응, 나야, 있잖아, 나 슬슬 혼자서 해 보려고. 힘들어졌어. 어쩔 수 없어…….

얇은 베니어판 벽을 두드려 옆집 사람에게 신호를 보내 소재를 알리는 듯 은밀한 목소리로 말을 꺼내더니, 깊은 한숨으로 내 귀를 간질이고 난 뒤에는 갑자기 톤을 뭉개며 단숨에 다음과 같이 말을 이어나갔다.

—저기, 들어 봐, 나 말이야, 조금 만나던 사람이 있었는데 그 남자와 동거란 걸 하기로 했어. 결혼이라든가 호적이라든가 그런 귀찮은 절차는 일절 생략하기로 하고. 근데 놀랍지 않아? 상대가 말이야, 나보다 7살이나 어린 은행 직원이야. 정말 놀랍지? 아, 어쨌든, 난 그런 결심을 한 상태거든. 누가 뭐라고 하든 나도 40대가 되었고, 새삼스러운 인생의 선택이 나답지 않다고 너는 불만스럽게 여길지 모르지만, 뭐라 해도 이미 늦었어. 그렇게 결심했거든 난.

그래서 말인데, 상담이랄까, 부탁이랄까, 아무래도 네가 들어줬으면 하는 이야기가 있어. 그게 말이야, 지금 내 손에는 아무래도 그만둘 수 없는 '업무상의 인수인계'라는 게 있어. 그게 무지 마음에 걸려서 말이지. 다시 시작하는 내 인생에 그게 어두운 그림자를 드리우고 있는 거 같아. 이렇게 말하는 게 나에게도 어렵고, 뭐랄까, 그런 일을 모른 채 못하는 내 성격을 너는 자알 알고 있잖아.(한숨이 가득한 습한 목소리였다.) 그래서 단도직입적으로 말하겠는데, 그 '업무상의 인수인계'를 네가 해 주었으면 해. 아, 설마 거절하지는 않겠지? 네가 곤란에 처한 친구를 인정머리 없이 모른 체하는 박정한 사람이 아니라는 걸, 나는, 잘 알고 있다고. 게다가 나, 달리 이 일을 부탁할 사람이 아무도 없어. 너 말고는 아무도…….

이렇게 곧장 납득할 수 없는 이야기를, 10년이나 알고 지낸 온 여자 친구 다카미자와 료코(高見澤了子)가 돌연 꺼내는 것이다.

갑작스레 일을 부탁받은 나는 그녀의 여자 친구임을 자인하고 있기는 하지만, 직장 동료도 동업자도 아니기 때문에 업무상의 무슨 일이라 하니, 놀랍다고나 할까, 아닌 밤중에 홍두깨라고나 할까, 청천벽력과 같이 느껴졌다. 그렇기는 하지만 무슨 소리야, 업무상의 일이라니, 네 업무상의 일이 나와 무슨 관계가 있단 말이야, 하고 성미 급한 대답은 일절 하지 않고 잠자코 이야기를 듣고만 있었다. 어차피 일방적인 느낌이었기 때문에.

내 여자 친구 다카미자와 료코는 남들의 시선을 의식할 때에는 조금은 제대로 되고 건실한 척하지만, 사적인 장면이 되면 갑자기 성실함과는 전혀 거리가 먼 가볍고 담박한 말투로 이야기를 한다. 목소리 자체는 낮고, 특별히 위압감이 있는 말투는 아니지만, 일단 입을 열면 대충이라도 처음부터 끝까지 그 경위를 말해야 직성이 풀린다. 이야기 도중에 상대방이 말을 끊는 것을 절대 받아들이지 않고 강하게 밀어붙이는 기질이 있는 것이다. 때문에 이야기를 듣는 사람은 어떤 말이든 가만히 듣고 있을 수밖에 없다. 그날 밤 그 이야기를 할 때에도 평소와 같은 그녀다운 말투였다.

계속 듣고 있자니 도톤도톤하고 울리는 그녀의 목소리는 점차 희미해지고 부풀어 올라 워웡, 워웡웡 하는 소리가 되어갔다. 그것은 점차 짧게 끊기어 흐르며 샷샷, 샷샤카, 샤카샤카샤카⋯⋯와 같이 시원시원한 리듬의 연주가 되기 시작했다. 그런 소리가 들릴 즈음이었을 것이다. 목소리가 멀리서 다가와 굽이치는 파도가 되어, 정작 들어야 할 이야기 내용이 어딘가로 새어 버리고 만 것은. 어둑한 재즈 다방 한쪽 구석에 자리 잡고, 공간을 채워 가는 스윙 리듬에 완전히 몸을 맡기었을 때와 같이 신경이 녹는 흔들림에 나도 모르게 이끌리고 있었다. 그렇게 나는 갑작스럽고 이해가 잘 되지 않는 여자 친구의 목소리를 무방비 상태로 귀에 흘려 넣고 있었던 것이다.

사실, 그 목소리는, 지금 내 방에서 물색으로 빛나는 전화기에서, 당시는 여기가 아닌 다른 장소에 있던 나에게 걸려온, 조금은 비틀린 경위를 가진 목소리였다.

보통 누구든지 자신을 세상에 어필하려고 손에 넣으려 하는 것이 있다. 확고한 소속집단, 집안, 화려한 학력, 자랑거리가 되는 특기나 사람들의 시선을 빼앗는 외모적 아름다움 등. 이들 중 어느 것 하나 제대로 가지고 있지 않은 내가 유일하게 손에 쥐고 있는 것이 있다. 단기대학을 졸업한 후에 통신교육을 받으며 취득한 사서 자격증이

다. 그 당시에는 그럭저럭 수요가 있었기에 나는 그 자격증 하나 믿고 여기저기의 지방 공민관이나 행정기관 관할 구역의 아동용 이동 도서관을 전전하며 하루하루의 끼니를 얻고 있었다.

13년 전 어느 날 5시에 가까울 즈음이었다. 시 중심구에 있던 공민관에서 초등학생들이 읽는 책을 대여하고, 반납 주문 카드 처리작업에 분주했던 하루가 드디어 끝날 시각이었다. 아이들이 어지질러 놓은 동화집이나 그림책을 정리하며 퇴근 준비를 하던 나에게 불쑥 커다란 사람 그림자가 덮쳐왔다.

─저기, 이거, 여기에서 몇 권 정도 구입해 줄 수는 없나요?

곧게 뻗는 울림이 좋은 목소리와 함께 눈앞에 책 3권이 던져졌다. 잉크 냄새가 코를 찌르듯이 풍겼고 갈색과 녹색, 연지색 등이 어울린 인상적인 겉표지 띠가 눈에 들어왔다. 글자 디자인이나 배열은 좋은 인상을 주었지만, 글자를 읽을 여유는 없었다. 3권 모두 아동용이 아니라는 것은 한눈에도 알 수 있었지만, 곧바로 대답을 할 수 없어, 입을 반쯤 벌리고 멍한 얼굴로 상대방을 올려 보았다. 그러자 상대방은 아, 하고 말하며 어깨에 걸친 가방을 뒤적이다 명함을 꺼내었다. 건네주는 명함에 시선을 돌리자 거기에는 가로 두 줄로 이렇게 쓰여 있었다.

편집공방 〈미둥밋챠이〉

편집부원 다카미자와 료코

미둥밋챠이, 이건 무슨 말이지? 게다가 이 사람, 어쩐지 이 주변 지역 사람과는 분위기가 달라. 더더욱 대답할 말을 잃어버린 나는 어쨌든 책 만드는 사람이 책을 팔기 위해 온 것이라는 것쯤은 알 수 있었다.

―이런 이름의 출판사를 막 시작한 참이에요. 이건 우리들이 처음으로 낼 책의 견본이고 발간은 6개월 정도 뒤에 할 예정입니다. 지금은 예약 주문을 받고 있죠. 제 입으로 말하기는 좀 그렇지만 꽤 좋은 책이에요. 책을 다루는 당신이라면 바로 알 수 있을 겁니다. 좋은 책인지 아닌지 정도는. 좋은 책이라 여겨지면, 당신 말예요, 상사에게 제대로 선전해서 사 달라고 말해주지 않겠어요? 그렇게 해준다면 대단히 감사하겠는데요. 물론 3권 모두 다 사지 않아도 되요. 1권만이라도. 저기, 어때요? 사서 손해 보는 책은 아니에요. 좋은 책이라고요. 분명히. 예약 할인권도 이렇게 있어요. 이건 주문서. 여기에 사인을 해서 나중에 우편으로 보내주기만 하면 되요.

한꺼번에 그렇게 쏟아 붓는 상대방을 나는 흠 하고 할 말을 잃은 채 올려 보고 있었다. 이렇게 막무가내로 책을 권하는 사람은 처음이었기 때문에.

행정기관 관할 하의 아동도서관에서 구입하는 책은 문부과학성이나 학교 추천서를 중심으로 독자에게 설문 조사하여 선정한 뒤 도서관에서 발행처로 직접 주문을 넣는다. 또 우편으로 발송받는 신간안내서 가운데 조건에 맞는 도서를 담당직원들이 선별하고 그것을 상사에게 허락받는, 그런 절차가 보통인 것이다. 게다가 영업직원을 상대하는 것은 나와 같은 말단 임시 사서가 아니다. 그럼에도 상대방은 좋은 책, 좋은 책이라고 밀어붙이고 있다. 이야기를 주고받는 사이에도 아직 그 주변에 서성이고 있던 아이들은 저기요, 누나, 저 책은……하며 책을 졸라댄다. 그 번잡함 속에서, 알겠습니다. 일단 두고 가시죠, 라고 말하자 그 순간 다카미자와 료코는 번쩍이던 눈을 누그러뜨리는 것이었다.

─어머나, 기쁘기도 해라. 좋은 사람이군요, 당신은. 이야기를 잘 이해하시네. 여기 이건 책 대금을 입금할 용지. 잘 부탁해요. 고맙습니다. 또 올게요. 당신은 정말 좋은 사람이에요.

그녀는 빠른 속도로 좋은 사람이군요를 반복하며 견본 책을 안고서는 뒤돌아 나가버렸다. 아니, 그런 게 아니라, 책을 두고 가라고만 했지……, 이런 내 목소리는 손을 흔들며 뒤돌아선 그녀의 큰 키에 되돌려지고 말았다. 눈앞에는 한 장의 입금 용지가 조용히 남았다.

그것이 내 여자 친구, 다카미자와 료코와의 만남이었다. 결국 그 책 3권은 내가 개인적으로 사게 되었다.

미둥밋챠이, 이것이 세 여자를 뜻함을 알게 된 것은 다카미자와 료코와 두 번째로 대면했을 때였다. 그녀는 주문한 책을 직접 전해 주려고 일부러 내 일이 끝나는 시간에 맞추어 도서관에 나타났다. 그리고 그 날 자연스럽게 커피를 같이 마시게 되었다.

거품 경제가 끝나고 10년쯤 지났을 때 그녀는 4년간 다니던 도심의 광고회사를 사직했다. 그리고 이곳으로 와서 여자 세 명으로 구성된 편집공방 〈미둥밋챠이〉를 만들었다. 3년만 견디면 노포 대열에 들 수 있다는 비아냥 섞인 말을 듣는 지방 출판업계에서 이들은 드물게도 순조롭게 업적을 쌓아 13년간 회사를 유지해 왔다. 대체 무슨 심경의 변화가 일어났는지 그녀는 그런 회사를 그만둔다고 한다. 한 남자와 동거를 시작하면서 편집업무에서 완전히 손을 떼겠다고 선언한 다카미자와 료코는, 주변 사람들이 보이는 미련에도 아랑곳하지 않고 회사 동료들과의 인연도 완전히 끊어버렸다고 한다.

그날 밤 여자 친구가 이야기한 갑작스런 '업무상의 인수인계'를 일단 받아들인다는 조건으로 그녀가 제안한 것은 바로 이 임시 거처였다. 거절할 수 없는 매력적인 교환 조건에 그만 사로잡힌 나는 알겠어, 인수할게 그거, 하며 기쁜 목소리로 덜렁 받아들였다. 실제로는 잘 알지도 못하는 제안을 가볍게 받아들인 것이다. 내일이라도 당장 이사할 수 있도록 방은 비워 두었으니까 하는 그녀의 제안에 따라 나는 이튿날 상자 4개에 나누어 담은 짐과 함께 이미 원래 주인이 떠나고 없는 이 방으로 찾아들어 왔다.

구체적인 '업무상의 인수인계'는 이사가 무사히 끝나고 서로 새로운 거주 공간에 적응되었을 즈음에 할게, 하며 그날 밤 통화 끝에 이야기한 이후로, 무슨 영문인지 여자 친구는 감감무소식이다. 그리고 파트너를 소개해 줄 자리인 식사 약속에 대해서도 아무런 안내가 없다.

덕분에 나는 그녀가 이사 간 곳의 주소나 전화번호, 회사 동료, 파트너의 이름과 거주지 등에 관해 어떠한 정보도 가질 수 없었다. 이쪽에서 연락을 취할 방법이 없는 채로 이미 반년이 지났다. 다른 일을 찾아 도심으로 돌아갔다는 소식도 들리지 않는다. 잠시 기다리면 그 사이에 어떤 식으로든 연락이 있겠지, 하고 친구에게 모든 것을 맡기는 생각도 소용이 없게 되었다. 밤늦은 시각에 혼자만의 시간을 보내자면, 짙게 타오르는 불안의 안개에 반드시 나는 휩싸이고 만다. 어쩌면 여자 친구는 돌발적인 사건사고로 뜻밖의 위험에 처해 있는지도 모른다는 생각이 불쑥 머릿속을 스치고 지나가는 것이다. 그러나 이런 근거 없는 상상을 가지고 심각한 얼굴을 하며 경찰서나 탐정 사무실로 뛰어드는 행동까지는 하지 않았다.

우선 평소에 무슨 일이건 다른 사람들과는 다른 반응을 하고, 주변 사람들로부터 둔하다, 얼빠졌다, 구제불능의 멍청이다 라고 지탄받아 온 나와는 달리, 그 여자 친구는 전혀 다른 타입의 성격을 가지고 있다.

충동에 이끌려 함께 쇼핑이라도 할라치면 그녀는 다카미(高見)라는 이름처럼 높은 곳에서 작고 마른 나를 내려다보는 늘씬한 체격의 소유자였다. 마음이 내키면 크게 서비스 정신을 발휘하여 연극하는 것처럼 익살맞게 굴어 배가 뒤틀릴 정도로 웃게 만드는 일도 있었고, 유행에 아주 민감한 부분도 있었지만 실제로는 꽤 진중하고 성실한 이론가였다. 처음 만났던 날 이후로 나와는 친밀하게 지내는 사이가 되어 10년이라는 세월이 지났다. 그동안 출판사 형편은 저조했지만 어떻게 살아남았는지, 관계자가 아니라면 일의 구조가 잘 보이지 않는 지방 출판업계에서, 다른 멤버를 주도하며 기발하고 유연한 기획으로 질과 양 모두 정평 난 출판물을 발간해 왔다. 지방업계에 있기에는 실력이 아깝다는 평판이 있을 정도로 카리스마 있는 여성 편집자였기 때문에, 얼간이에 멍청이같은 나라면 모를까, 정신의 헤이나 부주의한 실수, 사건사고 등은 내 여자 친구와는 정말로 어울리지 않는 말이라 해도 좋을 것이다. 그렇다 하더라도 그런 확신 자체가 아무리 기다려도 오랫동안 연락이 없는 여자 친구에 대한 검은 안개와 같은 불안감을 더욱 부채질하고 만다.

손꼽아 헤아려 보면 말이야, 나, 여기서, 13년 이상이나 살았던 거야, 하고 한숨 섞인 말투로 이야기했던 여자 친구의 원룸도 내가 들어가 산 지 2주 정도 지났을 즈음부터는 새로운 거주공간이라는 위화감도 전혀 느껴지지 않았다. 정말로, 완전히. 조금 낡기는 했지만 부담 갖지 말고 써, 하고 대부분 남겨준 가구 구석구석에도 이제는 내 손때가 묻고 만 것이다. 최근에는 이곳에 계속 살던 사람은 여자 친구가 아니라 바로 내가 아니었는가 할 정도로 자기중심적인 생각에 잠겨 있는 나 자신을 발견하곤 한다. 나라는 사람은 그런 식으로 39년 그리고 수개월의 세월을 살아 왔다. 나름대로 먹고 사는데 고생도 하며, 독신이기는 하지만 인생의 단맛과 쓴맛을 모두 맛보았고, 다른 사람들이 겪는 일도 일정 부분 경험해 왔다. 그러나 아무리 나이를 먹어도 멍청이, 얼간이라는 말을 종종 듣는 그런 여자였다.

가끔 당치도 않는 무서운 도깨비에 홀려 그것을 처리하는 데 몹시 난처해지는 일도 있었지만 항상 멍한 얼간이로 있다. 그래서 정신을 차리고 보면 돌발적인 행동을 한 결과, 상상도 못할 터무니없는 경우에 빠져 나 스스로를 더욱 위험한 벼랑 끝으로 내모는 일도, 간혹 있었다.

남은 자들

문득 어둠의 손이 가볍게 나를 내지른다. 벼랑 끝에서 저편을 보는 듯한 기분으로 얼굴을 들었다. 아무리 둘러보아도 몸을 움직일만한 공간이 없는 이 갑갑하기만 한 다다미 6장 크기의 방에서 살짝 이동해 보고 싶은 마음이 든다.

새시 문 정면 맞은 편의 한쪽 벽면에 기대어 세워둔 책장 앞.

일상적으로 꺼내 볼 일이 없는 책들을 가득 밀어 넣어 둔 책장에는 감색으로 염색한 포렴이 걸려 있다. 먼지 가득한 그것을 걷어내자 종이 뭉치들이 나타난다. 칸막이 안에는 3중 4중 켜켜이 가로 세로 사선 앞뒤할 것 없이 엄청난 양의 종이가 쑤셔 박혀 있다. 벽을 채운 8단 책장은 천장에 닿을 듯이 서 있고 그 속을 메우고 있는 책들의 수를 나는 세어본 적이 없다. 그럴 필요도 없었으니까. 지금 대충 눈어림으로 보니 문고본을 포함하여 아마도 8, 9천 권 정도는 되는 것 같다.

원래 이 책들은 내 여자 친구가 편집공방 〈미둥밋챠이〉에서 한 달에 3권 내지 5권 정도의 속도로 출판해 오던 책과 자료이며, 또 이 방에서 보관하던 모든 것을 그대로 내가 물려받은 것이기도 했다. 이것들 말이야, 앞으로 네가 살아가는 데에 분명 도움이 될 거야, 하며 신간이 나올 때마다 우편으로 보내 주거나 직접 건네 준 책도 포함되어 있다. 때문에 중복되는 책도 꽤 많고 그것이 양이 늘어난 원인이기도 하다.

받은 책들 대부분은 내가 주부가 된다면 정말로 도움이 될 만한 것

들이었다. '하루 100엔 이하로 기상 후 8분 안에 만드는 도시락 레시피', '5년 만에 아파트 계약금을 만드는 가계 운영법'과 같은 것을 비롯하여, '100세까지 유유한 청춘, 꿈같은 섬 생활 르포', '남국의 파라다이스 체험기', '해저에 잠긴 환상의 제국' 등의 카피 문구를 가진 이들 책은 한편으로는 거짓말 같은 내용처럼 보였지만 의외로 실용적 가치나 삶의 목표를 재발견하고 낭만적 탐험을 꿈꾸게 하는 효용성을 인정받아 베스트셀러 대열에 든 유행도서들이다. 다카미자와 료코의 말에 따르면 이들은 경영상 필요한 기획에 지나지 않고, 〈미둥밋챠이〉가 10년 이상 온전히 시간을 들이고 있는 것은 '섬의 전시 기록(シマの戰時記錄)'이라는 것이었다. 이것은 현(縣) 밖이나 외국까지 필드 조사를 한 헌신적인 연구자들의 협력을 얻어 만든 것으로, 익명의 사람들의 전시 체험을 직접 듣고 기술한 항목을 매우 상세하게 수록한 경과 야심작이었다. 기획이 완성되었을 때에는 망각된 기억의 목소리들을 살렸다는 평가를 받았고, 지역 신문사가 주는 출판문화상 등도 수상하기도 했다. 책 제목은 『전쟁의 세월, 각자의 전투(イクサ世,それぞれの鬪い)』로 12권짜리 시리즈물이었다.

그 외에도 에너지 넘치는 프리랜서 라이터나 저널리스트들이 만든 휴먼 다큐멘트가 있고, 괴짜나 기인이라는 평판으로 한 시대를 풍미했던 명물 예능인들이 실제로는 그저 평범한 인물이며 쓸쓸한 여생을 보내고 있음을 취재한 인생 궤적 이야기 등이 있다. 무엇 때문인지 예술이나 문학 냄새가 나는 기획은 살짝 피하고 있는 것 같은데, 어찌되었건 책장 안에는 이것저것 모두 꾹꾹 눌러 채울 수 있을 만큼 채워져 있다.

　이것들을 삶아 먹든 구워 먹든 그건 네 자유야, 마음대로 해. 그날 밤 여자 친구는 전화로 그렇게 말했다.

　그런 말을 듣긴 했지만 이들은 삶는다 해도 먹을 수 있는 것이 아니며 굽는다면 연기로 바뀔 뿐이다. 삶지도 그렇다고 굽지도 못하는 물건들이기는 하지만, 이들은 내 거주 공간을 점거하고 떡하니 솟아 있는 위치에서 밤낮으로 나를 내려다보고 있다. 아무리 임시 거처라 하지만 이 두꺼운 벽을 마주할 때마다 어지간한 선에서 처리하지 않으면 당장에라도 이들한테 제대로 잡혀 먹힐 것 같은 불안이 문득 문득 스친다. 그러나 당장에 귀찮아져 이사를 하고 난 후에는 손도 대지 못하고 방치해 둔 채로 있다. 가만 있어도 좁은 방안을 한층 비좁게 만드는 음험한 장본인들인 것이다.

　있지, 방 벽에 겹겹이 쌓여 딱 고정되어 있다고 네가 항상 푸념하던 그 책들도 모─두 두고 간다는 거야? 무심코 노골적으로 투덜거리는 나에게 여자 친구는 수화기 저편에서 아무렇지도 않은 듯이 대답했다.

　그래, 두고 갈 거야. 빠짐없이 모─두. 그럴 작정인데 무슨 문제라도 있어? 나 말이야, 이제 편집일 같은 거 앞으로는 일절 관여하지 않기로 했어. 필요 없게 됐다고 그런 책들. 가지고 있어 봤자 거추장스러울 뿐 지금의 나에게는 무용지물이야. 게다가 그런 책들을 언제까지나 옆에 두고 있으면 미련이 줄줄 흘러서 과거의 영광이든 그림자든 모두 끌어안고 사는 것 같아서 싫어. 그래서 모─두 두고 갈 거야.

그냥 그대로. 그렇게 정했으니까 앞으로는 이 책들을 나라고 여기고 소중하게 다뤄줘. 네가 말이야.

그런 말을 남긴 후, 여자 친구는 메인 목을 무리하게 떨듯이 큭큭하며 낮은 소리로 웃었다.

갑작스레 휘말린 그날 밤 대화의 여운이 나를 위협한다. 잠은 점점 나에게서 멀어져 간다. 차갑게 긴장된 신경의 일부에서 삐걱거리는 소리가 들린다. 단단하고 끈끈한 것에 몸이 휩싸인 것처럼 부자유스러운 감각에 꼼짝도 못할 것 같다. 그러자 뒤쪽 목덜미부터 등에 이르는 살갗을 다른 사람이 건조한 손으로 거슬거슬 긁어대는 것 같은 감촉이 단속적으로 나를 덮친다. 그 불편한 느낌이란 이루 다 말할 수 없다. 불쾌감이 계속 덮쳐온다. 어떤 장소로 쏟아져 흘러가는 몸의 흔들림을 나는 멈출 수가 없다.

방구석 책장 앞에 걸린 감색 포렴을 움켜쥐고 당겨 뜯었다.

흰 연기가 머리 위에서 춤을 춘다.

먼지 세례다.

이사한 후 단 한 번도 먼지를 턴 적이 없었다. 기침을 하며 눈과 입에 들어가는 먼지를 손으로 저었다. 코를 자극하는 곰팡이 냄새에 머리를 들이박듯이 하면서 상하좌우 벽에 자리한 책장을 둘러보았다. 서로 서먹하게 다른 쪽을 보면서 밀치락달치락 꾹꾹 눌러 담긴 책들 가운데로 내 오른손이 뻗어나간다. 그리고 한 권의 책을 쥔다.

무겁다. 손에 와 닿는 무게가 가슴까지 울린다. 흑백 그라데이션에 완전히 휩싸인 두께 5, 6센티미터 정도의 하드커버. 거기에는 하얗게 드러난 굵은 글자로 '자서전'이라고 옆으로 쓰여 있다.

이것은 편집공방 〈미둥밋챠이〉의 마지막 출판물로, 이곳으로 이사한 직후 내 여자 친구가 나에게 보내 준 책이었다. 증정 ＊＊＊＊ 씨. 미둥밋챠이 13년 간의 마음을 전부 담은 기획입니다. 이것이 정말로 정말로 마지막으로 내는 책이니 소중하게 여겨주세요. 라고 쓰인 메모가 나왔다. 의심할 여지도 없이 이것은 다카미자와 료코의 글씨다. 이사로 혼잡한 가운데 그저 내버려 두고 꺼내 보지도 열어 보지도 않았던 것이다.

겉표지에는 무엇 때문인지 웨이브 머리를 한 여자 사진이 검은 테두리에 둘러싸여 있었다. 세피아 풍으로 흐릿하게 프린트된 사진인 탓에, 언뜻 보면 젊은 여자인지 늙은 여자인지 분간이 가지 않는다. 황인종인지 흑인종인지 백인종인지, 아니면 서아시아 근방의 사람인지 혼혈인지 짐작이 가지 않는 얼굴이다. 끈적한 질감의 검은 테두리 안에 있는 얼굴 사진은 유영과 같은 느낌을 주고도 있다. 아니 이것은 실제로 불단 앞에 놓여있던 유영은 아니었을까 생각될 정도로, 영묘한 기운이랄까 요사스러운 기운이 감돌고 있다. 얼굴은 왼쪽 사선을 향하고 있고 무표정하다. 빳빳한 머리카락에서는 하얀 광택이 난다. 염색을 한 것인지 원래 흰 머리카락인지 아무 색이 없다. 조금은 둥근 얼굴 안에 크고 검은 눈이, 그 부분만이 뚜렷하게 드러나 있다.

이상하다면 이상한 그런 책 디자인의 '분위기'가 마음에 걸렸지만, 그런 모양도 포함하여 각각 상당한 개성을 가진 여자 동지 3명이 지방 출판계를 13년이나 종횡무진하며 혼신을 다해 만들었다는 책에 서는 〈미둥밋챠이〉 마지막 기획에 잘 어울리는 기백이 느껴졌다.

표지 사진에 감도는 짙은 영묘한 느낌을 불식시키려 책의 앞면이 나 뒷면, 책등을 돌려 보았다. 무슨 이유 때문인지 책의 앞과 뒤, 책등 에 모두 저자명이 쓰여 있지 않다. 겉표지 띠도 없다. 서지사항을 보 려고 뒤적여 보았다. 발행처 〈미둥밋챠이〉, 편집 책임자(대표로 내 여자 친구의 이름이 쓰여 있다), 발행 연월일(20XX년 *월 말일) 등 은 분명히 명기되어 있다. 그러나 여기에도 저자명은 보이지 않는다. 불량품인가? 그렇다 하더라도 꽤나 이상한 책이다.

아무튼 책장을 열어 보았다.

눈에 들어 온 것은 얇고 투명하게 밝은 컬러 세계다. 겉표지의 무 거운 분위기를 일축하듯 가슴을 뚫리게 만드는 산뜻함이 있다. 크림 색 선을 점묘하듯이 흐릿하게 만들어 사선으로 달리게 만든, 옅은 녹색의 일본 종이가 중간에 삽입되어 있다. 문득 바람에 나부끼는 사탕수수 이삭의 물결이 부채질하는 기분이 든다. 무심결에 눈을 감 고 잠시 그 광경에 젖었다. 이삭의 살랑거림에 이끌리듯 눈을 뜨고 다음 페이지를 열어 보았다.

그러자 얇은 어떤 것이 얼굴을 쓰다듬는다. 살펴보니 눈 아래가 하 얗다. 백지다. 다음 장을 열었다. 또 백지다. 아무것도, 없다. 사진이 나 그림은커녕 글자 하나 선 하나 없다. 한 점의 얼룩도 보이지 않는 다. 다음 페이지도, 다음도 그 다음도, 다음도, 다음도, 다음도…… 마 찬가지다. 이것은 그냥 견본품인가? 아니면 아무 것도 쓰여 있지 않은 책, 그저 멋을 부린 건가? 이런 것이 〈미둥밋챠이〉의 마지막 마음을 담은 책이라니 아무래도 이상하다. 대체 이것은……. 큰일이다. 강렬한 멍멍함이 나를 습격한다. 세상의 움막으로 거꾸로 떨어지기 시작한다. 안 돼, 나는 세차게 고개를 저었다. 그렇다면 공백이란 『자서전』의 내용을 말하는 것인가, 아니면 나의 뇌수를 말하는 것인가.

하얀 공백감 속에서 잠은 멀리 달아나고 혼자 남겨진 몸에는 희미하게 차가운 적요함이 감돈다. 습기를 머금고 고여있던 감정이 출렁 흔들리며 떠올라 흔들흔들 피부 표면을 만지듯이 돌아다니기 시작한다. 몸의 살갗을 고루 돌아다니며 손끝과 목덜미, 발뒤꿈치로 흩어진다. 이렇게 느껴졌던 감촉은 이번에는 콕콕하는 소리를 내며 몸의 중심으로 내려간다. 축축한 감정이 끊임없이 명치로 내려간다. 괴롭다. 상반신을 한 번 비틀어본다. 고여있던 감정이 일순간에 흩어지기 시작했지만 곧바로 다시 콕콕 소리를 낸다.

빛의 단층이 파도를 한 번 일으킨다.

등 뒤로 전해오는 서늘한 기운에 뒤를 돌아본다. 아까 그 자다. 눈도 깜빡이지 않고 나를 올려다본다. 계속 그곳에 있었던 것이다.

이런저런 일이 있는 가운데서도 전혀 눈앞에서 사리지지 않는 통나무 막대기. 크게 한 번 숨을 내쉬었다. 상대방의 시선에 위압되지 않기 위해 나도 똑바로 그 자를 응시한다. 특별한 반응은 없다. 애교 있는 네모진 얼굴에 버티듯 앉아있는 맑은 눈동자가 조용히 나를 바라보고 있을 뿐이다.

얼마간의 시간ㅡ.

느닷없이 나를 뒤흔드는 것이 등장했다. 가슴을 느슨하게 자극하는 기시감이다. 이 자의 신체를 해치는 차마 말할 수 없는 괴기한 사건을, 사실 나는 이미 공유하고 있었는지도 모른다, 라는 이상한 감각에 휩싸였다. 망각 저편에 내쫓겨 있던 미지의 장소에 대한 향수를 더듬어 찾듯이, 흔들흔들 고개를 흔들어 본다. 황야를 방황하는 표류자와 같은 막막한 기분에 빠진다.

기억을 더듬어 보니 이런 일이 있기는 있었다.

아마 그것은 얼마 전 조금 쌀쌀해지기 시작한 한밤중이었다.

응급실 당직 간호사가 긴급하게 호출하는 갑작스런 전화가 걸려왔다. 의식 불명 상태로 들어온 환자가 당신의 이름을 말하고 있고, 소지품에서 당신 이름과 전화번호가 나왔기에 연락한 것이라고. 사람을 착각해 잘못 걸려온 전화라고 곧장 생각했지만, 아무튼 와 달라고 간호사가 채근하기에 영문도 모른 채 아파트에서 뛰쳐나갔다. 의식이 없는데도 내 이름을 말할 정도의 사이라면, 내가 떠올릴 수 있는 사람은 단 한 명밖에 없다. 사람을 착각한 것이 아니라면 대체 그녀에게 무슨 일이 일어난 것일까. 젖은 머리를 말릴 틈도 없이 간호사실로 뛰어 들어갔다. 간호사가 안내한 처치실 침대로 가 보니 거기에는 창백한 얼굴로 잠들어 있는 다카미자와 료코가 있었다. 무엇 때문인지 축 늘어진 상복을 입고서.

간호사의 설명에 따르면 그날 오후 9시가 넘은 시각, 해안가 부근 나미노시로(波之城) 공원 벤치에 쓰러져 있던 그녀를 데이트 중이던

한 커플이 발견하여 병원으로 옮겼지만 계속 의식이 돌아오지 않는다는 것이었다. 눈에 띄는 외상도 없고 검사 결과 특별한 병도 발견되지 않았기 때문에 어떤 심한 충격으로 심신 쇠약 상태에 빠진 것일 거라 했다. 심장이나 뇌파에 별 이상을 보이지 않으니 걱정하지 않아도 됩니다, 잠시 기다리면 눈을 뜰 테니까 그때는 바로 집으로 데려 가도 좋습니다, 하며 당직 의사는 대수롭지 않은 듯 말했고, 황급하게 갈마드는 환자와 간호사들의 움직임을 둘러보면서 이 침대를 한시라도 빨리 비워주었으면 하는 귀찮은 표정을 노골적으로 드러내고 있었다.

그러나 미숙한 의사의 진단과는 달리 그날 이후 다카미자와 료코는 2, 3일 밤 꼼짝도 하지 않고 계속 잠들어 있었다.

다음 날, 처치실에서 일반 병동으로 옮겨진 그녀에게 병문안을 온 〈미둥밋챠이〉의 동료 두 사람은 잠만 자고 있는 다카미자와 료코의 얼굴을 내려다보며 한숨을 지어 보였다. 다카미자와 료코와의 대화 속에서 그들 이름이 잠시 잠깐 등장하는 일은 있었지만 이렇게 대면하는 것은 그날이 처음이었다. 〈미둥밋챠이〉 멤버 가운데 젊은 축에 속하는, 젊다고 해도 30대 중반은 지나 보이는 통통한 여자가 말했다.

—그러니까, 내가 말했잖아요—. 건강을 위해서라도 적당히 하는 편이 좋다고. 정—말, 일단 말하기 시작하면 다른 사람 말을 듣는 적이 한 번도 없다니까, 이 사람은.

곤혹스럽다, 라기보다는 상대방을 힐책하면서도 어딘가 어리광부리는 표정을 노골적으로 드러내며 삐죽 입술을 내밀었다. 그 여자의 표정을 슬쩍 쳐다보며 순간적으로 나를 의식한 것은, 눈썹이 가늘고 얼굴이 작으며 몸도 마른 나이 많은 여자였다. 끼고 있던 팔짱을 가볍게 풀고서는 한쪽 손을 밝은 컬러로 염색한 짧은 머리로 가져가 앞머리를 쓸어 올리며 억제하는 말투로 이렇게 말한다.

　―어쩔 수, 없잖아.

　―뭐가 어쩔 수 없다는 거예요?

　두 사람의 대화는 이렇게 시작되어 이어졌다.

　―이게 이 사람의 방식이라고. 죽을 둥 살 둥 하지 않으면 만족하지 못한다고나 할까…….

　―다른 사람에게 피해를 준다고요. 그런 방식이.

　―어떤 상황에서도 편집자적 원칙을 관철하려 하니까, 그걸 도울 수 없는 우리는 그만큼 수수방관하는 셈이 돼 버려.

　―뭐가 편집자적 원칙이죠? 이 사람의 방식은 말예요, 편집 업무 진행을 방해할 뿐이잖아요. 결국.

　―그렇게 되는 것도 어쩔 수가 없어.

　―그러니까, 왜, 어쩔 수 없다고 결론을 짓는 건가요? 당신은. 이 사람의 폭주를 멈추게 하는 것은 가장 나이가 많은 당신의 역할이라고요.

　―그런 말을 한다 해도.

　―그걸 가만히 보고 있는 것은 당신들 두 사람이 〈미둥밋챠이〉를 망치려는 것과 같아요.

─……아무튼, 이렇게 된 것도, 오로지 좋은 책을 만들기 위한 그 사람 나름의 방식이잖아. 이를 허락하는 것이 동료로서의 의리라고 말하고 싶을 뿐이야.

─의리? 이봐요. 〈미둥밋챠이〉는 야쿠자 동맹이 아니라고요. 책을 만들어 파는 장사업이라고요! 우리들은.

─그건 그래.

─정말 마음에 안 들어. 의리라는 둥 동료의식이라는 둥.

─의리나 동료의식은 모두 일을 하는 데에 필요한 정신이라고 생각해.

─저기 있잖아요, 〈미둥밋챠이〉는 지방의 소규모 출판사라고는 하지만 세계의 거대 시스템 그물망에 완전히 포획되어 있어요. 버둥거리면서도 어떻게든 해 나가지 않으면 안 된다고요. 요즘 같은 시절에 시대착오적인 생각은 좀 문제가 있는 거 아네요?

─지방 출판업계에만 문제가 있는 것은 아냐. 어느 시대 어느 장면에서도 여러 문제는 일어나고 있었다고.

─정말 문제투성이야. 투성이라고.

─정말 그래.

─대체 이 사람, 무슨 생각을 하고 있는 걸까요? 10년에 걸쳐 만든 기획을 이제 곧 세상에 알리려고 날을 잡아 놓고서는 사업 완성을 연기시키는 하찮은 일만 만들잖아요. 사업에. 구술 조사에서 빠진 걸 어떻게 보충한다는 건지. 아무리 수완이 좋은 사람이라 해도 일개 편집자에 지나지 않는 주제에 르포 작가 같은 폼을 잡기는. 결국 이

게 무슨 꼴이람······.

의식이 없는 사람을 상대로 내부 사람끼리 옥신각신한들, 이라며 나이 많은 여자는 흥분하여 화내고 있는 젊은 여자를 침착하게 달래는 모양이다. 두 사람의 대화의 기세에 눌린 나는 이들이 병문안 때 가지고 온 꽃다발과 케이크를 받아 든 채 커튼이 걸린 벽에 붙어 서 있다. 그런 내 존재는 이미 눈에 들어오지 않는 듯, 두 사람은 한동안 그렇게 대화를 주고받고 있었다.

이야기가 보이지 않았다. 다카미자와 료코와는 밤중에 전화로 아무 이야기나 주고받았다. 한 달에 한두 번 정도 술을 마시거나 밥을 먹었고, 보고 싶은 공연이나 라이브가 있으면 함께 가긴 했었지만, 업무상의 고민에 대해서는 들은 적이 없었다. 하긴 최근에는 이야기의 흐름이 얼마간 불명료하게 끊기거나 목소리에 힘이 없거나 하는 일이 종종 있기는 했다. 그렇다고 해도 그녀의 평소 모습에서 업무상의 일이 막힌다거나 트러블이 있었다고는 여겨지지 않았다. 두 사람의 대화와 다카미자와 료코의 평소 모습이 나에게는 연결되어 이해되지 않았다. 잠자기만 하는 다카미자와 료코를 사이에 두고 옥신각신하는 두 사람 사이에 내가 들어갈 틈은 없었다. 유일한 내 여자 친구라고는 하지만 이러한 때에 드러나는 관계의 골은 역시 적적함을 느끼게 만든다.

얼굴을 보는 것도 말을 주고받는 것도 그날이 처음이었지만 두 여자는 입을 모아 이렇게 말했다. 눈을 뜨고 다른 사람들처럼 움직일 수 있을 때까지 당신이 이 사람을 돌보아 주었으면 해요. 당신도 알고 있듯이 이 사람은 도심에서 이 지방으로 표류해 온 사람이라 여기에 일가친척 하나 없으니까요. 우리들은 이 사람의 업무를 나누어 정리해야 해요. 그게 산더미처럼 쌓여 있다고요. 뒤처리는 동료에게 밀어두고 태평하게 자고 있는 이 사람을 돌 볼 여유가, 우리에겐 없거든요.

거절할 이유 같은 건 없었다. 이 친구와는 친척 관계도 아니고 특별히 돌보아야 할 의무가 있는 것도 아니다. 그저 우연히 알게 되어 어느 틈엔가 오래된 친구 사이가 된 것에 지나지 않았지만 거절할 이유 같은 건 없었던 것이다.

두 사람이 돌아간 후, 다카미자와 료코가 입었던 상복과 의식 잃은 그녀의 얼굴을 바라보고 있었다. 아무리 보아도 태평하게 자고 있다고는 여겨지지 않았다. 깊은 숲에서 예기치 않게 길을 잃어 왜 자신이 거기에 그러고 있는지, 어디로 가려 하는지 알지 못해 혼자 우두커니 서 있는, 그런 무거운 기분에 빠져 들었다.

다른 일을 시작하기 전에 잠시 나가던 헌책방 근무를 더 이상은 빠질 수 없다고 생각하던 삼일째 오후, 다카미자와 료코의 의식이 돌아왔다. 가수면상태에서 깨어난 얼굴처럼 곧바로 평소와 같은 움직임을 보였지만 나를 보는 시선은 어딘가 애매해져 있었고 어쩐지 분위기가 이상했다. 평소 자신이 가지고 있던 에너지를 송두리째 빼앗겨 버린 듯 침울해하던 그녀가 계속 마음에 걸렸지만, 그 후 이 일을 화제로 올리는 것은 왠지 꺼리게 되었다.

지독한 건조함이 덮쳐와 훌쩍 일어섰다.

여기저기에 흩어져 있던 물건들을 발끝으로 차올리거나 밟아 뭉개거나 찌그러뜨리거나 하며 부엌으로 이동시켰다. 싱크대 옆에 있는 냉장고를 활짝 열고는 머리를 박아 넣었다.

차갑다―. 냉장고니까 당연한 일이다. 눈의 움직임만으로 냉장고 안을 쳐다본다. 식량으로 볼 수 있는 건 잘게 썰린 명란젓 팩과 먹다 남은 데친 스파게티 면, 그리고 계란 두 알 정도가 고작이었지만, 이 단 칸 안에는 위세 좋게 사 두었던 오리온 맥주 열 개가 차가운 동굴을 빼곡히 채우고 있다. 그중 세 개를 집어 들었다. 그 자리에서 단숨에 들이켰다. 꿀꺽 꿀꺽 꿀꺽…… 후화―. 숨을 쉬자마자 눈 안이 확하고 불바다가 된다. 취기가 급하게 도는 모양이다. 알코올의 흡수가 너무 빠르다. 그러고 보니 오늘은 아침부터 제대로 된 음식을 먹지 못했다. 그만두면 좋았을 테지만 몹시 흥분된 머리를 닥치는 대로 흔들어 댔다. 점점 빙글빙글한다. 이 상태로 대여섯 걸음이면 충분한, 마구 흐트러져 방치된 6조 다다미방으로 돌아갔다.

할머니같이 생긴 자는 아직 거기에 있다.

못생긴 얼굴을 조금 기울이고 정좌한 자세로 이쪽을 올려보고 있다. 그 애교 있는 눈매에 나도 모르게 입술이 터질 것 같아 힘주어 오므린다. 자나 깨나, 멍한 상태로 있으나 맥주를 먹으나, 나를 위협하듯 거기에 줄곧 앉아 있는 할머니 같은 이 자 앞에서 나는 맥주 캔을 줄줄이 세우며 떡하니 가부좌를 틀고 앉았다. 앉음새를 고치는 내 태도에 이번에는 상대방이 기가 꺾인 모양이다. 눈앞에 있는 싫어하는 존재를 조금은 피하듯이 이 자는 내 눈을 피한다. 그와 동시에 내 오른손에 쥐어진 오리온 맥주 캔을 슬쩍 보고는 못 본 체한다. 꿀꺽 하고 침 삼키는 소리가 난다. 나는 곧이어 날카롭게 묻는다.

　―너, 이거 마시고 싶어? 그래, 마시고 싶지? 그치만 안 돼. 이건 말이야, 네 것이 아냐. 이 맥주는 말이야, 내가 땀 흘려 번 돈으로 산거라고. 뭐, 땀 흘려 일한다고 해 봤자 내가 벌 수 있는 돈이란 크게 많지는 않지만 말이야.

　취기에 실려 쏟아져 나오는 말을, 나는 그만둘 수가 없다.

　―이참에 말야. 솔직히 털어놓고 이야기하겠는데, 이왕 이렇게 되었으니 들어 보라고. 나라는 사람은, 혼자고, 아, 내가 이 나이까지 싱글로 사는 건 좋아서가 아냐. 그저 팔자라는 게 이런 인생을 살게 만들고 있을 뿐이라는 이야기지. 아무튼, 나는, 이렇게 혼자서 밤중에 맥주를 마시고 멍하니 있는 게, 무엇보다 즐거워. 최고의 즐거움이랄까 유일한 즐거움이랄까, 다른 즐거움이란 게 하나도 없어, 나에겐. 그러니까, 모처럼 이렇게, 너와 나는 무슨 조화 때문인지 모르겠지만 이렇게 기적적으로 만나고 있는데, 자기소개조차 하지 않는 너 따위에게, 나의 유일한 즐거움을 그냥 나누어 줄 수는 없다는 거지. 이게 별일 아닌 것처럼 보이겠지만, 아주 중요한 일이라고 생각하거든, 나는. 사람과 사람이 대등한 관계로 있기 위해서는 말이야, 불필요한 나눔이나 정은 없는 편이 좋아. 그러니까 나는 다른 사람에게 정(나사키)을 준다든지 질투(니-타리)한다든지 하는 눅눅한 감정은 안 품도록 하고 있어. 그런 건 마음을 빈곤하게 만들거나 거추장스러울

뿐이지. 상대방은 상대방, 나는 나, 그 외에 다른 사람과의 관계란 결말이 나지 않는 것이라 생각한다고. 그러니까 말야…….

이야기가 점점 이상한 방향으로 흘러가는 것은 말을 마구 내뱉으며 꾸역꾸역 이어가는 사이에 어느새 맥주 3캔을 다 마셔버린 탓일 것이다. 끊임없이 흘러나오는 말에 나는 압도당하고 말았다. 맨 정신으로는 도저히 할 수 없는 속내를 그만 그 흐름에 맡긴 채 뱉어버리고 만 것이다.

수치스러운 마음에 목소리가 들뜬 순간, 그 틈을 이 자는 공격해 온다. 갑자기 내 손에서 맥주를 빼앗는 난폭한 행동을 하기 시작한 것이다. 이게 뭐, 뭐야, 하고 말할 틈도 없이, 맥주 캔을 휙 싱크대로 내던진다. 타당, 푸숫— 하고 캔은 찌그러지고 거품이 흘러넘친다. 그 소리에 가열되어 결국 머리에는 불이 붙고 그 머리를 세차게 흔든다. 큰소리로 호통칠 기세로 나도 모르게 과장되게 들어 올린 주먹이, 어머낫, 어정쩡하게 저지당한다. 딱딱한 그 자의 손이 내 허리를 밀어낸다.

—앗, 위험해. 위험하다고.

이렇게 주욱 하고 밀어내자, 나는 마구 흐트러진 가구와 잡동사니들을 피하거나 부딪치거나 하며 현관 앞으로 나간다. 한데, 왜 이렇게 서두르는 것일까. 아무튼 이렇게 내몰린 나는 현관문을 밀어 열고 주욱 하고 계단을 내려간다.

정신을 차리니 문 밖이다.

편집공방 〈미둥밋차이〉

휑뎅그렁한 한밤중의 도시거리.

움직임이 느껴지지 않는다. 새벽 세 시를 훨씬 넘긴 밤길을 걷고 있을 터, 라는 의식은 분명 남아있다. 그러나 시간 감각은 어딘지 미덥지 못하다. 어깨나 팔다리를 앞뒤로 흔들고, 우스꽝스럽게 허리를 옆으로 흔들흔들 흔들며 이동하는 이 자의 움직임은 아스팔트 위를 미끄러지듯 걷는 가벼움을 가지고 있다. 그 뒤를 따라간다. 살갗에서는 알코올 냄새가 배인 땀이 쏟아진다. 겨울밤인데도 차가운 바람이 불어 올 것 같지 않다. 오히려 공기는 탁해져 있고 불쾌하게 무덥다. 줄줄 흐르는 땀의 감각은 점점 강하게 느껴지지만 그것은 흐르지도 않고 피부에 번질 뿐이다. 불쾌감을 증폭시키는 목덜미 주변을 닦아 내려는 순간, 문득 생각이 떠올랐다. 내 오른쪽 옆구리의 『자서전』.

어떤 의식의 흐름으로 내 팔다리가 움직이고 이 책을 이렇게 문 밖으로까지 가지고 나온 것일까. 기억나지 않는다. 방금 전에 일어난 일에 대한 기억을 더듬을 수 없다. 뻥 뚫린 기억의 동굴. 거기로 불안이 쏟아져 내린다. 『자서전』을 껴안고 있는 오른팔에 부자유스러운 감각이 느껴진다. 둥근 어깨를 치키고 풀 관을 쓴 머리를 흔들며 앞으로 가는 그림자. 이제는 말도 나오지 않는다. 이 자는 드디어 격하게 팔다리를 앞뒤로 흔들면서 어둑한 가운데를 잠잠히 나아가고 있다. 그 뒤를 바싹 붙지도 멀리 떨어지지도 않은 채 뒤따르는 내 움직임은 마치 이 자의 그림자같다. 그렇게 나는 시내 밤거리 골목으로 비틀어지듯 들어간다.

큰길로 나오기 직전의 골목길에 다다르자, 잠잠히 전신운동을 하던 안내인의 움직임이 멈추었다.

올려다 본 어둠 속에서 가로로 가타가나로만 쓰인 문자가 드러났다. 편집공방 〈미둥밋챠이ミドゥンミッチャイ〉라는 네온사인 간판이다. 어둠의 벽에 기댄 듯이 비틀리고 헛되어 보인다. 불이 꺼진 간판 글자는 옅은 감색으로 빛나는 건물 끝에 매달려 있다. 질주하듯이 마냥 달려온 10여 년의 영업 끝에 간판을 내린다고 선언하고, 그렇게 선언한 이후 지금도 미둥밋챠이 간판은 아직 걸려 있는 채로 남아있는 것이다.

지금과 같은 불황이라면 당장 세입자가 나타나지 않았을 터이다. 한 층에 60평 정도로 보이는 5층짜리 테넌트 건물 맨 꼭대기에 사무실을 빌리고 있던 미둥밋챠이는, 간판도 외관도 영업 중이던 상태로 있으며 블라인드가 반쯤 내려와 있다. 유리창 건너편은 컴컴하다. 이런 시간대라면 모든 층의 불은 꺼져 있는 것이 당연하긴 하지만. 건물 외벽에 붙어있는 습한 곰팡이를 머금은 밤기운의 꿈틀거림은 삭막하고 적적하다. 사람들의 출입이 끊어진 지 오래된 플로어의 탁한 공기가 어디에선가 새어나와 외부에서 그것을 바라보는 사람의 몸에도 그 공기는 안개처럼 내려온다.

그쪽을 바라보고 있던 내 옆으로 통나무 막대기 그림자가 돌연 뛰어오른다. 통, 통하고 지상에서 20센티미터 정도 그 몸을 뛰어오르게 만들더니, 착지하자마자 서투르게 허리를 흔들며 앞으로 이동하기 시작한다. 어머, 나도 다시 다리가 얽히며 달리듯이 이 자의 뒤를 쫓는다.

들어간 순간 등 뒤에서 짙은 바람이 몰아쳐 뒤를 돌아보았다.

이미 나는 건물 안으로 들어와 버렸는데도, 외부와 내부를 구분하는 문을 통과했다는 감각이 희미하다. 어슴푸레한 동굴로 몸채 끌려 들어간 느낌이다. 들어간 이 공간이 마치 외부인마냥, 탈출한 해방감이 일어난다. 건물 안은 불이 켜 있지 않아 어두웠지만 이상한 투명함이 있다. 따뜻한 빛깔의 짙은 페인트가 흐르고 있는 듯한 찐득한 콘크리트 벽을 따라, 일그러지며 퍼져가는 공간을 한 계단씩 올라간다. 이렇게 움직이는 가운데 취기는 사라지고 만다. 건조한 바람이 돌아가고, 어떤 일을, 나는 기억해 낸다. 알코올이 빠진 머리 한가운데에서 꿈틀거리는 기억의 파편. 그것을 쥐어보려고 하지만, 역시, 멈추고 만다. 손과 발만 움직인다. 토동, 통, 토도도통, 통, 하고 건물 내부 계단을 올라가는 이 자의 그림자를, 나는 그저 쫓을 뿐이다.

눈앞의 그림자가 한 번 뛰어 오를 때마다 조금씩 커지는 것을 알아차릴 수 있었다. 광원과 같은 것은 보이지 않았기에 빛의 작용으로 그렇게 보이는 것은 아닌 것 같다. 실제로 이 자의 몸 자체가 커지고 있는 듯하다. 토동, 통, 통, 휙, 휘익 휙. 흔들리면서 뛰어오르고, 전진할 때마다 순식간에 커지는 이 자의 신장은 4층 층계참에 이르렀을 때에는 나를 훌쩍 넘어설 정도로 커져 있었다. 통나무 막대기였던 그 몸이 대나무같이 되었다. 바람에 흩날리는 그림자가 그의 등 뒤에 있던 나에게 힘없이 기대오더니 휘익하고 고쳐 서고는 토동 하고 불안정하게 흔들리며 상승 운동을 이어가는 것이다. 그리고 대나무 그림자는 연기처럼 피어올라 갔다.

으스스하게 서늘한 향수에 갑자기 젖는다.

사람이 오기만을 이제나저제나 애타게 기다리고 있었다는 듯이, 밤기운은 끈적이는 짙은 어둠으로 유혹하고 여기에 당황한 나는 잠시 우두커니 서 있다. 어디에선가 희미한 빛이 들어온다. 카랑카랑한 소리를 낼 것만 같은 플로어의 적막함에 마음이 흔들린다. 너무나도 황량하고 쓸쓸한 공간이다. 그러고 보니 나는 10여 년 간 여자 친구와 만나 오면서도 미둥밋챠이를 방문할 기회가 단 한 번도 없었다. 화제가 되는 책을 잇달아 내며 화려하게 이 지방 매스컴을 떠들썩하게 만들었던 세 여자의 작업장을 내 눈으로 직접 확인한 적이 없었던 것에 생각이 미친 것이다. 미둥밋챠이의 사업 결과물인 책은 내 여자 친구를 통해 매달 우편으로 받거나 직접 건네받거나 했을 뿐이었다.

지금 내 눈앞에 펼쳐져 있는 것은 다 사용한 쓰레기처럼 방치된, 어둑한 가운데에서도 녹 쓸어 있는 것을 알 수 있는 복사기와 팩스기, 전화기, 철제 사무용 책상, 널찍한 테이블, 쿠션감 있는 소파, 사물함, 책장 등으로, 이들은 플로어에 아무렇게나 내팽개쳐 있다. 그 황폐함이란 초라하고 무참한 정도이다.

이들 기자재를 인수할 사람을 찾을 틈도 없이 왜 미둥밋챠이는 돌연 해산을 해야 했을까. 미둥밋챠이를 전면적으로 이끌던 내 여자 친구의 인생의 방향 전환이 정말로 편집공방의 문을 닫게 만든 직접적인 원인이라면, 이렇게 경황없이 끝낼 리는 없었을 터이다. 어느새 내 시계에서 자취를 감춘 이 자의 모습을 어수선하게 펼쳐진 플로어에서 찾아보려고 먼지 가득한 테이블과 의자에 부딪혀가며 이리저리 걸었다. 다리가 얽힌다. 대체, 나는 무엇을 찾아 헤매고 있는 것인가. 왜 이런 장소에서 서성이고 있는 것인가. 게다가, 여기는, 정말 어디인가.

소리가 들리지 않는다.

얽히는 발걸음을 멈추자, 인기척이 없는 플로어의 정적이 몸에 스며든다. 사실 여기는 네가 올 장소가 아니야, 등 뒤에서 가만히 숨죽여 다가오는 허스키 보이스를 들은 것 같아 뒤돌아보았다. 그와 동시에 막 목욕을 하고 나온 듯한 샴푸 향기가 일렁인다. 거기에 나타난 사람 그림자. 통나무 막대기도 다카미자와 료코도 아니다.

어둑한 가운데 나타난 의외의 등장임에도 불구하고, 희미한 일상의 냄새를 몰고 와 가냘프게 서 있는 모습은, 그 여자를 금방 떠올리게 했다. 미둥밋챠이의 멤버였던 나이 많은 여자다. 등이 앙상하게 마른 몸에 깔끔한 쇼트커트 머리를 추운 듯이 떨고 있다.

이런 시간에, 해산한 작업장엔 왜 온 것일까, 하는 의구심이 일어난다. 아니, 어쩌면 그녀가 나를 수상쩍게 여기고 있는지도 모른다. 순간 이런 생각이 들어 모습을 살펴보니,

─뭐야, 너였구나.

적당한 울림과 부풀림이 있는 목소리가 저쪽에서 들려온다. 방어자세를 갖추고 있던 긴장감이 느슨해진다.

여자는 문 앞에 서 있다. 살이 없는 마른 몸을 훌쩍 움직이며 아무 거리낌 없이 창가에 선 내 쪽으로 거침없이 다가온다. 그 움직임과 함께 희미했던 플로어 바닥의 잔해와 같은 잡동사니 덩어리들이 시야로 밀려들어 왔다. 딱딱하고 차가운 그림자 사이로 여자는 스스럼 없이 다가오고 있다. 엷은 색으로 나부끼는 재킷을 스웨터 위에 걸치고, 헐렁한 슬랙스에 샌들을 신고 있는 차림새다. 무슨 영문인지 어깨에 커다란 가방을 메고 있다. 한밤중에 즉흥적인 기분으로 산책 겸 길을 걷다가 우연히 예전 작업장을 지나면서 문득 생각이 떠올라 발걸음을 옮겨 본 듯한, 일상의 공기를 도려낸 것 같은 분위기를 그녀는 가지고 있었다.

당장에라도 생긋거릴 듯이 엷은 웃음을 입가에 채우고 있다. 너무나도 자연스러운 그 모습은 도망칠 수 없는 깊은 못으로 나를 빠트리는 것 같다. 가까이 다가서자 여자는 몸에 배인 피로감을 표정이 엷은 갸름한 얼굴과 둥그스름한 어깨 라인에 짙게 드리우고 있었다.

—당신도, 불려 왔군, 그 사람에게.

여자는 납득이 가는 듯한, 가지 않는 듯한 말을 한다. 그리고 이봐, 하며 그녀가 한 손으로 들어 올려 보여준 것은 나도 석연찮아하며 계속 가지고만 있던 그『자서전』이었다. 나도 모르게 손에 쥐고 있던 것을 내밀었다.

—이건 대체 무슨 일인가요?

무심결에 괴상한 목소리를 내었다. 상대방에게 달려들 듯 나도 모르게 몸을 내밀고 있는 것이다.

─그리 서두를 것 없어. 지금부터 내가 할 수 있는 한의 것은 너에게 제공할 거니까. 그 때문에 온 거야. 나는. 여기에.

나른해지는 억양으로 자신을 '나(우치)'라고 말하는 여자. 그렇게 말하면서 어깨에 걸치고 있던 것을 바닥에 내리고 한 손에 들고 있던 『자서전』을 그 위에 놓는다. 작은 몸집을 더욱 작게 만들듯이 양 겨드랑이를 끼고 주변을 둘러보면서 크게 끄덕인다. 그리고는 갑자기 눈앞에 누워있던 테이블을 일으키기 시작한다. 갑작스러운 등장에 갑작스런 행동이다. 그 기세에 움츠려있자 이내 명령을 내린다.

─너 말이야. 그런데서 멍─하니 서 있어서 될 일이 아니잖아? 도와야지.

아, 네. 하고 반응한 순간, 손에 쥐고 있던 『자서전』이 미끄러져 떨어졌다. 그러나 당황한 나는 그건 그대로 놔둔 채 여자가 일으키던 테이블의 네 다리 중 하나를 당기듯이 올리려고 했다. 그러자

─아─, 너도 참. 그쪽이 아니라 이쪽이잖아 이쪽. 이봐. 그렇게 난폭하게 다루지 말라고. 이게 지금은 완전히 쓸모가 없어졌지만, 꽤 좋은 소재로 만들어진 고급품이었어. 상처 나지 않도록 해 줘. 아니─, 그게 아니라고. 그러니까 이렇게 다리를 살짝 들어 올리듯이 해서 가만히, 그렇지, 가만─히 가만─히⋯⋯.

이삿짐센터 조수로 취직한 기분이다. 물건이 고급이라는 둥 상처를 내지 말라는 둥 그런 것이 지금에 와서 대체 무슨 의미를 가진다는 말인가. 이 테이블은 왜 이동시키며 왜 나는 이런 작업을 도와야하는 것일까. 나는 의문과 불만을 꾹 억눌렀지만 팔과 다리만큼은

내 의지와 상관없이 열심히 움직였다. 불길한 예감이 점점 부풀어 오른다. 그 가운데 그녀와 나는 영차, 영차 하고 소리를 맞추어가며 일하고 있다. 어렴풋이 밝은 가운데 흰 연기가 피어오른다. 갑자기 플로어 전체가 흔들리고 공간 자체가 어딘가로 벗어나는 것 같은 감각에 빠진다.

테이블은 4인 가족용 식탁 크기 정도다. 재질이 좋은 탓인지 무겁다. 그것을 플로어의 거의 중앙까지 낑낑대며 옮긴다. 여자는 잠깐 고개를 갸웃거린다. 테이블을 놓은 위치나 각도를 궁리하는 모양이다. 그렇게까지 신경을 쓰는 이유는 무엇일까. 그저 성격 탓인 것일까. 눈치를 살피듯이 보고 있으니, 여자는 짝 하고 손뼉을 한 번 친다. 뭐, 이 정도라면 괜찮을 듯해. 이번에는 손을 허리로 가져가 등을 쭉 펴면서 다시 한 번 플로어를 빙 둘러본다. 그러면서 테이블을 사이에 두고 선 나에게 말을 던진다.

―이봐, 너, 여기를 어떻게든 해야 하지 않겠어?

―어떻게, 라뇨……?

―당연한 것 아냐? 청소, 청소 말야. 하자고. 적당히. 먼지라는 게 문을 닫아두어도 문틈 사이로 들어온다니까. 이것 봐. 완전히 먼지 천지가 되어 있잖아. 여긴 꽤 넓지만 두 사람이 한다면 그다지 힘들지 않을 거야.

―…….

―아, 그렇게 하자고. 모처럼의 기회니까 모―두 해 버리자고. 이참에 과거의 먼지를 남기지 말고 싹 털지 않으면 무엇도 시작할 수 없어.

그런 모양이다.

─아마도 청소 도구는 여기 사물함에……..

일찍부터 잘 알고 있던 작업장인 까닭에 할 수 있는 말이다. 이 플로어에 과거의 먼지를 쌓이게 만든 것은 내가 아니에요, 라고 말하고 싶은 내 목소리는 삼켜지고 말았다.

여자의 엉뚱한 언동은 나를 당혹스럽게 만들었지만 어딘지 모르는 설득력이 있어서 자연스럽게 일이 진행된다. 입구 카운터 오른쪽 벽에 있는 사물함에서 부스럭 와르르 소리를 내며 여자가 꺼내 놓은 것은 틀림없는 청소 도구다. 대체 어찌된 영문인지, 빌딩용 대형 청소기가 나온다. 막대기 끝에 달린 것은 모포다. 플라스틱 양동이가 두 개 있다. 한 양동이 안에는 대나무 비가 두 자루, 먼지떨이가 세 자루 들어 있다. 다른 양동이를 조심조심 들여다보니 딱딱하게 굳어져 내던져진 여러 장의 걸레와 다섯 종류의 세제, 쓰레기봉투, 그리고 수세미까지 들어있다. 가볍게 먼지를 터는 정도로 그칠 일이 아닌 것 같다. 그렇게 겁을 먹고 있자 갑자기 플로어 전체가 하얗게 변한다. 천장 형광등에 불이 들어 온 것이다. 먼지와 쓰레기로 가득한 휑뎅그렁하고 황폐해진 방 안에 아무렇게나 놓인 크고 작은 잡동사니들이 드러났다.

─이것 봐. 청소에 필요한 도구들은 전─부 갖추고 있다고.

─정말 그러네요. 역시, 여자들만 사용했던 곳이라 그렇군요. 여러분들은 출판업에 종사하면서도 흔히 알려져 있지 않은 청소 비법까지 잘 알고 있었던 것이군요.

나도 모르게 여자의 말에 말려들어 맞장구치는 말을 하고 있었다. 여자는 조금 고개를 갸웃해 보였다.

－음, 그건 좀 다른데. 청소 도구를 갖추고 있는 것과 업무를 수행하는 것은 관계가 없어.

－그렇긴 하지만 이런 청소 도구는 프로들이나 가지고 있을 법한데요.

－그래, 이건 처분하지 못하고 남은 우리 회사의 재산 가운데 하나야. 경비절감을 위해 마련해 둔 도구지. 이런 작은 규모의 기업에서 사무실 청소를 업자에게 부탁한다면 우리가 차지할 몫이 줄어들 뿐이야. 말하자면 이것도 임금을 확보하기 위한 중요한 업무 가운데 하나였던 셈이지.

즉, 보이지 않는 곳에서 여자들이 하던 청소와 같은 일은 화려하게 보이는 무대를 지탱하고 있었던 것이다. 경비절감을 위한 청소 도구를 꺼내놓을 때부터 여자는 어쩐지 불안하게도 즐거워하는 모습을 보이고 있다. 걸치고 있던 재킷을 벗어 버리고 얇은 V넥 스웨터 소매를 걷어 올린다. 재빠르게 노동할 채비를 갖추자 나에게 눈짓을 보낸다. 옳고 그름을 따지지 않고 일을 진행시키는 방식은 완전히 다카미자와 료코를 연상시킨다. 〈미둥밋챠이〉의 여성 동료들은 매일매일 같이 일하면서 서로가 서로의 방식에 감염되고 있었던 모양이다. 다카미자와 료코에 비해 어딘가 이 여자가 더 어두워 보이는 것은 쉰에 가까워 보이는 나이 때문일까. 아니면 원래 그런 성격의 소유자인 것일까. 가벼우면서도 어느 사이 피부에 달라붙어 좀처럼 떨어지려 하지 않는 거머리의 진득거림과도 닮은 기운이 있다. 몸의 곡선을 선명하게 드러나게 하는 회색 스웨터가 마른 몸을 더 말라보이게 만든다. 가벼운 몸짓으로 여자는 플로어를 돌아다니기 시작한다.

창문을 열어젖힌다.

웅덩이 바닥에 잠겨있던 공간에 밤기운이 밀려온다. 몸을 채 가는 외부 공기에 이끌려 나도 모르게 창가 쪽으로 갔다. 어느새 여자가 어딘가에서 접사다리를 가지고 온다. 거기에 올라타는 여자의 움직임에 따라 나도 창문이라는 창문은 모두 열어젖혔다. 후— 후— 하고 플로어가 호흡하기 시작하자 내 손발도 근질근질 부산해지기 시작한다. 그런 기분으로 먼지떨이를 손에 들고 열어 놓은 창틀의 먼지를 탁탁 턴다. 여자는 청소기를 돌리기 시작한다. 나는 청소기가 미처 빨아들이지 못한 쓰레기를 비로 쓴다.

이렇게 청소에 열중하다 보니 이상한 쾌감이 느껴진다. 무엇 때문에, 하는 의문도 없어지고 그저 비를 쓰는 팔다리의 움직임을 이제는 멈출 수 없게 되었다. 대나무 비, 때때로 마법사들이 타고 다닐 것 같은 이 작은 도구에는 도무지 이해할 수 없는 영혼과 같은 것이 깃들어 있기도 할 터이다. 갑작스럽게 전개된 이 노동의 끝에는 과연 무엇이 있을까 하는 생각은 일어나지 않는다. 일어나고 있는 것은 부지런히 기계적으로 움직이는 팔다리의 반응뿐이다.

약 한 시간 뒤, 노동의 성과로 과거의 먼지와 쓰레기는 완전히 사라졌다.

유언집

말끔해진 플로어를 둘러볼 여유도 없이, 나이 많은 여자는 던져 둔 가방을 잡아당겨 가지고 온다. 그녀가 꺼내 놓은 것은 지금은 낡은 도구를 취급하는 상점이나 전당포에서만 볼 수 있는 대형 카세트 플레이어와 여러 개의 테이프다. 과장된 몸짓으로 그『자서선』을 들고는 그것들을 깨끗해진 테이블 위에 늘어놓는다. 여자는 버릇인 마냥 팔짱을 끼고 늘어놓은 물건들을 물끄러미 보고 있다가 느닷없이 말을 꺼낸다.

─이것은, 다카미자와 료코가 남긴 거야. **아마**, 지금 네가 알고 싶어 하는 것은, 이것을 틀어보면, **분명**, 답 같은 것을 **당연히** 발견할 수 있을 거야.

중요한 것을 언급할 때마다 답답한 어조로 말하는 사람이다. 애매함과 강조의 부사적 용법이 당연한 추측으로 귀결되고 만다. 기대를 가지게 만드는 깨나른한 화술에 낚이는 것 같은 예감이 든다. 밀려드는 단어들의 파도로 순식간에 사람의 마음을 사로잡아 버리는 다카미자와 료코의 화술과는 어딘지 조금 다르다. 나도 자세를 가다듬었다. 흔들리는 단어들의 그물망에서 **아마 분명 당연히** 내가 도망칠 수 없을 것 같은 생각이 들었기 때문이다.

그러나 선수를 쳐 보았다.

─그 전에, 좀 가르쳐 줘요.

나 역시 조금은 기세가 올라있다는 것을 보여주어야 한다. 상대방의 덫에 질질 끌려가는 것은 싫었다.

―어째서 당신은, 나에 대해 모든 것을 알고 있는 듯 행동하는 거죠? 내가 알고 싶어 하는 것이 무엇인지, 어째서 다 알고 있는 거죠? 또 당신은 왜 이런 시간에 여기에 와서 이런 일을 벌이고 있는 건가요?

그러자 여자가 눈을 부릅뜬다.

―너 말이야, 어째서, 왜라고 한꺼번에 그렇게 물어보는데, 나도 역시 넌 왜 여기에 있느냐고 되물을 수밖에 없는 처지야.

살갗을 얼어붙게 만들 듯이 차가운 표정으로 되받아친다면 방법이 없다. 이런 경우 내 성격상 항상 상대방에게 압도되어 뒷걸음질 치지만, 아까 그 이상한 나무 막대기와 벌인 옥신각신이 학습효과가 있었는지 기가 죽기는 죽었지만 나름대로의 반격은 할 수 있었다.

―뭐랄까. 어느 틈엔가 오게 되었다고나 할까, 잘 설명할 수 없지만 꿈속에서 비몽사몽으로, 아니 비몽사몽 속에서 꿈꾸듯이, 아니 꿈속의 꿈처럼 그렇게 온 것이랄까 뭐랄까…….

―그렇지? 그렇지? 그건, 나도 마찬가지야. 영문도 모른 채 다카미자와 료코의 세계로 납치되어 순식간에 13년이 지났어. 숨 쉴 틈도 없이 활자 세계에 완전히 젖어들었었지. 정신을 차려보니 보다시피 이런 형편이 되어 있었다고. 아니, 그러니까 말이야. 내가 말하고 싶은 건, 어째서, 왜, 와이? 라는 단순 의문형은 결국 어디에도 없다는 반어 표현으로 반전한다는 거야. 알기 쉽게 말하자면 답 같은 건 어디에도 없다는 거지.

음―. 이해하기 쉽기도 하고 어렵기도 하다. 그저 억지스러울 뿐인

레토릭으로 이렇게 설복시킨다면.

　─그래, 답 같은 건 어디에도 없어. 이렇게 아무 것도, 아무도 없어. 책임자에게 연락할 도리도 없으니 달리 방법이 없다고. 온통 없는 것뿐이야. 있는 거라곤 잡동사니들과 청소도구들 뿐이지. 이런 미둥 밋찾이의 상황을 나한테 남겨진 최대한의 재료로 일단 설명해 보려고 해. 단지 그것뿐이니 그렇게 집요하게 어째서, 왜, 왜라고 사물을 분별하기 시작한 아이처럼 묻지 말라고.

　급기야 아이취급을 한다. 입을 다물 수밖에 없다. 가만히 있었다. 입술을 삐죽하며 그만 뚱한 얼굴이 된다. 나도 모르게 여자를 냉랭한 눈으로 노려보는 표정을 지었다. 당황하여 몸을 물린 것은 여자 쪽이다.

　─그, 그래. 이렇게 갑자기 내가 나무라면 너 역시 곤란한 건 마찬가지일 거야. 그건 그래. 나도 똑같다고.

　또다시 그럴 듯이 공감하는 표정을 짓는다. 내 표정은 여전히 냉랭하다. 그러자,

　─뭐, 서론은 이 정도로 해 두고, 본론으로 들어갈까?

　참으로 시원스럽게 여자는 화제를 바꾼다.

　카세트 플레이어에 자연스럽게 손을 뻗어 앙상한 집게손가락으로 재생 버튼을 누른다. 미리 넣어두었던 것 같다. 찔꺽찔꺽 소리가 난다.

　제대로 된 해설도 설명도 없이 소문만 무성한 무대 공연을 보게 되는 상황에 처한 것처럼, 긴장이랄까 불안이랄까 불편한 동요가 일어

난다. 다음 순간, 막다른 골목에 내몰린 기분을 더욱 불안하게 뒤흔들듯이 허스키한 목소리가 낮게 울려 퍼지며 흘러 나왔다.

미리 써 둔 원고에 애드리브를 넣어 읽는 양, 테이프의 문체는 이렇게 시작되었다.

~~~~내가 미둥밋챠이의 동지로서 지금처럼 해 나가는 것은, 나 자신의 여러 사정에 의해, 아무래도 시간이 허락하지 않을 것 같아. 그래서, 이 목소리는, 지금까지, 바다에서 왔는지 산에서 왔는지 정체 모를 나와 인생의 특별한 시간을 공유해 온 내 친구에게 보내는, 소박하지만 감사의 뜻을 전하는 메시지라 할 수 있어. 그렇지만 이 목소리가, 내가 바라는 대로 친구에게 전해질 날이 올지, 유감스럽게도 나 자신은 확인할 수 없어. 이렇게 말하는 것은 미둥밋챠이 해산 후의 혼란 속에서 이 테이프가 쓰레기로 변해 버릴지도 모르기 때문이지. 또 다른 사정으로 모르는 사이에 이 테이프가 없어질 가능성도 없지는 않아. 혹은 이런 걱정과는 달리 다행스럽게 이 목소리가 목적지인 친구에게 전달된다 해도, 내 말의 요지가 전해지지 않고 웃어넘겨질 가능성도 크다고 생각해. 쓰레기가 되어도 좋고 일소에 부쳐져도 좋아. 어떻게 되든 그것은 모두 내 이야기가 지닌 운명이라고 생각해. 나머지는 이것을 듣는 사람의 섬세하고 관용적인 상상력에 모든 것을 맡길 수밖에 없겠지. 나는 그저 그만두고 싶어도 그만둘 수 없는 마음으로, 이 목소리를 남길 뿐이야.~~~~

이런 식으로 이어지는, 46분짜리 테이프 3개 분량의 목소리는, 한마디로 말하면 〈미둥밋챠이〉가 기획한 책을 출판하는 가운데 끝내 빛을 보지 못하고 유산되어 버린 책에 대한 편집자 다카미자와 료코의 무념과 집착을 구두로 엮은 것이었다.

원래 이해하기 힘든 여자 친구이기는 했다. 항상 일방적이었고 전화든 얼굴을 마주보든 정말로 일 이야기만 했었다. 책을 만드는 이야기만 했던 것이다. 편집에 그치지 않고, 그녀는 미둥밋챠이가 만든 여러 기획에서 그림자 작가로서 그 재능을 십이분 발휘하고 있었던 것을 나는 잘 알고 있었다. 그런 다카미자와 료코가 그만두고 싶어도 그만둘 수 없는 마음으로 늘어놓은 이야기들 가운데, 듣는 이의 몸도 동시에 오염시키는 긴박함 감도는 어조의 이야기를 여기에 간접적으로 전하려 한다.

수십 장의, 그것도 선별한 듯한 취재 사진과 함께 논픽션의 두꺼운 원고가 미둥밋챠이 공방에 도착한 일이 있었다고 한다. 『진흙 바닥으로부터—어느 할머니의 외침(泥土の底から—あるハルモニの叫び)』이라는 부제가 달린, 상당한 야심작이었다.

거기에는 예를 들면 어두운 숲 속 한구석에 높다랗게 날아올라 있으면서도 그 울음소리가 전해지지 않는 고독한 야조의 부르짖음이나, 한계 영역에서 파열하여 날카롭게 끊어지는 피리 소리와 같이 들리는, 귀에 닿는 순간 가슴을 찌르듯 날카로운 고통을 동반하는 삐—하는 소리가 고통과 함께 은밀함을 머금은 웃음마저 유발시키며 몇 번이고 나고 있었다고 한다.

사실 그 소리는 야조의 울음소리도 피리의 파열음도 아니었다. 그것은 목소리를 빼앗긴 채 어둠의 역사 속에 웅크린 여자들의 무리를 그 신체 부위로 상징하는 말이었다. 소리의 의미를 깨달았을 때, 소리의 울림과 함께 몸을 관통하는 고통의 끝자락이, 순간, 어둠을 찢고 폭발하는 여자들의 기괴하고 떠들썩한 웃음소리가 되어, 삐ㅡ잇, 삐뽀ㅡ옷, 비보오ㅡㅡㅡㅡㅅ 하며 공명하고, 노골적으로 연속되는 파괴적인 큰 웃음소리는 몸을 갈기갈기 찢는 공포를 불러왔다. 그런 충격을 온전히 받은 자신의 몸과 마음을 모두 차갑게 바라보듯이 형용해 보인 것은, 다름 아닌 화자 자신이었다.

프리랜서 라이터라 자칭하는 저자는 30대 중반으로밖에 보이지 않는 젊은 남자였다. 희고 갸름한 얼굴에 선명한 외꺼풀의 눈, 은근히 지성을 자랑하듯 코에 걸린 말투를 사용하는 자기 현시적 태도와 이름 등은 굳이 묻지 않아도 이쪽 지방 사람이 아니라는 것을 알 수 있게 했다. 이런 사람이 왜 미둥밋챠이를 찾아 온 것이지? 하는 수상쩍음과 거부감은 곧바로 일어났다. 도시에서 표류해 온 다카미자와 료코의 입장을 아는지 모르는지 사무적인 말투로 이야기하면서도 상대방의 기분이 동요하고 있음을 간파하는 시선은 다소 껄끄러웠다. 그러나 젊은 남자의 몸으로 여자의 어두운 역사 속으로 들어가 무거운 주제를 다루는 것을 보니, 요즘 사람 같지 않은 귀중한 작가라는 생각이 들었다. 게다가 이런 종류의 글이라면 역시 우리 미둥밋챠이에서 내야지 하는 평소의 강한 의욕에 밀려 긍정적으로 검토하겠다는 약속을 하고 묵직한 느낌이 드는 원고와 사진자료를 받았다.

400자 원고지로 978매나 되는 『진흙 바닥으로부터』는 굳이 한 마디로 요약하자면 제2차 세계대전 중에 이 지역으로 강제 연행되어 온 후, 전후 지금까지도 이곳에서 살고 있는 어느 '종군위안부'의 은폐된 삶의 궤적을 본인이 직접 회고한 것이었다. 이 원고는 정력적인 취재와 더불어 역사 자료를 더함과 덜함도 없이 인용하여 검증하고 있었다. 체험자의 몸에서 새어 나오는 말 속의 독이 자신의 몸을 끊임없이 아프게 만들며, 이 거침없는 중얼거림과 외침은 역사의 암부를 도려내어 결과적으로 체험자의 이야기를 통해 국가 폭력과 전쟁 범죄를 규탄하게 만들고 있었다. 빈틈없이 짜인 다큐멘트라는 인상을 받은 다카미자와 료코는 오랜만에 제대로 된 원고와 만났다는 생각에 가슴이 두근거렸다.

그러나, 그러나 말이다. 그 컴퓨터로 작성한 문장의 흐름에 단숨에 빠져든 다카미자와 료코에게 그녀의 신경을 할퀴는 큐히히-, 큐히히- 하는 소리가 일어났다고 한다. 원고를 읽기 시작하여 겨우 3쪽에 이르렀을 때, 바로 그때 소리는 처음으로 일어났다. 문자를 따라가는 동안 그것은 계속 울렸고, 그럴 리 없다며 몇 번이나 머리를 흔들어 쳐들며 그 음을 부정하는 몸짓을 해 보았지만, 큐히히- 하는 소리는 읽어 갈수록 점점 크게 부풀어 큐햐아햐아 하는 소리로 바뀌어 갔다. 몇 번이나 읽기를 시도한 끝에 원고를 겨우 다 읽었을 때, 다카미자와 료코는 격한 이명과 구토에 시달렸다고 한다.

그 큐히히-에 대해서는 다소 설명이 필요할 것이다.

이는 오랜 세월 동안 편집 일을 해 온 다카미자와 료코의 몸에 배인 습관으로 문체를 즉단하는 노이즈라 한다. 미둥밋챠이에 투고되는 산더미 같은 원고를 단시간에 처리할 필요가 있었기에, 다카미자와 료코는 이 신체 반응을 원고 선별의 기준으로 삼아왔다. 그녀를 카리스마 편집자로 만든 것도 바로 이 기이한 문체즉단능력이었다고, 나이 많은 여자 쪽은 테이프 소리 사이로 황급히 덧붙여 말해 주었다.

그 기준에 비추어 볼 때, 『진흙 바닥으로부터』 문장에 반응한 큐히히−는 '진실 같은 거짓말 문체'와 조우했을 때 일어나는 위화감이라고 한다. 덧붙여 말하면 '거짓말 같은 진실다운 문체'는 큐시시−큐시−시−라는 소리를 내고, 진실과 거짓이 종이 한 장에 녹아 든 '진실 거짓 짬뽕 문체'는 큐헤−, 큐헤−, 홍시시− 라는 음을 낸다. 문체에서 들여다보이는 공동감이 읽는 이의 신경을 자극하고, 더욱이 그것은 목에서 위까지 이르는 장기들을 죄어치거나 진동시키기도 한다고 한다. 이들 신체 반응은 문자와 문자 사이의 텅 빈 공간에 부는 틈새기 바람의 춤 상태를 이야기하는 것으로, 다시 말해 편집자 다카미자와 료코의 원고 체크 정도를 알리는 신호음인 것이다. 앞에서 말한 큐히히−는 그 가운데서도 미묘하고 최상급의 주의를 요하는 신호로, 잠시라도 긴장을 늦추면 놓쳐버릴 위험도가 높은 노이즈였다고 한다.

원고를 재독할 때, 삐걱거리는 소리가 들리는 곳은 더욱 구체화된다.

『진흙 바닥으로부터』는 논픽션임에도 불구하고 읽는 것을 좀처럼 그만두지 않게 하는 유려한 문체를 가지고 있었다. 그러나 이 지나치게 미끈한 문체가 오히려 위화감의 화근이 되었다. 좀 더 자세히 말하자면, 빈번하게 삽입된 인물의 실명과 체험자가 진술 속에 등장하여 자신의 무참한 체험을 직접 이야기할 때 스스로를 멸시하듯 가리키는 '삐—'라는 문자 언어 사이에 어떤 불쾌한 불연속감이 일어나, 언어 배후에 숨은 틈을 침울하게 두드러지게 만들었다. 그것이 큐히히— 큐햐햐아—라는 바람 웃는 소리가 되었다고 테이프에서 나오는 허스키 보이스는 말한다.

그 큐히히— 큐햐햐아—라는 소리에 철저하게 구속된 다카미자와 료코는 이후 편집인으로서 과잉된 행동을 하게 되었고 최종적으로는 〈미둥밋챠이〉의 존속 위기와 붕괴를 불러왔다고 한다. 큐히히—에 내몰리듯 다카미자와 료코는 예전에 삐—였다며 자신의 치부를 스스로의 혀로 도려내는 것처럼 본명을 드러내고, 국가폭력의 희생자로 무참한 인생을 보낸 것을 일부러 언급했다고 여겨지는 인물과 만나기로 생각했다. 그리고 실제로 행동에 옮겼다.

막상 찾고 보니 주인공은 의외로 가까운 장소에 있었다. 시내의 한 낡은 병원에서 장기입원 중이었던 것이다. 이미 여든에 가까운 연령이 되어 있었지만 아직 다리 허리는 정정한 것 같았다. 그 할머니와 대면한 순간, 다카미자와 료코는 큐히히—라 들리는 소리란 근거가 명확한 신호임을 확신했다. 어찌된 영문인지, 여자는 중증의 정신병을 앓고 있었다. 아니, 다가가는 사람을 향해 발작적으로 울부짖거나 날뛰는 언동을 보이는 것은 습관적인 증상이었지만, 자신에 대해 표현하는 말을 잃어버린 지 오래되었다며 50년 이상 그녀를 담당해 왔던 초로의 정신과 의사는 그렇게 설명했다. 다카미자와 료코의 억지에 설복당해 환자의 비밀을 지켜야 하는 의무를 저버린 그 의사는 다소 주저하며 머뭇거리면서도 이야기를 털어놓았다. 이 담당 의사가 말하는 여자의 병력은 프리랜서 라이터가 더듬은 여자의 인생 여정과 비교해 보아도 부족함이 없었다. 그러나 라이터의 글은 담당 의사를 거듭 취재한 것에 여자의 임상적 병세를 참고하여 만든 전도된 인생 여정이라 여겨지는 기록으로, 다시 말해 여자의 입에서 직접 그 인생의 일단이 발화된 적은 없었던 것이 실상이었다.

무슨 연구 목적이라도 있었던 것인지, 담당 의사는 50여 년에 걸쳐 할머니의 여러 증상과 변화를 극명하게 기록으로 남기고 있었다.

예를 들면, 하루에 특정한 시간이 되면 반드시 중얼거림을 토해낸다. 여름 해질녘에는 희한하게 높은 음조로 노래라고도 할 수 없는 목소리의 너울이 빈번해진다. 그 가운데에는 반도의 것이라기보다 남쪽 섬(시마)의 신(가민츄)으로부터 신탁받은 것 같은 가락도 있다. 의미를 알 수 없는 잡다한 신음소리와 맥락 없는 혼잣말 등도 반복된다. 몇 번이나 최면요법을 시도해도 그녀는 격한 신체의 경련을 보일 뿐, 중요한 체험의 기억이 부분적으로나마 말로 나타나는 경우는 없었다고 한다.

편집자적 사명감이 투철한 다카미자와 료코는 픽션이라면 몰라도 논픽션으로 『진흙 바닥으로부터』를 공개하는 것은 무리가 있다고

판단했다. 여성 일인칭 서사로 전개되는 문체의 박력이 『진흙 바닥
으로부터』에 다큐멘트로서의 작위적인 매력을 더하게 만들었기 때
문이다. 할머니의 어두운 역사를 어떻게든 기록으로 남기려 했던 한
젊은 작가의 사명감과 기개가, 실제 당사자가 목소리를 갖지 못한 광
녀(푸리문)였다는 이 하나의 현실 앞에 무릎을 꿇는 건 너무나도 아쉬
운 일이었다고 다카미자와 료코는 말한다. 미쳐 버린 의식 가운데서
도 어떤 관계를 계기로 언어를 되찾아 과거의 트라우마에 대해 이야
기할 수도 있다는 담당 의사의 말을 믿고, 그녀는 단 몇 퍼센트의 가
능성을 기대하며 할머니와의 접촉을 무턱대고 진행했다고 한다.

　다카미자와 료코가 상복을 입은 채 한밤중에 공원 벤치에서 병원
응급실로 실려 오는 사건이 일어나고, 삼일 밤낮을 계속 잠만 잤던
것은 할머니와의 접촉과 죽음의 결과였던 것 같다.

　(여기까지 이야기한 테이프의 허스키 보이스는 딱딱하고 단정적
인 어조를 늦추었다. 준비한 원고를 다 읽은 것 같다. 이후에는 밤중
에 나에게 전화하여 직접 이야기하는 평소의 어조가 되었다.)

　~~~~그래. 불발로 끝난 그 기획에 방대하다고 말해도 좋을 정도
로 쓸데없는 에너지를 쏟은 결과, 허탈한 상태에 빠진 나를 너희들은
애정을 담아 비난했었지. 일 뒤치다꺼리도 해 주고 아픈 나를 돌보아
주기도 하고. 그것에 대해서는 감사하게 생각하고 있어. 정말로.

　그런데 한 가지 보고하는 걸 잊은 게 있어. 그것을 여기에 덧붙여

말해 둘게. 나에게는 너무나, 너무나도 중대한 일이라서 말이야. 나의 업무방식을 포함하여 그 일에 대한 나의 독단적인 행동이 미둥밋챠이를 해산으로 몰아갔고 현실적으로 패배를 가져온 것에 대해서는 전면적으로 인정해. 그러나 결과는 결과고, 그 행동의 모든 것이 헛된 수고는 아니었다는 것을 여기에 조금은 이야기해 두고 싶어.

그래, 사실 나는 최종적으로는 목소리를 잃어버린 그 할머니로부터 맥락이 있는 말을, 두 마디, 그래 두 마디나 들을 수가 있었어. 그게 어떤 말인지 듣고 싶지. 지금에 와서 무슨 소용이냐고 말하겠지만, 일단 전달해 둘게. 여자 친구로서 의리가 있으니까 말이야.

그 두 마디란 말이야. 잘 들어 둬, 너. (숨을 깊게 들이쉬는 모양)

'조선 삐, 조선 삐, 바보취급 하지마(쵸오세-엔, 삐-, 쵸오-센, 삐- 빠가니, 시루낫).'

라는 갑작스런 말이었어.

그렇게 말하고서, 그 할머니는 희한할 정도로 매끌매끌한 집게손가락으로 내 볼을 찌르며 다시 이렇게 말하는 거야. 아주 또렷하게.

'너, 류큐 토인, 더욱 더럽다(호마에-, 류우츄우 도-진, 모호-옷또 기타나잇).'

이봐. 그런 말을 들은 내가 어떻게 했을지 상상이나 가니? 상상이 안 될 거야. 너는. 나는 말이야, 나도 모르게 몸이 떨리더라. 채찍을 맞은 것 같았어. 그 다음에 할머니를 침대에 뉘어 마구 뒹굴었어. 통쾌하고 또 통쾌해서. 왜 통쾌하냐고? 그거야, 너, 잘 생각해 봐. 몸과 마음이 모두 지칠 대로 지칠 때까지 찾아다니다가 결국은 이해할 수 있는 말과 만나게 되었으니까. '너, 류큐 토인'이라는 말을 들었잖아. 그런 말 이상으로 통쾌한 말이 어디 있겠어. 뒤돌아보면 나는 말이야, 이 지역에서 십여 년을 살기는 살았지만 어디에서 온 누구인지 모른다는 사실이 유일하게 나를 나답게 만들었는데, '너, 류큐 토인, 더욱 더럽다'라는 말 덕분에 결국 이런 마음을 가지게 되었어. 그러면 이참에 '류큐 토인' 같은 것이 되어 볼까? 하고.

뭐, 이런 내가 토인이 될 수 있을지 없을지, 토인이 된다는 것은 대체 어떤 것인지 하는, 이제 와 정체성 찾기 같은 촌스러운 주제는 차치하고라도 '너 더럽다'라는 나에 대한 할머니의 지탄은 적어도 받아들여야 한다고 생각했어. 실제로 내가 할머니를 대상으로 하고 있는 행위란 그 할머니의 음부를 파헤쳐서 증거라는 둥 언질이라는 둥 하며 책을 꾸며내 결국 돈을 벌려고 하는 것이니까~~~~

(여기에서 갑자기 뛰는 소리가 난다.)

닷닷닷닷닷……

거친 숨을 쉬면서 입구 문 앞에 서 있는 자는 〈미둥밋챠이〉의 나머지 멤버인 통통한 여자다. 전체적으로 따뜻한 색감의 꽃무늬가 있는 프릴 달린 긴 치마에 물색 카디건을 걸치고 있다. 눈이 번쩍 뜨인다기보다 기겁할 정도의 밝은 모양으로 상쾌하게 등장한다.

눈이 아찔하다. 통통한 여자는 미등밋챠이가 해산한 뒤 백화점 매장 근처에서 손님이라도 모으는 무슨 무슨 걸과 같은 일로 직업을 변경한 것일까. 아니면 원래 이러한 취미를 가진 것일까. 어느 쪽이라 하더라도 이런 시간과 장소에 이런 모습으로 나타나는 것은 이상하다. 이렇게 생각한 것도 잠시, 이 정도의 이상함에는 마음의 동요가 일어나지 않을 정도로 나는 이 이상한 세계에 익숙해져 있었다.

뒤를 돌아 본 나이 많은 여자도 의외라는 표정을 짓지 않는다. 고개를 조금 갸웃할 뿐, 흠— 하고 콧숨을 내뱉는다. 그리고 두세 걸음 다가와 말한다.

—여전히 요령이 좋은 아가씨로군. 적당한 시기를 노리고 마지막에 등장하다니. 네가 기대한대로 고생스러운 일은 전—부 나와 이 사람이 다 해 두었다고. 그러니까 전—혀 문제없어.

나이 많은 여자 쪽의 말투에는 빈정거림이 잔뜩 묻어 있었지만 그래도 자연스럽다.

—뭐, 그닥. 오늘 밤 내가 여기 오기로 당신들과 특별히 약속한 건 아니잖아요.

통통한 여자 쪽도 천연덕스럽게 반격한다. 그 특유의 말투로 나이 많은 여자 쪽을 되받으면서 곧장 이렇게 쏟아붓는다.

—나한테 그렇게 빈정거릴 여유가 있다면, 당신이야말로 자기가 하는 방식을 고치기나 해요. 당신이 다른 사람 뒤치다꺼리나 떠맡을 정도로 요령이 나쁜 것은 내 탓이 아니라고요.

그 말에 대해서는 나이 많은 여자도 반응을 하지 않는다.

통통한 여자는 그 의상 때문인지 나보다 12살, 아니 24살이나 젊어 보이고, 말하기 시작하면 유난히 둥근 눈이 뱅글뱅글 어지럽게 움직인다. 아가씨라 불리는 만큼 세련되고 사랑스러움이 가득 배어 있다. 그 풍부한 표정을 더욱 깊게 만들며 통통한 여자는 말한다.

─그냥, 왠지 오늘 밤은, 도무지 잠이 안 와서 밤길을 설렁설렁 배회하다 보니 이렇게 이 길까지 와 버렸어요. 올려다보니 불이 이렇게 켜 있잖아. 미둥밋챠이 간판을 보고 있자니 어쩐지 생각나는 일이 있어서 말예요.

─그래? 너도 그 양반 그림자에서 못 벗어났다는 거로군.

─응, 뭐, 그럴지도. 아니 그렇다기보다 사실은, 이거.

통통한 여자가 내민 것은 이번에도 역시 녹음테이프 하나였다.

─계속 신경이 쓰이기는 했지만 혼자서 들을 용기가 없어서 지금까지 놔두었어요.

테이블 위의 테이프를 내려다보며 두 여자는 이렇게 대화를 나눈다.

─아마, 이건 그 사람이 남긴 유언일거예요.

이렇게 말한 것은 통통한 여자 쪽이다.

─설마, 죽었을 리 없잖아.

─시체 같은 것이 어느 바닷가에서 떠올랐다거나 하는 뉴스나 소문은 못들었지만요.

─그래도 여기에는 더 이상 나타나지 않을 것 같은 기분이 들어. 어쩐지…….

─응. 나도 그런 기분이 들기는 해요.

─뭐하는 사람이었던 걸까? 그 사람.

─글쎄, 뭐하는 사람이었던 걸까요? 그 양반······.

통통한 여자는 자신에게 어울리지 않게도 차분하다.

─그러고 보니 그 사람은 어디의 누구도 아닌 것이 자신을 자신답게 만든다고 입버릇처럼 말하곤 했어. 그 괴물과 같은 활동 에너지는, 그런 의식 구멍에서 분출되는 것 같은 느낌이 드는데, 왠지.

─·······.

─자, 이쯤에서 일 이야기로 돌아가자.

나이가 많은 여자는 자연스럽게 화제를 전환시켰고, 세 사람은 모두 레코더로 시선을 옮겼다. 앞에 듣던 테이프가 끝이 났는지 찔꺽찔꺽 소리를 내기에 바로 눈앞에 있던 테이프로 바꾸어 넣었다. 거기에서 흘러나온 것은 목이 잠긴, 피로에 젖은 허스키 보이스였다.

~~~남은 시간이 얼마 없어. 이렇게 내가 다른 사람들처럼 말 할 수 있는 것도······. 나는 지금 내가 말하고 있는 이 목소리조차 내 귀로 확인할 수 없어. 나의 청각기능은 완전히 파괴된 모양이야. 원래대로 돌아갈 수 없다는 것을 운명처럼 느끼고 있어······. 왜 이런 사태에 빠진 걸까. 이런 나를 설명할 말을 찾을 수 없어. 알 수 있는 건단 한 가지. 이것도 다른 사람의 메시지에 기생하며 삶을 영위해 온사람이 짊어져야 할 자기표현의 곤란함이라는 것일까. 다른 사람의 언어에 관계되는 일을 하는 가운데 자신의 언어를 잃어버리고 만 여

자, 아마도 그것이 바로 나……. 소리로부터 격리된 소란스러운 세계에, 지금 나는 있어. 혼탁의 한가운데 서서 마지막 말을 내 친구에게 남긴다.

그 '삐 — 사건' 뒤, 이 지역에서 내가 '류큐 토인'의 길을 모색하기 시작했을 때, 마치 수취인을 토인으로 만들기 위함이라고 말하고 싶은 듯이 어떤 물건이 우리 미둥밋챠이에 도착했어. 이 기괴한 사건의 경위를 일부 여기에 말해두려 해. 말하자면 그 물건은 원고라기보다 두루마리, 통나무 막대기라고 표현하는 것이 적당한 그런 물건이었어. 박물관의 어두운 창고에서 몇 백 년이나 자고 있던 비장의 골동품을 꺼내 놓을 듯한 물건이었지. 노랗게 변색된 일본 종이에 먹물로 쓴, 일단은 일본어로 보이는 원고 두루마리가, 세상에나, 12개나 되었고 이를 누군가 미둥밋챠이로 보낸 사건이 일어난 거야.

이봐. 너, 이런 일이 상상이나 가니? 흰 통나무 막대로 보이는 두루마리 원고 뭉치가 12개나 데굴데굴 굴러들어왔다고. 편집자는 기겁했다고나 할까, 혹은 미쳐 버렸다고나 할까. 깜놀이라는 말이란 이런 때의 마음을 표현하기 위해 존재하는 것일 거야, 분명. 12개나 되는 두루마리 원고를 눈앞에 두고 정말로 나는 깜짝 놀라고 말았어. 너는 아니지만 잠시 동안은 멍하니 정신이 나간 상태로 있었고, 제정신으로 돌아오기까지는 꽤나 시간이 걸렸어. 아무리 나란 사람이라 해도…….

여기에서 통통한 여자의 손이 쓰윽 하고 들어오더니 잠시 레코더를 중단시킨다. 고개를 한 번 흔들더니 가만히 나를 쳐다본다. 그리고 말한다.

─그 사람의 이 메시지, 당신이 받았어야 했는데 나한테로 잘못 왔다는 생각이 들어요.

─왜, 나, 인가요?

아차, 또 실수로 말하고 말았다. 어째서, 왜, 왜? 라는 촌스러운 질문을. 그러나 나이 많은 여자는 이번에는 어름거려 넘기지 않고 제대로 대답을 해 주었다.

─있잖아, 이런 말이야. 지금 다카미자와 료코가 말하려는 두루마리 원고 뭉치의 경위에 대해서는 우리들도 그 자리에 있었기에 이미 다 잘 알고 있거든. 그러니까 우리 두 사람에게 일부러 그 이야기를 들려 줄 필요가 없는 거지. 그런 말이야.

─게다가, 이 사람은 들을 사람을 딱 지정해 두고 있잖아요. '너는 아니지만 멍하니 정신이 나간 상태'라 말하고 있죠. 미안하지만 우리 둘은 당신처럼 멍하니 정신줄 놓는 일이 절대 없다고요.

어째서 이 두 사람은 나의 비밀스런 습관까지 파악하고 있는 거지? 하는 표정을 지어 보였지만 내 반응은 철저하게 무시당했다. 이야기는 곧바로 다카미자와 료코의 이야기로 되돌려졌다.

─우선, 그 일로 혼이 난 것은 그 사람만이 아니었다고. 정말 대소동이었지. 그러나 그 사람은 진지하게 두루마리 원고를 활자화하겠다고 말했어. 뭐가 어떻게 되든 하겠다고 말했었다고.

─이 물건을 다 해독하면 어쩌면 틀림없는 류큐 토인이 될 수 있을

지도~하면서. 바보 같은 망상에 빠져 있었던 거죠.

—어떤 충고도 협박도 전혀 듣지 않았어. 뭐, 원래 다른 사람 말을 듣는 성격은 아니었지만 말이야.

—내가 무슨 말을 해도 무시했어요. 화가 치밀어서 주먹다짐으로 번질 뻔했지만 내부 갈등을 폭력 사건으로 만들어 미동밋챠이의 간판을 내릴 수는 없어서 들어 올린 주먹을 몇 번이나 다시 내렸는지 모른다고요.

—그 무턱대고 시작되는 싸움을 옆에서 보노라면 정말이지 너무 괴로워. 보이지 않는 적에 달려드는 돈키호테의 망령은 이런 데에서 부유하고 있는 것인가 하는 생각이 든다고.

훌쩍 나는 일어섰다. 두 사람의 대화에서 드러나는 다카미자와 료코의 애달픈 모습을 떨치기라도 하듯이. 나의 움직임을 눈으로 쫓던 두 여자의 시선을 등 뒤로 하며 나는 테이블에서 멀어지고자 했다. 길가 쪽으로 열린 창문 바로 앞까지 와서 나는 걸음을 멈추었다.

창문에 비친 등 뒤의 플로어가 기묘하게 밝아져 있다. 두 사람이 선 테이블 주위는 이상할 정도로 진득한 주황색 빛이 퍼지고 있는 것이다. 그 위 천장 가까이를 투명하게 밝히는 엷은 파란 색은 플로어 전체를 감싸듯 부유하고 그곳만 비가 그친 저녁 무렵을 연상시키듯 뚜렷하게 광경이 드러난다. 발밑이 불안정하게 흔들린다. 플로어 바닥에는 다 쓰고 버려진 잡동사니가 뒹군다. 될 대로 되라는 듯이 널려져 있는 무기질의 물건들. 파괴된 도시의 폐허에 서 있는 것 같다. 천장을 올려다본다. 망양하게 펼쳐진 벽이 아득히 희게 여겨져

거리감을 느낄 수 없다. 대체 여기는 어디인가? 미둥밋챠이란 실제로 무엇이었던 것인가?

여자 친구의 친밀한 목소리로 밤낮 일방적인 보고를 듣다 보니, 현실에서는 단 한 번도 와 본 적이 없는 장소에 대한 생각이 짙게 축적되어, 이러한 환상 공간으로 날아 들어온 것은 아닐까? 종잡을 수 없이 펼쳐진 미로로부터 과연 나는 벗어날 수 있을까? 뒤쪽으로 고개를 돌렸다.

테이블을 사이에 두고 선 두 사람도 나를 향해 고개만 돌리고 바라본다. 목 두 개가 조금 사이를 두고 비껴나더니 흔들, 흐은들 하고 흔들린다. 그 흔들림에 이끌려 두 사람이 있는 곳으로 돌아갔다. 억제된 목소리로 나이 많은 여자는 이렇게 말한다.

─도망치면 안 돼. 너. 이걸 마지막까지 제대로 들어주는 것이 그 사람과 연관된 우리들의 의리가 아닐까.

이럴 때 나이 많은 여자가 말하는 의리라는 의식은 희한하게 설득력이 있다. 맞은편에 선 통통한 여자는 부드러운 미소를 건넨다. 이상한 감정이 흐른다. 여기서 가까스로 나도 여자들과 동지가 된 듯하다.

테이프 목소리가 재생되었다. 목소리에는 다시 활기가 넘쳤다. 아니 마지막으로 힘을 쥐어 짜서 말하는 비창한 울림이 있었다.

~~~~몇 주간인지, 몇 개월간인지, 두루마리 원고 뭉치를 공방 내에 나뒹굴게 내버려 두었어. 해독하기에는 방대한 에너지와 시간이

필요할 듯했고 활자로 만들려면 그것을 쓴 사람과 구체적인 교섭도 해야 해서. 그것은 신원 불명의 발송인이 상자로 부친 비상식적인 불온한 물건이었지.

있지, 나 그것을 보고 이렇게 생각했어. 겐지모노가타리(源氏物語) 원고 두루마리도 이렇게 어마어마하지는 않았다고. 뭐, 이런 이상한 비교론은 세계의 자랑거리인 일본국 전통문학에 대한 대단한 실례라는 것은 알고 있지만, 그렇지만 말이야, 누가 뭐라고 해도 그 원고 두루마리의 어마어마한 물량, 물건 그 자체, 압도적으로 두꺼운 종이, 영묘함이 깃든 묵 냄새는 그것이 단순한 두루마리가 아니라는 것을 분명히 말하고 있었어. 원고라는 단어 자체가 완전히 의미를 잃어버릴 정도로. 물론 중요한 것은 외관상의 박력보다 두루마리에 쓰인 문자가 제시하는 세계지. 그래. 바로 그것이 나에게는 외관 이상으로 더 큰 문제였어…….

12개의 두루마리 원고가 상자에 담겨 공방에 도착하고 며칠이 지난 후, 허둥대고 있는 나에게 한 통의 봉투가 따로 도착했어. 그것은 간단한 메모였지. 읽기는 했지만 글자 자체가 어딘가 모르게 기분을 찜찜하게 만들었고, 혹시 피로 쓴 것은 아닌가 여겨질 정도로 붉은 색을 하고 있었어. 사정이 있어서 신분을 밝히지는 못하지만 보낸 물건만큼은 어떻게든 세상에 남길 방편을 모색해 주길 바란다, 그런 취지의 글이 정중하게 쓰여 있었지. 그 메모로 발송인을 찾아보려 했어. 동료 두 사람의 반대를 무릅쓰고. 그들은 이런 정체불명의 물건을 활자화시킨다는 건 제정신으로 할 일이 아냐, 꼭 해야 한다면 천벌 받을 각오로 하는 게 좋아, 우리들은 같이 할 수 없어, 라며 일방적으로 말을 해댔어. 지금 생각해 보면 그 두 사람이 내뱉은 말은 어떤 의미에서 현재의 나의 신상을 꽤 정확하게 짚고 있는 것인데, 그래 그 시점에서 미둥밋챠이 멤버 관계는 수복이 불가능할 정도로 분열 상태에 빠져 있었어. 다른 사람들에게는 비밀로 하고 있었지만 그 이후 〈미둥밋챠이〉는 세 여자라는 간판 이름의 의미와는 달리 나 혼자가 되어 있었어. 거짓말과 위선 없이 편집공방의 실태를 고백하자면 말이야, 개업한 지 3년째 되던 해부터 이미 경영상의 위기는 시작되고 있었다고. 사실은.

아, 몇 권인가 유행했던 베스트셀러의 매상은 어떻게 된 거냐고 묻고 싶은 거지? 너란 참, 아무 것도 모른다니까. 이런 한정된 지방 시장에서 베스트셀러가 된다 한들 기껏해야 3천 부에서 3만 부가 고작이지……. 세상인심은 변덕스럽고 그때그때 임시변통으로 하다 보니 어쩌다 그런 매상을 올리기는 했지만, 공방을 유지하고 독립한 세 여자가 먹고 살기는 그리 쉽지 않았어. 그럼 지금까지 어떻게 이어왔냐고? 그래, 그건 말이지, 사실 운 좋게도 내 뒤에는 스폰서라고 할까, 그러니까 은행원인 남자 친구가 뒤에서 후원을 해 주었던 거야…….

뭐, 그런 것은 일단 놔두고, 그 두루마리 원고의 발송인을 찾는 것, 그건 극도의 난항이었어. 정말로.

나 말이야, 오로지 편집 일만 해 왔을 뿐, 탐정 같은 걸 해 본 적이 없잖아. 그러니까 정말 힘들더라고. 이 지역에서 장사하면서 인맥도

웬만큼은 쌓아왔다고 자부했는데, 신원을 숨긴 사람을 찾는다는건 정말이지 가을바람에 흘러가는 구름을 잡는 느낌이랄까, 사막에 기어 다니는 개미를 쫓다가 개미지옥으로 들어 가 버린 느낌이랄까, 점점 일이 그렇게 흘러가는 거야. 물건 포장지라든가 종이상자의 출처, 우편 소인을 단서로 삼을 수밖에 없는데, 그럴 경우에는 미디어의 힘을 이용하여 '이런 사람을 찾습니다.' 하는 광고를 내면 오히려 역효과가 날 것 같아서 말이지.

그렇다 하더라도 대량생산된 포장지나 봉투, 상자를 어디의 누가 어느 판매처에서 입수했는지 단정하는 것도 어려워. 이 지방권역만 한정하여 살피더라도, 그래 이 지방이라는 건 바다를 사이에 둔 섬들의 집합이라 좁은 듯 보이지만 사실은 말도 안 되게 넓잖아. 그냥 넓은 게 아니라 바다 여기저기에 끝없이 펼쳐진 느낌이지. 게다가 우체국 관계자는 개인 정보 보호다 비밀이다 하는 그럴싸한 논리로 문전박대해 버려. 사실은 귀찮아서 그럴 뿐이면서. 또 이 일은 경찰이 관여할 일도 아니라서, 이것은 살인 사건과 관련된 중대한 조사입니다 하고 둘러대며 소심한 공무원에게 서류를 제출하게 만들 권한도 없잖아. 결국 이러지도 저러지도 못해서 두루마리 원고를 보낸 사람이 원고를 쓴 사람, 즉 저자라고 상정했어. 그렇게 상정한 저자와의 대면은 일단 중단하기로 하고 아무튼 나는 중요한 원고 해독에 착수하기로 한 거야.

(계속 고양된 톤으로 흐르던 허스키 보이스가 여기에서 부르르 하며 몸서리치는 듯이 떨렸다.)

……그것은 이루 다 말할 수 없는 기괴한 문자 세계였어. 내가 편집자 생활을 하는 동안 쌓아왔던 해독 능력을 모두 사용하여 눈을 크게 뜨고 보아도 괴로움에 몸부림칠 수밖에 없었지. 큐히히−인지 큐시시−인지 쿠혜− 큐혜−인지 전혀 구분하여 알아들을 수 없는 문자들의 진창이었다고. 둘둘 말린 일본 종이 표면에 묵으로 장장하게 쓰인 춤추는 글자 세계였지, 그것은. 그 세계로 나의 온몸은 빨려 들어가고 말았어…… 뛰어 오르는 글자, 구부러진 글자, 비뚤어진 글자, 주물럭대는 손과 모으는 손, 미는 손과 되돌리는 손, 허리에 힘을 주고 마음을 담고, 누글누글, 누그르르…… 점점점점점점텐텐텐, 테테텐텐, 테테텐테테텐, 텐, 테테테테, 토토토토, 텐, 텐, 테테텐, 토토톤, 톤, 테테, 텐텐, 테테테테, 텐텐, 텐텐텐텐, 점, 점, 점점점점텐테테, 텐텐…… 넘어지고 엎어지는 매우 힘든 고비가 이어졌어. 두루마리 원고를 굴리고 뒤집고, 종이를 넘기고 또 넘기며, 때로는 마구 핥거나 뺨에 부비며 기괴하게 춤추는 글자에 몸을 맡긴 채 눈을 맞추고 있는 사이…… 대체 이 어찌된 일일까, 묵으로 쓴 그 글자 모양처럼 내 허리와 손목, 팔목은 비틀어지고 모아지며 주물대고, 떨치고 밀치는 것을 반복하는 거야. 뒤틀어지기 시작하는 내 몸의 뜻밖의 모양새에, 자각을, 하고 만 거지…….

이봐, 꿈인지도 생신지도 모르고 그런 모양이 되어가는 사람의 기분을, 상상이나 할 수 있겠어? 그야 물론 어렵겠지, 너에게는.

두루마리 원고에 쓰인 기괴하게 춤추는 글자에 밤낮 묻히어 비틀어지고 주물럭대고 허리에 힘을 주고 마음을 담고 하는 사이에 조금씩 알게 된 것이 있어, 나.

먼저 이것은 한창때를 지날 즈음에 돌연 신들린 체험을 한 여자의 언어들이다, 하는 것을. 뭐, 이런 말을 하면 그건 단순한 자기 투영적인 읽기가 아니냐는 지적이 돌아오겠지만 그래도 어쩔 수 없어, 역시. 한창때를 지난 여자의 신 내린 상태인 것은, 수수께끼 투성이에 알 수 없는 물건과 밤낮으로 격투하는 광녀 같은 나 자신도 마찬가지야, 제삼자가 보면 반론의 여지가 아주 없기도 하지.

그런데 말이야, 내가 편집자 인생을 걸고 기묘한 두루마리 원고에 빠져든 것과, 12간지(干支)를 거듭 돌며 몇 백 년 동안 엄청난 분량의 문자를 두루마리 원고에 쓸 수밖에 없었던 이 어두운 정열을 가진 사람의 마음 사이에는 아무래도 메워지지 않는 틈이 가로놓여 있다는 것을 잊으면 안 돼, 역시. 자기 투영이라는 간단한 말로 단순화시켜 버린다면, 그 두루마리 원고는 그저 환상이자 공소하고 허황된 이야기로 정리되고 마니까 말이야. 나 말이야, 내 몸에 일어난 기괴한 사건을 이렇게 말하게 된 이상, 듣는 사람에게 그런 허무한 인상을 주는 바보 같은 짓은 아주 피하고 싶어.

그래서 말인데, 내가 선택한 길은 단 하나. 제삼자가 자기 투영이라 생각하든 허황된 이야기라 생각하든 나의 이 감각적인 읽음을 철저하게 믿기로 했어. 어차피 난 고고학자도 아니라 고대 문자나 다를 바 없는 이상한 문자를 해독하는 훈련도 받지 않았고, 게다가 역사적 읽기 같은 수순 따위 당신이나 하시지 하는 기분이 어딘가 있기도 해서. 그래서 말이야, 나는 내 신체가 감지하는 세계를 그저 믿고 두루마리 원고 뭉치와 뒤엉키며 에이얏, 우리햣 하고 높다란 구호를 외치며 스스로를 격려했어. 그런 가운데 꿈에서도 나도 모르게 꾸물꾸물하며 손과 발을 꿈틀대는 버릇이 생겨버렸지. 그러니까 있잖아. 기독교 신자는 아니지만 믿음은 기적을 부른다는 말을 나도 하고 싶어졌어. 두루마리 원고와 뒤엉켜 격투를 벌이기 시작한 후, 아마 13개월하고 며칠이 더 지난 시점일거야, 헤아려 보면. 세상에, 그 즈음에 갑자기 읽을 수 있게 된 거야. 읽을 수 있게 되었다고. 그 기괴한 모양의 묵으로 쓴 글자 세계를. 마구 갈겨쓰고 둘둘 말아버린, 히얏 히얏 하며 춤추는 몸처럼 구불거리듯 보이기만 하던 그 뛰는 글자, 뒤집은 글자, 구부러진 글자. 주물거리는 손과 모으는 손, 미는 손과 되돌리는 손에 글쓴 이가 담아두었던 마음이 다 읽히는 거야. 말로 다 표현하지 못하고 망각 저편으로 내쫓긴 사람의 몸에 담긴 갖은 원망과 원한, 한탄과 슬픔, 고민과 격분의 주름, 그리고 부침하는 극상의 유열까지 모두 읽을 수, 읽을 수 있게 되었다고…… 정말, 정말로…… 아아, 뭐라 말할 수 없는 한없는 쾌락의 세계! 언어 따위 필요 없는 쾌락 지옥! 그것을 온몸으로 감지한 순간, 봐봐, 나, 사람, 이 아닌, 것, 같은 완전 다, 른, 모습으로 변, 해, 버렸, 어…… 아, 아, 아얏, 아, 아아…… 뿌, 뿌오, 뿌뽀오오…………

갑작스레 대나무 통을 부는 것처럼 바닥을 가르는 긁는 소리가 스치듯 일어났다. 어떤 음역을 돌파하고 휙 스치고 지나가는 비통한 목소리를 마지막으로, 허스키 보이스는 안개처럼 흩어지듯 사라졌다. 모든 세계가 소리 배후로 빨려 들어간다. 나는 당황했다. 레코더에 머리를 들이박듯이 하면서 외쳤다.

　─기다려, 기다리라고!

　책상 위에 있는 『자서전』을 집어 들었다.

　─이봐, 가르쳐 줘. 이 『자서전』의 공백 페이지를 메우는 작업이 네가 나에게 남긴 업무상의 인수인계라는 거야? 이봐, 뭐라고 말을 해, 좀─.

　테이프는 회전음만 낼 뿐이다.

　세 사람은 각자의 시선으로 일제히 『자서전』에 담긴 웨이브 머리를 한 여자를 보았다. 여자의 얼굴에는 유영과 같은 분위기가 더욱 짙게 감돌았고 이쪽을 바라보고 있다. 그러자 그 표정이 흐늘거리며 뒤틀리더니 희미하게 웃어 보인다. 그런 기분이 든 것은 나 혼자만의 착각이 아니었던 모양이다. 나이 많은 여자와 통통한 여자는 서로 시선을 마주치며 몸을 떨듯이 어깨를 움츠리더니, 두 사람이 동시에 갑자기 책 표지에서 눈을 뗀다. 테이프에서는 더 이상 어떤 음성도 들려 올 것 같지 않다. 찔꺽찔꺽 하는 소리만이 날 뿐이다. 아니 가만히 귀를 기울이면 어떤 소리가, 틀림없이, 들려온다.

　～～～～～～～～～～～～～～～～～～～～～～～～～～～～.

　아주 무거운 침묵이 흐른다. 이윽고 그것은 우르르르웅 하는 벼락 소리와 같은 박력을 띠기 시작한다. 야단스러운, 그야말로 위험한 소리가 긴박하는 가운데, 갑자기, 녹아내리기 시작한다. 요란하고 어마어마한 그것은 결국에는 사납게 짖어대기 시작한다. 이런 전개가 온 공간을 가득 채운다. 파열하기 직전의 긴장감을 지닌 채 뒹굴며 돌기 시작하는 것이다. 이 격렬한 큰 울림은 휘황한 밝음을 향해 고독한 싸움에 도전하는 듯하다.

우르르릉 쿠르르르릉~~~

양손으로 귀를 막는다. 결국 소리로 변해 버린 듯한 내 여자 친구와의 영원한 이별을 감당하기 위해. 큰 울림이 찢어지는 순간부터 은밀하고 친숙한 허스키 보이스가 나를 부른다고 느낀 것은, 항상 멍한 상태로 들어가기 직전에 나를 습격하는 관자놀이의 마비속에서, 였다.

소리가 사라짐과 동시에 시계에 이변이 일어났다.

두 여자의 모습이 갑자기 무너진 것이다. 두드러지게 눈에 띄는 각각의 윤곽이 마구 이동하더니 플로어의 공기를 휘저어 어지럽히고, 서로 겨루듯 혹은 서로 다가가듯 하며 소리를 내지른다. 두 몸에서 나온 여덟 개의 팔 다리는 흔들, 흐은들, 흔드을 하며 흔들리기 시작한다. 부유하고 흔들리며 형태를 잃어 가는 것이다. 가슴이 찔리는 듯, 아아, 하고 나도 모르게 소리를 내뱉었다.

무너져가는 두 여자를 나는 그저 올려다 볼 뿐이다.

각각 음영과 색조가 대조적인 복장을 한 두 사람은 서로 끌어안으며 얽히고설키고 흔들리고 펄럭이며 무너져 간다. 그렇게 형태를 잃어가면서도 여전히 원래 윤곽에 집착하는 끈질김을 보이며 불에 달구어져 늘어나는 파이프처럼 얼굴과 목이 너울거리고 있다. 배와 등은 완전히 뒤집히고 뒤로 젖혀져서는 포개어진다. 이런 움직임을 반복한다. 포개어진 채 비틀어지고 구불거리며 또 서로 얽혀 꾸불꾸불 떠오른다. 여러 개의 비틀린 원형 고리가 흐르는 구름이 되어 천장까지 날아올라 간다. 거기서 빙 – 빙 – 하고 소용돌이를 일으킨다. 정확하게 내 머리 바로 위다. 뭐라 할 수 없는 슬픔에 가득 찬 소용돌이 춤이다.

이윽고 여자들은 솜털처럼 부드럽게 갈래갈래 찢기더니 열어 둔 창문을 통해 시내 밤거리로 떨어져 간다. 망설이듯 잠깐 멈추고 있다가 급격히 떨어진다. 갈래갈래 찢어진 마지막 솜털 하나가 홀연히 창문 밖의 어둠 속으로 사라진 순간, 무언가에 홀린 것 같다. 안과 바깥의 경계에 푸르고 깎아지른 듯이 선 기둥이 부옇게 보인다.

동시에 즛즛즛하는 파동이 플로어 바닥을 기어 다닌다. 발밑이 흔들린다. 파동은 흔들리고 빗나가 짧게 끊어지며 소리로 변한다. 날숨의 거친 소리가 연발한다. 이 세상의 모습을 조롱하듯, 매듭을 지을 수 없는 마음의 거품을 조금씩 뱉어 내 날려 버리듯. 또는 서투른 랩을 따라 어둠 속에서 헤엄치듯 하는 댄스 리듬과도 같다. 듣기에 따라서는 끊어지듯 사방으로 튀는 한없이 밝게 고조된 템포의 섬 노래(시마우타)로도 들린다. 그런 소리들의 편린들이었다.

푸푸푸푸, 풋, 풱, 풋풋풋, 포포포포, 풋풋,

풋풋포포, 푸, 붓, 포포포포, 풋풋, 풋포포, 풋풋,

푸푸, 페, 풋, 포포포포, 쿠포, 쿠풋풋, 포풋, 풋풋포,

포풱, 풋풋, 푸푸푸푸풋, 페페페페포포포포……

『자서전』의 여자

5월 초순, 한낮의 밝은 직사광선을 쬐고 있다. 어둠의 기억이 희미해지고 어둠 속의 꿈이 급속하게 힘을 잃어가는 시간대이다. 참으로 오랜만에 바깥세상을 본다. 최근의 나는 줄곧 다카미자와 료코가 남긴 물건들에 둘러싸인 생활을 하고 있다. 그녀의 업무를 인수하는 조건이 달린 이 아파트에 살면서. 당초 맺어졌던 그 좋았던 조건은 반년 후에 자동적으로 소멸되고 말았지만, 내 여자 친구 다카미자와 료코와 만나 온 13여 년의 친밀한 듯하면서도 소원하고, 인연이 먼 것 같으면서도 뜨겁고 가까운, 꿈속의 또 다른 꿈과 같은 인연은 오로지 이 일을 인수하기 위해 존재했던 것은 아닐까, 하는 생각이 들 정도로 나는 『자서전』 작성에 온 힘을 쏟고 있었다. 실마리를 찾기 위해 다카미자와 료코가 사라지기 직전에 남긴 소리들의 의미부터 밝혀보자고 생각하기는 했지만, 그보다 나에게 필요했던 것은 알 수 없는 무거운 짐을 지고 시시포스 산에 오를 각오였다. 무엇보다 그것은 신들린 40대 여자가 소멸하기 직전에 남긴 환혹의 세계라고밖에 상상할 수 없는 기묘기천열한 사건이었기 때문에.

우선 내가 시작해야 했던 것은 『자서전』의 주인공인 화자를 특정하는 일이었다. 일단 처음 상정한 화자는 표지에 있는 웨이브 머리의 여자였다. 그렇다면 그녀는 어디의 누구란 말인가? 그 수수께끼를 풀 필요가 있었다.

그러나 시작하는 단계에서 나는 이러지도 저러지도 못하는 상황에 빠지고 말았다. 다카미자와 료코는 그 인물에 대한 경력이나 간략한 기록, 또는 화자의 목소리 녹음과 같이 조사를 하거나 상상하는데 필요한 물질적 자료를 일절 남기지 않았다. 뿐만 아니라 추적에 실마리가 되는 표지의 검은 틀에 담긴 사진 속의 인물도 이미 이 세상 사람이 아니라는 것을 암시하는 부분이 있었다. 그러나 틀림없이 실사로 보이는 인물 사진 자체를 잘 살펴보면 뭔가 기괴한 모습을 드러내고 있다는 것을 알 수 있다. 이런 부분은 한층 더 상황을 이해하기 힘들고 곤란한 사태로 내몰아 일의 흐름에 극심한 곤란과 정체를 초래하는 원흉이 되었다.

그렇다고는 하지만 대체 어떻게 프린트 처리가 된 것인지, 그 얼굴 사진에는 이상한 모자이크 장치가 되어 있어 내가 바라보는 각도나 위치, 그것이 놓인 장소, 방 안에 드는 광선의 상태, 시간대, 마침내는 내 심리 상태에 따라 표정이 어지럽게 변하고 온갖 도깨비로 바뀌는, 뭐라 형용할 수 없는 불가사의한 모습을 보였다.

예를 들면 오전에 일어나 아직은 멍하고 무거운 머리로 칫솔을 입에 문 채 방안을 돌아다니며 업무용이자 식탁으로도 쓰는 테이블 옆에 걸린 사진을 슬쩍 보게 될 때, 여자는 감색으로 물들인 앞치마가 잘 어울릴 듯한 부드러운 미소를 가진 중년 여성이 된다. 꽤 미인이다. 지금에라도 당장 그 주변에서는 된장국 냄새가 날 것만 같은 분위기다. 불화가 일어나지 않는 일상을 한결같이 보내 온 여자는 된장국 냄새가 나는 온화한 미인이 된다, 고 말하고 싶은 모양으로.

때때로 바깥 공기가 방안을 가득 뜨겁게 만드는 한낮, 그 무더움에 안절부절못하며 무심결에 테이블에서 책장 구석으로 『자서전』을 옮겨 세워 놓으면, 여자는 입술을 꾹 다물고 예리한 눈으로 나를 바라본다. 마치 거래처 사람이나 컴퓨터를 노려보듯 제대로 된 커리어 우먼의 눈이 되어 견딜 수 없는 인생의 적적함을 기백 넘치게 제압하는 것이다.

그리고 때로는 술을 마시고 밤중에 멍한 상태로 있어서는 일이 진행되지 않는다며 결의를 다지고, 기호품을 맥주에서 커피로 바꿔 아침부터 식사 대신 인스턴트커피를 블랙으로 연거푸 벌컥벌컥 들이키는 날, 커튼을 흔드는 조금은 시원한 바람이 반쯤 열린 새시 문 사이로 들어오는 저녁 무렵. 오늘은 빈속에 커피를 너무 많이 마셨나 하고 위를 움켜쥐듯하며 눈을 치뜨고 책상 옆에 옮겨 놓은 사진의 여자를 무심결에 보게 될 때. 여자도 조금은 나를 노려보듯 하며 날카롭고 어두운 것을 눈에서 내뿜고 있다. 돌연 원한이 있는 듯 눈을 크게 번뜩이며 나의 연약함을 이용해 가시 돋친 감정을 내던지기 때문에 나도 모르게 찌르듯이 아프기 시작한 위를 부여잡고는 신음 소리를 내게 된다. 이런 사태 속에서 아무리 여자를 바라보아도 그녀의 연령은 도무지 짐작할 수가 없다. 어딘가 반도 같은 곳의 농촌 여성을 상상하게 만드는 얼굴이기는 하지만 확정할 수는 없다.

예를 들면 때때로 이미 한밤을 지난 시각인 새벽 세 시 직전, 종이들이 쌓인 벽과 벽 사이에 몸이 낀 채 한숨만 쉬고 있으면 내 옆얼굴을 쓱 하고 만지는 기운이 느껴진다. 뒤를 돌아보면, 어쩜, 여자는 입을 떡하니 벌리고 눈은 하얗게 뜬 채 노려보고 있다. 그리고는 지금에라도 당장 소리를 내며 노래를 부를 듯한 얼굴이 된다. 인생사를 노래하듯이 당겨진 미간에는 주름이 모이고 우울한 표정이 된다. 늙어서도 변두리 술집 무대에서 계속 노래하는 섬 마을(시마)의 가수처럼. 나는 이런 노래에 들어있는 시답지 않은 후렴구의 고양된 박자가 너무나도 불편하여 무심결에 눈을 내리고 만다. 다시 한 번 조심스럽게 눈을 떠 보면 여자는 떡하니 입을 벌린 채로 있지만, 눈물을 머금은 듯한 눈동자는 일순간에 말라 버리고 이번에는 정말이지 잔인하게 상대방의 슬픔이나 동정심을 꿰뚫어 버릴 것처럼 싸늘한 눈초리가 된다. 그런 여자의 눈이 나를 응시하고 나 역시 그녀를 응시하노라면, 여자는 분명 나에게 무언가를 호소하고 있다는 느낌이 든다.

그래서 나는 때때로 말을 걸어보곤 한다. 이봐요, 당신은 대체 누구시죠? 라고. 그러면 여자의 표정은 부드러워진다. 이 분위기를 놓칠세라, 이거 봐요, 당신은 도대체 누구시냐고요오? 라고, 내가 생각해도 이상야릇한 어리광을 거듭 부려 보기도 하는 것이다. 그러나 아무리 내가 그런 말을 반복해 보아도 사진 속의 여자는 어떠한 반응도 보이지 않는다. 남겨진 테이프가 말해주는 것 가운데 가장 신경이 쓰였던 '할머니의 외침'도 마찬가지다. 그것에 온 정신과 혼을 바친 다카미자와 료코는 완전히 피폐해졌고 그것이 결과적으로 미둥밋챠이를 해산시킨 계기가 되었다는 사실만 알 뿐, 그것을 계속 추적할 수 있는 관련 자료가 어딘가에서 도착한다거나 어느 움막에서 발견된다거나 하는 일은 유감스럽게도 일어나지 않았다. 불발로 그친 다른 책에 대한 단서도 전무하다.

이리하여 내가 최근 수개월 동안 혼자 틀어박혀 지내면서 한 일이라곤 오로지 수동적으로 자료를 읽는 일뿐이었다. 좁은 원룸 벽 공간을 점거하고 있는, 미둥밋챠이가 발행한 책을 한 권 한 권 공들여 읽는 것이다. 지루하고 우울한 작업이지만 그 속에서 어쩌면『자서전』작성의 실마리를 찾을 수도 있다는 하나의 거품과 같은 소망을 가지고 있었다.

괴롭고 끝이 보이지 않는 나날을 견디면서 나는『자서전』이란 무엇인가라는 단 하나의 물음에 도달하게 되었다. 자신을 없애 버리듯이 다른 사람의 언어에 매몰되어 다량의 지방한정 출판물을 만들어온 떠돌이 편집자가 사라지기 직전에 완성하고 싶었던『자서전』이란 무엇이었을까.

문득 마음에 짚이는 것이 있었다.

바라볼 때마다 변화하는 그 사진의 여자는, 어쩌면, 존재했을지도 모르는 다카미자와 료코 자신의 시뮬레이션 이미지는 아니었을까. 도산에 직면한 편집공방 미둥밋챠이에서 동료 두 사람도 떠나고 혼자 남은 그녀는 헤어날 수 없는 고독감을 느끼면서도 저돌적으로 공백으로 점철된『자서전』을 만들고만 것은 아닐까. 그렇다. 다카미자와 료코는 직접 자신에 대해 이야기하는 것을 여자 친구라 자인하던 나에게 부탁했던 것은 아닐까. 어떤 경위인지 도심에서 지방으로 흘러 들어와 정착했다가 결국 사라질 수밖에 없었던 한 여성 편집자의 여러 경험담을.

나 말이야, 천성적으로 편집자인 것 같아. 하고 그녀는 자주 말하곤 했다. 편집자 업이라는 건 말이지, 어떤 대의나 사명감을 내세워도, 아니 사명감을 내세울수록 결국은 그저 눈에 띄고 싶어 할 뿐인 작가의 자아를 자극해 주면서 있는 것 없는 것 모두 꺼내놓게 해 세상에 알리는, 그런 본분을 가진 것인데, 사실은 말이야, 그들이 작가들의 영역이라 여기고 있는 세계란 우리들이 뒤에서 조미료를 가득 뿌려주기 때문에 성립하는 것이고, 그러기에 독자들이 먹어주고 있다는 감각을 몰래 느끼는 것이 편집자 업의 묘미야. 글을 쓰고 싶어 하는 야심가란 아주아주 평범한 문재(文才)일지라도 어떤 자극이나 조건만 주어지면 자기도 모르게 그 나름대로의 것을 꺼내놓게 돼. 본인도 깜짝 놀랄 만한 것을. 세상이 알아주는 작가란 말이야, 야성은 잊어버리고 사람이 주는 먹잇감에 조건 반사하는 개와 같은 거야. 내 방식으로 표현하자면.

괴물적인 카리스마 여성 편집자로 이름이 알려져 있던 내 여자 친구 다카미자와 료코는 막 나온 신간 도서를 나에게 내밀면서 히죽거리는 표정을 숨기지도 않고 그런 지론을 펼쳐 보인 일이 있었다.

그런 기억의 음성에 촉발된 나는 방 한쪽 벽면을 가득 메우고 있는 미둥밋챠이의 발간서 앞에 자주 주저앉게 되었다. 고개를 똑바로 들고 자세를 바르게 잡고서 종이들이 만든 대열과 마주했던 것이다. 시간을 잊은 채 우두커니. 그렇게 하고 있으면 점차 깊어가는 밤의 밑바닥에서 종이들이 숨을 쉬기 시작한다. 그런 기분에서 도망칠 수 없게 된 나는 지그재그로 쌓아올려진 책등의 글자를 작은 소리로 읽기 시작한다. 중얼중얼 중얼중얼…… 중얼중얼 중얼중얼…… 하고.

……마음(우무이)의 풍토, 이레이 고타(伊麗孝太) 지음. 아빠 찾아 삼천리, 히가 미도리(比嘉ミドリ) 지음, 하프라 불리며, 미셀 시로마(ミセェル・城間) 지음. 기지 거리에서 놀다. 고자(コザ) 십자로 원경. 흑인과 백인 사이에서. 얀바루(ヤンバル) 마을에 눈이 내린 날. 논(ターブックァ)에 핀 꽃. 야카(屋嘉) 마을에서 야가지(屋我地) 마을로. 화이트 비치에 선 검은 그림자를 따라. 요시하라(吉原) 정사(情死)사건의 진실. 파크 에비뉴(Park Avenue)에서 뒹굴기, 팔미라 거리에 앉은 어느 남자의 혼잣말, 뒷골목 연구회. A사인과 D사인을 오가는 여자들. 하프와 아메라시안의 차이와 동일성. '고자 폭동'을 준비한 청년들(ニーセーター)의 술집 회의. 아와세히가타(泡瀨干潟)를 지키는 사람들. 사진으로 보는 기-쿠(ギーク) 마을의 역사. 하에바루(南風原) 마을, 역대 촌장의 얼굴. 우루마시(うるま市) 탄생 비화. 구시카(グシカー) 무용회 50년사, 에이사(エイサー) 삼매경, 헤시키야(平敷屋) 청년회 활동사. 잔상(殘傷)의 바다를 향하여, 무엇을 생각하는가, 미도리마 마유(綠間マユ), 자신의 역사를 말하다. 이별의 연기를 따라, 하와이로 가는 길. 돌아오지 못한 귀환자들. 바다를 건넌 노래 소리, 가쓰

미 우루카(カツミ·ウルカ) 지음. 산을 오르면 바다로 나오는 섬. 농부와 어부의 대담. 섬 사람(シマンチュ) 노트, 피해와 가해를 넘어, 오에 겐지로(御於慧賢次郎) 지음, 오키나와인의 조건, 한나 아렌토(半那阿蓮戶) 지음. 우치난츄(ウチナーンチュ)는 일본 사람이 될 수 있는가…….

……다큐멘트 이사하마(伊佐浜) 토지투쟁의 기록, 히토쓰부타리토 모노카이(一粒たり友の会) 활동 역사. 작은 대학의 거대한 도전, O대학 60년사. R대학 사건의 진정한 희생자는 누구인가. 가마(ガマ)에 관한 100가지 거짓과 진실, 전후사를 걷는다. 미군 병사를 습격한 용감한 여성의 쾌담. 보름달 밤에 귀를 기울이면 역사를 잃은 사람들의 목소리가 들린다, 아이린 시루바아 브라토(愛林·思瑠芭亞舞羅斗) 지음. 3000명의 증언 전쟁 전야에 내가 본 기이한 풍경. 오키나와 반(反)권력론의 기원. 60년대를 말하다, 오키나와 청년동맹 청춘의 기록. 정념의 폭력론, 기요타 세이신(鬼世多世眞) 지음. 오키나와 전쟁을 다시 배우다. 야카비 오사무(野家尾長武) 지음. 백기를 흔드는 아저씨는 어디로 사라졌나, 전후 풍경을 기록하는 11미리 회. 수다쟁이 아주머니의 전중 전후 이야기. 침묵으로 말하는 사람들의 목소리를 듣다, 지옥 귀 모임. 달이 푸르게 빛날 때, 트린민하(都林民波) 사적 투쟁기. 선량한 이웃의 잔디밭은 검었다. 66년째 고백, 언제나 펜스에 서 있는 남자. Y양을 죽인 것은 다름 아닌 나였다, 석방된 성폭력범의 반전 인터뷰 기록. 미군 병사에게 애인을 빼앗긴 남자를 위한 보복법 교수 강좌 시리즈, R신문사 문화센터 기획 편. 웃음과 땀의 미군기지. 전쟁의 세상 각각의 싸움, 하와이, 필리핀, 수마트라, 사이판

편. 바다 저편에서 스러진 사람들을 만나는 여행, 유골 수습 자원봉
사자 단체의 보고. 전쟁에서 웃은 사람들의 그 뒤를 쫓다…….

……산신(サンシン)을 품은 하마치도리(チジュヤー), 산토스・고시
가와(サントス・越川) 방랑기, 남미 편. 이야기 속의 여자, 온나 나비(恩
納ナビー)를 찾아서, 가와무라 미나토(川無良湊) 지음. 뼈가 가챠−시−
(カチャーシー)를 춤 출 때, 오도라냐 촌민 공동 환상담. 후루야 치루
(吉屋チルー) 괴기 전기집. 유녀들의 행렬(ジュリ馬) 재현 무대 뒷이야
기. 마키시 코다로(眞喜志小太郎)의 빛과 그림자. 언덕 위 소나무 한
그루의 유래. 기타무라 스미코(北村スミ子) 일인 연극 걸작선. 오키나
와 락, 적(赤)과 자(紫)의 시간. 캰 마리안느(喜屋武マリアンヌ) 부활 라
이브 전곡 수록판. 요괴의 랩 히트곡 집, 가리마타(狩俣)의 이사미(イ
サミガ)가 지음. PW 애가(哀歌). 본토를 기대해서는 안 된다, 군고용
원의 원한을 담은 류큐가요집. 강물은 흐르고 산은 울었다, 나카소네
미미(仲宗根ミミ) 그 시대를 말하다. 마이클 잭슨을 노래하는 핑거 파
이브. 가메지로(カメジロー) 찬가. 가성으로 노래하는 아마미(奄美) 시
마우타(シマ唄). 숀카네(ションカネー)를 콧노래로 부르면. 아야구(ア
ヤグ) 절규. 수다(ユンタク)를 노래하는 여자들. 두바라−마(トゥバター
マ) 애가. 絶唱定繁節. 중얼거림의 林昌節. 데루린(てるりん)의 류큐국
독립찬가. 노래해서는 안 되는 노래를 부르는 모임의 활동 기록.
도−가니(トーガニー)와 나−구니(ナークニー)의 원형을 찾아서, 다마
키 마사야(多眞木雅也) 지음. 8886의 세계. 오모로는 오모시로이까.
해 뜨기 전의 섬, W. B. 예이츠(伊繪井津) 지음. 초쿤(朝薫)과 초빈(朝

敏)은 동일 인물이었다. 오키나와 예능계 내막을 파헤치다. 오키나와 예능을 타락시킨 범인을 찾아라, 국보에 탈락한 예능인들의 투쟁기…….

……세상에서 가장 기묘한 도서 백선. 이제는 옛일이 되었지만 기겁할 만한 이야기. 100세까지 유유한 청춘, 꿈같은 섬 생활 르포, 미둥밋챠이 편집부. 일본 제 일의 장수는 거짓이었다. 여자의 자립을 방해하는 유이마루. 오키나와 걸의 내력. 달과 태양의 투쟁사. 이민자의 고향은 어디인가. 불상화가 피는 언덕에 서다, 일곱 개의 무덤의 유래. 구부라(久部良) 마을 공동 매점 300년사. 맛차(マッチャ)의 안가(アンガ) 지음. 호타라지마(保多良島) 재방문기. 이케마(池間) 대교를 새벽 세 시에 건너다. 남국의 파라다이스 체험기. 성스러운 섬들의 탐욕스러운 사람들. 복서가 되지 않았다면 바다를 걷고 있을 사나이 이야기. 바다 용사(ウミヤカラー)의 자손들. 해저에 잠긴 환상의 제국. 앗파(あっぱ)와 안나(あんな)와 오바ー(おばあ)를 교환(交歡)하는 섬 말에 집착한 마이너 시인의 일기. 먀ー구니(みゃーくに) 왕래기. 다라마(多良間) 시치 축제의 뒷 이야기. 섬(シマ)으로부터 도망친 사람들. 두난츄(ドゥナンチュ) 원정기. 바다를 달리는 여자와 하늘을 헤엄치는 남자가 사는 섬. 디스토피아로의 여행. 야포네시아의 저편, 시마모토 게이이치(志摩元啓市) 지음. 게리 오시로(ゲーリー・大城)의 모험 일기. 고도보(孤島譜). 바다 사람 항담집(巷談集). 아코우쿠로우(あこうくろう)의 기도, 저녁 무렵의 문화론. 안데스·히말라야·오키나와, 고원과 바다의 민족을 잇는 기제(奇祭)가 남은 섬. 일본(にっぽ

ん)문화론, 타로와 도시코의 구다카(久高) 유행기(游行記). 무녀(ユタ)와 마녀(魔女)의 역사, 섬(シマ)에 드리워진 서양의 그림자를 밟는다. 니라이카나이 항해기. 소와 타조와 노래의 섬, 구루구루섬으로. 섬의 끝에서 세계를 볼 수 있는가 없는가. 아프리카나(亞布里加亞奈)로의 여행. 남쪽으로 다시 남쪽으로, 파이파티로―마(パイパティロ―マ) 저편으로…….

  ……구쟈(クジャ)에서 도스토예프스키를 읽다. 헤노코(邊野古)에선 사이드. 아Q정전과 자무자가 대담하면, 아수라연구회보고 시리즈. 어둠의 만다라, 아사토 레이지(安里禮次) 지음. 북쪽의 맥(貘), 남쪽의 아수라, 도시의 안고(安吾), 하나다 순이치로(花田俊一郞) 지음. 소리의 여로, 동쪽으로 서쪽으로. 물총새가 우는 저 숲으로. 진흙탕 거리를 걷다. 돌격 빙의대(憑依隊), 다이라 세쓰코(田井等雪子) 지음. 사탕수수밭에 숨은 샐린저(Salinger). 보이지 않는 거리에서 웃는 얼굴로 안녕, 사강(娑雁) 지음. 잃어버린 장소를 찾아서, 마르세이유 시마부쿠(マルセイユ 島袋) 지음. 야나와라바(ヤナワラバ―) 일기, 아고타・오시로(亞吳田・大城) 지음. 삼천년의 유락(愉樂), 나카이마 겐지(那珂伊魔賢治) 지음. 육조(六調)를 춤추는 인형, 아무로 미쓰히로(安室蜜比呂) 지음. 이름이여 일어나라, 그렇다면 구원되리라. 나카 고이치(名嘉功吉) 유고집. 터무니없고 당치도 않은 이야기, 엘리자베스・이즈미(リザベス・泉) 지음. 가드를 감싼 남자의 전기, 우루마 타로(宇琉馬タロウ) 지음. 오모로소우시(御喪露想詩), 나카소네 우조(仲宗根雨城) 지음. 백주기에 모인 8인의 미녀와 요괴(キジムナ―)의 수다 모음. 오

키나와(おきなわ)에 '문학'은 존재하는가. 오키나와 소녀, 히가시미네코(比加志峰子) 지음. 단디가−단디(タンティガ−タンティ)는 사요나라 대신. 멘소−레(メンソーレ)와 이미소−레(イミソーレ)의 차이에 대하여. 오키나완 아나키즘의 계보. 처형장에 피는 푸른 히비스커스. 교쿠류카이(旭琉會)를 지탱한 7인의 남자의 싸움. 비법 전수, 맨 손으로 적을 쓰러트리는 필살기 33, 다카미야기 고이치(高宮城幸一) 지음. 남자(イキガ)는 전쟁(イクサ)의 선도. 사요나라 미국, 바이바이 일본, 또 만나 오키나와⋯⋯

⋯⋯나의 광녀(プリムン)의 길을 간다, 다이라 가나(平良加那)의 반생. 무녀의 철학 담의(談議). 이야기하지 못할 세계를 이야기하는 사람들. 나의 무녀 인생, 사마부쿠 요시의 환시 체험기. 일곱 개의 다리를 건너지 못한 우둔한 자들의 후예. 비밀 축제 뒤에서 우는 여자들. 넋 들이기(マブイ込め)에 실패한 무녀(ユタ)가 꾼 꿈. 지넨 가니메가(知念カニメガ), 천년 미래를 점치다. 여자가 '어머나' 하고 중얼거릴 때, 세계가 변한다. 무녀(ユタ)의 트위터를 읽는다. 나는 바보지만 너는 누구냐? 나는 나고 너는 너다. ⋯⋯ 잠을 자도 잠에서 깨어나도 꿈인지 생시인지⋯⋯ 무엇이 어떻게 된 것인지, 어떻게 되고 있는지, 이 세상은 ⋯⋯ 이것저것 시끄럽다 ⋯⋯ 이러하다 저러하다, 이 세상은 ⋯⋯ 재미있다. 히야 삿사−, 광인(プリムン)의 세계는⋯⋯ 'あ'와 'ん' 사이에 선 그림자는⋯⋯[01]

……6조 다다미 방의 어슴푸레한 어둠에 문자가 날아다닌다. 히라가나 가타가나 한자 알파벳이 서로 섞이고 대문자 소문자가 주변 가득히 날아다닌다. 그 글자 투성이에 내 몸은 물들어 간다. 문자에 이마와 뺨을 내리누르고 홀린 듯이 나는 계속 소리를 지른다. 다다르지 않는 기도를 읊는 신(가민츄)의 노래처럼.

그런 밤에 눈을 뜰 때에는, 반드시, 몇 권인가의 책을 갓난아기처럼 안고 테이블 밑에 웅크려 있는 자신을 발견한다.

다른 사람과 평범한 대화도 없이 혼자 틀어박혀 지내는 세월이 길어지고 있다는 사실도, 괴롭다는 감정도 느끼지 못하게 되었다. 그저 지나가는 시간의 공허함에 몸을 맡기고 있자니, 몸 속 가득 채워진 고독의 막이 뿌직뿌직 소리를 내며 찢어지는 것 같기도 하다. 스스로가 스스로를 부르는 소리를 천장 벽이나 책장 사이에서 듣기도 했다. 드디어 광기의 경지로 들어가는 것인가, 하고 생각하기 시작한 그런 찰나였다. 누군가에게 내쫓기어 문 밖으로 뛰쳐나간 것은.

---

01 '나'가 중얼거리는 책 제목과 지은이는 실재하는 일부 서적이나 저자를 패러디 한 것이라 볼 수 있다. 예를 들면 『섬 사람 노트, 피해와 가해를 넘어』(오에 겐지로於慧賢次郎)는 오에 겐자부로大江健三郎가 쓴 『오키나와 노트沖繩ノート』를, 『오키나와 소녀』(히가시 미네코比加志峰子)는 히가시 미네오東峰夫가 지은 『오키나와 소년オキナワの少年』을, 『오키나와인의 조건』(한나 아렌토半那蓮戶)은 한나 아렌트의 『인간의 조건』을, 『오키나와 전쟁을 다시 배우다』(야카비 오사무野家尾長武)는 오키나와 연구자 야카비 오사무屋嘉比收의 『오키나와 전쟁, 미국점령사를 다시 배우다沖繩戰' 米軍占領史を學びなおす』를 빗댄 것이다.

돌제[02]

먼지로 가득한 한낮의 시가지를 걷는다.

부는 듯 불지 않는 듯한 바람이 가로수를 흔들고, 남국(南國)에서는 자라지 않은것 같은 조록나무인지 녹나무인지 아무튼 그런 나무들의 엷은 이파리 그림자에서 새어나오는 햇빛이 깨나른하게 떠도는 거리다. 가로수 왼편을 바라보면서 조금씩 걸음을 옮기다 보면 해안가 도로가 나올 터이다.

심히 살풍경하다. 얼마나 걸었을까, 방파제 일부가 눈에 들어왔다. 회색으로 물든 크고 작은 창고가 들쭉날쭉 줄지어 선 공간 저편으로 내 걸음은 향한다. 거기에 하얗게 빛나 보이는 것은 테트라포드 더미의 정점. 바다 수면은 보이지 않는다. 왼쪽 옆으로는 어린 싹이 트고 있는 구와디−사− 가로수가 흔들리고 있다.

발밑은 옅은 오렌지와 그레이 색이 격자로 놓인 타일 길이다. 색감이 있는 해안 풍경이 차츰차츰 나타난다. 그러나 보이는 건 전경뿐. 돌제로 다가가 발끝으로 서서 키를 늘려 바다를 바라본다. 이미 개장했을 터인 뒤편의 해변공원을 돌아보거나 하는 움직임을 자연스럽게 취하기까지는 얼마간의 시간이 필요했다. 나는 돌제를 수십 미터 앞에 두고 멈추어 서서 바닷바람을 맞으며 바람벽을 멍하니 바라보고 있다. 그러고 있자니 경직된 몸이 바다 냄새에 조금씩 누그러진다.

---

02 바다 쪽으로 돌출된 둑.

천천히 주변을 돌아보았다. 호안같은 그곳은 기묘한 공간이었다. 불쾌하게 뒤틀린 알지 못하는 풍경이다. 어딘가에 홀린 듯 공원 옆쪽으로 이어진 벽으로 슬금슬금 다가갔다.

반대편으로 고개를 내밀어 본다.

생각했던 대로 그곳에서는 바다가 보이지 않았고 갑자기 부풀어 오른 거대한 풍선 속에 머리를 처박은 기분이 되었다. 비틀어진 뫼비우스 띠를 더듬듯이 한 바퀴 고개를 돌려 시선을 이동시키는 가운데, 공간의 뒤틀림에 눈이 익숙해진 것인지 초점이 맞춰진다. 장장하고 그저 넓기만 한 라이브 무대를 연상시키는, 넓게 펼쳐진 아무것도 없는 광장이 눈에 들어온다. 가만히 쳐다보니 아무것도 없다고 생각한 광장의 여기저기에는 한 무더기의 흔들리는 그림자가 떠 있다. 고원에서 흔들리는 풀처럼 보이는 그 무리를 자세히 바라본다. 그것은 제 각각 찔끔거리듯이 작게 움직이며 공간의 갈라진 틈으로 기어 나온 작은 동물들의 무리 같기도 하다. 그러나 정체는 알 수 없다. 한기를 느낀 나는 고개를 움츠린다.

몸을 휙 돌려 해변공원 입구 앞까지 갔다.

철망으로 빙글 둘러싸인 공원 바깥에서 사열횡대로 선 무리들과 부딪혔다. 앞이 가로막혀 옴짝달싹 못하고 서 있었을 때, 옆에서 손이 불쑥 나오더니 갑자기 나를 잡아 이끈다. 차가운 손이다. 동시에 사각사각하며 꿈틀대기 시작하는 전후좌우의 움직임이 내 어깨를 흔든다. 이런 소란 속에서 마른 풀을 태우는 듯한 탄 냄새가 희미하게 풍겨온다. 부식토가 발효하는 냄새와 같은, 이상하고도 너무나 그리운 냄새다. 등 뒤를 지근거리는 움직임에 밀려 나왔다. 고개를 돌려보니 주변에 서 있는 사람들의 윤곽이 조금씩 시야에 들어온다.

사람들이 서 있다고는 하지만 그들 존재는 딱히 무어라 특정하기 어려운 인간들의 무리다. 여자인지 남자인지, 노인인지 어린이인지 젊은이인지. 그 가운데는 고양이처럼 등이 굽은 아가씨 같은 이도 있고 흔들리는 대나무 같은 청년도 있으며 아장아장 걸음마하는 어린아이로도 보이는 절반쯤은 일그러진 모습을 한 사람들도 있다. 이들은 멍한 그림자 몸을 이끌며 습하고 검은 오라를 주변에 내뿜고 있는 것이었다. 무슨 일인지 검정 일색의 옷을 예외 없이 입고는 서로 아무런 사이가 아닌 것처럼 모른 척을 하면서도 신묘한 표정을 짓고 있다. 누군가의 죽음을 정중하게 애도하는 것 같다. 끝없이 비스듬하게 사열횡대로 줄 선 묵묵한 사람들의 무리였다.

숨 막힐 것 같은 분위기에 압도당하고 말았다. 나도 모르게 발밑으로 시선을 떨어트려 황급히 몸을 되돌렸다. 청바지에 얇은 터틀넥 스웨터를 입고 그 위에 내가 좋아하는 옅은 쑥색 재킷을 걸친 자신의 모습이 이 장소와 어울리지 않는 것 같아 묘하게 신경이 쓰였다. 그래도 전후좌우로 밀치락달치락하는 가운데 내 몸도 상복 색깔로 물들어 가는 듯했다.

조금씩 등이 흔들리며 이동한다. 검게 이어지는 엄숙한 웅성거림에 휩싸여 좌우로 흔들리며 밀려 나아가는 것이다. 웅성거림이 어느새 소리가 되었다. 각각 홀로 떨어진 듯 보였던 사람들이 슬며시 모인다. 이들이 주고받는 웅성거림이 가만히 들려온다. 사람들은 이동하면서도 세상 이야기를 하듯이 끊임없이 말을 주고 받는다.

　─나, 마음(치무) 아파 죽겠어.

　─그래, 속상해 하지 마.

　─그래도, 아무리 우리가 마음 아파한들 이렇게 된 이상은……

　─그래, 어쩔 수 없지, 이건 누구에게나 닥쳐 올 일이야.

　─그래도 여기에 있는 우리들은 모두 비슷한 처지에 있는 거야.

　─그래, 그래.

서로 이마를 맞대듯이 하면서 그래(얀요), 그래도(얀도), 그래그래,
하며 고개를 끄덕인다. 그 목소리를 따라 눈을 돌리니 몸집이 작고
마른 수 명의 그림자 사이로 키가 큰 사람이 불쑥 끼어든다.

　─난 말이지, 야밤에 화장실에서 갑작스럽게(앗타니도) 죽어 버렸
어(하앗사). 아아, 혼자 외롭게 말이야, 죽어 버렸다고. 정말 간단하게.

　─아이고, 너 참 외로웠겠다.

　─용변 보는 일이란 뭔가 힘든 거잖아. 뒤처리가 신경 쓰이는 법이
지.

　─뒤처리가 어떻다는 둥 그런 말을 할 때야? 우리는 원래 가족이란
것과 인연이 없는 몸이라고. 지금도 마찬가지고.

　─이야, 변기에 앉은 채 썩어서 뼈가 되었다는 거야?

　─그렇다면 당신은 성불할 수 없겠는 걸.

　─아냐(아란도), 나는 똥 속에서 깨달음을 얻어 성불한 사람, 세 사
람이나 알고 있어.

　─설마, 햐─똥 속에서?

-거짓말 하지 마.(유쿠시무누이산케-)

-그런 더러운 이야기가 어디 있어. 히야.

-정말이래도. 거짓말 아니야.

-그래도 생각해 보면 살아있는 동안에는 어떤 일을 당하더라도
마지막에 그렇게 죽는(스-) 것은 역시 행복한 일일지도 몰라.

-그럼, 그럼. 너 같은 경우는 그나마 행복한 편이야……

여기에서 말을 더듬는 가냘프고 어두운 목소리가 들어온다.

-나, 나 말이야. 그, 그래. 나 같은 건 말야……

살펴보니 이상하게 부푼, 당장에라도 그 자리에서 곧바로 주저앉
을 것 같은 그림자를 가진 사람이 느릿느릿하게 말하기 시작했다.

-아, 너 말이야. 이제 겨우 말하기 시작하는군. 아까부터 그 터질
것 같은 배를 내밀고 화난 얼굴로 노려보고 있어서 정말 신경이 쓰
였다고.

-이봐, 너는 어떤 식이었어? 할 말 있으면 해 봐.

-…….

-아, 거 잠자코 있지 말고, 아까 무슨 말을 꺼냈었잖아.

-그래. 속에 담긴 더러운 마음(우무이)은 뱉어버려야 해. 봐봐. 또
점점 배가 불러 오잖아.

-그래그래. 우리들의 여행은 아득히 머니까 지금 하다못해 마음
만이라도 가볍게 하지 않으면 견딜 수가 없어.

-…….

-아이고, 또 입을 다무네. 말해 보라잖아.

—모처럼의 기회라고. 말하면 될 것을. 들어 준다니까, 우리들이.

—그래. 우리들은 친구라고(얀도-, 왓타 - 야 - 두시야도야사니).

여기에서 이상하게 히스테릭한 목소리가 들어온다.

—헷, 헤엣, 헷헷, 뭐-가 친구라는 거야. 너 말이야. 좋은 사람인 척하지 마. 제대로 죽지도 못한 혼령 주제에.

—주, 죽지도 못했다 해도, 역시, 사람이라고.

—헤엣, 헷헷, 사, 사람이래. 아-핫 하하하하…….

—그렇게 박장대소(우후와레이-)할 건 없잖아…….

—이게 웃지 않고 될 일이야, 봐봐. 저쪽에서 촐랑거리며 차분히 있지 못하는 아이들의 행렬을. 저 아이들이 어떤 일을 당해서 여기에 무리지어 왔는지 너는 알기나 해?

—알아. 부모가 학대해서 버려진 아이들이잖아…….

—그래, 태어난 보람도 없고, 살아남았더라도 사람 취급 못 받는 아이들이지.

—불쌍하기도 하지.

—오-, 네가 다른 혼령을 동정할 처지는 아니지. 듣자하니 너, 이국 병사에게 당한 여자라던데.

—무, 무슨 말을 하는 거야. 그렇게 말하는 너야말로 무슨 일이 있었는지 모르지만 가주마루 나무에 스스로 목매단, 말라빠진 남자(이키가)잖아.

—뭐 말라빠진 남자? 너같이 사람 죽이는 병사(히-타이)한테 당한 것과 비교하면 누가 더 비참한 꼴인 거냐?

여기에서 위엄이 있는 듯한 큰 여자의 그림자가 불쑥 들어온다.

─에힛, 너희들(잇타─), 혼령이 된 몸으로 싸우지 마. 이렇게 되어 버린 이상, 무엇을 어떻게 말해 봐도 피차일반이잖아.

─…….

슬금슬금 시작된 웅성거림은 이렇게 풀 길 없는 울분 넘치는 목소리가 되어 시비조의 말싸움이 되었다. 계속 듣다 보니 이들은 웃음소리인지 울음소리인지 구분할 수 없는 쿡, 쿡쿡, 쿡쿡, 크크크이라는 소리가 되어 갔다.

혼들의 수런거림은 바람의 속삭임이 되어 저편으로 사라져 가는구나 하고 생각하게 만들면서도, 역풍이 불어 올 때면 갑작스런 소용돌이를 일으킨다. 기세 좋은 목소리들이 다시 몰려든다. 소란스럽다. 소란스럽기는 하지만 어딘가 고요하고 뜨겁다. 끊임없는 대화의 소용돌이가 내 고막을 간질인다. 쿡쿡, 크크크이라는 소리는 입속 웃음을 머금은 고백이 되기도 하고 파열하는 조소가 되기도 하며 설교가 되기도 한다…….

─아, 그러나 나의 가난한 인생이여, 헷, 헤헷.

─그러게, 힘들었겠구나. 그러나 너 같은 경우는 시대가 좋지 않았던 거야.

─그래. 미증유의 불황으로 제대로 된 일도 하지 못하고 격차사회에서 밑바닥 생활을 하는 건, 어지간히 힘든 일이었을 거야.

―그렇지만 아무리 힘들어도 용서할 수 있는 것과 용서할 수 없는 게 있어. 너, 고생만 시키던 아내와 다섯 명이나 되는 어린 아이들을 놔두고 자존심도 뭐도 내팽개치고 거지가 되었다지?

―이야, 그렇구나. 네가 숨기고 있는 사정이란 건.

―아무리 시대가 좋지 않았다 해도 그건 아니지. 가족을 버리는 것은. 여기서는 그걸 무차별 살인과 같은 죄라 말한다고.

―그래그래. 그건 남자가 할 일이 아니지.

수 명의 여자 혼령이 퉁퉁하게 살찐 남자 혼령을 향해 슬금슬금 천천히 다가간다. 그런 기색에 뒷걸음치면서도 거지였다는 남자 혼령은 기가 죽지도 않고 자조 섞인 웃음을 멈추지 않는다.

―헤헷, 헷, 그러니까 벌 받았지. 보기 좋게.

―벌, 이라고?

―그건 그럴지도 모르지. 네 최후는 동네 폭주족들에게 당첨되어 뭇매질당해 신원불명의 변사체가 되어 처분 당했다지. 그야말로 벌 받은 것야. 나도 그렇게 생각해.

―헷, 나도 그렇게 생각해.

―그래. 벌이야. 인과응보라고.

―어이, 너 말이야, 자세히 보니 여자인 것 같은데, 남자가 말하는데 젠체하며 여봐란듯이 위에서 내려다보는 말투로 이야기하고 있군. 그런 너는 누구냐?

―나? 내가 누구든 간에 거지 출신인 너에게 그런 말을 듣고 싶진 않은데.

―켓, 케케케케, 나는 알고 있지, 네가 어디의 누구인지를.

희한하게 얼굴이 큰, 얼굴이 크다기보다 평평하게 늘린 것 같은, 이 역시 성별을 명확히 알 수 없는 혼령이 추궁했다.

―뭐, 뭐야, 너는 또…….

―나? 내가 누구든 상관없잖아. 지금은 네 이야기를 하는 중이야.

―아, 아니 내 이야기가 아니라 네 얼굴(치라) 말이야. 너는 왜 그런 얼굴을 하고 있는 거야?

―켓, 내 얼굴 따위는 아무래도 좋다고. 말 바꾸지 마. 그렇게는 안 된다고.

―아냐, 네 얼굴이 더 큰 문제야. 찌그러진 대야 바닥 같아. 네 얼굴. 대체 무슨 일이 있었던 거야?

―케켓. 이건 부모님이 물려주신 거지. 너 같은 놈이 이러쿵저러쿵 말할 자격은 없어.

―부모 탓을 할 작정이로군. 세상 사람들은 서른 살이 넘어가면 얼굴이든 마음이든 자신이 만드는 것이라 말하잖아. 그리고 보니 너, 뭔가 벌을 받아 그런 얼굴이 된 거지? 역시?

―시끄러. 뭐가 역시라는 거야? 자기 일은 뒷전에 두고 말이야. 이 여자남자 같은 자!

―여자남자가 뭐 어때서? 이 괴물 얼굴아!

―뭐, 괴물?

자연스럽게 시작된 대화는 아무래도 이런 싸움으로 번지는 모양이다. 거기에 끼어드는 큰 목소리의 고함.

−그래, 그래그래. 너희들은 아직 혼령 세계에 살 자격이 없어.

−아니, 왜?

−얼굴이 어떻다는 둥, 어디의 누구냐는 둥, 급기야 남자냐 여자냐는 둥, 아이고−, 그런 아무래도 상관없는 것을 가지고 싸움(오− 예−)의 불씨로 삼는 것은 저쪽 세계에서나 할 이야기잖아.

−저쪽……

−그래. 외모나 지위, 인격, 아니 혼격을 결정하는 것은 저쪽 인생의 더러운 사람들이나 하는 짓이라고. 혼령으로서는 수행이 부족한 거야.

−…….

−혼(마부이)으로서의 마음가짐이 없는 자들은, 그래, 저쪽으로 돌아가. 돌아가(아만카이, 케− 레).

−아이구……

−돌아가라 한들…….

−정말, 어디로 돌아가라는 거야.

−진짜 심한(데− 지−) 말이야.

−이쪽이든 저쪽이든(아마니모 구마니모) 돌아갈 곳이 어디에도 없으니까 우린 이렇게 여기에 있는 거잖아.

−그래그래.

−정말이지 그래.

−참으로 심한 말이야.

−맞아 맞아…….

―그래, 그래⋯⋯.

이쪽저쪽에서 연쇄반응을 일으키는 듯한 맞장구치는 소리가 다시 바람에 흐른다. 멀리 소용돌이가 일어 소리가 작아진다고 생각하자 다시 고조되더니 바람에 휩쓸려 사라져 버린다. 그저 소음이 되어. 건조한 목소리들의 여운이 끝없이 이어지는 그 무리들 속에 휩쓸려 버린 내 몸이란 얼마나 미덥지 못한 것인가. 재킷의 옷깃을 모으며 내 몸을 움켜쥔다. 그렇게 하면서 다시 발끝으로 서서는 무리들의 흐름을 바라본다.

정신이 아찔해질 정도로 기나 긴 혼령들의 행렬이다.

버려진 그림자 혼령들은 뒤틀린 호안 가장자리 이공간(異空間) 속에 조용히 되살아났던 것이다. 새까맣고 엄숙하게 이어지는 혼령들 무리에서 숨 막힐 듯이 타는 냄새가 더욱 더 자욱하게 일어난다. 나는 타오르는 혼령들의 따뜻한 훈김에 휩싸여 앞인지 뒤인지 모르게 천천히 밀려 나간다. 연기와 같은 혼령들의 웅성거림에 떠밀리고 되밀리는 사이, 나는 조금씩 이해하게 되었다. 이들 이형(異形)의 사람들이 어디에서 온 것인지를. 둥글게 말고 있던 등을 마음껏 펴고 다시 한 번 천천히 혼령들의 행렬을 멀리 바라다본다. 그리고 다시, 불균형하게 흔들리는 소용돌이 속에 몸을 담그고 가만히 귀를 기울인다. 어쩌면 소식이 끊긴지 오래된 내 여자 친구 모습이 그 어딘가에 섞여 있을지도 모른다는 기분이 들어서.

참으로 바람이 습하다.

호안 거리 벽을 앞에 두고 나는 그냥 서 있다. 얼마간 그렇게 있으니 해 지기 전 해안가에 부는 바람이 희미한 적요감을 몰고 온다. 바람이 머금은 투명한 슬픔의 기억을 나는 더듬지 않을 수 없다. 휙휙하고 바람 소리가 거세진다. 휘익 휙휙, 바람 소리는 점점 더 나를 혹독하게 몰아세운다. 바람 소리의 어마어마함에

뭐 이런 여자 친구가 다 있단 말이냣!

나는 나를 향해 토해내듯 말해 보았다.

조정민 옮김

사키야마 다미(崎山多美)

소설가 사키야마 다미와의 대담

▶ 대담 : 사키야마 다미

        김재용

김재용 먼저 《지구적 세계문학》 잡지 대담에 응해주셔서 감사드립니다. 선생님은 오키나와에서 꾸준히 작품 활동을 하고 계시며 특히 오키나와 말을 작품 언어로 도입하는 등, 다양하고 실험적인 작품을 발표해 오셨습니다. 선생님이 쓰신 글에 보면 이리오모테 섬(西表島)이라는 낙도에서 태어나 14살 때 미야코 섬(宮古島)으로 이주하고 이후에 오키나와 본토에 있는 고자(コザ)로 이주하면서, 일본어와 오키나와 언어, 그리고 이리오모테를 비롯한 남부 섬들의 언어 사이에서 강한 차이를 느끼고 이것으로 인해 큰 심적 갈등을 겪었다고 말하는 대목이 나오는데 이에 대해서 좀 설명해주시죠.

사키야마 다미 저의 아버지는 미야코에서 오랫동안 생활하신 반면 어

머니는 이토만(糸滿) 출신으로 이후 미야코, 이리오모테 등 여러 곳을 경유한 바가 있어서 말이 매우 굴절되어 있는 편이었습니다. 저 역시 14살 때 오키나와 본섬으로 들어가 본섬 말을 접하게 되었는데요, 그때 언어적 혼란을 많이 겪게 되었습니다. 제가 일상적으로 써 왔던 말과 전혀 다른 언어를 접했기 때문이죠. 낙도가 많은 오키나와에서는 폐쇄적인 공동체가 형성되기 쉬우며 작은 지역 안에서도 언어적 경계가 분명하게 드러나요. 예컨대 우루마 시(うるま市)의 경우에는 구(區)별로 말이 다르기도 합니다. 말을 통해 표현하고 소통하는 인간의 습성을 고려해 볼 때 언어란 생존의 문제이기도 하며 살아가는 근거이기도 합니다. 제가 가진 언어적 조건은 복잡하고 벽도 있지만 그것을 무시하고 문학을 한다는 것은 의미가 없다고 생각해요. 스마트한 일본어 문장으로 알기 쉽게 전달하기만 하면 되는 게 아니라, 이중 삼중으로 중첩되어 있는 오키나와의 언어망과 갈등을 풀어내는 것이 중요하지 않을까. 저는 소설을 쓰기 시작할 때부터 그런 것을 의식하고 있었습니다. 위태로운 순간도 많았지만 이왕이면 그런 문제를 생각할 수 있는 문학을 해 보려고 합니다.

김재용 히가시 미네오(東峰夫)의 『오키나와 소년(オキナワの少年)』(1971년)을 읽었을 때의 충격을 회고하신 적이 있는데 이것이 선생님의 소설 창작에 어떤 영향을 미쳤는지요.

사키야마 다미 당시의 오키나와는 본토 복귀 여부를 두고 혼란스러운 상황이었고, 개인적으로도 집안 사정이 불안정하여 이사와 전학을 해야 했던 사정이 있었습니다. 그런 가운데 문학 작품 등을 읽거나 하면서 히가시 미네오의 『오키나와 소년』을 접했지요. 당시 저는 고자 시(지금의 오키나와 시沖繩市)에서 살았습니다만, 히가시 미네오 역시 고자고등학교 출신이어서 친근감이 있었고, 아쿠타가와상을 수상한 것도 매우 놀라웠습니다. 더욱 충격적이었던 것은 히가시 미네오의 언어에서 어떤 열기와 같은 것, 리듬과 같은 것을 느끼게 되었다는 것이죠. 그들 언어는 몸으로 받아들이기 쉬웠습니다. 만약 내가 소설을 쓴다면 이 같은 소설을 쓰고 싶다고 생각했었습니다.

김재용 오키나와의 다른 작가들, 예를 들면 오시로 다쓰히로, 마타요시 에이키, 메도루마 슌 등은 모두 오키나와 본섬 출신이어서 일본어와 오키나와 언어 사이에서 갈등을 겪는데 반해 선생님은 본섬과 주변 섬 사이의 언어 차이까지 감지하고 소설의 언어를 다루는 매우 특이한 경우라고 할 수 있겠습니다. 선생님께서 자주 이야기하는 '섬 말(시마고토바, シマコトバ)'에 대해서 좀 더 자세히 설명해 주시죠.

사키야마 다미 '시마고토바'라는 명칭에 대해서는 조금 주의할 필요가 있어요. 사실 저는 방언이라는 말을 좋아하지는 않습니다. 서열이 생기니까요. 오키나와에서는 행정이나 교육위원회를 중심으로 오키나와 말을 장려하고 복권시키려는 움직임이 일어나고 있습니다. 이런 운동에 대해서는 대단히 위화감을 느껴요. 아이들이 오키나와 말을 일상적으로 쓰고, 또 할머니나 할아버지의 말을 어느 정도 이해할 수 있게 되는 것은 의미가 있다고 생각하지만, 교육 현장에서 위에서 일방적으로 방언 교육을 실시하여

평준화시키는 것은 바람직하지 않아요. 그건 예전에 있었던 방언 박멸운동을 역전시킨 것과 다르지 않으며, 이런 움직임은 결국 향토주의를 형성시키고 말겁니다. 사실 오키나와에는 그런 분위기가 어딘가 있어요. 저는 오키나와 방언을 지칭하는 '시마구토바(しまくとぅば)'라는 말을 일부러 '시마고토바(シマコトバ)'라고 가타가나로 표기합니다. 일본어도 아니며 고향의 그림자가 짙게 드리워진 '시마구토바'도 아닌 중간지대와 같은 이미지를 만들기 위해서 말이죠.

김재용 한국에서도 제주도 출신의 작가들이 이런 고민을 많이 하고 있는데 상당한 차이도 있는 것 같습니다. 제주도는 주변에 다른 섬들이 없는 반면, 오키나와 본섬 주변에는 작은 섬들이 여러 개 존재하는데, 그러다보니 본섬과 작은 섬 사이의 차이도 중요하게 드러나는 것 같습니다. 이것이 선생님 문학의 독특한 점이고 결국 섬 말이란 독특한 개념을 낳은 것 같아요. 이질적 언어에서 비롯되는 차이에 주목하는 선생님의 문학에는 고착된 것을 상대화하고 전복하는 힘이 존재한다고 생각합니다. 이 점은 근대 국민국가에 대한 비판으로도 이어진다고 할 수 있겠는데요. 선생님의 소설 '풍수담'에서도 이런 점들을 분명하게 느낄 수 있었습니다.

사키야마 다미 분명 일본에 포섭되지 않으려는 의식이 있기는 하지만 이는 정치적으로 대립 구도를 만들려고 하는 것과는 달라요. 제가 '시마고토바'라는 말을 사용하고 있는 것도 바로 이런 맥락인데요, '시마고토바'는 일본어에서 벗어나고 싶지만 그렇다고 대립하고 싶어서 내세운 개념이 아닙니다. 일본어도 아니며 오키나와 방언도 아닌 양자가 서로 섞인 것을 말하는 것이죠. 저항의 표현이지만 대립하는 것은 아닙니다. 삶의 방식으로서 대립한다는 것은 어느 한쪽이 없어지거나 포섭되는 것을 뜻합니다. 그런 대립적 방식이 세계 곳곳에서 일어나고 있어요. 9.11 이후 점차 그런 경향이 짙어지는 것 같습니다만, 인간의 문제란 양자택일의 문제가 아니죠.

김재용 저항은 하지만 대립은 하지 않는다는 말씀이 매우 가까이 다가옵니다. 섬 말도 바로 이런 문맥에서 나온 것이군요. 선생님의 내셔널리즘의 비판도 이런 맥락에서 너무나 자연스럽게 나온 것 같습니다. 그런데 흥미로운 것은 선생님의 소설에서는 내셔널리즘에 대한 비판 못지않게 제국주의 혹은 식민주의에 대한 비판도 강한데요. 최근의 소설 중에서 「달은, 아니다」는 그런 점에서 매우 흥미로운 작품이라고 생각합니다. 어떤 계기로 이런 작품을 썼는지 궁금합니다.

사키야마 다미 사실 「달은, 아니다」는 꽤 많은 시간이 걸렸던 작품입니다. 저의 어머니는 미야코 섬에서 어린 시절을 보냈는데, 어머니가 저에게 들려주신 이야기들 가운데에는 미야코에 살던 종군위안부들의 생활도 포함되어 있었습니다. 그녀들이 어떻게 먹고 지내며 어떤 옷을 입었는지, 그리고 얼마나 힘든 생활을 하였는지까지. 그 가운데 특히 저에게 강렬하게 남아있었던 것은, 작품에서도 썼습니다만 위안부 할머니가 쏟아 내는 말들입니다. 사람들이 위안부들을 놀리거나 하면 그녀들은 작품 속에서 쓴 것과 같은 말을 퍼부어댔던 것이죠. 10여 년 전에 돌아가신 저의 어머니는 언어 감각이 남달리 뛰어난 사람이었는데, 한국어가 섞인 그녀들의 말투를 한 두 번이 아니라 여러 번 흉내 내곤 했었습니다. 종군위안부 문제를 작품으로 쓸 계획은 없었습니다만, 어머니가 돌아가신 후 여러 생각을 하다가 문득 어머니가 흉내 내던 말들을 떠올리게 되었습니다. 그리고 아주 많은 시간이 걸렸지만 그녀들의 외침을 간접적으로라도 써 보자고 생각했죠. 어쩌면 이 작품은 어머니가 저로 하여금 쓰게 만든 작품일지도 모릅니다. 그 뉘앙스를 잘 살렸는지 모르겠습니다만 한국 독자들이 이 작품을 읽어주기를 기대하고 있습니다.

김재용 어릴 때 어머니로부터 들은 조선인 군위안부에 대한 이야기가 결국 이런 모습으로 드러나는 것이군요. 제가 보기에 오키나와는 일본에 대한 오키나와의 정체성을 의식하면서 동시적으로 조선이란 또 다른 존재를 인식하는 것 같아요. 이런 점은 비단 사키야먀 선생님뿐만 아니라 다른 오키나와 작가들에게도 드러납니다. 오시로, 마타요시, 메도루마와 같은 작가들도 오키나와의 정체성을 고민하면서 조선인 위안부를 인식하는 것 같아요. 매우 흥미롭습니다. 바로 이런 점 때문에 오키나와 문학과 한국 문학은 서로 배우고 교류해야 할 점이 많은 것 같습니다.

최근 오키나와에서는 독립의 문제가 현안으로 떠오르고 있다는 느낌을 받습니다. 문단에서도 메도루마는 독립을 강하게 열망하는 목소리를 내고 있습니다. 선생님의 생각은 어떠신지요?

사키야먀 다미 사실 여러 가지 정치적 상황이 얽혀 있어서 대단히 복잡한 생각이 드네요. 최근의 기지 문제만 보더라도 말이죠. 정치적 대립은 어쩔 수 없이 생기기 마련입니다. 그런데 당신은 일본인이고 나는 오키나와인이다, 하는 전제를 두고 이야기를 하면 양자 사이의 대화란 궁핍해질 수밖에 없어요. 아무것도 생산시키지 않죠. 결국 상대를 비난, 비판하는 것으로 끝이 납니다. 그런데 이를 문학적으로 생각하면 어떻게 될까요? 현실적인 대립 관계를 어떻게 문학적으로 해소시키며 나갈 것인가 하는 문제는 참으로 어려운 숙제라서 저도 잘 모르겠어요. 그러나 최근에는 이를 어떻게든 풀어보자고 생각하고 있습니다. 예를 들면 일본과 오키나와 관계에 동아시아라는 시점을 도입하면 어떻게 될까? 하는 식으로 말이죠.

김재용 최근에 선생님을 비롯한 오키나와 지식인들이 만든 잡지 《월경광장(越境廣場)》은 그런 점에서 앞으로 주목됩니다. 경계를 넘는다는 것은 국민국가체제에 익숙한 우리 모두가 항상 예민하게 의식해야 할 문제인 것 같습니다. 아마 이 잡지도 이런 측면을 강조하면서 나온 것 같은데요, 앞으로 한국의 《지구적 세계문학》은 오키나와의 《월경광장》과 다양한 교류를 하고 싶습니다. 앞으로 이 잡지에 기고하는 많은 오키나와의 작가와 젊은 지식인들의 글에 깊은 관심을 갖겠습니다.

바쁘신 일정 가운데 이렇게 대담에 응해주신 선생님께 감사드리며 또한 경계를 넘는 만남의 중요성을 알고 이렇게 자리를 마련해주고 도움말을 주신 류큐대학의 오세종 선생님께도 깊이 감사드립니다.

나비떼 나무
群蝶の木

메도루마 슌

＊이 작품의 초출은 「群蝶の木」(『小說トリッパー』朝日新聞出版, 2000. 6)이다.(모든 주는 옮긴이 주이다)

부락(섬) 풍년제豊年祭는 사 년에 한 번 올림픽과 같은 해에 열린다. 우타키[01] 숲을 배후에 둔 배소拜所(우간주) 뜰에서 이틀에 걸쳐 봉납을 위한 봉술이나 춤, 연극이 펼쳐지고 있다. 출연자는 모두 마을 주민이며 평의원회, 노인회, 부인회, 청년회 등의 대표로 이뤄진 실행위원회에서 역할을 분담시켰다. 춤이나 연극 역할을 얻은 사람은 말할 것도 없이 무대 뒤 스태프나 음곡 담당자, 준비 담당자 등이 두 달 정도 전부터 매일 밤 공민관에 모여서 준비를 시작한다. 뜰에서는 여러 명이 나뉘어 한 조를 이루고 육척 봉 쓰는 법을 반복해서 연습하고, 공민관 홀에서는 예부터 전해 내려온 류큐춤琉舞을 춘다. 가르치는 사람은 부락에서 가라데 도장이나 류큐춤 교실을 열고 있거나, 부락의 독자적인 춤이나 스마치 봉[02]을 전승해온 노인이나 장년

---

01 御獄. 오키나와 마을마다 있는 성지로 대부분은 숲이다. 돌이나 카주마루(뽕나뭇과의 상록 교목) 나무 등이 있으며, 가장 신성한 장소로 여겨져 마츠리祭り의 대부분은 여기에서 열린다.

02 潮捲き棒(すーまち). 100명씩 두 조가 돼서 매스게임처럼 봉을 써서 행하는 단체 봉춤.

들로 연습이 끝나면 남아서 조촐한 술잔치를 열 때도 있다.

우타키 앞의 배소 주변 집은 부락에 처음으로 거주하기 시작한 사람들 후손이라고 전해지고 있다. 그중 한 집에서 태어나 자란 요시아키義明는 연습을 위한 음악이 흐를 무렵부터 실제 의식이 치러질 때까지 매일같이 견학을 가는 바람에 어린이가 이렇게 늦은 시간까지 나다니면 안 돼 하고 혼이 나고는 했다. 언젠가 자신도 봉술이나 춤을 연기하리라고 계속 희망해 왔지만 대학에 가려 나하那覇로 간 뒤로는 부락에 돌아올 일도 없어서, 서른도 반을 지난 지금까지 풍년제에 참가할 기회를 얻지 못했다.

대학을 졸업하고 나서 현縣 의원에게 채용돼, 사 년 동안 미야코섬宮古島에서 생활한 것을 제외하면 나하와 그 주변에서 줄곧 살았다. 계속 혼자 살면서 낚시나 다이빙을 했고 대학 서클 동료와 얀바루山原 숲속 걷기 등을 십 년 이상 계속하면서 쉬는 날에도 여유를 부릴 수 없었다. 정월 휴일도 동료와 함께 바다나 숲에서 보내는 날이 많아서 고향집에 돌아가는 것은 백중맞이 외에는 일 년에 한두 번 정도였다.

풍년제에 관한 것도 완전히 잊고 있던 차였는데 마침 그 당일에 귀성한 것은 우연이었다. 고교 동급생 T가 죽었다는 소식을 듣고 고별식에 참가하기 위해 오후부터 연휴를 내고 귀성한 것은 그 전날인 금요일이었다. 옆 마을 장례식장에서 몇 명인가 같은 반 친구를 만났지만 목례만 했을 뿐 이야기는 나누지 않았다. 전화로 소식을 알려준 가네시로兼城하고 이야기를 하고 싶었으나 시간이 맞지 않았던 것인지 그의 모습은 보이지 않았다.

별로 좋지 않게 죽은 모양이야.

목요일 밤 가네시로는 아파트에 전화를 걸어 힘없이 말했다. T는 이 년 전 본토에서 돌아와 부모님과 셋이서 살았는데 육체적으로도 정신적으로도 상태가 안 좋았다고 한다. 집 근처 항구에 떠있는 것을 낚시꾼이 발견한 것은 심야였다는 것. 상당히 술을 마셨다고 한다. 경찰은 사고사로 판단했다는 것. 그러한 이야기를 했는데, 가네시로가 경찰이 말한 대로 사고사라고 생각하지 않는 것이 말 곳곳에서 느껴졌다.

온순하며 공부도 스포츠도 잘 하지 못했던 T는 친구도 많지 않았다. 요시아키나 가네시로가 속한 그룹과 함께 행동할 때가 많았지만, 그것도 어딘가에 귀속돼야지만 어딘가에서 있을 수 있다는 식의 소극적인 태도였다. 요시아키도 그를 친구라고는 의식하지 않았으며 졸업 후에도 전혀 연락하지 않았다. 어째서 가네시로가 고별식 일정을 전화로 알려준 것인지 알 수 없었다. 다만 연락을 받고서 가지 않을 수 없을 듯한 아픔을 가슴에 느꼈다. 그것에 조금 당황했지만 자신도 잘 알 수 없는 그 아픔을 가네시로도 느꼈던 것인지도 모르겠다고 생각했다.

고별식 후 고향집으로 돌아가 오랜만에 부모님과 저녁을 함께 먹고 풍년제 연습곡이 흘러나오는 것을 들으니 그리움이 밀려와 다음 날 무대까지 보러 가기로 했다. 전부터 알던 사람과 만나서 이런저런 말을 듣는 것이 귀찮아서 연습하는 모습은 보러가지 않았다.

그 다음 토요일 오후, 여신(카민추)에게 기원한 후 열리는 미치주네[03]를 혼자 보러 갔다. 굵은 청죽青竹 끝에 복숭아와 연꽃을 짝지은 장식이 달린 깃발 꼭대기에는 풍년이라고 대서한 연이 걸려있고, 끝이 세 갈래로 갈라진 긴 창을 앞에 단 깃발 꼭대기에는 폭포를 올라가는 잉어 그림과 지네 깃발이 걸려있다. 검은 의상을 입은 남자들이 지탱하는 그 두 개의 기두旗頭를 선두로 봉술을 하는 청년들이 열 명씩 세 그룹, 그 뒤로는 부락 내 열두 반이 각각 춤추는 대열을 만들었는데 그 인원은 총 삼백 명 가까이 됐다. 부락 안을 동서로 관통하는 현도縣道를 통과해 우타키 근처 공민관公民館 뜰까지 끈기 있게 걸어 네거리에 이르면 봉술을 시작으로 첫 그룹班부터 순서대로 춤을 피력하기 시작한다. 팝송 조로 편곡된 신민요에 안무를 더해 춤을 추는 그룹이 많았는데 그중에는 남양南洋 춤이라고 하는 도무지 알 수 없는 것도 있었다. 몸에 먹칠을 한 중년 남자들이 짧은 도롱이를 허리에 두르고 푸른 야자수 잎을 머리에 장식한 채 창을 들고 서툴게 춤추는 모습을 보고 연도에 나온 노인이나 중학생들이 포복절도 하고 있었다. 나하에서 이런 춤을 추면 차별 문제로 비난을 받겠지 하고 생각하면서도 너무나도 이상한 모습에 웃지 않을 수 없었다.

옆에서 누군가 팔을 찔러서 고개를 돌리자 자색 포목으로 머리를 씌우고 가라데 도복을 입고 세로로 된 흑백 줄무늬 각반을 찬 가네시로

---

03 道連ねー(みちじゅねー). 마츠리를 할 때 집락의 골목길을 대열을 지어 천천히 걷는 것을 말한다.

가 육척 봉을 손에 들고 웃으며 서 있다. 마츠리에 와있는 것은 알아챘지만 신호는 보내지 않고 있었다.

　어제는 다녀 온 거야?

　응 너는?

　일에서 빠져나올 수가 있어야지……. 반 친구 누구랑 만났어?

　두세 명 이름을 대자 가네시로가 얼마 안 왔네 하고 중얼대다, 내가 말할 자격은 없지만 하고 웃는다. 설마 네가 미치주네에 참가할 것이라곤 생각하지 못했는걸 하고 그 연유를 물었다. 그러자 사는 곳은 옆 마을 아파트지만 마츠리에는 지난번부터 참가하고 있다고 했다. 일이 끝나는 것이 일곱 시 반이라 직장에서 바로 연습하러 가서 아내의 불평이 대단해 하고 말하며 웃는다. 그 이야기를 들으면서 가네시로가 고교 시절 가라데를 했었다는 사실을 떠올렸다. 지금도 하고 있는 거야? 하고 가라데 찌르기 흉내를 냈다. 가네시로는 그런 여유는 없어 하더니 다소 진지한 얼굴로 밤에 늦어질지도 몰라 그래도 전화할게라고 말하고는 움직이기 시작한 봉술 그룹 쪽으로 달려갔다.

　행렬이 앞으로 나아가며 다음 그룹이 눈앞에서 춤추기 시작한다. 검은 바지에 흰 와이셔츠 차림을 하고 대단히 진지하게 포크댄스를 추고 있다. 평상시에는 농사일을 하는지 얼굴이 검게 탄 중년 남자와 여자들이 온순한 얼굴로 춤추고 있는 것도 역시 이상했다. 근처에 있던 여자 중학생 그룹이 교성을 올렸다. 연도 관중 가운데서 노파 한 명이 도로를 건너서 포크댄스 행렬을 향해 다가오고 있다. 히

야삿사 히야삿사 하고 소리 높여 카차시[04]를 추듯이 손발을 움직이는 노파의 모습에 주변이 술렁거린다. 허리 근처까지 늘어진 머리칼은 노란 잿빛이며 이목구비도 확실하지 않을 정도로 햇볕에 탄 얼굴. 작은 몸을 감싼 옷은 며칠이나 입고 있는 것 같았다. 오 미터 이상 떨어져 있는데도 풍겨오는 이상한 냄새에 얼굴을 찌푸리고 아스팔트에 젖은 맨발 자국이 나는 것을 보면서 요시아키는 어릴 때부터 알고 있던 고제이ゴゼイ의 모습에 놀랐다. 손을 흔드는 기세에 옷 앞부분이 벌어져서 양쪽 유방이 비어져 나왔다. 여중생 여럿이 웃는 소리에 뒤돌아본 고제이가 치아가 없는 입을 벌리고 간담이 서늘한 목소리를 내더니 기세를 올린다. 길게 늘어진 유방이 크게 흔들린다. 교통정리를 하고 있던 관청 직원이 달려오고, 연도에 있던 여자 두세 명이 고제이의 주변을 둘러싸더니 관중의 눈으로부터 그녀를 감춘다. 고제이가 싫어하며 내는 울음소리가 울리고 관청 직원과 지원하러 온 또 한 명의 젊은 직원이 고제이를 양팔로 안아 보도 쪽으로 데려간다. 어디선가 본 기억이 있는 초로의 여자가 함께 걸으면서 고제이의 옷 앞 매무새를 고쳐주더니 연도에서 보고 있는 사람들을 물리친다. 뒤쪽에 있던 순찰차가 달려와 경관이 내리고, 미치주네를 하던 사람들도 우두커니 선 채 그 모습을 바라보고 있다. 관청 직원

---

04 カチャーシー. 오키나와 민요 연주에 맞춰서 흥이 돋우면 관중이나 혹은 연주자 일부가 양손을 머리 위로 올려 좌우로 흔들면서 발을 구르며 소리를 내며 추는 춤이다. 카차시는 오키나와 말로 휘젓는다는 뜻이 있다.

이 경관에게 사정을 설명하는 사이 여자들이 고제이를 달래서 진정된 것처럼 보였다. 부락 중앙을 남북으로 흐르는 이리가미 하천入神川 하류에 걸린 다리 근처에 고제이는 작은 집을 짓고 살고 있다. 머리가 상당히 흐려진 듯한 모습에 측은함을 느끼며 보고 있는데 멍하니 주변을 둘러보던 고제이의 시선이 똑바로 향하더니 쇼세이昭正하고 크게 외치는 소리가 들렸다. 여중생들을 밀어젖히고 달려오는 고제이가 자신에게 향해온다는 것을 눈채챈 요시아키가 주변을 둘러봤다. 주위 사람들은 요시아키를 보고 있었는데 그렇게 어리둥절하는 사이에 고제이가 바로 근처까지 다가왔다. 뒤쫓은 관청 직원이 서둘러 붙잡았다.

　쇼세이 도와줘. 군대가 날 데려가려고 해(쇼세이 다시키테토라세. 히ー타이누완소테이쿠시가).[05]

　직원은 고제이의 겨드랑이 밑으로 양팔을 넣어 목 뒤로 꽉 죄었다. 경관에게 팔을 붙잡혀 순찰차로 끌려가면서도 고제이의 눈은 확실히 자신을 보고 있는 것 같다고 요시아키는 생각했다. 다만 그렇다고 해도 어찌 할 수 없었다. 순찰차 뒷좌석에 억지로 구겨넣자 고제이는 큰소리로 외치며 손발을 버둥대며 저항한다.

　쇼세이 도와줘.

　문이 닫히기 직전까지 들려오던 소리에 주위에 있던 몇 사람이 다

---

05 소설 원문에는 일본어 위에 루비로 오키나와어(우치나구치)가 달려있다. 이 번역에서는 그 중 일부를 재현했다.

시 요시아키를 쳐다봤다. 사람들이 쇼세이라는 이름을 자신의 이름으로 착각하고 있는 것 같다고 생각하자 요시아키는 다시 시작된 미치주네를 구경할 장소를 바꿨다. 하지만 고제이의 광태와 쇼세이라는 이름이 신경 쓰여 미치주네에 집중할 수 없었는데 춤추는 사람들도 기운이 꺾인 듯한 분위기라서 십 분 정도 보다가 집으로 돌아갔다.

고제이, 고제이…… 누군가가 이름을 부르고 있다. 고제이 일어나. 어깨를 붙잡고 흔든다. 아아, 쇼세이, 언제 왔어? 그렇게 대답하고 일어나려 해보지만 몸이 움직이지 않아서 눈을 뜰 수조차 없다. 다만 아스라이 하천에서 향기가 떠다닌다. 구름이 끊어져 달빛이 비추자 커다랗고 노란 나비가 무리를 짓듯 유우나 나무[06] 꽃이 피어있는 것이 눈에 떠오른다. 밤이 되도 시들 기색도 없고, 달빛을 받아서 오히려 하늘로 날아오를 것처럼 보일 정도다. 어둠 속에서 뻗쳐온 손이 고제이의 손목을 잡고, 거친 손끝이 손등을 천천히 문지른다. 누구의 손일까. 손바닥이 이마에 놓여진다. 지금 몇 시쯤이야(나마야난지구루야가야)? 때때로 밖이 어렴풋이 밝아지며 사람들이 지나가지만 금방 밤이 다시 찾아오고 어딘가 먼 곳에서 산신[07] 소리가 흘러나온다. 즐거운 기분이 들어서 자신도 산신을 연주해 보려 하지만 손을 움직일 수 없

---

06 ユウナ는 Hibiscus tilliaceus이다. 큰 황근의 일종. 아욱과의 늘 푸른 큰 키 나무로 오세아니아의 미크로네시아, 멜라네시아가 원산지다.

07 三線. 오키나와의 전통 발현 악기로 샤미센三味線의 바탕이 된 악기다.

다. 무리하게 움직이려하자 손목을 세게 조여서 통증이 밀려온다. 아아, 쭉 약속했었는데 쇼세이에게 노래를 들려주지 못했다……. 그렇게 생각하자 갑자기 가슴이 아파왔지만 쇼세이는 그다지 가슴 아파하지 않아도 돼 하며 웃더니 손바닥을 이마에 올려 머리카락을 어루만져 준다. 하천에서 향기가 풍겨온다. 제당製糖 공장에서 폐수가 흘러나오기 전에 맡았던 숲속 나무들과 바위 향기, 밀물 향기가 뒤섞인 포근하고 풍부한 향기. 하천에서 자란 커다란 유우나 나무 그늘에서 쇼세이는 언제나 기다리고 있었다. 밤에 손님이 없는 틈을 타빠져 나와 맞이한 정말로 짧은 시간. 근처 다리 위에서도 보이지 않는 유우나 나무 그늘에서 쇼세이의 목덜미, 가슴, 다리를 어루만지며 움켜쥐고 뜨거운 열에 닿아 땀을 흘린다. 냇가 향기에 바다내음이 섞여 바닷말 사이를 헤엄치는 물고기처럼 손가락이 움직이고 머리칼이 흘러내리면서 옆구리 살이 떨리고, 바다 속에서 흔들리는 바다생물이 된 것 같은 기분이 들어 고개를 들자 유우나 꽃이 달빛을 받고 노란 나비떼처럼 천천히 하늘로 춤추며 올라간다. 언제부터 그렇게 고운 손이 된 거야? 매일 작업을 해서 거칠어진 쇼세이의 손이 부드럽고 매끈매끈해 진 것을 보고 놀라서 묻자 손가락이 갑자기 멀어지더니 어둠 속으로 사라진다. 쇼세이 어디야? 쇼세이……. 필사적으로 일어서려하며, 손을 뻗으려 해본다. 이불을 치울 수도 없고 좌우로 벌려진 손을 움직일 수 없다. 쇼세이 기다려, 나 혼자 두고 가지 마(와네히추이오이테이칸케-요)……. 겨우 무거운 눈꺼풀을 뜨자 어렴풋한 빛 속에 쇼세이의 그림자가 걸으면서 사라져 간다. 쇼세이……

입술이 아련히 떨리며, 흘러나오는 숨결은 소리가 되지 못한 채 사라져 간다……

　욕실에서 손발을 닦고 부엌으로 들어가 냉장고에서 우유를 꺼내 마시고 있자 니반자[08]에 정좌해 손을 모은 요시아키의 어머니 키미キミ가 저녁 먹을 거지 하고 묻는다. 아직 여섯 시를 조금 넘은 시각이었지만 일곱 시부터 시작되는 풍년제 무대에 앞서 배를 채워두자고 생각해 준비를 부탁했다. 키미와 자리를 바꾸는 형식으로 불단 앞에 앉아서 손을 모았다. 짙은 감색 유약에 흰 연꽃이 그려진 커다란 향로가 두 개 늘어서 있고 각각 검은 향이 세워져 있다. 귀가 있는 화병에 꽂꽂이 된 노란색 얼룩무늬가 있는 크로톤 잎사귀의 초록빛이 선명했다. 카라하후[09] 지붕이 달린 위패가 두 개 있는데 모두 좌우 여닫이가 달린 문이 열려 있고 주홍색 옻칠이 된 판자에 아교풀로 갠 금박 가루를 묻힌 붓으로 쓴 이름이 적혀있다. 마주본 우측 위패에는 팔년 전 돌아가신 할아버지와 삼년 전 돌아가신 할머니의 이름이 적혀있고, 그 외에 할아버지의 부모님과 오키나와 전戰에서 죽은 할아버지의 동생 이름이 나란히 있다. 장남인 아버지가 계승해서

---

08 二番座. 오키나와 전통 가옥의 남면 동측을 이치반자一番座라고 부르고 그곳에는 신을 모시는 제단이 설치된다. 남면 서측은 니반자라고 하며 불단이 놓이며 죽음에 관련된 의식이 행해지는 한편으로 일상적인 사교의 장소이다.

09 唐破風. 중앙은 활꼴에 양끝이 곡선형으로 된 박공의 한 가지로 현관·문·진자神社 등의 지붕 장식용으로 주로 쓰인다.

집에 전해져온 위패였다. 좌측 위패는 자손이 끊어진 집안의 것을 맡아둔 것으로 언젠가 숙부가 그것을 이을 예정이다. 와쿠가와湧川라는 이름 아래 늘어선 소개나 쇼이치로昭一郎라는 이름은 어릴 적부터 익숙했지만, 어떠한 사람이었는지는 아버지조차 알지 못한다. 유일하게 함께 늘어서 있는 다섯 명 가운데 한 명인 쇼세이昭正라는 남자에 대해서만 할머니로부터 들어서 알고 있을 뿐이다.

본래 와쿠가와 집안은 할아버지 쪽과 할머니 쪽 양측 다 먼 친척이었던 모양이다. 다만 할머니가 젊을 적에 살아 남아있던 사람은 쇼세이라는 남자 한 명으로 그는 마치マチ라고 불리던 마을 중심지에 있던 여관에서 목욕물을 데우고 청소를 하고, 손님 심부름 등의 잡일을 하고 있었던 모양이다. 큰 화상을 입어서 왼쪽 팔이 자유롭지 못하고 오른발을 끌듯이 걸었다고 한다. 먼 친척이라고는 해도 교류가 거의 없었고 길을 가다 우연히 마주쳐도 인사를 나누지 않는 사이였다. 늘 멍한 얼굴을 하고 그저 누군가가 하는 말을 따를 뿐 말도 하지 않았다. 조금 지능이 떨어지는 것이라고 모두 생각하고 있었다. 할머니는 그가 전쟁 중에 산으로 피난하면서 행방불명이 된 모양으로 아마도 도망치다가 미군에게 살해당한 것 같다고 말했다.

낮에 고제이가 쇼세이 하고 불렀을 때 떠오른 것은 그 위패의 이름이었다. 쇼세이라는 남자에 대해서 요시아키가 알고 있는 것은 할머니로부터 들은 것이 다였다. 말수가 적었던 할아버지는 위패에 대해서는 아무런 말도 하지 않았다. 할아버지는 할머니처럼 옛날이야기를 하지도 않았고 이른 아침부터 날이 저물 때까지 밭에 나가 일하는 것이 삶의 보람이었으며 밤에는 아와모리泡盛를 마시고 일찍 잤다. 아버지 기케이義敬는 전쟁 중에는 다섯 살이어서 쇼세이라는 남자에 대한 기억이 없었다. 요시아키도 할머니가 말해주는 옛날이야기 중 하나로 들었을 뿐, 지금까지 관심을 갖은 적은 없었다. 만약 고제이가 자신과 쇼세이라는 남자를 착각했다고 한다면 그 정도로 얼굴이나 모습이 닮았다는 것인가 하고 조금 흥미가 생겼지만 사진 한 장 남아있지 않기에 확인할 길은 없었다. 그래도 정신이 흐려진 노파가 넋두리를 늘어놓은 것이라고 일축할 수만은 없어서 글자가 희미해져 읽기 어려워진 그 이름을 한동안 바라보고 있었다. 다 차렸어 하고 키미가 불러서 요시아키는 저녁 식탁에 앉았다.

낮에 있었던 미치주네 상황에 대해 말하며 저녁을 먹다가 고제이에 대한 이야기로 화제가 옮겨갔다. 키미는 슈퍼에 쇼핑을 하러 갔을 때 들어서 고제이가 미치주네 행렬로 뛰어든 것은 알고 있었다. 고제이는 반 년 이상 전부터 조금씩 이상해지더니 한 달 정도 전부터는 증세가 꽤 심해졌다고 한다. 슈퍼에 들어가서 갑자기 상품에 손을 뻗어 입에 넣거나 낮이고 밤이고 부락 안을 배회했다. 식사는 주변에 사는 이웃이 가엾게 여겨서 남는 것을 나눠주거나 했는데, 목욕을 하지 못해서 머리가 산발이 되고 고약한 냄새를 뿜으면서 걷는 모습이 부락 평의원회에서도 문제가 되고 있었다. 어린아이들에게 나쁜 짓을 하는 것도 아니라서 바로 어떻게 할 수 없다는 이유로 내버려둔 상황이지만, 불을 내거나 교통사고를 당하는 것은 아닐까 하고 모두 신경을 쓰고 있었다. 미치주네를 할 때 나오는 것이 아닐까 하고 예상했던 사람도 있었다고 했다. 그러한 이야기를 들으며 무언가 마음에 걸려 어찌할 바를 몰랐다. 어딘가에서 돌봐줄 수는 없냐고 묻자 노인병원도 지금은 들어가고 싶다고 해도 순서를 기다려야할 정도니까……친척도 없고 보증인이 되려고 하는 사람도 없지 않을까 하고 키미가 대답하더니, 사과 있는데 먹을래 하고 냉장고 쪽으로 일어나서 간다. 예상했던 대답이라서 그 이상은 더 물을 수도 없었다.

상공회가 마련해 공민관으로 이어지는 길에 드문드문 걸려있는 제등이 부락 안에서도 오래된 저택을 둘러싼 숲이 남아있는 몇 안 되는 곳이 된 그 부근 복나무福木[10]의 두터운 잎사귀를 비추고 있다. 구월 하순이라고는 하지만 아직은 걷는 것만으로도 땀이 번졌다. 공민관은 신녀神女(카민추)들이 배례를 올리는 아사기[11] 바로 옆에 세워졌다. 십 년쯤 전에 공민관을 세우기 위해 아사기를 옮겨야만 했는데 신녀와 노인회의 강한 반대에 부딪쳐 꽤나 옥신각신 했다는 이야기를 요시아키는 아버지인 기케이로부터 들었다. 결국에는 아사기를 옮기게 됐는데 재앙이 닥치는 것을 대비해 부락에서 신녀 다섯 명의 생명보험 가입 보증을 섰다. 하지만 그 중 네 명이 칠십 대였고 나머

---

10 Garcinia subelliptica.

11 アサギ. 아사기는 얀바루 마을의 신으로 기와를 올린 작은 사당과 같은 건물이다. 지방 아래는 기둥이 있을 뿐 사방으로 트여있다.

지 한명은 여든 여섯 살 노파라서 보험회사와 교섭하는 것이 굉장히 괴로운 일이었음을 당시 부락 평의원이었던 기케이가 말해줬다.

아사기 앞뜰은 어린아이가 고무 볼로 야구를 할 수 있을 정도로 넓다. 무대 앞에 차 한 대가 지나갈 수 있는 공간 외에는 관객들로 메워져 있다. 고교 시절 이후 풍년제를 보는 것은 이십 년 만이다. 아직도 모두 이토록 관심을 갖고 있다니 조금 의외였다.

공민관 건물 아래 설치된 접수처에서 기부금을 내고, 안면이 있는 남자들이 요시아키? 언제 돌아온 거야? 하고 말을 거는 것을 들으며 캔 맥주를 받았다. 튀김을 안주거리로 비닐봉지에 넣고서 객석 뒤쪽으로 돌아갔다. 대강 보더라도 관객이 삼백 명 이상은 있는 것 같다. 비디오카메라가 몇 대 설치돼 있고 취재를 하러 온 듯한 대학생 그룹이 노트를 손에 들고 노인들로부터 이야기를 듣거나 사진을 찍고 있다. 동쪽 측면에 철관을 짜 맞춰 만든 무대에는 풍년이라는 글자를 크게 쓴 막이 내려와 있고 그 뒤편 밭에서는 사탕수수 잎이 흔들리며 더위가 조금 누그러졌다. 다만 관객의 열기가 바로 바람의 효과를 없애고 만다. 맥주를 마시며 둘러보자 북쪽에서 서쪽에 걸쳐 부락을 지키듯이 뻗어있는 우타키 숲이 공중에 검게 떠올라 있다. 어릴 적 우타키 거목 소나무 가지에 앉아서 마츠리 모습을 바라보고 있는 붉은 머리의 세이마精魔라고 하는 나무 정령의 모습을 본 듯한 기분이 들었는데 지금은 그러한 기억을 그렇게 생각할 따름이다. 당시와 비교해 보면 아사기 주변은 공원으로 지나치게 정비돼 울창하게 무성한 나무들도 사라졌다. 종려나무 껍질로 체모를 만든 사자가 나무 사이에서 춤추며 나올 때는 진짜 마물魔物(마지문)을 보는 것 같아 아이들 모두 기겁을 해 부르짖으면서 도망을 쳤다. 그 사자도 지금은 무대 옆에 그저 장식용으로 놓여귀여운 얼굴을 드러내 놓고 있을 뿐이다. 그 뒤에는 발을 사이에 두고 무대 뒤에서 연주를 하는 우타샤[12]들이 조현調絃이나 발성 연습에 여념이 없다. 고자(테두리를 댄 돗자리)에 앉아서 맛있는 요리를 먹으면서 이야기에 몰입해 있는 가족 나들이 객이나, 뛰어다니는 어린아이들로 주변은 시끄러울 정도로 북적였다.

예정된 일곱 시를 십 분 이상 넘긴 시각이 되자 막이 열리면서 박수와 손으로 부는 휘파람이 일제히 터져 나왔다. 처음 등장한 것은 연장자인 우후슈大主라고 하는 흰 수염을 기른 노인과 그를 따라 나온 소학생이나 유치원생 이십여 명 정도였다. 부락이 생겼을 무렵 태어나 백이십 살까지 살며 많은 자손을 얻었다고 하는 그 노인이 우선 풍년제의 내력을 설명하고 오곡풍양五穀豊穣하라는 기원을 올린다. 그에 맞춰 객석의 나이든 여자들도 함께 손을 모으고 연달아 기원의 말을 중얼댄다. 옆에 있던 아이들도 손을 모아 흉내를 내는 것을 보고 젊은 부모들이 웃는 가운데 풍년제 무대가 시작된다. 노인과 노파의 모습을 한 남녀의 카자데후[13]라는 춤을 시작으로 이니

---

12 歌者. 가수나 노래의 명수.

13 かじゃでぃふ一(かじゃでぃ風節). 카자데이후는 류큐 고전음악의 악곡이며 류큐 무용의 하나이다.

시리 교겐[14]이나 쇼치쿠바이[15] 등 부락에 전해오는 예능이 차례차례 펼쳐져 간다. 평상시에는 류큐 예능을 볼 기회가 적었지만 결코 싫어하지는 않았다. 오히려 서른을 넘기고 나서는 태어나 자란 섬 음악이 자신의 핏줄 속에 흐르고 있음을 자각할 정도였다. 이십 대 무렵에는 거들떠보지도 않던 텔레비전의 향토 프로그램에 류큐 춤이나 오키나와 연극이 나오는 것을 보거나 류큐 민요 카세트테이프라던가 CD를 사서 듣게 됐다. 두 달 정도 연습해서 몸에 익힌 춤은 능숙하지는 않았지만 요시아키는 그것을 꽤 즐겼다. 연주 목록 가운데서도 중요한 것이라 생각하는 춤을 사범급 무용가가 추고 있다. 그것은 역시 요시아키가 보기에도 높은 수준이 두드러져 보였다.

한 시간 정도 지나자 객석에서 가장 즐겁게 기다리고 있던 연극이 시작됐다. 부락에서는 전전戰前부터 전해오는 각본이 몇 개 있어 그것을 번갈아가며 무대에 올린다. 메이지明治 후반부터 다이쇼大正, 쇼와昭和 초반에 걸쳐 도쿄나 가나가와, 오사카 등의 방적공장을 중심으로 타관으로 돈벌이를 하러 간 마을 사람들이 체험했던 것을 소재로 한 연극이 대부분이었다. 그중에는 당시 도쿄에서 공연되던 프롤레타리아 연극을 오키나와 방언으로 고친 것도 있어서 본토 연구자가 조사를 하러 온 적도 있었다,

---

14 いにしり狂言. 교겐狂言의 하나.

15 松竹梅. 쇼치쿠바이는 경사나 길상의 상징으로써 소나무, 대나무, 매화나무 세 가지를 조합한 것이다. 축하연에서 노래로 부르거나, 장식물 등에 사용됐다.

첫날 연극은 〈오키나와여공애사沖繩女工哀史〉라는 제목으로 다이쇼 시대에 가나가와 방적공작으로 돈벌이를 하러간 소녀의 이야기였다. 춤과 마찬가지로 배우는 모두 아마추어였는데 류큐 연극을 하는 프로배우에게 연출과 연기지도를 부탁할 만큼 꽤 열의를 불태운 것도 있어서 볼만한 가치가 있었다. 치루チルー라는 주인공 소녀가 기숙사의 같은 방 동료와 싸움을 하다가 "오키나와 사람은 돼지를 죽이잖아." 하고 매도를 당하거나, 공장 근처 식당에 "조선인, 아이누, 류큐인 출입 사절"이라는 종이가 붙어있는 것을 보고 그 자리에 못 박힌 듯 서 있는 장면이 나오면 눈물을 흘리는 노파나, 맥주 빈 캔을 꽉 쥐어 뭉그러뜨리고 "썩어빠진 야마톤추大和人, 때려죽여라—" 하는 야유를 날리는 사람이 여기저기 나왔다. 이 비슷한 이야기를 요시아키도 할머니로부터 들었다. 본토에 건너간 오키나와인은 자연히 한 장소에 자리 잡고 살게 됐다. 할머니도 가나가와에 있는 방적공작으로 돈을 벌러 갔을 때 류큐인 차별 반대운동을 하며 투쟁하던 할아버지와 알게 돼 함께 살게 된 것이라고 했다. 연극 속 치루는 같은 공장에서 일하는 그 지역 남자에게 속아 임신을 하고 만다. 회사에서 잘리고 오키나와로 돌아온 치루는 부친에게 흠씬 두들겨 맞고, 모친이나 형제에게도 멸시를 당해 나하 시내로 나가 홀몸으로 아이를 낳는다. 그 후 홀몸으로 아이를 길러보려 갖은 고생을 하지만 뜻대로 되지 않아 아이 돌에 소겐지崇元寺 문 앞에 버리고 만다. 그로부터 이런저런 직업을 전전하다가 끝내 창부로 영락한 치루는 오키나와 전 전장에서 철혈근황대원鐵血勤皇隊員[16]이 된 아들의 도움으로 목숨을 부지한다. 이 둘은 모자 관계라는 것을 깨닫지 못하고 같이 하룻밤을 참호 안에서 보내게 되는데, 이른 아침 아들은 자고 있는 치루의 머리칼을 어루만지며, 한 번만이라도 그토록 입 밖으로 내 불러보고 싶었던 "엄마"라는 말을 중얼댄 후, 미군 전차에 온몸으로 돌격하려 수류탄을 손에 들고 참호 밖으로 나간다. 눈을 뜬 치루는 언덕 건너편에서 피어오르는 검은 연기가 아들이 돌진한 전차에서 피어나오는 것이라는 것도 모른 채, 자신이 버린 아들의 이름을 부르며 면도칼로 목을 그어 자해하고 만다. 어디선가 들어본 듯한 이야기를 이어서 만든 전혀 구원을 찾아볼 수 없는 연극이었지만 막이 내리자 일 분 이상 박수와 울음소리가 그치지 않았다.

요시아키는 예상 이상의 열연에 자신도 모르게 눈물을 흘려서 주위 사람에게 이를 들키지 않기 위해 손바닥으로 얼굴을 닦고 다음 레퍼토리를 기다렸다. 상연 목록도 후반 절정으로 접어들고 슈돈[17]이라는 류큐 고전 무용의 대표작은 이 지역 신문사 주최 콘테스트에서 그랑프리를 수상한 무용수가 추고 있었다. 상연 목록을 짠 실행 위원회도 연극이 끝난 후의 여운에 유일하게 대항할 수 있는 사람이라고 생각했던 것 같다. 실제로 손가락 끝 움직임이라던가 걸음걸이와 시선을 조금씩 각도를 바꿔 쓰며 내면에 감춘 마음을 표현하는

---

16 아시아태평양전쟁 말기 오키나와에서 전투 요원으로 동원된 남자 중학생의 호칭. 많은 희생자를 냈다.

17 諸屯. 손짓으로 추는 춤으로 생각을 표현하는 고전 온나나나오도리女七踊り 가운데 하나다. 무엇보다도 내면 묘사를 필요로 하는 여자들이 추는 난이도가 높은 춤이다.

기술은 지금까지 연기한 사람들과는 수준이 달랐다. 부모가 진지하게 넋을 잃고 보고 있는 모습에 아이들도 뛰어 다니던 것을 멈추고 무대를 쳐다봤다. 갈라진 소리가 나는 스피커에서 흘러나오는 반주 이외에는 어떠한 소리도 나지 않았던 회장에 조금씩 술렁거림이 퍼져 나가고 있다. 무대 뒤 사탕수수 밭에서 고제이의 모습이 나타났다. 대나무 빗자루를 질질 끌면서 무대 앞까지 걸어온 고제이는 객석을 향해 빗자루를 치켜들었다.

군대가 오고 있어. 모두 어서 도망쳐.(히-타이누춘도-무루, 헤쿠나아 힌기리요-)

스피커 음악에 지지 않을 정도의 목소리로 부르짖는 통에 허리띠가 풀려 좌우로 열린 옷 사이로 마르고 쇠약한 알몸이 드러났다. 빗자루를 흔들 때마다 길게 늘어진 유방이 흔들렸고 유달리 검고 성성한 음모가 조명에 부각됐다. 그 소동 가운데 맨 앞쪽에 있던 노파가 포옹하듯이 고제이의 몸을 숨겼고, 좌우에서 뛰어온 청년들이 아무 말도 하지 않은 채 고제이를 질질 끌어 무대 뒤로 단숨에 데리고 갔다. 낮에 본 기억과 지금, 눈앞에서 일어난 광경이 겹쳐져 시간의 이어짐이 끊어지고 휘감긴 것 같은 기묘한 감각이 느껴졌다. 일어서서 무대 뒤쪽을 확인해보려 하던 요시아키는 무대 중앙에서 천천히 허리를 숙여 몸을 비틀면서 시선을 고정한 무용수를 넋을 잃고 바라봤다. 관객의 시선이 고제이의 뒤를 쫓고 있는 동안에도 무용수는 표정 하나 바꾸지 않았으며 반주가 흐트러진 것에도 당혹하지 않고 춤을 이어가고 있다. 조명에 떠오른 그 공간만이 다른 시간의 흐름 속에 있다는 것을 깨닫고 발가락 끝을 세우고 있던 자신이 부끄러워진 요시아키는 자리에 앉았다. 다른 관객도 같은 감정을 느꼈던 모양인지 의연한 춤이 얼마 안 되는 시간에 관객석의 술렁임을 진정시켰다. 그 뒤 순서에서도 요시아키는 무용수에게 경의를 표하며 무대 뒤편을 보지 않으려 노력했다. 다만 정해진 순서가 모두 끝나고 돌아가기까지 고제이가 어떻게 됐을지 신경이 쓰여서 안절부절 못할 뿐이었다. 풍년제를 무사히 끝내자고 하는 의식이 욕설이나 속닥대는 소리를 누르고 있었지만 회장 전체에는 마츠리 장소를 망친 것에 대한 초조함과 불만이 남아있는 것이 확실해 보였다.

집에 돌아가자 먼저 돌아온 키미가 집에서 텔레비전을 보고 있던 기케이에게 고제이가 갑자기 뛰어든 상황을 설명하고 있다. 분노에 사로잡힌 청년들이 고제이 집에 우르르 몰려가서 난폭한 짓을 하지는 않을까 하고 말하자 기케이는 코웃음 쳤다. 기케이는 그런 망령든 노인네를 진지하게 상대하는 놈들이야 얼빠진 것이 아니고 뭐겠어 하고 한쪽 팔꿈치로 고개를 지탱하며 텔레비전 채널을 바꿨다. 키미는 당신처럼 풍년제를 보러 가지 않는 사람은 아무렇지도 않게 생각할지도 모르지만 청년들은 매일같이 연습을 했단 말이야, 그런 일을 당해서 화가 난 것은 청년들만이 아니야 하고 복도에 선 채로 말하고 나서 동의를 구하듯이 요시아키를 바라봤다. 가볍게 끄덕였을 뿐 아무런 말도 하지 않았지만, 요시아키는 너도 똑같은 생각이구나 하는 듯한 기케이의 시선에 불쾌감을 느끼며 샤워를 하러 갔다.

샤워를 끝내고 나오자 네가 들어가 있을 동안 전화가 왔어 하고 키미가 메모지를 건네준다. 가네시로가 보낸 것으로 한잔하고 있을 테니 오라는 가게 이름이 적혀있다. 걸어서 오 분 정도 되는 곳으로 몇 번이고 함께 가본 적이 있는 가게였다. 머리를 말리고 집에 방치해뒀던 오래된 상의를 입고 밖으로 나갔다.

술집에는 대여섯 명 정도의 동급생이 있을 것이라 생각했는데 안쪽 테이블에서 가네시로 혼자서 술을 마시고 있었다. 그 이유를 들으려고도 하지 않고 건너편 소파에 앉아서 생맥주로 건배를 했다. 반시간 정도 서로의 근황에 대해 이야기 하고 아는 몇 사람에 대한 정보를 나눈 후였다. 가네시로는 한 달쯤 전부터 T가 곧잘 전화를 걸어왔다고 말했다. 졸업 후 얼굴을 본 적도 없었기에 그리움과 기쁜 마음에 전화를 걸어줘서 고맙다고 예의를 표했는데, 그 후 T가 일방적으로 말하기 시작한 것은 의미를 알 수 없을 정도로 혼란스러운 것이었다. 처음에는 만취한 것인가 하고 생각했다. 하지만 통화를 하고 있는 동안 그렇지 않다는 것을 깨달았다. 그때는 십 분 정도 상대를 하고 끊었는데 이후 열 시가 되면 꼭 전화가 걸려왔다. 기보儀保나 니시사토西里 등 계속 마을에 남아있던 동급생에게 전화를 걸어 T에 대해 묻자 이년 전에 본토에서 돌아온 후로 정신에 이상이 생겨 거의 집에만 머물러 있다는 사실을 알았다. 의미가 맺어지지 않는 말을 나열하는 것에 귀를 기울이고 적당히 맞장구를 치는 것은 힘든 일이었다. 아내는 기분이 나쁘니 상대 하지 않는 편이 좋다고 말했다. 딱히 자선 행위를 하려 했던 것은 아니었어 하고 웃으면서도 내가 상대를 해주지 않으면 배출구가 사라져서 이상한 행동을 할 것만 같다는 생각이 들었어. 그래봤자 그것도 우쭐한 마음에 했던 것에 지나지 않았지만. T의 사망추정 시각은 가네시로와 대화를 나누고 한 시간 후였던 모양이다. 동급생이 죽었잖아. 그것도 매일같이 이야기를 했으니 낙담이야 했지만 ……. 아니 사실을 말하자면 그다지 낙담은 하지 않았어. 그것이 어쩐지 더 마음에 걸려…….

　자살이라고 생각해? 요시아키의 물음에 가네시로는 잠시 생각하더니 설령 실수로 떨어졌다고 하더라도 자살이나 마찬가지 아니겠어 하고 대답했다. 퍼뜩 말이야 우리도 이제 그런 나이가 된 것이라는 생각이 갑자기 들었던 거야. 따지고 보면 젊은 녀석이든 나이든 사람이든 정신이 이상해지면 자살 하기도 하지만 T가 본토에서 어떤 경험을 했는지 알지 못하잖아. 뭐 T집안 핏줄 때문에 정신이 이상해지는 사람이 많다고 하는 녀석도 있으니까. 지독한 표현이기는 하지만 사실인 모양이야. 다만 어딘가 T가 죽은 방식이, 뭐 이 마을이라고 해야 하나, 아니지 옆 마을이기는 했어도 이 지역에서 태어나 자라서 그 나이가 된 사람에게, 무언가 비슷한 으음 그러니까 모두 다 T처럼 된다는 소리는 물론 아니지만 어딘가 공통점이 나한테도 너한테도, 아니야, 너는 잘 모르겠지만, 무언가 있는 것 같은 기분이 들어서 말이지…….

　퍼뜩 가네시로가 매일 밤 듣고 있었던 T의 전화라는 것이 지금 자신이 듣고 있는 이런 이야기 같은 것은 아니었을까 하는 기분이 들었다. 으스스한 추위를 느낀 것은 단지 그 때문만은 아니었다. T를 죽음으로 이끈 것과 같은 무언가가 자신의 안에도 있어서 머지않아 그것이 단단한 종양처럼 명확히 모습을 만들어 자각 할 수 있는 크기까지 성장하려고 하는 것. 가네시로의 전화로 T의 죽음을 알았을 때 느꼈던 아픔은 그것을 들이밀어 알려줬기 때문이 아니었을까.

한동안 둘 다 입을 꾹 다물고 있었는데, 가네시로는 두 달 전에 셋째 아이가 태어났을 때 이번에도 여자아이라서 양친과 친척들이 뒤에서 이러쿵저러쿵 불평을 하고 있다고 아내가 믿어버려서 곤란하다는 이야기를 했다. 전혀 그렇지 않다고는 할 수 없지만 그렇다고 해도 다른 집처럼 지독하지는 않은데 말이야…… 또 심각한 이야기가 될 것 같은데 하고 가네시로는 화제를 바꾼 후, 한 시간 정도 가라오케 기계로 노래를 하다 술집에서 나왔다.

내일도 아침부터 풍년제 기원이 있다고 말하는 가네시로와 헤어진 것은 한 시가 지난 시각이었다.

집을 향해 걸으면서 T나 가네시로가 했던 말이 머릿속을 맴돌고, 자신의 안에서 증식하는 덩어리와 같은 감촉이 떨어져 나가지 않았다. 갑자기 고제이 할머니는 어떻게 됐을까 하는 생각이 들었다. 설마 청년들이 우르르 몰려가는 일은 없었겠지 하면서도 직접 가서 확인해 보자고 생각한 것은, 반은 기분을 달래고 싶은 마음 때문이다.

이리가미 하천 제일 하류에 걸린 다리 위에 서서 달빛에 떠오른 하천의 경치를 바라봤다. 상류 쪽은 양쪽 기슭에 콘크리트 기슭막이가 구축돼 있다. 양쪽 기슭 사이는 십 미터 이상 거리가 있지만, 물이 마른 냇가는 이미터 정도의 폭 밖에는 없어서 달빛을 반사하며 사행하고 있었다. 요시아키가 소학교 무렵이었을 때까지는 전후에 미군이 만든 다리가 남아있었다. 삼백 년 이상 전의 것이라고 전해 내려오는 돌로 쌓아 만든 교각을 그대로 사용하고 있었다. 트럭이 지나다닐 수 있도록 콘크리트를 써서 지탱할 수 있게 보강 공사가 돼 있다. 하천 양쪽 기슭에는 맹그로브가 무성하고 다리 근처에는 커다란 유우나 나무가 나비떼처럼 노란색 꽃을 피우고 있다. 하천 폭이 좁은 데다 산에도 그다지 길이 나있지 않아서, 당시에는 짐을 쌓은 작은 배가 부락 중심인 마치까지 오를 수 있을 정도로 수량이 풍부했다. 오키나와 시정권施政權이 일본으로 반환되기 전해에 큰비가 부락을 덮쳐서 유우나 나무와 그 주변에 있던 고제이의 집이 떠내려갔다. 하천 폭 확장과 기슭막이 공사가 행해진 것은 그 홍수 후의 일이다.

다리 하류 쪽에는 오키나와가 복귀[18]하기 전의 면모가 아직 남아 있다. 내해內海를 향해서 넓어져 가는 하천 양쪽 기슭에는 맹그로브가 퍼져있고 얕은 여울 바위 위에 있던 왜가리가 요시아키의 기색에 놀라 날아올랐다. 커다란 날개 소리에 요시아키도 놀랐다. 불빛이 사라진 고제이의 집은 함석지붕으로 지어져 있는데 염소 막사로 착각할 정도로 작았다. 달빛으로 그 허술함이 감춰져 있지만 낮에 보면 폐가에 가깝다. 홍수로 고제이의 집이 떠내려간 후, 부락 남자들이 봉사를 해서 세워준 것인데 그 후로 고쳐주지는 않았다. 중학교에

---

18 1945년 오키나와 전 이후 오키나와는 미군에 의해 무력 점령된다. 오키나와는 1952년 샌프란시스코 조약에 따라 미국의 '점령지'가 되며, 1972년 일본으로 '복귀(반환)'된다.

들어가 서클 활동을 시작한 후 하천에 놀러가는 일도 현저히 줄어서 고제이가 어떻게 사는지에 대해 자세히 알지 못했다. 하지만 소학교 무렵 그 집이 떠내려가기 전의 모습은 확실히 떠올렸다.

그 크기는 지금보다 조금 컸던 정도였지만 지붕은 붉은 기와를 써서 올렸다. 비취색 하천과 유우나 나무의 녹색, 그리고 노란색 꽃이 무리지어 있는 모습에 붉은 벽돌 지붕은 잘 어울렸다. 집 근처에는 염소 막사와 돼지 막사가 있어서 돼지 막사의 배설물이 흘러가는 주변의 갈색을 띤 웅덩이에는 어쩐지 섬뜩할 정도로 틸라피아나 숭어가 무리지어 있었다. 몇 개의 낚시대를 묶어서 걸어 늘어뜨리고 바늘을 그 무리 안에 떨어뜨리며 목표를 정해 장대를 들어 올리면 미끼를 달지 않고도 세 번에 한 번은 어획물을 낚을 수 있었다. 냄새가 심해서 먹을 수 없기에 낚은 고기는 하천에 발로 차 다시 넣었는데 손맛을 즐기는 것만으로 충분했기 때문이다. 다리 위에서 몸을 내밀고 귀교 길에 꺾은 푸른 대나무 장대를 늘려 낚싯바늘이 틸라피아의 턱 아래에 오도록 조종하고 있던 가네시로와 기보儀保의 모습이 눈에 떠오른다. 그 당시 그곳에 없었던 T까지 소학생의 모습으로 여름 햇볕에 그을려 땀띠로 붉어진 목덜미를 긁으며 열심히 낚싯바늘의 움직임을 주시하고 있다. 요시아키는 다시 얼이 빠져있다. 가네시로가 웃으면서 요시아키의 어깨를 쿡쿡 찌른다. 낚시에 질리자 가네시로가 직접 만든 새총을 꺼내 고제이가 기르고 있는 돼지를 향해 발사했다. 꿀, 꾸울, 꾸우울 엉덩이나 안면에 새총을 맞고 도망치는 돼지를 손가락으로 가리키며 요시아키와 친구들은 자지러지게 웃는다. 집에서 나온 고제이가 그들을 향해 슬픈 듯한 얼굴로 이 꼬맹이 녀석들 나쁜 짓 하지마…… 하며 작은 소리로 말한다. 들리지 않는 척을 하고 또 한 발 쐈보지만, 격노해 뒤따라가는 것보다 고제이의 슬픈 듯한 목소리가 실제로는 훨씬 효과적이었다. 낮에도 조금만 멀리 떨어져서 보면 이목구비가 확실하지 않을 정도로 검은 얼굴에 떠오르는 표정이 눈에 선하다. 그 무렵 고제이는 아직 오십 대였던 가……. 가자. 요시아키가 재촉하자 모두 일제히 다리 위로 달음질쳐 갔다.

숭어의 치어가 일으키는 잔물결이 하천 표면의 달빛을 어지럽히고 있다. 콘크리트 다리 교각에 기대서 하류 쪽에 맹그로브가 퍼져가는 것을 보고 있는데 갑자기 뒤에서 누군가 껴안았다. 눈 깜짝할 사이에 난간을 붙잡아 몸을 지탱한다. 뭐야. 화를 내자 젖은 손이 상의 가슴 부분을 붙잡는다. 썩은 해초 냄새가 풍긴다. 뿌리치려고 양손의 손목을 붙잡자 미끈미끈하게 미끄러져서, 한순간 그것이 T라고 생각했다.

쇼세이.

누구야?

곤두선 머리칼을 흐트러뜨리고 요시아키의 가슴에 얼굴을 파묻고 있는 작은 그림자.

쇼세이, 어서 숨어(헤-가쿠리요). 야마토大和 군대가 널 찾으러 올 거야.

가늘고 단단한 손가락이 어깨를 파고드는 뜻밖의 힘에 끌어내려져 요시아키는 무릎을 꿇었다.

뭐야 할멈. 놓지 못해.

흔들어서 떼어놓으려 했지만 고제이의 힘은 상상 이상으로 강하다. 왼손을 놓았다고 생각하자 목덜미를 붙잡는다.

나 참, 뭣들 해, 어서 도망쳐(헤―한기란토). 야마토 군대가 저기까지 왔어.

달빛을 등지고 있어서 고제이의 표정은 그림자 속에 가라앉아 있다. 그러나 목소리에는 절박함이 전해져 왔다.

어서 도망쳐. 도망쳐.

그러면 어서 놓아줘.

있는 힘껏 흔들어 뿌리치자 고제이는 앞으로 푹 꼬꾸라졌다. 어딘가 뼈가 부딪치는 소리가 났지만 요시아키가 일어서자 더욱 매달린다. 쇼세이, 날 버려두고 가지마. 그렇게 중얼대면서 뒷걸음질 치는 요시아키 쪽으로 네 손발로 기어서 육박해 온다. 엉덩이를 밀어 올리고 일어서려는 것을 본 후 요시아키는 집을 향해 내달렸다. 그 이상 고제이의 늙어 추레해진 모습을 보고 싶지 않았다. 우타키 북측으로 돌아가는 길을 달려서 백 미터도 가지 못했는데 숨이 찼다. 멈춰 선채 호흡을 고르고 있자 젖은 옷을 질질 끌면서 누군가 다가오는 기척이 느껴진다. 설마 하고 생각했지만 고제이가 바로 근처까지 다가온 것 같은 기분이 들어서 요시아키는 어두운 숲길을 허둥대며 집을 향해 달렸다.

왼쪽 팔이 잘 움직이지 않는 것은 자신에게 일부러 위해를 가했기 때문이라고 생각했다. 지혜가 떨어지는 것 같은 언동, 허술한 옷차림을 하고 있는 것도 사람을 속이기 위해서라고. 처음에는 고제이도 속았다. 어느 날 우물물을 퍼 올리는 것을 보고 있을 때 그 엄해 보이는 옆얼굴을 보고서야 실은 그가 강한 의지를 지닌 총명한 남자라는 것을 깨달았다.

고제이는 쇼세이에게 보낸 대여섯 번의 유혹을 무시당했음에도 불구하고 그것은 신경도 쓰지 않은 채, 그가 일하는 근처에 서서 바라보고 있었는데, 그는 엷은 웃음을 지은 채 다가와 살해당하고 싶어(구루린도) 하고 속삭이며 떠나간다. 진심이라는 것을 알았다. 소름이 돋는 것과 동시에 자신의 눈이 틀림없었다는 생각에 웃음이 터진다. 얼간이로 변한 다른 마을사람과는 다르다. 말했던 것과는 달리 그 후 다가온 것은 쇼세이였다. 나무줄기처럼 단단한 오른쪽 팔이 목덜미를 움켜쥐자, 자국이 남는 것을 나무라면서 바닷물 향기가 나는 가슴에 몸을 맞부딪친다. 결후結喉의 커다랗고 두터운 목덜미를 핥는다. 살아있는 남자 몸을 안는 것은 처음이다. 일본군 장교들의 썩은 흰 오징어 같은 몸. 언제나 한손으로 도끼를 내리치며 장작을 패는 쇼세이가 오른팔로 일본군 패거리들의 가늘고 긴 벌레와도 같은 척추를 바숴버리기를 바랐다. 신음 소리를 내며 등을 핥는 왼손 손가락에 움직임은 없다. 여관에서 술을 마시며 이야기하는 장교들의 대화로부터 언젠가 오키나와에 전쟁이 들이닥칠 것이라는 것을 일찍이 알게 된 후, 사고인 것처럼 위장해 왼쪽 손목을 돌로 으깨 아궁이에 집어넣었다고 유우나 나무 그늘에서 하천의 수면을 응시하면서 알려줬다. 세 번째로 둘만 있게 됐을 때는 그러한 이야기를 나눌 수 있는 관계가 되었다. 목덜미부터 등줄기를 거쳐서 옆구리를 어루만지더니 엉덩이 우묵한 곳에서 움직이는 거친 손길에 몸을 비비 꼬며, 아래로 처져있는 왼팔을 쓰다듬으며 들러붙은 손가락을 손바닥으로 감싼다. 다리 근처 유우나 나무 그늘에서 기다리고 있는 쇼세이와는 짧은 시간 동안만 만날 수 있었다. 낮 동안 모르는 척하고 지내다 한순간의 눈 움직임으로 오늘은 기다려 줄 것이라는 것을 알 수 있다. 결코 기대를 배반하는 일은 없었다. 사실 정확히 판단하고 있는 것은 고제이가 아니라 쇼세이였는지도 모른다. 여관에 돌아가면 썩어 파르께한 몸이 더듬는 것이 역겨운데, 특히 이시노石野라고 하는 부대장이 보랏빛 잇몸에 피와 고름이 번지는 입을 일부러 들이밀어 고제이가 그것을 싫어하는 것을 보며 기뻐하는 표정을 짓는 것에도 살의를 품지 않을 수 없다. 얼굴을 돌리면 턱을 붙잡아 억지로 원래 위치로 돌려놓고 입을 맞추려 한다. 되살아나는 기억에 고제이는 봉당에 웅크리고 앉아서 쓰디쓴 액체를 토했다. 젖은 벌레와 같은 혀가 몸을 기어 돌아다닌다. 이 고통을 언제까지 참아야 하나……. 하급 병사를 상대하는 조선인 위안부들로부터 따로 떨어져 나하의 창관娼館에서 끌려오듯이 이곳에 당도한 이후 석 달 정도가 지났다. 여관이라는 것은 명목뿐으로 이곳은 우군友軍 장교들의 위안소였다. 미군 상륙이 가까웠다는 것은 어떻게 하든 알게 된다. 얀바루의 쓸쓸한 마을에서 야마토 군인들의 위안 상대로 인생이 끝나는 것을 기다리고 있는 것이라 생각하자 하천 가에 노란 꽃이 가득 핀 유우나 나무에 목매어 죽어도 좋다는 기분이 들었다. 쇼세이의 옆얼굴을 본 것은 바로 그런 때였다. 자신과 같은 기분을 안고 있는 남자가 있음을 알았다. 아니 실제로 쇼세이는 고제이가 생각하고 있는 것보다도 훨씬 강한 남자였다. 전신에서 숲 향기가 나고, 바닷물 향이 나고, 고목처럼 초연한 구석이 있었다. 우군에게 아양을 떨며 살아남으려 빈틈없이 장사를 하는 마을 사람들 따위는 모두 죽어 없어지면 그만이라고 생각했다. 그것이 현실이 되는 것은 그렇게 먼 미래가 아니었다. 쇼세이도 고제이도 이 마을 어딘가에서 피를 흘리다 들판에 내버려져 썩어 문드러지겠지……. 그걸로 됐다고 생각했다. 철이 들었을 때 자신이 누구의 아이인지도 모른 채, 창관에서 더부살이를 하며 아이를 돌보거나 물을 길어오는 날들을 거듭하며, 노래나 산신 교육 등을 주입 당해 남자에게 아양을 떨고 몸을 팔아 스물 셋까지 살아온 자신과 같은 존재 따위, 언제 죽어도 그만이라 생각했다. 그 생각만은 쇼세이와 만난 후에도 변하지 않았다. 멀리서 산신이나 북 소리, 남자들의 마음 편한 노랫소리가 들려온다. 내가 더 잘 하겠어 하고 말하자 쇼세이는 웃는다. 팔이 이렇게 되기 전에 쇼세이도 마을에서 춤을 추면 우타사歌者를 했다. 지혜가 모자란 쇼세이가 그 누구보다도 요령 좋게 산신을 연주하고 많은 노래를 기억하고 있는 것에 부락 사람들도 놀랐다. 비록 노래를 불러 흥을 돋우며 아무리 좋은 목소리를 피력해도 다가오는 여자는 한 명도 없었지만……. 그렇게 말하며 웃는 쇼세이의 얼굴에 유우나 가지 사이를 통과한 달빛이 춤추고 있다. 고제이는 숲과 바닷물 향기가 나는 쇼세이와 몹시 만나고 싶어져 산신이나 노랫소리가 흐르는 우타키 숲 쪽으로 달렸다.

올해는 마을 춤 잔치도 열리지 않아.

쇼세이의 중얼거림이 들린다. 전쟁이 끝나고 풍년제가 재개된 것은 사 년 후였다. 미군 낙하산으로 만든 막이 열렸을 때의 떠들썩함을 고제이는 지금도 잊지 않고 있다. 마을에 남아서 그 풍년제를 계속해서 봐왔다. 부락에서는 결코 참가하게 내버려 두지 않았지만 고제이도 또한 참가하고 싶지 않았다. 고제이는 도로를 내려다볼 수 있는 공무원 사무실 뒤편의 약간 높은 숲에서 미치주네 모습을 바라봤고, 배소 뜰 구석의 어두운 곳에 숨어 무대에서 펼쳐지는 춤이나 연극을 응시했다. 바로 얼마 전까지 유치원에 다니던 소녀가 고등학생이 돼 첫 무대를 밟고, 대학을 졸업한 후 마을로 돌아와 관청 직원으로서 하마치도리[19]를 추고 있다. 눈물을 글썽이며 손의 움직임이 미숙한 것을 지적하고 그럼에도 전신에서 뿜어져 나오는 재능을 칭찬하자 옆에 서 있는 쇼세이는 입을 다문 채 끄덕인다. 어느덧 춤추는 아가씨들 사이에 자신도 있는 것 같은 기분이 드는 것과 함께 무대 막 뒤에서 하오리하카마[20]를 입고 연주하는 남자들 사이에 쇼세이가 있는 것 같은 기분이 든다. 다음 순간 무대 불빛이나 회장의 제

---

19 浜千鳥. 바닷가 물떼새라는 뜻으로 그 모습을 본 뜬 무용.

20 羽織袴. 집안의 문양을 넣은 하오리(일본옷 위에 입는 짧은 겉옷)와 하카마(주름잡힌 하

등 행렬이 사라지고 한밤의 숲속 아스팔트 도로에는 고제이 혼자 서 있다.

쇼세이 어디에 간 거야?

달빛이 사라지고 어둠 저편에 쇼세이의 발소리가 아스라이 들려온다.

쇼세이 날 버리지 말아……

코에 넣은 줄 때문에 비강이 아파 목구멍으로 조금 숨을 쉴 수 있을 뿐이다. 점차 들리지 않는 발소리를 따라가 매달리려 달려가는 자신의 모습이 보이지만, 그것을 보고 있는 자신은 유우나 나무 아래에 웅크리고 있다.

대문을 닫고 부엌문을 통해 집으로 들어가 땀범벅인 몸에 불쾌감을 느껴 샤워를 했다. 기케이가 잠에서 깨 신경이 곤두 설 것이라 생각했으나, 고제이가 쥔 팔 부근이 미끈대고 냄새가 나서 발소리를 죽여 욕실에 들어가 재빨리 몸을 닦았다. 덧문을 두드리는 소리가 들린 것은 방에 들어가 머리를 말리고 있을 때였다. 천천히 간격을 두고 하지만 상당히 큰 소리로 집 뒤쪽에 증축한 요시아키의 방까지 소리가 울린다. 기케이의 방문이 난폭하게 열리는 소리가 들렸고 복도를 걷는 발소리에는 신경질이 났다. 뒤를 따라가 불빛이 있는 이치반자 덧문을 열려고 할 때였다. 옆으로 세차게 내던지듯이 덧문을 연 뒷모습이 주춤하는 것을 알 수 있었다.

쇼세이……

처마 밑에 서 있던 고제이가 기케이의 다리에 매달리려 한다. 반사적으로 차서 쓰러뜨리자 가냘픈 소리를 내며 처마 밑에 데굴데굴 구르고 있는 고제이에게, 할머니 괜찮은 거야? 하고 말하며 기케이는 허둥댄다. 뒤를 돌아보더니 요시아키에게 전화 전화 하고 말한다. 퍼뜩 경찰에 혹은 구급차에 전화를 해야 할 것인지 판단이 서지 않는다. 잠에서 깬 키미가 현관 쪽으로 달려와서 구급차를 부른다. 기케이는 처마 밑에 내려가서 고제이를 안아 일으킨다. 고제이는 사과하려는 기케이에게, 쇼세이 쇼세이 반복하며 매달리려고 하는데 그 몸에서 풍기는 냄새에 기케이는 얼굴을 찡그리며 요시아키 쪽을 본다.

몇 분 후 회전하는 적색등에 비춰지고, 모여든 이웃 사람들이 지켜보는 가운데 고제이는 구급대원에게 양측으로 부축돼 구급차에 태워진다.

순찰차 옆에서 사정을 설명하는 기케이의 말을 들으려고 사람들이 모여든 것이 불쾌해견딜 수 없었다. 요시아키도 사정 청취를 당하는 통에 다시 땀을 흘려 기분이 나빠졌지만, 이번에는 샤워를 하고 싶은 생각이 들지 않는다. 온종일 세 번이나 고제이의 광태를 눈앞에서 봤고 마지막에는 휘둘리기까지 했다. 요시아키는 이치반자에 들어가 저렇게 제멋대로 날뛰는 할머니를 방치해 둬도 되는 거야? 하고 키미에게 말한다. 키미는 조금 골똘히 생각하다가 가슴이 아프잖아 하고 중얼거리면서 우리 할머니가 떠올라 하더니 불단 쪽을 바라본다. 밤에 화장실에 가려다가 복도에서 실금해 다리 밑으로 퍼져가는 소변을 바라본 채로 움직이지 않고 있던 할머니 모습이 눈에 떠오른다. 갑자기 고제이가 가엾어진 요시아키는 폭언을 내뱉은 것을 후회했다.

회전하는 붉은 빛이 가게 앞에 모여든 사람들을 비추고 있다. 수갑이 뒤로 채워진 채 MP에게 끌려가는 흑인 병사를 모두 겁을 먹고 바라본다. 분노의 눈초리를 보이고 욕을 퍼부은 것은 고제이 혼자였다. 가게 안에서 요시코ヨシコ가 우는 소리가 들린다. 방금 전까지 가엾다고 생각했는데 그 울음소리가 지긋지긋하게 느껴져서 어쩔 수 없다. 내일이 되면 목이 졸린 부분은 내출혈로 보랏빛이 될 것이다. 고제이는 흥미와 업신여기는 눈빛을 노골적으로 드러낸 마을 사람들 앞에 서는 것이 싫어서 가게 안으로 들어가더니, 요시코를 둘러싸고 달래고 있는 여자들에게 나이프에 찔리지 않은 것이 어디야 하고 내뱉더니 자기 방으로 돌아간다. 작고 붉은 전구에 비춰진 방은 삼 조도 되지 않았고 이불을 깔자 옷을 갈아입을 공간이 겨우 확보될 정도였다. 다른 여자들처럼 미군 병사가 가져온 잡지에서 뜯어낸 사진이나 그림을 벽에 붙이지도 않았다. 옆방과 칸을 막는 얇은 베니어 합판에는 비에 젖은 자국이 위에서부터 번지고 있다. 고제이는 축축한 이불에 위를 향하고 누워서 붉은 전구를 바라보고 쇼세이를 떠올리며 시간을 보냈다.

미군 병사를 상대하는 매춘 여관에 들어오지 않을래 하고 청한 것은 전쟁 중에 일본군 장교 상대로 위안소를 하던 여관 주인이었다. 마을 남쪽에 있는 산 속에서 미군에게 붙잡혀 소학교 운동장에 마련된 텐트 막사에서 지내고 있던 고제이에게 시마부쿠로島袋라는 과거 고용주와 수용소 안에서 부락의 잡무를 도맡아 하고 있는 우치마內間라는 남자가 집요하게 부탁을 해왔다. 마을 여자들을 덮치지 않게 하기 위해 미군 병사의 배설구를 만들려고 하는 속셈이라는 것쯤은 금방 알아차렸다. 마을 여자 따위 나이든 여자건 어린 것들이건 미군 병사에게 희롱을 당하면 그만이다. 전쟁 중에는 일본 병사에게 몸을 판 자신이 전쟁이 끝나고 난 다음에는 미군 병사의 상대를 하리라고 미리 정해놓고 매달리는 시마부쿠로와 우치마라고 하는 남자를 저주하고 죽이고 싶었다. 그런데도 끝내 승낙한 것은 부락에서 계속 살아도 된다는 허락을 얻은 것은 물론이고 하천 옆 유우나 나무 근처에 미군 자재를 써서 작은 집을 마련해 주겠다고 약속을 했기 때문이다.

내 가련함을 너희들이 알겠어(완가아와리잇타−가와카룬나)? 젊은 경관은 앞을 본채 대답도 하지 않는다. 불량한 미군 병사로부터 부락의 부녀자를 지키기 위해 협력해 주길 바란다고? 어째서 너희는 전쟁에서 진거야? 졌으면 여자든 뭐든 미군 병사들의 전리품이잖아. 너희 부인도 딸도 미군 병사에게 당하면 그만이야. 어째서 부락 인간도 아니고 너희가 말하는 부녀자도 아닌 내가 너희 아내랑 아이를 지키기 위해 미군 병사를 상대해야 한다는 거야. 이런 말이 가슴 속에서 부글부글 치밀어 올라왔음에도 결국 입 밖에 내지 못했다. 오십 년 이상 담아온 말이 차례차례 흘러넘쳐 나와 공기에 닿는 순간 썩어 무너져 내리고 만다.

제아무리 이곳에서 오래 살더라도 자신과 같은 여자가 부락의 일원으로 인정받지 못하리라는 것은 알고 있다. 그런데도 쇼세이와의 추억이 남아있는 이 땅을 떠나고 싶지 않았다. 쇼세이와 대화를 하고, 뜨거운 육체에 접하고, 숲과 바닷물 향기를 맡은 유우나 나무 곁에서 살면 눈앞에 그 모습이 떠오를 것이 분명해. 그렇게 생각했다. 하지만(아시가야) 야마토 군대만이 아니라 미군 병사까지 상대한 그런 여자에게 쇼세이도 정나미가 떨어졌을 것이 분명해. 옆에 있는 여자가 소리를 높이고 미군 병사가 무언가 자꾸 되풀이해서 말하고 있다. 수건으로 몸을 닦는 소리까지 들려오는 가까운 거리에서 다섯 명의 여자가 옆 도회지에 생긴 기지에서 오는 미군 병사를 상대하고 있다. 결코 소리를 내지 않는 고제이에게 초조해 하며 몸 움직임이 난폭해 진다. 등에 손을 두를 수 없을 정도로 돼지와 같이 털로 뒤덮인 희고 커다란 몸에 깔려 천정의 붉은 빛을 응시한다. 하복부가 조금씩 욱신거리기 시작한지 얼마나 시간이 지난 것일까. 어차피 아이는 생기지 않으니……. 미군 병사 상대를 하는 것은 고제이 일행만이 아니었다. 마을 여자들도 미군 병사를 데리고 들어와서 허니honey가 돼서는 기뻐하고 있다. 흑인 병사에게 목이 졸린 요시코도 착한 미군 병사를 찾아서 함께 미국에 가서 살 거야 하고 늘 말해왔다. 몇 번인가 온리only가 되지 않겠어 하고 꾐을 당했지만 고제이는 상대도 하지 않았다. 난 이 부락에서 계속 살 거야. 그렇게 말하면 질렸다는 시선으로 보던 요시코나 다른 여자들은 지금 다 어떻게 됐을까. 모두 아직 살아 있을까(우이가야)……. 오래 살아서 뭐해 불쌍함이 더 길게 지속될 뿐이지……. 그렇게 말했던 것이 자신인지 요시코였는지. 옆에 앉아 있던 경찰관이 팔을 붙들더니 내려오라고 말한다. 회전하는 붉은 빛이 하천 수면을 비춰서 유우나 나무를 물들인다. 날아오르지 못하고 시들어서 떨어지는 노란 나비 떼. 그렇게 말하고 웃은 것은 요시코였나 자신이었나…….

고제이가 옆 마을 노인 전용 병원에 입원해 있음을 안 것은 풍년제로부터 두 주 정도 지난 무렵이었다. 키미는 전화 건너편에서 마을의 근황을 말하다가, 그 후에도 고제이가 배회하는 것이 그치지 않아서 구장과 평의원회 대표가 관청 사회복지과로 몰려가 입원 수속을 했던 모양이야 하고 말했다. 친척이 없어서 구장과 평의원회 대표가 신원보증인이 됐고 죽으면 부락에서 장례식을 해주는 것까지 정해졌다고 했다.

옆 마을 병원이 할머니가 숨을 거둔 곳이라고 들으니, 벽을 따라 천천히 걷거나 가족이 휠체어를 밀어주는 노인들이 왕래하던 복도 모습이 떠올랐다. 처음에는 걸어서 식당까지 갈 수 있었지만 일 년이 지나자 병들어 누워만 있게 됐다. 게다가 반년 후에는 말을 걸어도 반응을 보이지 않다가 쇠약해져 죽어간 할머니의 모습이 눈에 선하다. 희망자가 많아서 반년 이상 대기하는 경우도 많다고 하는 병원에 바로 들어갈 수 있었으니 운이 좋은 것이 아닌가 하고 생각했다. 다만 이삼 년 전까지만 해도 리어카에 빈 병이나 상자를 싣고 마을 안을 돌던 고제이의 모습을 떠올리며, 이제 다시 그 모습을 볼 수 없다고 생각하자 조금 가슴이 아파왔다.

풍년제가 끝나고 나하로 돌아오고 나서 떠올린 옛 기억이 있다. 유치원에 다닐 때였다. 유치원 연상 그룹 가운데 마보우マ一坊라고 불리던 마사시政志가 망구스 새끼가 집에 있으니 보러 와 하고 요시아키에게 권했다. 산책을 좋아하는 마보우 부모님이 망구스 집을 발견하고 데려온 것이라고 했다. 망구스라는 생물이 있다는 것을 안 것은 그때가 처음이었다. 반시뱀을 물어 죽일 수 있을 정도로 강한 동물이야 하고 마보우가 가르쳐줘도 날카로운 이빨이 떠오를 뿐 구체적인 모습을 상상할 수 없었다. 그것이 한층 더 흥미를 자극해서 요시아키는 마보우의 뒤를 따라갔다. 마보우네 집은 부락을 둘로 나누고 흐르는 이리가미 하천 동쪽에 있었다. 이 부락은 원래 우타키가 있는 서쪽이 발양지로 차남과 삼남이 토지를 개간해서 옮겨가 살게 되면서 동쪽으로도 넓어진 것이라고 한다. 우타키 근처에 집이 있는 요시아키네 집안은 최초로 부락을 세운 일곱 가족 가운데 하나로 여겨졌다. 유치원에 다닐 무렵까지는 하천 동쪽으로 가는 일은 거의 없었다. 가족과 따로 가는 것은 그때가 처음이었다. 다리를 건널 때는 불안했지만 마보우랑 수다를 떨면서 기분을 달랬다.

도착하고 보니 마보우네 집에는 아무도 없었다. 그 무렵 아직 오키나와에서는 진귀했던 포도를 마보우가 내와서 그것을 먹으면서 마분지 상자 안으로 얼굴을 밀어넣고 들여다봤다. 탈지면 위에서 느릿느릿 움직이는 생물 세 마리는 쥐새끼와 똑같이 생겼다. 커다란 눈은 아직 닫은 채로였고 털이 없는 몸은 내장이나 혈관이 들여다보였다. 마보우가 한 마리를 손가락으로 집어 들어 요시아키의 손바닥에 올린다. 내심 공포심이 들었지만 애써 웃는 표정을 지으며 어젯밤 아버지와 함께 탈지면에 우유를 배어들게 해서 마시게 했다는 마보우의 자랑 이야기를 들었다. 작은 손발이 움직이는 감촉을 느끼며 지금이라도 상자 안으로 돌려놓고 싶었다. 하지만 한 마리 가져가라는 말을 듣고 거절 할 수 없었다. 요시아키는 고마워 하고 말하고는 양손으로 물을 뜨듯 망구스를 손바닥에 올려놓고 집으로 향했다. 유월도 끝나갈 무렵의 무더운 날로 아직 포장되지 않은 도로는 석회암이 전면에 깔려있어서 하얗게 햇빛을 반사해 오랫동안 눈을 뜨고 있을 수 없다. 얼굴에 흐르는 땀을 어깨로 닦으면서 손바닥 안의 생물을 어떻게든 해야겠다고 생각하며 초조해 하고 있었다. 집에 데리고 가면 아버지에게 혼날 것을 알고 있었고, 찍찍 우는 몸이 조각조각 난 손가락처럼 보여서 어서 던져버리고 싶었다. 발걸음을 재촉해 길 모퉁이를 돌아 마보우네 집이 보이지 않자, 요시아키는 곁길로 들어섰다. 폭이 좁은 곁길에서 버릴 장소를 찾아 걸으며 집들 사이로 초록이 퍼져있는 고구마밭을 발견하자, 주위를 둘러본 후 덩굴이 우거진 곳 속에 망구스를 던져버렸다. 밭에는 어미와 아비 망구스가 숨어 살고 있어서 버린 녀석을 도와 키워주겠지. 그러한 상상으로 자신을 속이려고 해도 찍찍 울고 있는 작은 생물을 죽인 것이라는 사실로부터 도망칠 수 없었다. 곁길을 달려서 큰길로 나가자 희게 빛나는 길이나 즐비하게 늘어선 집들의 모습이 갑자기 변한 것처럼 보였다. 하천이 어디에 있으며 어디로 가면 집으로 돌아갈 수 있을지

감을 잡을 수 없었다. 마보우네 집까지는 돌아갈 수 있을 것 같았지만 그렇게는 할 수 없었다. 울고 싶어지는 것을 참으면서 요시아키는 큰 길을 따라 똑바로 걷기로 했다. 어딘가에서 오른쪽이나 왼쪽으로 꺾지 않으면 안 된다고 어렴풋이 생각했다. 다만 그것이 어디인지는 알 수 없는데다 섣불리 방향을 꺾으면 쓸데없이 헤맬 것 같은 기분이 들어서 결국에는 몇 개의 모퉁이와 네거리를 지나쳐 버렸다. 석회암 분말이 쌓인 길은 갓 찐 듯이 따뜻했다. 늘어선 집이 끊어져 좌우로 논이나 밭이 펼쳐져도 멈추지도 돌아가지도 못하고 그때부터는 눈물도 흘러넘치고 있었다. 햇볕을 맞으면서 요시아키는 똑바로 계속 걸었다. 길은 전후 미군이 만든 것이다. 시지무이精森라고 불리는 숲을 반으로 가른 것으로 북쪽으로 연장된 길은 이웃 부락까지 이어진다. 어느새 부락의 변두리까지 왔다. 시지무이 절벽 아래에 땅을 깊이 판 무덤이 몇 개 늘어서 있다. 무덤 앞에 서 있거나 앉아있는 몇 사람의 모습이 보인다. 자신과 비슷한 나이의 사내아이 손을 잡아끄는 여자나, 목을 깊이 숙이고 있는 흰 셔츠를 입은 청년. 무덤 앞뜰을 둘러싼 돌담에 기대서 담배를 피우고 있는 아버지와 같은 연배의 마른 남자. 무덤 안에 있던 사람들이 밖에 나와 있는 것이라는 것을 알았다. 시지무이를 빠져나갈 때, 좌우에 솟아있는 나무 무리 사이에서 몇 개의 눈이 자신을 주시하고 있는 것을 느꼈다. 옆 부락으로 들어가는 콘크리트로 만들어진 새로운 무덤이 한동안 이어지다 마침내 담배 밭이 넓게 펼쳐지기 시작했다. 큰 잎이 층계를 이룰 무렵 여린 핑크색 꽃이 핀다. 주변에 민가는 보이지 않았다. 요시아키는 이제 소리 높여 울고 있다. 긴 비탈길을 계속 걸어서 오른쪽으로 크게 커브를 트는 곳까지 왔을 때 요시아키는 멈춰 섰다. 길은 Y자 형태로 갈라져 똑바로 나아가면 사탕수수밭 사이 좁은 길로 들어가야만 한다. 그곳으로 나아가서는 안 된다는 것은 직감적으로 알았다. 큰 길로 더 이상 나아가도 집에서 멀어질 뿐이라는 것도 알았다. 그럼에도 다시 돌아간다고 하는 간단한 선택지를 고를 수 없었다. 얼마나 그곳에 우두커니 서 있었던 것일까. 수직으로 내리쬐는 태양에 뻗은 것처럼 웅크리고 있는 요시아키에게 말을 건 것은 고제이였다.

요시아키 아니니? 저런, 이런 곳에서 뭘 하고 있어?

눈물이 복받쳐서 요시아키는 격렬하게 오열했다.

미아가 된 거구나. 에구 요 쪼그만 개구쟁이가. 이렇게 멀리까지 혼자서 걸어온 게야……

잔반이나 빈 병을 실은 리어카를 길가에 세운 고제이는 요시아키를 도와 일으키더니, 자신의 뺨을 폭 싸고 있던 수건으로 얼굴을 닦아줬다. 그로부터 허리에 두르고 있던 봉투에서 흑설탕 부스러기를 꺼내 요시아키의 입 안에 넣어줬다. 식물 향기가 남은 단맛이 바싹 마른 입안에 타액을 번지게 했다. 움츠러든 기분이 누그러졌다. 리어카를 타고 비탈길을 내려가 시지무이까지 왔을 때 직박구리 몇 마리가 세차게 울면서 머리 위로 날아갔다. 올려다보자 길 위까지 뻗어 나온 우스크카지마루[21] 가지에 어른 팔뚝 정도 굵기의 반시뱀이 직

---

21 용榕 나무. 뽕나뭇과에 속하는 상록 교목.

박구리를 입에 물고 매달려 있다.

　사람들이 못 되게 굴지 않으면 저것들도 가만히 있어.

　되돌아보자 고제이가 갈색과 검은색으로 변색해서 아래 부분만이 남아있는 치아를 드러내놓고 웃고 있다. 더러워진 수건을 다시 목에 두르고 이목구비가 보이지 않을 정도로 검은 얼굴에서 땀이 빛나고 있다. 매일같이 집에 잔반을 받으러 오는 것을 봐왔지만 말을 걸었던 적은 한 번도 없었다. 아버지나 할아버지가 고제이를 바라보는 시선이 차갑다는 것은 어린 마음에도 알았고, 어머니도 그녀를 무시하고 있는 것처럼 보였다. 다만 할머니만은 대단히 친절하게 대해줬다. 할머니는 아버지가 다 마신 빈 병을 뒤쪽 처마 밑에 쌓아두고 고제이에게만 팔았다. 때로는 툇마루에 앉으라고 하고서 차나 과자를 권하기도 했지만 고제이는 거의 손도 대지 않은 채 몇 번이고 고개를 숙여 예를 표하고 빈 병 값으로 잔돈을 할머니에게 건넸다. 나중에 그 잔돈 가운데 얼마는 자신의 것이 된다는 것을 알아서 요시아키도 고제이에게 나쁜 인상은 갖고 있지 않았다.

　저런 여자한테 차까지 내주지 않아도 되는걸.

　고제이가 아직 문밖을 향하고 있는 사이에 할아버지는 마치 들으라는 듯이 말한 적이 있다. 할머니는 상대하지 않았지만 조금 있다가 요시아키에게 여자 홀몸으로(이나구누도우츄이지) 태어난 고향을 떠나서 다른 부락에서 살아가는 것이 얼마나 힘들겠니 하고 말했다. 그 말의 의미를 잘 이해하지 못했지만 할머니의 표정이나 어조로 요시아키도 느끼는 것이 있었다.

418

리어카가 흔들리자 한 말이 차있는 석유통에서 잔반 국물이 튀어 나왔다. 요시아키는 철제 테두리를 붙잡고 국물이 몸에 묻을 것 같으면 피할 수 있을 정도의 여유를 찾았다. 집사이를 지나는데 모두가 신기한 듯이 쳐다보고 있어서 창피했다. 다리를 건너 익숙한 장소에 오자 안심이 되는 한편으로 어딘가 평상시와는 다른 풍경 때문에 안정이 되지 않았다. 길 건너편에서 흰 승용차가 달려왔다. 전면유리 저편에 아버지와 할아버지의 얼굴이 보였다. 혼나겠지 하는 생각에 갑자기 불안해졌다. 리어카 옆으로 정차된 차에서 아버지와 할아버지, 뒷좌석에서 어머니가 뛰어나왔다.

뭐야 내 아이를 어디로 데려가려는 거야?

아버지가 화내는 소리에 요시아키는 몸을 움츠렸다. 고제이는 아무런 말도 하지 않고 얼굴이 굳어진 채 몇 번이고 고개를 숙였다.

너 같은 여자의 썩은 리어카에 내 손자를 태우고 다닌 거야? 모두 걱정해서 얼마나 찾아 다녔는지 알아?

할아버지의 말에 고제이는 용서해 주세요(유루치조-레) 하고 숨이 끊어질 듯한 목소리로 용서를 구했다.

요시아키, 어서 내려오지 않고 뭐해.

어머니가 말해도 움직이지 않고 있자 아버지가 양팔을 붙잡아 내던지듯이 지면에 내려놓았다. 다시 오열이 복받쳐서 어머니 허리에 달라붙은 채로 요시아키는 아무런 말도 하지 않았다. 아버지와 할아버지의 사나운 얼굴과 계속해서 사과하는 고제이의 모습을 보고 있자니, 실제로 고제이가 제멋대로 자신을 끌고 다닌 것 같은 기분조차 들었다. 주변에 모여든 사람들 눈으로부터 숨듯이 어머니 옆에 서 있자, 어서 데리고 가지 뭐해 하며 아버지가 화를 냈다. 어머니 손에 이끌려 집으로 향하면서 돌아보자 고제이가 열 명 가까운 사람에게 둘러싸여 욕을 먹고 있었다. 그때 느꼈던 떳떳하지 못한 행동에 대한 수치스러운 감각은 삼십 년이 지난 지금도 잊을 수 없다. 한동안 고제이는 요시아키 집에는 들르지 않았다. 그 후 길에서 리어카를 끌고 있는 고제이의 모습을 보면 자신의 비겁함을 책망하고 있는 것만 같아서 요시아키는 무시하려고 했다. 요시아키는 몇십 년이나 잊고 있던 기억을 떠올리며 자신이 흑설탕 향기를 맡는 것을 싫어하는 이유를 짐작할 수 있었다.

끈적끈적한 어둠에 흙탕물 바닥에 있는 것처럼 숨이 막히고, 오므라든 채로 있는 고제이의 폐에 누군가가 숨을 불어넣으려고 하는 것 같았지만, 고름 냄새가 나는 이시노의 입이 떠올라 욕지기가 올라와서 도리질 하듯이 고개를 흔든다. 조선인 여자가 신음하는 소리가 들린다. 두들겨 맞고 있는 것인지, 위에서 덮쳐누르고 있는 것인지, 이런 깊은 산속 동굴(가마)에까지 도망쳐 살아남아 미군에게 일방적으로 당하기만 하는 겁쟁이 주제에, 여자 몸을 가지고 노는 것을 그만두지 못하는 썩어빠진 사내새끼들(쿠사리이키가). 위안소에서 끌려온 조선인 여자는 처음에는 네 명이 있었는데 한 명은 도중에 어딘가로 사라지고, 둘은 함포사격 파편에 내장과 목이 찢어져서 죽었다. 여관에 있던 오키나와 및 야마토로부터 온 여자들은 다른 부대와 행

동하고 있는 것일까. 이시노의 명령으로 고제이는 홀로 끌려와서, 십여 명의 부대원과 함께 마을 남쪽에 있는 산속을 '전진轉進'하는 날들이 이어졌다. 썩어빠진 일본 군인에게 그렇게 불쌍히 여겨져서야……. 입 밖으로 말을 하는 것은 금지돼 있다. 손으로 더듬어 조선인 여자를 찾아 동굴 속 냉기로 차가워진 몸을 서로 데운다. 벽에서 물이 스며나와서 앉을 곳도 부드러운 부분은 흙탕물이 돼있어서 하복부의 통증은 한층 더 심해지고 있다. 다음에 '전진'할 때는 더 이상 걸을 수 없을지도 모르겠어 하고 생각한다. 조선인 여자는 몸을 떨면서 고제이에게 달라붙어 있다. 아직 열일곱 열여덟 정도의 아가씨였다. 이름도 모른다. 고제이는 삐ピー라고 불리는 그 여자를 자기 처지보다 더욱 힘들겠거니 생각해 애처로워하며 등이나 팔을 어루만진다. 동굴에 숨어서 반격도 하지 않는 군인들에 대한 증오가 격해진다. 미군을 향해 쳐들어가 모두 죽어 썩어버리면 좋을 텐데. 산중에 숨어서 맞서 싸우리라 호언장담 했으면서 상륙한 미군과 교전한 것은 한주 동안인가 그랬다. 절벽 아래 숨겨둔 포를 꺼내서 한 발 쏘면 수십 배의 함포 사격이 날아온다. 이후 호에 숨어서 포격을 피한 채 때때로 야습을 하는 것이 고작이었다. 몸을 만지작거리러 오는 이시노의 군복에서 통조림 냄새가 나자 위가 비틀려 끊어질 것처럼 아프다. 산간이라고 해도 아직 부대 가까운 곳에 숨어 있을 때는 계급이 낮은 병사들과 함께 야간에 고구마를 캐러갈 수도 있었다. 하지만 산 안쪽으로 들어온 후부터는 병사들도 식량을 나눠주지 않게 되면서, 요 사나흘 암벽에서 새어나오는 물을 핥고 있을 뿐이다. 고

기 냄새에 전신 세포가 반응한다. 무언가 입에 넣을 것을 받을 수 있다면 고름 냄새가 나는 입을 들이미는 것도 참을 수 있다, 신음 소리를 내주는 것도 할 수 있다, 그러한 기분이 들었다. 하지만 이시노는 목적을 달성하고 나면 서둘러 돌아갔다. 썩어빠진 사내놈이(쿠사리이키가). 교태를 부리려고 하던 자신이 한심해져서 바로 이 동굴과 함께 모두 폭파돼 버리면 좋겠다고 생각했다. 화염방사기로 살도 뼈도 다 태워버리면 좋겠다고 바란다. 조선인 여자가 바들바들 떠는 것을 멈추지 않는다. 감각이 없는 다리를 흙탕물 가운데 팽개치고 젖은 벽에 기대서 쇼세이를 떠올린다. 구하러 갈게. 쇼세이 눈은 그렇게 말하고 있다. 적이 육박해 오고 있다는 연락을 받고 참호에서 도망쳐 산속으로 이동하고 있을 때, 절벽 아래 동굴에서 오십 명 가까운 마을 사람들이 피난하고 있는 것을 봤다. 그 가운데 쇼세이가 있었다. 깊숙한 곳에 노파나 아이들, 여자들을 앉히고 입구를 지키듯이 나이든 남자들이 앉아있다. 그 가운데 서른을 갓 지난 쇼세이는 눈에 띈다. 매일같이 여관에 찾아와 쇼세이의 손발이 부자유스럽다는 것을 알고 있는 이시노가 아니었다면 무언가 한소리 들었을 지도 모른다. 병사들이 주민의 식량을 징발하기 시작하자 여기저기서 애원하는 소리가 높아진다. 칼을 빼든 이시노가 닥쳐 하고 일갈하자 마을사람들은 바로 고개를 숙인다. 가족끼리 바싹 몸을 맞대고 있는 마을사람들에 대한 동정심도 있었지만, 고제이 자신도 병사들이 덤으로 데리고 있는 처지였다. 얼굴을 숙이고 있는 쇼세이의 바싹 깎은 머리에 피가 달라붙은 상처가 있어서 파리가 달라붙어있다. 자신이 일본 병사들 측에 있는 것이 께름칙해서 함께 있고 싶다는 기분도 시들해지고 만다. 참호 안쪽에서 갓난아기의 울음소리가 나자 적에게 들키고 말거야 조용히 못 시켜 하는 소리가 난다. 쇼세이가 얼굴을 든다. 험상궂은 옆얼굴을 보고 무언가 말을 하는 것은 아닐까 하는 생각에 조마조마해서 제정신이 아니다. 지금까지 세 명의 오키나와인이 스파이 용의로 우군에게 살해당하는 것을 봤다. 칭얼거리는 갓난아기를 필사적으로 달래고 있는 아이 엄마의 뒷모습을 바라보며 서둘러 이곳을 떠나고 싶었다. 계급이 낮은 병사들이 식량이든 봉투를 들고 동굴에서 나가자 다시 '전진'이 시작된다. 떠나려는 순간 그쪽을 보자 증오에 불타는 마을사람들의 눈 가운데서도 한층 더 날카로운 빛을 띠는 쇼세이의 눈이 보인다. 구하러 갈게. 그렇게 생각한 것은 멋대로 판단했던 것인지도 모른다. 마을사람들만이 아니라 쇼세이마저 배신을 했다. 그렇게 생각하자 차가워진 몸이 무너져 내려 흙탕물과 어둠 속에 흘러내려가기 시작하는 듯한 기분이 든다. 갑자기 동굴 입구 쪽에서 목소리가 나는 것을 알아채고 고제이는 고개를 들었다. 쇼세이, 확실히 그렇게 말하는 것이 들렸다. 흙탕물 속을 네 손발로 기어서 입구 쪽을 향한다. 바위 그늘에서 엿보자 입구로부터 비스듬하게 내려와 쏟아지는 달빛에 몇 명의 그림자가 떠오른다. 무릎을 꿇고 있는 고개를 숙이고 있는 남자의 얼굴은 그림자가 져서 보이지 않는다. 다만 그것이 쇼세이임이 틀림없다는 것을 고제이는 의심치 않았다.

우치마內間라는 구십 살을 넘긴 옛 구장區長 집에 요시아키가 방문한 것은 토요일 오후였다. 그는 고제이가 걱정돼 어쩔 줄 모르다가 주말을 이용해 귀성했다. 병원으로 고제이를 문병하러 가는 것을 숨긴 채 옛 사정을 자세히 아는 노인이 없냐고 묻자 키미가 가르쳐 준 것이 전후 얼마 지나지 않아 십년 이상 구장을 역임하고 촌회의원村會議員도 세 번에 걸쳐 역임한 우치마였다.

최근 수 년 간 전쟁 당시 마을의 상황을 알고 있는 노인들이 차례차례 죽었다. 아주 조금 남은 사람들도 노쇠해서 노인 홈에서 움직이지 못하는 상태로 누워있거나, 기억이 희미해져서 이야기를 할 수 없다고 한다. 전쟁 중에는 부락 경방단장警防團長을 했고 전후 수용소 생활을 하면서는 잡일을 도맡아했다는 우치마라는 노인만은 도저히 구십을 넘겼다고는 생각할 수 없을 정도로 건강해서 요즘도 밭에 나가서 일을 한다고 했다.

잔디가 전면에 깔린 뜰 여기저기에 넘칠 정도로 꽃이 핀 플랜터가 놓여있고 소나무나 흑단 등의 정원수도 구석구석까지 손질이 잘 돼 있다. 동거하고 있는 장남 부부는 수 년 전에 나란히 교원을 정년퇴직하고 지금은 유유자적하는 생활을 하고 있으며 손주 세 명도 교원을 하고 있다고 우치마는 자랑스러운 듯이 말했다. 거실 소파에 앉아서 커피를 마시며 말하는 우치마는 숱은 상당히 적어졌지만, 눈과 귀도 건강한 편이고 치아 또한 인공이 아니라고 자랑한다. 그런 만큼 관자놀이 부근부터 오른쪽 뺨에 걸쳐, 또한 오른쪽 팔에 남아있는 화상 자국이 눈에 띈다. 어릴 적 누군가로부터 들었던 이야기를 요시아키는 떠올렸다. 숨어있던 동굴에 폭탄이 던져져 함께 있던 서른 명 이상의 마을 사람들이 모두 죽었는데도 우치마 만은 살아남았다. 화상 자국은 이전에는 훨씬 눈에 띄어서 그것이 마치 목숨을 부지한 증명인 것처럼 거론됐다.

요시아키의 조부모 이름을 듣고 아아 나는 자네 할머니와는 먼 친척이야 하고 말하며 요시아키가 들어본 적도 없는 사람의 이름을 몇 명인가 들더니 유대 관계를 증명한 후, 테이블 위에 놓여있는 『아자시』[22]를 보여주며 자신이 전쟁 중과 전후 수용소에서의 생활 모습을 집필했다고 자랑한다. 상자가 있고 천 표지로 된 『아자시』는 오백 페이지 이상 되는 훌륭한 책이다. 부락 전 세대에 배부되어서 요시아키도 대강 훑어봤다. 다만 쇼세이나 고제이에 대한 단서가 될 만한 내용은 없었다. 책 끝에는 마을 소학교 졸업 명부에 실려 있는 부락 출신자 씨명 일람표가 있었지만 거기에도 쇼세이의 이름은 없다. 그것에 대해서 묻자 지금까지 말문이 막혀있던 우치마의 어조가 점차 무거워졌다.

쇼세이는 나하고도 먼 친척이지만…… 어릴 적 양친을 여의고 소학교에도 가지 않아서 …… 아, 지금 슈퍼가 생긴 그 장소에 전전에는 여관이 있었지. 다섯 살이었나 여섯 살이었나 그 정도 나이부터 고용살이로 보내져서……. 학교에도 가지 못했고 함께 놀지도 못 해서 먼 친척이라고 해도 이야기를 나눈 적도 없었지만…… 아 맞아

---

22 字史. 마을의 역사.

전쟁 중에는 마을에 있었지만 그 사람은 말이야 왼쪽 팔을 쓸 수 없어서 말이지. 쓰러져서 아궁이에 처박혔다는 이야기가 있었지…… 타서 통나무 같은 손을 하고 있었어. 그래서 방위대에도 불려가지 않았고 전쟁 중에도 부락에 남아있었는데…… 일부러 그렇게 한 것이라는 사람도 있었지 징병 기피를 하려고…… 다만 쇼세이가 그 정도로 지혜가 있는 사내가 아니었지…… 미군이 공격해 오자 산으로 도망쳤다는 것까지는 본 사람도 있었는데 그 후로는 행방불명이 돼서 어디서 죽었는지 어쩌다 죽었는지도 모르지만…… 다만 전후에 긴²³에 있던 수용소에서 봤다고 했던 사람도 있었고, 코자²⁴ 거리에서 만났다고 하는 이야기도 들었던 적이 있지만 어디까지 진짜인지…… 전쟁에서 죽은 것인지 살아있는 것인지 아무도 몰라…… 살아있다면 필시 나보다 세네 살 아래니까 곧 아흔 살이 되려나…… 으음 고제이에 대해서 알고 싶다는 것이야. 참으로 이상한 걸 다 들으러 오는 사람이 있구만…… 자네같이 젊은 사람은 기억에도 없을지 모르지만 아까 말했던 그 여관은 아사히여관朝日旅館이라고 불렀는데 분명히 여관업도 하고 있었지만 실제로는 유곽이었네. 유곽이라 하면 자네 같은 요즘 사람은 알지 못하겠지만…… 뭐라고 알고 있다고. 유녀라는 말은 지금도 쓰는가 보지…… 고제이도 거기서 유녀를 했는데, 다만 그 여자는 전부터 있던 것이 아니라 전쟁이 시작

---

23 金武. 오키나와 북부 동해안에 위치한 도시.

24 コザ. 현재의 오키나와시.

되기 조금 전에 야마토 병사들을 맞으려고 위안부로 데려온 여자야. 출신은 남부인가 사키시마先島인가 그렇게 들었던 기분이 들어…… 우군이 이 마을에도 진지를 구축한다고 우르르 몰려와서 지금의 소학교 말이야. 당시는 국민학교라고 말했었는데 거기에 숙박하면서 장교 녀석들은 또 따로 민가 주민을 쫓아내고 집 상태가 좋은 곳부터 골라 거기에서 살았어…… 그때 그 정도로 많은 남자가 있었으니 이등병, 일등병, 병장, 하사관 놈들은 조선인 여자를 할당받고 싶어했고 장교 놈들은 야마토 여자나 오키나와 여자가 좋다고 했던 것 같아…… 고제이도 장교 녀석들을 상대하는 위안부였지…… 산에 피난했을 때도 계속 장교들과 함께 했던 것 같은데…… 전후에는 말이야 고제이 혼자 마을에 남았어. 그 조선인 여자들은 어떻게 됐을라나…… 그런 것은 책에는 써있지 않으니 내가 죽으면 알고 있는 사람도 사라지려니 생각해서 오늘 이렇게 자네한테 말을 하고 있는 거네만…… 고제이는 전후에 하천 옆에 있는 지금은 이미 기슭막이 공사로 사라졌지만 그 커다란 유우나 나무 있잖나. 그건 자네들도 기억하고 있군…… 멋지게 꽃이 피는 나무였는데……그 나무 옆에 집을 지어 줄곧 혼자 살았네만…… 다만 한번 밑천이 안 드는 일을 하게 되면 좀처럼 거기서 빠져나갈 수 없다고 하잖나…… 전후에도 한때는 미군 병사 상대를 했지…… 오키나와 남자는 상대하지 않았던 모양이야…… 그래서 부락 안으로 들어가지도 못했는데 딱히 부락 사람들이 무라하치부[25]를 했던 것은 아니네만…… 그때는 모두 살아남는 것에 필사적이어서……누가 뭘 하더라도 나무라던 상황이 아니었지…… 다들 그렇게 살아왔던 게야…… 나중에는 마을을 돌며 빈병을 사거나 돼지를 치거나 해서 살아왔던 것인데…… 그때 부터는 자네들도 무슨 일이 있었는지 잘 알잖나…… 생각해 보면 그런 생활을 하며 오십 년 이상을 이 부락에서 홀로 살아왔던 것이 야…… 오십 년 이상이나…… 최근까지 리어카를 끌고 걸어 다녔는 데 지금은 제 정신이 아니라서 옆 마을 병원에 입원해 있잖아…… 불쌍하게도…… 남들보다 뛰어난 용모(카―기)여서 다른 마을로 가서 살았으면 좋은 남자와 연을 맺고 지금쯤 아이와 손주들에게 둘러싸여 살았을지도 몰라…… 쇼세이와 무슨 일이 있었냐고? 아무런 일도 없었을 거야…… 같은 여관에서 한때 함께 있었던 적은 있었지만…… 쇼세이는 팔만이 아니라 여기도 조금 부족한 남자였으니…… 상대를 해줄 여자는 없었다고 생각하지만…… 아무리 창부라도 해도…….

손이 뒤로 묶여 꿇려 앉혀진 쇼세이의 목덜미를 붙잡고 요나미네 歟那嶺라는 슈리首里 출신 장교가 얼굴을 후려갈긴다. 그 외에도 두세 명의 병사가 복부나 어깨를 발로 차지만 쇼세이는 신음 소리 하나 내지 않고 참고 있다. 망을 보던 병사의 말을 듣고 쇼세이가 동굴 입구 근처에서 식량을 찾으러 갔다가 돌아오는 병사들에게 붙잡혀서

---

25 村八分. 마을의 법도를 어긴 사람과 그 가족을 마을 사람들의 합의 하에 공동체에서 배제하는 것. 통행금지, 우물 사용 금지 등 다양한 방식으로 제재를 했다.

스파이 용의를 쓰고 있음을 알았다. 병사들에게 조금이라도 의심스러운 것은 전부 스파이였다. 일단 그렇게 단정해 버리면 그 후에는 어떻게 될까. 동틀 무렵 참호 근처를 걷고 있다는 것만으로 노인 두 명이 칼에 베어 죽는 것을 고제이는 목격했다. 손을 뒤로 묶인 노인들은 더듬거리는 표준어로 식량을 찾으러 마을로 갔다 돌아오는 길이라고 변명했다. 실제 가마니에 넣은 고구마나 산양 고기를 갖고 있었다. 그러나 오키나와 주민이 말하는 것 따위 우군은 처음부터 신용하지 않았다. 이시노의 명령으로 부하를 데리고 그 노인 둘을 수풀로 데려 간 것은 요나미네였다. 밤중 참호 안에서 자신의 칼이 얼마나 잘 드는지를 자랑스러운 듯 이야기하는 요나미네의 말을 귀담아 듣고 있는 병사들 가운데는 미네이嶺井나 오시로大城 등 오키나와 사람이 있다. 사투리를 보더라도 쇼세이를 때리고 있는 병사들 가운데도 요나미네 외에도 오키나와 사람이 섞여 있다. 때로는 충성심을 보여주려 하는 것인지 스파이 용의로 붙잡힌 오키나와 주민에 대해 그들이 야마토 병사들 이상으로 가혹한 처사를 한다는 것을 고제이는 알고 있었다. 남편은 필리핀에서 나라를 위해 싸우다 전사했어요. 젖먹이를 포함해서 여섯 명의 아이가 동굴에서 기다리고 있어요. 겨우 걸을 수 있는 노인도 두 명이나 있어요. 붙들린 서른을 넘긴 여자는 양손을 모아 살려 달라고 계속해서 빌었다. 이시노가 칼로 내리칠 때 여자가 움직여서 후두부에 맞아 피와 뇌 점액이 사방으로 튀었는데 완전히 죽지 않은 여자가 경련을 반복하다 으윽 으윽 하는 신음소리를 내고 있다. 검의 이 빠진 부분을 점검하며 혀를 차면서

어서 찔럿 하고 호통을 치는 이시노의 신호에 총검을 찌른 것은 이시카와石川와 사카키榊라고 하는 야마토 병사와 오시로였다. 뭘 조사하려고 한 거야 응 정직하게 말하지 못해 으응 일본 남아로서 부끄럽지도 않나 이 덜떨어진 놈아 혼을 미국에 팔아넘기고서⋯⋯ 이시노의 군화발이 얼굴을 차자 옆으로 쓰러진 쇼세이는 일어서지 못한 채 처음으로 신음 소리를 내고 있다. 뛰어나온 병사들에게 매달려서 빌며 구해야 할텐데. 그렇게 생각했다. 그러나 몸이 움직이지 않았다. 언제 죽어도 좋아. 아니 어서 죽는 편이 좋아 하고 계속해서 생각해 왔음에도 손도 가슴도 배도 다리도 바위나 흙탕물에 흡착한 것처럼 움직이지 않았다. 병사 두 명이 목덜미와 뒤로 묶인 손목 부근을 붙잡고서 쇼세이를 질질 끌다 일으켜 세운다. 착검을 한 병사가 총개머리로 명치를 치자 쇼세이는 앞으로 엎어지며 쭈그리고 앉혀져 욕설을 먹으며 일으켜 세워졌다. 총을 손에 든 병사 두 명이 출입구를 향해서 바위 계단을 올라가자 그 뒤로 쇼세이와 그의 양쪽 겨드랑이를 잡고 몸을 지탱하는 병사가 뒤따른다. 맨 뒤에서는 군도를 손에 든 이시노와 요나미네가 무언가 작은 소리로 말하면서 따라 올라간다. 동굴에서 나오면서 쇼세이는 뒤돌아서 고제이 쪽을 봤다. 팔을 잡고 있던 병사가 안면을 때리더니 밖으로 질질 끌고 간다. 달빛 그림자가 드리워져 끝까지 쇼세이의 얼굴을 확실히 볼 수 없었다. 하지만 달빛을 받고 있던 자신의 얼굴을 쇼세이는 볼 수 있었을 것이라고 생각했다. 아니 못 봤을지도 모른다. 어째서 그때 자신은 바위 그늘에 얼굴을 숨겼던가. 돌아온 병사들의 대화에 고제이는 귀를 막았다. 이시노가 오더니 저항하는 고제이를 두들겨 패고 흥분한 몸을 부딪친다. 피 냄새가 난다. 쇼세이의 피 냄새가. 조선인 여자가 도와주려는 것을 거부하고 진흙 위로 벌러덩 쓰러진 채 고제이는 이제 미동도 하지 않는다. 진흙과 어둠 속으로 녹아 들어가 버리면 좋을 텐데. 전신이 차가워져 마비돼, 하복부의 둔한 통증만이 자신이 아직 살아있음을 알려준다. 그렇게 며칠이나 지났을까. 미군이 쳐들어와서 동굴 입구에서 위협 발포를 했을 뿐인데 이시노 부대는 항복했다. 들것에 실려서 이송되면서 햇볕에 눈도 몸도 아파 견딜 수 없었다. 조선인 여자가 다가와서 머리카락이나 뺨을 어루만지고 손을 꼭 쥐면서 무언가 말했는데 귀를 기울일 기력은 남아있지 않았다. 이름도 모른 채 헤어졌던 것이 가슴 아프게 다가온 것은 아주 오랜 시간이 흐른 뒤였다.

병원은 만이 내려다보이는 높은 지대에 있었다. 주차장 주변에 심은 나무는 삼 년 전 할머니가 입원했던 무렵부터 거의 자라지 않은 것처럼 보였는데 부목을 대놓은 나무가 선채로 시들은 것이 눈에 띈다. 태풍이 올 때는 바닷바람이 정통으로 불어 닥칠 것이라고 생각했다. 반도 선단부에 있는 채석장으로부터 공사용 자갈을 운반하는 트럭이 만안 도로를 끊임없이 달리고 있다. 연무가 끼어서 만 위에 떠오른 흰 태양을 똑바로 바라볼 수 있다. 할머니가 돌아가셨을 때도 이처럼 평온한 날씨였다는 것을 떠올린다. 소식을 접하고 병원에 가자 유해는 이미 집으로 옮겨진 후였다. 정리된 침상을 보고 할머니가 죽은 것을 실감했다. 다시 이 병원에 올 일이 있을 것이라고는 생각하지 않았다. 주차장 가장자리에 서서 한동안 주위 풍경을 바라보고 나서 병원 현관으로 향했다.

병원은 이 층 건물로 일 층에는 진찰실이 있다. 일요일 오후여서인지 외래 환자가 적었고 진찰을 기다리는 사람과 입원 환자는 열 명 정도였고 이들은 로비의 긴 벤치에 앉아 신문을 읽거나 텔레비전을 보거나 하고 있다. 오랜만에 병원 특유의 냄새를 맡으면서 계단을 오르자 정면에 간호사 대기실이 있다. 접수창구에 앉아있던 젊은 간호사에게 고제이를 면회하고 싶다고 전하자 바로 방 호수를 알려줬다. 면회자 기록부에 이름을 적으면서 앞 쪽으로 넘겨본다. 이름이 자주 나오는 노인이 있는가 하면, 아주 가끔만 나오는 경우도 있다. 고제이가 입원한 후 두 주 이상이 지났지만 맨 처음 부분에 구장과 서기의 이름이 보일 뿐이다.

병실은 간호사 대기실 바로 옆이었다. 입원하고 나서 바로 병세가 중한 환자만을 모아놓은 병실이라는 것을 알 수 있었다. 여섯 개 침상에 일어나 있는 환자는 한 명도 없고 산소 호흡기나 심전도 기계 등을 각기 부착하고 있다. 안쪽 창가 쪽에서 자고 있는 고제이는 코에 줄을 꿉고 점적을 받고 있다. 햇볕을 받지 않아서인지 피부색이 하얘졌는데 납빛에 가까운 색은 부어오른 얼굴과 겹쳐져 여하튼 죽은 얼굴처럼 느껴진다. 턱이 비뚤어진 것처럼 열린 입 사이로 잇몸이 들여다보이고 마른 혀에는 흰 태가 생기고 있다. 고제이의 베갯머리 옆에 서서 짧게 깎인 새하얀 머리카락을 만지며 이마에 손을 댔다. 병실에 들어올 때부터 눈에 들어왔던 끈을 바라봤다. 고제이는 양팔이 벌려져 침대 측면 파이프에 끈으로 묶여 있었다. 부어오른 손목 주변은 얇은 피부가 까져 있는데 그것을 보자 분노나 슬픔이라고 할 수 없는 감정이 복받쳐온다. 그러한 병문안 손님에 반응에는 익숙해져 있는 모양이다. 다른 환자의 가래를 흡인하고 있던 서른 전후의 작은 체구를 한 간호사가 그렇게 하지 않으면 바로 점적이나 콧줄을 빼버려서요, 겉보기에는 가엾어 보이지만 이해해 주시기 바라요 하고 빈틈없이 요시아키에게 말한다. 뒤돌아보며 끄덕이는 것 외에는 할 수 없었다. 마르기는 했지만 튼튼해 보여서 샤모[26]의 다리 같았던 손가락이 부어올라서 갓난아기처럼 변해있다. 양손으로 감싸고 어루만진다. 의외로 매끈매끈한 손바닥은 차가웠다. 귓가에 얼굴을 가까이 대고 고제이 할머니, 고제이 할머니 하고 불러보지만 눈꺼풀이 어렴풋이 떨릴 뿐이다. 작은 체구의 간호사가 가래를 흡인하는 소리가 실내에 울린다. 요시아키는 일어 선채로 오 분 정도 고제이의 손을 계속 어루만졌다. 풍년제 날로부터 석 주밖에 지나지 않았는데 이렇게까지 변해 버렸을 것이라고는 생각하지 못했다. 침상의 반대편으로 돌아온 간호사가 죄송합니다 하고 말하더니 고제이의 목을 들여다보고 입안에 줄을 넣더니 흡인기 스위치를 넣었다. 가래는 조금밖에 나오지 않았다. 간호사는 젖은 수건으로 정성스레

---

26 軍鷄. 샤모는 투계용, 관상용, 식용용 닭의 한 품종이다. 에도 시대에 태국으로부터 수입됐다고 전해지며, 1941년 천연기념물로 지정됐다.

얼굴을 닦고 요시아키에게 가볍게 인사를 하더니 옆 침상으로 갔다.

고제이 할머니 그만 갈게요.

커다란 소리로 말하고 이마에 손바닥을 올리고 수초가 흔들리듯이 움직이고 있는 손가락을 쥔다. 풍년제 밤에 목덜미를 잡아 끌어당기던 힘은 흔적도 없이 사라졌다. 병실을 나올 때 뒤돌아보고 다시 한 번 실내를 바라봤다. 고제이의 눈이 살짝 열려 이쪽을 보고 있는 것 같은 기분이 든다. 돌아가서 확인해 볼까 하고 생각했을 때는 겨우 느낄 수 있었던 시선이 사라졌다. 대신에 작은 체구의 간호사와 눈이 마주치자 서로 가볍게 목례를 나누고 요시아키는 병실을 나와서 빠른 걸음으로 복도를 걸었다.

고제이 고제이여. 멀리서 쇼세이가 부르고 있다. 아니다 바로 가까이서다. 달빛이 내리쏟아지고 유우나 나무의 노란 나비 떼가 지금이라도 일제히 하늘로 날아오를 것처럼 보인다. 나무 그늘로 들어가자 강한 힘에 바로 끌어당겨져 짧은 시간을 애석해 하듯이 뜨거운 혀가 목구멍으로 파고들어오고 딱딱한 왼손이 등을 누른다. 가슴에 얼굴을 묻고 숲과 바닷물 향기에 목이 메어 자신과 같은 여자가 남자에게 안겨서 이런 기분을 느끼게 될 줄은 몰랐다고 귓가에 속삭이며, 고제이 고제이 하고 어둠 깊숙한 곳에서 들려오는 목소리에 서두르지 않아도 되 하고 부드럽게 손을 누르고 머리카락을 어루만진다. 무덥게 살갗에 달라붙는 밤기운에 몸에 있는 주름 깊은 곳까지 땀범벅이 돼 쇼세이에게 매달리던 감촉이 팔에 되살아났다. 난 이미 진흙 속에 녹아 버렸다우. 조선인 여자가 무언가 말하고 있다. 입 안에 무언가가 넣어진다. 흑설탕 조각이다. 타액이 흘러넘쳐 희고 가느다란 생명의 뿌리가 늘어난 것 같은 기분이 든다. 난 이제 괜찮아. 고마워. 여자가 손을 잡고 손가락을 어루만진다. 전신의 감각이 여리어지고 하복부의 둔한 통증도 사라지고 있다. 고제이, 고제이여. 무릎 꿇려 두들겨 맞고 있는 쇼세이가 얼굴을 들더니 이쪽을 본다. 달빛을 등지고 동굴 입구에 서 있는 그림자. 아, 당신은 모든 것을 알고 있었음이 틀림없어. 내가 어떠한 인간인지도. 짐 보자기 하나를 들고 유곽 길을 걷고 있는 여자아이 모습이 보여. 돌아가. 거기서부터 더 이상 앞으로는 가지마. 그렇게는 할 수 없었어. 아무리 길이 휘어져 있어도 좁아져도 막다른 곳이라고 해도 앞으로 나아갈 수밖엔 없었어. 우리같은 사람들한테는 말이지. 고제이, 고제이여. 지면에 막 떨어진 유우나의 꽃을 응시하고, 쇼세이의 가슴에 뺨을 바짝 대고 키득키득 웃으면서, 옷 앞섬을 벌리고 전신에 피를 내보내서 이 몸을 이렇게 뜨겁게 하는 근원의 소리를 듣는다. 자신을 비웃는 자신을 외면하고 이 나무 아래에서만은 다른 시간이 계속 흐르기를 희구한다. 어디선가 살아있을 지도 모르잖아. 어떻게 죽었다는 것을 알 수 있겠어. 자신의 눈으로 본 것도 아닌데. 정말로 그렇게 생각해? 그래서 네가 유우나 나무 근처에서 살아왔던 것이라고 말할 참이야 그 사람을 기다리며…… 거짓말(유쿠시무누) 하지마. 리어카를 끌고 빈병을 모아서 주조소酒造所에 팔고 아주 적은 돈으로 살아온 것은…… 흰 석회 가루 때문에 눈을 제대로 뜰 수 없을 정도로 빛나고 있던 길. 그 길을 두 번 다시 걸을 일도 없어. 고무샌들을 신은 발을 하얗게 더럽히고서. 길가에서 울고 있던 어린 사내아이가 눈에 떠오른다. 울면서 매달리는 아이를 안은 것은 처음이었어. 목에 매달리는 조그마한 팔의 감촉. 귓가에서 우는 소리에 자신의 가슴이 아파오리라고는 생각해본 적도 없어. 어린아이에게서는 그런 향기가 나는 것인가 하고 작은 가슴에 코를 바투 대고 더러워져 있는 것이 안쓰러웠지만 그것밖에는 없어서 수건으로 얼굴과 목덜미를 닦아주고 흑설탕 조각을 입 안에 넣어줬어. 겨우 울음을 그친 아이를 이번에는 무섭게 만들면 안 되겠다 생각하고 익숙하지 않지만 웃는 얼굴을 보이면서 리어카에 태워 부락까지 데려다 주었지. 후에 그 부모에게 호되게 혼이 났지만 그 짧은 시간이 부락에 살면서 가장 즐거운 시간이었어. 정말로 적어도 당신 아이를 밸 수 있었다면……. 고제이, 고제이여. 무엇을 후회할 것이 있다고 그래. 걱정되는 것(무누우무)도 몸이 마지막에는 유우나 나무 옆에 있는 하천처럼 끈적하게 흐려져 섞여 이 세상 것은 모두 바다에서 하나가 되잖아. 손바닥에서 물방울이 떨어지고 머리카락으로부터 스며나와 허벅지를 지나 눈이나 귀에서 흘러 느슨해진 세포 하나하나로부터 산호가 산란하는 것처럼 허공으로 흩날리는 거야. 그 마지막 넋이 나무옹이 구멍과도 같은 입에서 나가면 나비 모양이 돼서 실내에서 천천히 날아올라 닫힌 창문 유리창을 빠져나가 달빛 하늘로 춤추며 날아가.

고향집에 돌아온 것은 일곱 시가 넘어서였다. 다음 날은 직장에 가야 해서 저녁밥을 먹고 바로 나하로 돌아갈 생각이었다. 니반자에서 텔레비전을 보면서 식사를 하고 있는 기케이의 맞은편에 앉아서 키미가 가져다주는 사시미로 손을 가져갔다. 석 점 정도 먹고 나서 퍼뜩 깨닫고 일어서서 불단에 있는 위패에 새겨진 글자를 봤다. 할머니가 돌아가셨을 때 고쳐 써서 집 위패는 글자가 선명했지만 맡아두고 있는 와쿠가와 집안의 것은 금박이 우중충해져서 읽기 어렵다. 쇼세이의 쇼昭라는 글자는 거의 지워져 있다.

"이 위패 글자 새로 쓰는 게 좋지 않을까."

자리에 앉으면서 말하자 기케이는 불단을 보고 아무런 대답도 하지 않았다. 오 분 정도 침묵하며 텔레비전을 보면서 식사를 하고 있자 기케이가 젓가락을 놓고 다시 불단을 봤다.

"그 글자는 할아버지가 쓴 것이라서……."

할아버지가 조부를 말하는 것인지 증조부를 의미하는 것인지 알 수 없었다. 다만 기케이가 그것에 대해 그렇게 깊이 생각한다는 것을 처음으로 알고 요시아키는 놀랐다.

"무언가 알아냈니."

키미가 부엌에서 말을 건다.

"응 조금은……."

우치마가 해준 이야기를 어떻게 정리할까 생각하고 있자 식사를 끝낸 기케이가 두 사람을 번갈아가며 쳐다보면서 말했다.

"쇼세이라는 사람은 유골이 없으니까 전후 십 년도 넘었을 때였나. 그 아버지와 함께 바닷가에 가서 유골과 퍽 닮은 산호 조각을 몇 개인가 집어서 새로 산 즈시가메[27]에 넣어서 무덤에 모셨어."

어두운 무덤 속에서 바닷물에 씻겨 매끄러워진 산호 파편이 즈시가메 밑에 겹쳐져 있는 모습이 눈에 떠오른다. 그것도 훌륭한 뼈라고 생각했다.

곽형덕 옮김

---

27 廚子甕. 오키나와를 중심으로 한 남서제도 지역에서 보이는 골호(骨壺). 오키나와에서는 예부터 사자를 절벽 아래나 동굴로 날라 풍장하는 풍습이 있었다. 이것이 후에 풍장 후에 유골을 씻어서 장골기藏骨器에 넣는 풍습으로 변한다. 오키나와에서는 전전까지 화장은 일반적인 풍습이 아니었다.

대담

메도루마 슌(目取眞俊)

소설가 메도루마 슌과의 대담

▶ 대담 : 메도루마 슌
　　　　김재용

　　작가 메도루마 슌은 오늘도 카누 대원 중 한 명으로 헤노코(邊
野古)에 펼쳐진 '압살의 바다'를 향해 카누를 저어 나아간다. 오키
나와 현민들은 나고(名護) 시장 선거, 오키나와 현 지사 선거, 중의
원 선거 등 세 번 이어진 선거에서 미군의 헤노코 신기지 건설에
반대 표를 던져 승리했다. 메도루마는 그 최선두에 서서 반기지
투쟁을 하며, 쉬지 않고 싸우고 있다. 평화와 자립을 갈구하는 오
키나와 현민과, 오키나와 현민 등은 전혀 보이지 않는 것처럼 미
군의 신기지 건설공사를 진행하고 있는 일본정부. 이 결정적으로
이질적인 현실이 동시에 존재하는 것은 메도루마가 자신의 문학
적 방법으로 과감히 실천해온 매직리얼리즘(magic realism) 세계
그 자체다. 생각해 보면, 1609년 사쓰마번(薩摩藩)에 의한 류큐침

략(琉球侵略) 이후, 이 두 현실이 병존해 온 것은 남쪽 섬 오키나와
에서는 일상적인 상태였다. 1945년 오키나와 전 이후, 평화와 자
립을 갈구하는 오키나와 사람들은 미군과 일본정부라고 하는 이
중의 폭력적 침략자와 계속 끈덕지게 싸워왔다. 메도루마 문학은
언제나 이 두 세계를 시야에 넣으면서 매일매일 남녀노소에 의해
펼치는 투쟁의 역사를 끄집어내고, 현재 벌어지고 있는 투쟁의 실
마리를 발견해내 미래의 투쟁과 연결시킨다. 현대 일본어 문학은
메도루마 슌이라는 희유한 존재를 통해서만, 지구적 규모에서 투
쟁의 연대를 새기고 있는 세계문학을 향해 열려있을 수 있다.

―다카하시 토시오(高橋敏夫)

  (이 대담은 다카하시 토시오 본지 편집위원의 주선으로 이루어졌음을 밝
혀둔다.)

김재용 아주 바쁘신 가운데《지구적 세계문학》의 대담에 응해주셔서
      감사합니다.

메도루마 슌 감사합니다.

김재용 저는 오키나와 문학에 대해서는 별로 아는 것이 없었습니다. 약
      10년 전에 제가 아시아·아프리카·라틴아메리카 문학 포럼을
      조직하면서 오키나와 작가를 초청하려고 하였지만 아는 것이
      거의 없었기에 달리 방법이 없었습니다. 그때 제 동료가 번역한
      작품「희망」을 소개해주었습니다. 참으로 큰 충격을 받았습니
      다. 그때부터 오키나와 문학에 대해서 본격적으로 관심을 가지
      기 시작하였고 특히 메도루마라는 작가에 대해서 깊은 관심을

갖고 있었습니다. 당시 제가 관여하던 한 출판사에 메도루마 작가의 작품을 출판할 것을 권유하였고 해당 출판사에서 처음으로 단편집이 출간되었습니다. 그 후에 다른 출판사에서도 다른 단편집을 출판했기에 한국에서는 두 권의 단편집이 출간되었습니다. 그 외에도 산문집이 번역되어 있습니다. 지금 한국에서는 꽤 알려져 있는 편입니다. 물론 오키나와 문학에 관심이 있는 독자에 국한된 것이기는 하지만요.

작년에 이어 올해도 헤노코를 방문하였습니다. 작년과 달리 올해는 긴장이 훨씬 높았습니다. 바다에는 일본 경비함들이 감시를 하고 있었는데 현장에서 저희에게 설명해준 활동가의 설명에 의하면 마치 오키나와 전쟁 때 미군 함정들이 바다에 떠있는 것을 연상시킨다고 할 정도로 긴장감이 넘쳤습니다. 오늘 이 대담에 오시기 전에 메도루마 선생님도 미군기지 반대 투쟁의 현장에서 카누를 타면서 반대활동을 하다가 막 오신 것으로 알고 있는데 언제부터 이 운동에 나섰는지 좀 말씀 해 주십시오.

메도루마 슌 1979년에 대학에 입학을 했습니다만, 4월 28일은 샌프란시스코 강화조약이 맺어진 날, 즉 오키나와가 일본에서 떨어져 나간 날로 반전 반안보 데모가 계속되고 있었습니다. 저는 4월 10일에 대학에 입학해서 28일부터는 데모에 참가했습니다. 그 때 이후로 계속 반기지 활동을 전개하고 있습니다. 올해로 35년쯤 되는 것 같습니다. 당시 오키나와에는 미군기지에서 포탄 연습 등을 하면서 민가에 파편이 떨어지는 등 사고가 끊이지 않았습니다. 키센바루(喜瀨武原) 산 근처 미군포탄 착탄지에 대학생들이 항의 행동을 해서 포격 연습을 2년 동안 중지시킨 적도 있습니다. 물론 실탄을 쏘는 것이라서 그 파편에 맞고 학생이 중상을 입었던 적도 있습니다. 최종적으로는 학생들이 형사특별법(刑事特別法) 위반으로 체포됐습니다. 제가 대학에 있을 때도 선배들이 붙잡혀서 재판을 받고 있었습니다. 그 후 산 안에는 못 들어가니 그 앞에서 저지 운동을 했습니다만, 그때 머리 위로 포탄이 날아가던 소리는 지금도 생생합니다. 해안선에서는 미군이 실전연습을 하며 상륙연습을 해서 이에 항의 행동을 하다가 발가락이 부러진 적도 있습니다. 그런 상황이 지금까지 계속되고 있습니다. 전쟁과 기지 문제는 오키나와에서는 계속되고 있습니다.

김재용 이런 상황에서 작품 활동은 어떻게 전개하고 계시는지요.

메도루마 슌 저는 요즘 아침 5시 반에 일어나서 6시 반에 카누를 준비해서 8시에는 해상 저지 운동을 하러 나갑니다. 저녁 캠프슈와브 앞에서 연좌시위를 하고 집에 돌아오면, 책을 읽을 시간 정도 밖에는 없습니다. 정말로 기지를 어떻게 해보겠다고 마음먹으면 대단히 힘든 일입니다. 일회성으로 집회를 열고 집으로 돌아가는 것과는 많이 다릅니다. 헤노코 앞바다도 잔잔해 보이지만 카누를 타고 나가면 파도가 굉장히 거칠게 밀려옵니다. 최근에는 이런 상황이 계속되고 있으며 앞으로도 지속될 것이기에 작품을 쓸 시간이 없는 상황입니다.

김재용 오키나와 현지사가 최근에 바뀌면서 여러 가지 변화가 생길 것 같은데 어떻게 보시는지요? 특히 오키나와 주민들에게 이 반기지 운동은 어떤 반응을 얻고 있는지 소개해 주십시오.

메도루마 슌 반기지 활동에 대해서는 최근 주민들이 적극적으로 참여하고 있습니다. 여론조사에서도 70퍼센트 이상이 반기지 쪽으로 확인됐습니다. 1997년에도 나고시에서 시민투표가 열려서 기지 반대 쪽이 승리했습니다만, 시장이 선거 결과를 짓밟고 사임하기 전에 기지 유치를 해버렸습니다. 그 후 10년은 기지 찬성파가 득세했습니다만, 최근 5년 정도 전부터 기지 반대파가 다시 많아진 상황입니다. 오나가 지사가 선거에서 이긴 것도 그런 분위기를 반영합니다. 오키나와는 강대국 사이에 둘러싸여 있어서 결국에는 모든 싸움에서 진다는 패배감도 있었습니다만, 최근 몇 년 전부터 오키나와의 자기결정권이라는 측면이 강조되고 있습니다. 즉 오키나와의 운명은 오키나와인 스스로 결정해야 한다는 의식입니다. 그 배경에 경제적인 측면이 있습니다.

김재용 현재 오키나와 경제에서 기지가 차지하는 비중이 점차 줄고 있고 관광과 같은 사업이 큰 비중을 차지고 있다고 하는데 이것이 향후 반기지 운동에 어떤 영향을 미칠지 전망을 해주신다면.

메도루마 슌 1990년대 후반부터 오키나와에서는 관광이 대단히 활성화 됐습니다. 큰 흐름으로 봤을 때 오키나와는 관광 중심으로 가야한다는 의견이 있습니다. 예전에는 오키나와 경제가 미군 기지에 의존하고 있다는 의식이 컸습니다만, 최근에는 중국의 경제발전으로 중국인, 그리고 한국인 관광객들이 많이 오면서 경제가 활성화되고 있습니다. 다만 최근에는 현외 자본이 많이 들어오면서 자본이 유출되는 현상도 일어나고 있습니다. 이런 현상은 오키나와만의 문제가 아니라 다른 나라에서도 마찬가지로 일어나고 있다고 생각합니다.

김재용 향후 중국과 한국의 관광객들이 지속적으로 방문하게 되어 오키나와 경제가 지속가능한 형태로 유지될 수 있다면 영국의 스코틀랜드나 스페인의 카탈루냐처럼 독립을 위한 국민투표도 가능할 수 있는지요?

메도루마 슌 이런 상황이 지속된다면 오키나와는 발전을 하겠지만, 경제 주도권을 놓칠 수도 있습니다. 다만 오키나와의 독립 문제는 전후부터 계속 나왔던 것으로 최근에는 학자들이 오키나와독립학회를 만들었습니다. 최근 오키나와의 젊은 학자들은 포스트콜로니얼 담론을 통해서 혹은 하와이에 가서 직접 교류하며 독립에 대한 관심이 높습니다. 하지만 그것이 진정한 실천으로 나아갈지는 단층이 있다고 생각합니다.

김재용 자치가 아니라 독립을 생각하는 것인지요?

메도루마 슌 저는 독립을 생각하고 있습니다.

김재용 이제 메도루마 작품에 대한 이야기를 하죠. 사실 메도루마 단편집이 두 권이나 한국에 출간되었지만 저로서는 좀 불만입니다. 물론 많은 작품들이 번역되는 것은 그 자체로 환영해야 될 일이지만 제가 좋아하는 작품들은 소개가 되어 있지 않은 실정입니다. 그래서 《지구적 세계문학》 이번호에서부터 제가 메도루마 단편의 정수라고 생각하는 작품들을 차례로 소개할 예정입니다. 이번 대담에서는 이들 작품을 중심으로 이야기하려고 합니다. 이에 앞서서 우선 최근에 3권으로 묶여 나온 단편선집에 대해서 말씀을 듣고자 합니다. 이 작품집은 아마도 작가의 30년에 걸친 활동이 고스란히 담겨 있는 것이라고 할 수 있을 텐데요. 이 선집에 실린 작품들의 경향에 대해서 말씀해주시죠.

메도루마 슌 기획이라고 하기보다는 단편 전체가 묶인 것입니다. 주제별로 보면 첫 번째는 오키나와의 자연입니다. 자연 속에 있는 마을 공동체라고 해야 할까요. 저는 오키나와 북부에서 태어났기 때문에 자연이 작품 속에 많이 나옵니다. 두 번째는 오키나와 전(戰) 전후(前後)의 문제입니다. 어릴 때부터 할아버지 할머니에게나 부모님에게서 들었던 전쟁 이야기를 떠올리면서 작품을 썼습니다. 저는 3대가 모여 사는 집에서 자랐습니다. 그래서 옛 이야기를 자연스럽게 들었습니다. 「풍음」 등도 할머니에게서 들었던 이야기가 바탕이 돼있습니다. 세 번째는 미군기지 문제입니다. 저는 1990년 중반에는 미야코시마라고 미군기지가 없는 곳에서 몇 년 동안 일을 한 적이 있습니다만, 이때 시간이 날 때 쓴 글이 「물방울」입니다. 다만 나하로 돌아온 이후로는 미군기지가 눈앞에 있어서 작품을 쓸 수 있는 시간이 없었습니다. 기본적으로는 이 세 가지가 중심입니다만, 저는 작품을 지속적으로 쓸 수 있는 환경 속에서 살지 못했습니다. 실은 작품 활동을 꾸준히 전개하며 소설을 쓰고 싶은 마음이 있습니다. 작가는 방에 틀어박혀 글을 써야 하는데 저는 기질적으로 그게 잘 되지 않습니다.

김재용 노신은 1927년 이후 국민당 치하에서 도망 다니느라 작품을 쓰지 못해서 결국은 그 이전까지의 단편으로 끝났습니다. 장편은 엄두도 내지 못하였죠. 국민당 치하에서는 도망 다니면서 잡문만을 발표하였지요. 메도루마 선생님은 활동가로서 현장에서 투쟁하면서 많은 정론의 에세이도 발표하고 이렇게 장편뿐만 아니라 많은 단편을 창작한 것을 보면 참으로 대단합니다. 이번 단편집의 경향 중에서 두 번째 경향 즉 오키나와전쟁에 대한 것을 집중적으로 이야기해 보겠습니다. 일본 군인에 의한 오키나와인의 죽음에 대해서 아주 많은 관심을 가지고 집중적으로 쓰고 계시는데 특별하게 이 주제에 천착하는 이유가 있는지요?

메도루마 슌 이런 주제는 제가 태어난 마을에서 실제로 일어났던 일들로, 할머니 할아버지가 직접 겪었던 이야기입니다. 북부 지역은 일본 군인이 많지 않았습니다. 전투에서 지면서 일본 군인은 산 속에 숨어 있었습니다. 밤에 미군이 물러가면 산에서 내려와서 식량을 빼앗고 미군과 접촉이 있던 주민을 스파이라고 하며 일본군이 죽였습니다. 어릴 때부터 어른들로부터 미군보다 일본군이 더 무섭다는 이야기를 듣고 자랐습니다. 전쟁이 시작하기 전부터 주민들은 일본군에게 협력을 했습니다. 일본군이 오키나와인을 지켜줄 것이라고 생각해서 적극적으로 협조했습니다만, 전쟁이 시작되자 제대로 싸우지도 않고 주민들을 죽이고 학대하는 모습을 보면서 반일감정이 마을에서 극대화됐습니다.

김재용《지구적 세계문학》이번호에 단편「나비떼 나무」를 소개하려고 합니다. 저는 매우 좋아하는 작품이지만 아직 한국에는 번역되어 있지 않아 이번호에 소개하려고 합니다. 이 작품을 읽으면 한국의 독자의 한 사람인 저는 많은 생각을 하게 됩니다. 특히 이 작품에 나오는 오키나와 여인이 위안부로 끌려온 한국인 여자에게 연민을 느끼고 애정을 가지고 대하는 대목은 매우 흥미롭습니다. 왜 이런 설정을 했는지 말씀해주실 수 있는지요?

메도루마 슌 오키나와에 위안소가 설치돼서 그곳에 조선인 여성이 끌려왔다는 이야기는 어릴 때부터 들어왔습니다. 오키나와는 전장이었기 때문에 1944년 8월 무렵부터 일본군이 대량으로 주둔하게 됩니다. 그러면서 오키나와인 여성뿐만 아니라 조선인 여성들도 있었습니다. 「나비떼 나무」에서 조선인과 오키나와인 '종군 위안부'의 감정의 교류가 나옵니다.

김재용 현재 한일 간에 '종군 위안부' 문제가 첨예한 문제로 대두되고 있는데 실제로 이 문제는 오키나와에서 시작되었습니다. 미국이 물러나고 일본으로 넘어갈 때 외국인 등록 건으로 배봉기 할머니가 매스컴에 알려지고 이것이 한국의 여성운동계에 관심을 끌었죠. 그런 점에서 한국은 이 문제를 세상에 알려준 오키나와의 활동가들에게 고마움을 느끼고 있습니다. 한국과 오키나와는 일본의 식민지였다는 역사적 사실 때문에 서로 연대할 필요성이 많다고 생각합니다.

메도루마 슌 전후 1980년대에 오키나와에서는 조선인 '종군 위안부'

가운데 조선으로 돌아가지 못한 여성들의 이야기가 많이 나왔습니다. 1990년대 '종군 위안부' 문제가 크게 부각되는 것은 오키나와에서의 이러한 분위기와 관련이 있습니다.

김재용 과거에 오키나와는 자신이 큰 형님이고 조선을 동생으로 보면서 조선에 대한 우월의식을 가지기도 했지요. 그런데 선생님의 작품을 보면 일본 제국에 의해 오키나와가 당하고 다시 오키나와가 조선을 억압하는 것에 대한 반성적 의식이 작품에 드러나고 있는 것 같습니다. 이 점이 오늘날 오키나와 문학에서 제가 주목하는 대목입니다. 이제 제가 좋아하는 다른 작품 「평화거리로 명명된 거리를 걸으면서」에 대해서 이야기를 하겠습니다. 이 작품 역시《지구적 세계문학》에 소개하려고 합니다. 이 작품에서도 역시 일본인에 의한 오키나와인의 억압과 학살에 대해서 이야기를 하고 있습니다. 「나비떼 나무」와 마찬가지로 나타나 있습니다.

메도루마 슌 일본 본토에서는 1961년에 시마나카 사건(嶋中事件)이 일어납니다. 1960년 11월 『추오코론(中央公論)』에 발표된 후카자와 시치로(深澤七郎)의 소설 「풍류몽담(風流夢譚)」이 천황을 비판한 소설이라는 이유로, 해당 잡지사 사장의 집에 칼을 들고 괴한이 들이닥쳐서 가정부가 죽고 부인이 중상을 입는 사건이 발생했습니다. 비슷한 시기에 오에 겐자부로가 「세븐틴(セヴンティーン)」이라고 천황을 비판하는 내용의 소설을 써서 우익에게 협박을 당하기도 했습니다. 그 후 일본의 작가들은 우익의 공격에 대한 공포심을 갖게 되면서 천황제를 비판하는 것이 하

나의 터부가 됐다고 생각합니다. 그 후 일본 본토 문학계는 공포심을 극복하지 못한 채 현재에 이르고 있습니다만, 실제로 천황을 비판하는 작가가 얼마나 있을지 그런 점도 생각해 볼 수 있겠지요.

김재용 특히 천황에 대한 비판이 흥미롭습니다. 일본 작가들은 이 문제에 대해서 거론조차 하지 못하고 있는데 선생님은 이 문제를 정면으로 다루고 있습니다. 한국의 독자들은 이 문제를 어렵지 않게 읽어낼 수 있지만 일본 독자들은 쉽지 않을 수도 있을 것 같은데요.

메도루마 슌 오키나와는 전쟁에서 비참한 일을 많이 겪었기 때문에 본토와는 다른 감정이 있습니다. 오키나와 전이 일어나기 전에 천황에게 전쟁을 끝내는 것이 좋겠다고 진언한 정치가도 있었습니다만, 천황은 조금이라도 전쟁에서 이겨서 조건을 유리하게 만든 후에 전쟁을 끝내려 하다가 오키나와 전까지 이르렀던 것입니다. 그런 문제가 명백해졌고, 샌프란시스코 강화조약에서도 「천황메시지」라는 문건이 있습니다. 이 문건을 보면 천황이 맥아더에게 오키나와를 마음대로 해도 좋다는 내용을 써서 보냅니다. 자기 보신을 위해서입니다. 더 거슬러 올라가면 메이지 유신 때의 류큐처분까지 생각해 볼 수 있습니다. 천황제 자체는 오키나와에 없던 것입니다. 오키나와에서 천황제에 대한 부정은 본래대로 보자면 당연한 일입니다만, 교육을 통해 철저히 주입되었기 때문에 쉽지 않은 부분도 있습니다.

김재용 이 두 작품 모두 공통적인 것은 일본인의 오키나와 억압과 폭력입니다. 오늘날 이런 것들이 잊혀져가고 있는데 작가로서는 이러한 망각을 거슬러 올라가는 것이 임무라고 생각하는 듯합니다. 이런 점들은 결국 앞서 말씀하신 오키나와의 독립과 연관되는 것으로 보입니다. 오늘은 선생님의 작품 중에서 자연과 공동체의 문제, 그리고 미군기지의 문제에 대해서는 다루지 못하고 오로지 일본의 오키나와 지배에 대해서만 이야기했습니다. 다음 기회에 다시 이야기를 하도록 하겠습니다. 현재 계획하고 있는 작품에 대해서 간단히 소개해 주십시오.

메도루마 슌 저는 유감스럽게도 현재 소설을 쓸 시간이 없습니다. 앞으로 시간이 허용된다면 오키나와 역사 가운데 200년 정도의 근대 역사를 써보고 싶습니다. 마르케스 문학이나, 나카가미 켄지 등을 읽으면서 리얼리즘만이 아닌 다른 방식으로 오키나와 역사를 써보고 싶다고 생각했습니다. 정말로 그걸 쓰려면 운동에서 빠져나와 글을 써야 하지만, 오키나와의 현실이 쉽지 않은 상황입니다. 체력과 지력이 필요하며 시간도 많이 걸리는 작업이라 이런 현실에 초조함도 있습니다. 어떻게 해서든 시간을 마련해서 써보고 싶습니다.

김재용 선생님은 정론 성격의 에세이에서는 기지 문제 등의 정치적 문제에 대해서 정면으로 다루고 있지만 소설에서는 아주 간접적으로 다루고 있습니다. 물론 그 정치적 상상력은 충분히 전해옵니다만. 혹시 특별한 이유가 있는 것은 아닌가요?

메도루마 슌 에세이 등은 신문에서 청탁을 받은 것을 쓰다 보니 현재 당면한 문제를 써서 그런 경향이 나타난 것이라 봅니다. 다만 소설에서 직접적으로 그것을 다루고 있지 않은 것은 작품을 과거 일본 프로문학처럼 계몽적으로 쓰고 싶지 않은 부분이 작용한 측면도 있습니다.

김재용 선생님 작품 중에서 제가 가장 먼저 접한 것이 「희망」인데요 이 작품은 일본 내에서 상당한 거부 반응을 가질 것 같습니다. 일본소설의 주류가 사소설인 것을 고려하면 대단히 파격적이고 충격적이죠. 물론 저는 잘 이해합니다. 현재 메도루마 선생님과 오키나와 진보진영이 당면하고 있는 상황을 잘 보여주는 것 같아서 결코 과거의 작품 같지 않습니다.

메도루마 슌 「희망」을 쓴 것은 오키나와에서 G8이 있었던 때입니다. G8을 나고에서 연 것은 헤노코 주민들의 마음을 끌어서 헤노코 기지 건설을 쉽게 하기 위한 측면도 있었습니다. 헤노코로 기지를 옮기는 것은 베스트(best)는 아니지만 베터(better)라는 논의가 있었습니다. 하지만 워스트(worst)일 수도 있다는 생각은 존재하지 않았습니다. 인간이 하는 일은 최선을 추구하지만 최악이 될 수 있습니다. 지금도 물론 그렇습니다만, 작년에 5번 선거를 해서 모두 기지 반대파가 승리했습니다. 하지만 기지 건설이 강행된다는 것은 오키나와에서는 민의를 무시해도 된다는 것이 됩니다. 그 전 해에는 오키나와 전 시의회 구성원이 아베 수상에게 기지 건설 철폐 및 오스프리 반대를 외쳤습니다. 전후 일본의 역사를 보더라도 한 시의 전 의회 구성원이 만장

일치로 정부에게 무언가를 호소한 적은 없었습니다. 이렇게 반대하는데도 안 된다고 한다면 오키나와는 어찌해야 하는가 그런 문제가 발생합니다. 실력으로 자력으로 저지하는 수밖에 없는 것이 됩니다만, 그것은 대단히 어려운 문제입니다. 카누 해상 저지 행동을 해도, 해상에서 카누를 전복시켜 버리는 그런 날이 계속되고 있습니다. 오키나와 지사가 명령을 하더라도 일본 정부가 그것을 재판에 걸면 국가에게 이길 수 없는 구조입니다. 국회는 또 국회로, 오키나와에서는 자민당이 승리하지 못했지만, 일본 전국으로 보면 거의 자민당 독재 체제라고 볼 수 있습니다. 일본의 정치 상황에서 보자면 헤노코 상황은 절망적 상황입니다. 그렇게 되면 상상력으로는 미군을 없애버릴 수밖에 없는가라고 생각하게 됩니다. 이것이 「희망」을 쓸 때의 문제의식입니다. 일본에는 현재 조직적으로 무언가를 일으킬 에너지조차 없습니다. 그렇게 되면 집단이 아닌 개인이 나설 수밖에 없는가라는 문제가 됩니다. 물론 그렇게 궁지에 몰려서 개인 한 명이 일을 저지르게 되면, 운동 자체가 괴멸 당하게 됩니다. 그러한 모든 것을 열어놓고 가능성을 상상해 보는 것이 문학의 힘이라고 생각합니다. 이런 문제를 상상해보지 않으면 오키나와 문제의 궁극적인 지점을 헤아릴 수 없습니다.

김재용 대단히 감사합니다. 한국과 오키나와의 연대를 생각하면서 이 대담을 마치고자 합니다.

지은이

오시로 다쓰히로 大城立裕

1925년 오키나와 현 출생. 1943년 상하이 동아동문서원대학(東亞同文書院大學) 입학, 패전으로 1946년 학업을 중단하고 귀국. 미 점령하 오키나와에서 고등학교 교사로 재직하였으며, 류큐정부, 오키나와현청 소속으로 오키나와사료편집 소장, 오키나와현립박물관장 등을 역임하였다. 1967년 오키나와 출신 작가로서 처음으로 아쿠타가와문학상(芥川賞, 제57회) 수상. 수상작『칵테일파티』는 일본과 미국의 대립 구도 위에 오키나와와 중국을 대치시킴으로써 전후 위기에 빠진 오키나와인의 아이덴티티를 그 어떤 작품보다 효과적으로 표현하고 있다. 그 외『소설 류큐처분』,『환영의 조국』,『가미시마』,『동화와 이화의 사이에서』등 다수의 소설과 희곡, 에세이를 발표하였다. 최근 2015년에는 자전적 소설『레일 저편』으로 가와바타 야스나리문학상(川端康成文學賞, 제41회)을 거머쥐었다.

마타요시 에이키 又吉榮喜

1947년 출생. 오키나와 우라소에시(浦添市) 출신으로 류큐대학 법문학부 사학과를 졸업했다. 우라소에 시립도서관에 재직하며 작품 활동을 펼치다 퇴직 후에는 전업 작가의 길을 걷고 있다.
1978년『조지가 사살한 멧돼지』로 제48회 규슈예술제문학상을, 1980년『긴네무 집』으로 제4회 스바루문학상을, 1996년에는『돼지의 보은』으로 제114회 아쿠타가와문학상을 수상했으며, 14권의 작품집을 냈고, 현재도 왕성한 작품 활동을 하고 있다. 오키나와의 미군 기지 문제, 베트남 전쟁에서의 오키나와의 역할, 일제말 오키나와에서의 소수민족(조선인 등) 탄압 등을 그리는 것에서 알 수 있듯이 오키나와를 피해자만으로 인식하는 것을 넘어선 문학적 시도를 하고 있다. 오키나와의 지역(지방)적 특색을 지나치게 강조하기보다는, 세계문학적 보편성을 지향하는 창작활동을 펼치고 있다. 주요 작품이 연극화 영화화 됐고, 2000년대 이후 영어, 프랑스어, 이탈리어어 등으로 주요 작품들이 번역됐다.
한국에도 깊은 관심이 있어 수차례 방문해 경주와 부여 등을 답사했다.

사키야마 다미崎山多美

1954년에 오키나와(沖繩) 이리오모테 섬(西表島)에서 태어나 어린 시절을 보냈고, 14살 때 미야코 섬(宮古島)으로 이주한 이후 오키나와 본섬에 있는 고자시(コザ市)로 또 다시 이주하였다. 섬에서 섬으로의 이주, 그리고 본섬으로의 이주는 그녀로 하여금 오키나와 언어의 여러 층차에 대해 깊이 고민하게 만들었다.

류큐대학(琉球大學) 법문학부에 진학하면서 소설 집필에도 관심을 가지게 되었으나 일상적으로 말하는 언어와 글로 쓰는 언어 사이의 괴리가 소설 집필을 어렵게 만들기도 했다. 고등학생 때 히가시 미네오(東峰夫)의 『오키나와 소년(オキナワの少年)』(1971)을 읽고 작가의 언어 감각에 크게 경도된 사키야마는 자신의 문학 언어 모색에 있어서 히가시 미네오의 영향을 많이 받았음을 여러 차례 언급한 바 있다. 두 번째 작품집인 『무이아니 유래기(ムイアニ由來記)』(1999)부터는 의식적으로 '섬 말(シマコトバ)'을 소설 언어로 쓰고 있으며 그 속에서 언어적 갈등을 풀어내고 있다.

1979년 「거리의 날에(街の日に)」가 신오키나와문학상 가작에 당선되면서 작가 데뷔하였고, 1988년 「수상왕복(水上往還)」으로 규슈예술제문학상 최우수작을 수상하였다. 「수상왕복」과 「섬 잠기다(シマ籠る)」(1990)는 각각 제101회, 제104회 아쿠타가와상 후보에 오르기도 했다. 『반복하고 반복하여(くりかえしがえし)』(1994), 『무이아니 유래기』(1999), 『유라티쿠 유리티쿠(ゆらてぃくゆりてぃく)』(2003), 『달은, 아니다(月や, あらん)』(2012) 등의 소설집을 발표하였으며 에세이로서는 『남도소경(南島小景)』(1996), 『말이 태어나는 장소(コトバの生まれる場所)』(2004)가 있다.

최근에는 오키나와에서 활동하는 신진작가 및 연구자들과 함께 《월경광장(越境廣場)》라는 잡지를 펴내며 지역과 국가를 넘어선 문학적 교류에 힘쓰고 있다.

메도루마 슌目取眞俊

1960년 오키나와현 나키진 출생. 류큐대학 법문학부 졸업.

1983년 「어군기(魚群記)」로 제11회 류큐신보 단편소설상 수상. 1986년 「평화거리로 명명된 거리를 걸으면서」로 제12회 신오키나와문학상 수상. 1997년 「물방울(水滴)」로 아쿠타가와 문학상, 2000년에 「넋들이기(まぶぃぐみ)」로 제26회 가와바타야스나리문학상과 제4회 기야마쇼헤이문학상을 수상했다. 단행본으로는 『메도루마 슌 단편소설선 1-3』, 『눈 깊은 곳의 숲(眼の奧の森)』, 『무지개 새(虹の鳥)』, 『나비떼 나무(群蝶の木)』, 『물방울(水滴)』 외 다수, 평론집으로는 『오키나와 '전후' 제로 연도(沖繩『戰後』ゼロ年)』, 『오키나와 땅을 읽는다 때를 본다(沖繩 地を讀む 時を見る)』 등이 있다. 한국에는 2권의 작품집과, 1권의 평론집이 번역돼 나왔다.

엮은이

김재용

연세대 영문학과와 동대학원 국어국문학과 졸업.
현재 원광대 국어국문학과 교수.
한국근대문학과 세계문학을 전공하고 있다.
저서로는 『협력과 저항』, 『분단구조와 북한문학』, 『세계문학으로서의 아시아문학』 등이 있다.

옮긴이

손지연

경희대학교를 졸업하고 나고야 대학교에서 일본 근현대 문학을 전공하여 박사학위를 받았다.
동아시아의 전쟁과 폭력의 상흔을 젠더와 내셔널 아이덴티티의 관점에서 조명하는 작업에 관
심을 두고 연구를 진행하고 있다. 지은 책으로 『동아시아 근대 한국인론의 지형』(공저), 『근대
한국인의 탄생』(공저) 등이 있고, 옮긴 책으로 『폭력의 예감』(공역), 『전쟁이 만들어낸 여성상』,
『일본군 '위안부'가 된 소녀들』 등이 있다. 현재 경희대학교 후마니타스 칼리지 객원교수로
재직 중이다.

조정민

부산대학교 한국민족문화연구소 HK교수. 일본 규슈대학에서 일본 근현대 문학 및 문화연구를
전공하였다. 패전 후 전후 일본문학이 연합국의 일본 점령을 어떻게 기억하였는가에 대해 연구
하여 박사학위를 취득하였으며, 이를 토대로 『만들어진 점령서사』(2009)를 출간하였다. 최근
에는 일본에 국한되지 않고 동아시아를 사고할 수 있는 '방법'으로서의 '지역'에 관심을 가지
고 있다.

곽형덕

카이스트 인문사회과학연구소 연구교수. 와세다대학 대학원 및 컬럼비아대학 대학원에서 일
본문학과 동아시아 문학을 전공했다. 김사량 문학(재일조선인문학), 오키나와문학, 전쟁문학 등
이 주요 관심사다. 주요 편역서로는 『긴네무 집』(마타요시 에이키 저, 2014), 『아무도 들려주지 않
는 일본현대문학』(다카하시 토시오 저, 2014), 『장편시집 니이가타』(김시종 저, 2014), 『김사량, 작
품과 연구』(총4권, 2008~2014) 등이 있다.

표지 설명

儀間比呂志의 '沖繩戰−朝鮮人軍夫と從軍慰安婦'

글누림비서구문학전집 8
오키나와 현대소설선

신의 섬

초판 1쇄 발행 2016년 5월 31일
초판 2쇄 발행 2017년 2월 20일

엮 은 이 김재용
지 은 이 오시로 다쓰히로, 마타요시 에이키, 사키야마 다미, 메도루마 슌
옮 긴 이 손지연, 조정민, 곽형덕
펴 낸 이 최종숙
펴 낸 곳 글누림출판사

책임편집 이태곤
디 자 인 안혜진
편 집 권분옥 홍혜정 박윤정 고나희 홍성권 최기윤 이승혜
마 케 팅 박태훈 안현진

주 소 서울시 서초구 동광로 46길 6-6(반포4동 577-25) 문창빌딩 2층(06589)
전 화 02-3409-2059(대표), 2058(영업), 2060(편집)
팩 스 02-3409-2059
전자메일 nurim3888@hanmail.net
홈페이지 www.geulnurim.co.kr
등록번호 제303-2005-000038호(2005. 10. 5)

정가 20,000원
ISBN 978-89-6327-342-6 04830
　　　 978-89-6327-098-2 (세트)

출력·인쇄 성환C&P **제책·** 동신제책사 **용지·** 에스에이치페이퍼